丛书主编：陈平原

·文学史研究丛书·

重建美国文学史

单德兴　著

图书在版编目(CIP)数据

重建美国文学史/单德兴著.—北京:北京大学出版社,2006.1
(文学史研究丛书)
ISBN 978-7-301-10478-1

Ⅰ.重… Ⅱ.单… Ⅲ.文学史-美国 Ⅳ.I712.09

中国版本图书馆CIP数据核字(2006)第000712号

书　　名:	重建美国文学史
著作责任者:	单德兴　著
责 任 编 辑:	徐丹丽
标 准 书 号:	ISBN 978-7-301-10478-1/I·0790
出 版 发 行:	北京大学出版社
地　　址:	北京市海淀区成府路205号　100871
网　　址:	http://www.pup.cn　电子邮箱:pkuwsz@yahoo.com.cn
电　　话:	邮购部 62752015　发行部 62750672　出版部 62754962
	编辑部 62752022
印 刷 者:	北京大学印刷厂
经 销 者:	新华书店
	890mm×1240mm　A5　12.75印张　331千字
	2006年1月第1版　2007年3月第2次印刷
定　　价:	28.00元

未经许可,不得以任何方式复制或抄袭本书之部分或全部内容。
版权所有,侵权必究
举报电话:010-62752024;电子邮箱:fd@pup.pku.edu.cn

目 录

"文学史研究丛书"总序……………………………… 陈平原(1)
前　言……………………………………………………… (1)

美国文学史

反动与重演:论20世纪的三部美国文学史 …………… (3)
周期与根:论史毕乐的美国文学史观 …………………… (49)
重建美国文学:论课程·进度·议题·文选
　　(劳特个案研究之一) ……………………………… (89)
重建美国文学:论典律与脉络
　　(劳特个案研究之二) ……………………………… (121)
边缘的声音:论克鲁帕特的美国原住民文学/文化批评论述
　　(1980年代) ………………………………………… (143)

华裔美国文学

"忆我埃仑如蜷伏":天使岛悲歌的铭刻与再现 ………… (189)
想象故国:华裔美国文学里的中国形象 ………………… (245)
书写亚裔美国文学史:赵健秀的个案研究 ……………… (278)
创造传统:文学选集与华裔美国文学
　　(1972—1996) ……………………………………… (305)

从多语文的角度重新定义华裔美国文学：
　　以《扶桑》与《旗袍姑娘》为例 …………………………（342）

〔附　录〕

重写美国文学史：艾理特访谈录 ……………………………（359）
重编美国文学选集：劳特访谈录 ……………………………（372）

"文学史研究丛书"总序

陈平原

中国学界之选择"文学史"而不是"文苑传"或"诗文评",作为文学研究的主要体式,明显得益于西学东渐大潮。从文学观念的转变、文类位置的偏移,到教育体制的改革与课程设置的更新,"文学史"逐渐成为中国人耳熟能详的知识体系。作为一种兼及教育与研究的著述形式,"文学史"在20世纪的中国,产量之高,传播之广,蔚为奇观。

从晚清学制改革到"五四"新文化运动展开,提倡新知与整理国故终于齐头并进,文学史研究也因而得到迅速发展。在此过程中,北大课堂曾走出不少名著:林传甲的《中国文学史》(1904)还只是首开记录,接踵而来者更见精彩,如姚永朴的《文学研究法》、刘师培的《中国中古文学史》和《汉魏六朝专家文研究》、黄侃的《文心雕龙札记》、吴梅的《词余讲义》(后改为《曲学通论》)、鲁迅的《中国小说史略》、胡适的《五十年来之中国文学》和《白话文学史》、周作人的《欧洲文学史》和《中国新文学的源流》，以及俞平伯的《红楼梦辨》、游国恩的《楚辞概论》等。这些著作，思路不一，体式各异，却共同支撑起创立期的文学史大厦。

强调早年北大学人的贡献，并无"唯我独尊"的妄想，更不会将眼下这套丛书的作者局限在区区燕园；作为一种开放且持久的学术探求，本丛书希望容纳国内外学者各具特色的著述。就像北大学者有责任继续先贤遗志，不断冲击新的学术高度一样，北大出版社也有义务在文学史研究等诸领域，为北大向世界一流大学迈进呐喊助阵。

在很长时间里，人们习惯于将"文学史研究"理解为配合课堂讲授而编撰教材（或教材式的"文学通史"），其实，"海阔凭鱼跃，天高任鸟飞"，此乃学者挥洒学识与才情的大好舞台，尽可不必画地为牢。上述草创期的文学史著，虽多与课堂讲授有关，也都各具面目，并无日后千人一腔的通病。

那是一个"开天辟地"的时代，固然也有其盲点与失误，但生气淋漓，至今令人神往。鲁迅撰《〈中国小说史略〉序言》，劈头就是："中国之小说自来无史"；后世学者恰如其分地添上一句："有之，自鲁迅先生始。"当初的处女地，如今已"人满为患"，可是否真的没有继续拓展的可能性？胡适撰《〈国学季刊〉发刊宣言》，以历史眼光、系统整理、比较研究作为整理国故的方法论，希望兼及材料的发现与理论的更新。今日中国学界，理论框架与研究方法，早就超越胡适的"三原则"，又焉知不能开辟出新天地？

当初鲁迅、胡适等新文化人"整理国故"时之所以慷慨激昂，乃意识到新的学术时代来临。今日中国，能否有此迹象，不敢过于自信，但"新世纪"的诱惑依然存在。单看近年学界之热心于总结百年学术兴衰，不难明白其抱负与期待。

在20世纪的最后一年推出这套丛书，与其说是为了总结过去，不如说是为了面向未来。在20世纪中国，相对于传统文论，"文学史"曾经代表着新的学术范式。面对即将来临的新世纪，文学史研究究竟该向何处去,如何洗心革面、奋发有为,值得认真反省。

反省之后呢?当然是必不可少的重建——我们期待着学界同仁的积极参与。

1999年2月8日于西三旗

前言

　　本书从中文世界的角度出发,针对具体的个案进行深入研究,探讨重建美国文学史的重大意义,提供学者专家借鉴,以及一般读者参考。全书共分三部。第一部"美国文学史"的五篇论文集中于美国主流文学史、新兴的美国文学史与文学选集,以及美国原住民文学的研究与剖析。第一篇《反动与重演:论20世纪的三部美国文学史》针对20世纪最具代表性的三部美国文学史进行比较研究,提供宏观的视野与历史的纵深,作为全书的基础。其余四篇都是针对个案的深入探讨。第二篇《周期与根:论史毕乐的美国文学史观》讨论影响长达四十载的《美国文学史》(*Literary History of the United States*, 1948)的主编、文学史家史毕乐(Robert E. Spiller)的美国文学史观、具体成果及缺失。第三、四篇讨论《希斯美国文学选集》(*The Heath Anthology of American Literature*, 1990)的主编劳特(Paul Lauter)的重建美国文学计划之成就与意义,前一篇《重建美国文学:论课程・进度・议题・文选》从具体的教学与文选的角度出发,探讨如何重建美国文学与文学选集,后一篇《重建美国文学:论典律与脉络》则着重于劳特强调的文学理念与历史脉络,两篇互为表里,相得益彰。第五篇《边缘的声音:论克鲁帕特的美国原住民文学/文化批评论述(1980年代)》探究钻研美国原住民文学多年的克鲁帕特(Arnold Krupat)的文学与文化论述。总之,第一部既有主流的文学史(观)的探讨,也有新兴与弱势文学的研究,兼顾宏观与微观,内容则涵盖理论与历史,理念与实践,观照与批判,研究与教学,文学与文化,文学史与文学选集,针对美国文学(史)进行多方位的分析与理解。

第二部"华裔美国文学"是在第一部的基础上,讨论自从美国民权运动以来,逐渐崛兴的华裔美国文学,尤其是特别具有文学史意义的个案。第一篇《"忆我埃仑如蜷伏":天使岛悲歌的铭刻与再现》讨论1910至1940年间被拘禁在旧金山外海的天使岛(Angel Island)上的华人移民,他们在板壁上书写、铭刻的悲愤与明志之作,以及这些作品在美国文学史、美国族裔文学史(尤其是华美/亚美文学史)上的独特意义。第二篇《想象故国:华裔美国文学里的中国形象》讨论六位具有代表性的华美作家如何藉由书写呈现他们想象中的故国形象。第三篇《书写亚裔美国文学史:赵健秀的个案研究》讨论身兼小说家、剧作家、文选家、批评家、文学史家的赵健秀(Frank Chin),数十年来如何致力于书写、建立亚裔美国文学史,其具体贡献、历史意义及商榷。第四篇《创造传统:文学选集与华裔美国文学(1972—1996)》综合分析二十二部华美/亚美文学选集,以探讨文学选集与创造华美文学传统之间的密切关系。第五篇《从多语文的角度重新定义华裔美国文学:以〈扶桑〉与〈旗袍姑娘〉为例》则挑战美国文学史中一向独尊英文的语言/文化霸权心态,从多语文(尤其是中文)的角度,寻求重新定义华美文学。质言之,第二部赓续第一部有关美国文学史的观察与反思,从华裔的立场出发,针对多项重要议题,探讨重建美国文学史的意义,以及华美文学在其中所具有的独特地位。

第三部"附录"收录了两篇难得的访谈录,由中文世界的角度,当面访问多年来实际从事重建美国文学史的两位代表性美国文学史家和文选家——《哥伦比亚版美国文学史》(*Columbia Literary History of the United States*, 1988)的主编艾理特(Emory Elliott)和《希斯美国文学选集》的主编劳特——透过他们现身说法,陈述自己的文学理念、文学史观,并分享多年的研究心得与实务经验。前一篇《重写美国文学史:艾理特访谈录》集中于受访者的文学史观、文学理念以及具体的文学史。后一篇《重编美国文学选集:劳特访谈录》不仅为第一部的两篇相关论文提供生动、信实的印证,而且带入了受访者独具特色的学思历程与历史脉络,有助于中文读者进一步了解60年代的美国社会与历史,以及这段历史对于美国文学与文化的重大影响如何具体反映在文学选集与文学教学上。

总之,本书的十篇论文从中文世界的角度出发,个别来看是针对特定议题的深度探讨,综合起来则展现了有关重建美国文学史、重编文学选集,以及华裔美国文学的多重视野,附录的两篇访谈更以活泼生动的对话,让多年从事重建美国文学史的重量级学者现身说法,提供第一手资料。凡此种种不仅是中文世界的美国文学(史)学者的重要借鉴,也可作为对重建文学史、重编文学选集有兴趣的专家,以及喜好文史的一般读者参考,共同省思相关的文学与文化的重大议题。

本书第一部的五篇论文选自笔者的《反动与重演:美国文学史与文化批评》(台北:书林出版有限公司,2001);第二部的五篇论文选自《铭刻与再现:华裔美国文学与文化论集》(台北:麦田出版,2000);第三部第一篇访谈录选自《对话与交流:当代中外作家、批评家访谈录》(台北:麦田出版,2001);第二篇访谈录原先发表于台湾的《英美文学评论》第六期(2003)。除了最后一篇访谈为了符合本书主题而重新编辑之外,其余各篇也略有修订。

谨在此感谢上述各方玉成。

此书得以现在面貌由享誉已久的北京大学出版社出版,系由于北京大学陈平原教授与哈佛大学王德威教授热心引介,北京大学出版社大力支持,文史部张凤珠主任居间联系,陈雪美小姐协助整理书稿。在本人即将于大陆出版第一本学术著作之际,谨向上述各方表达诚挚的谢意,并祈望读者赐教。

单德兴

2005 年 3 月 21 日　台北南港

美国文学史

反动与重演：
论20世纪的三部美国文学史

1829年那普的《美国文学讲话》(Samuel L. Knapp, *Lectures on American Literature, with Remarks on Some Passages of American History*)开启了美国文学史著作的先河,至今一百七十多年来有关这方面的著作不胜枚举。[1]19世纪的学者倾向于独力撰写美国文学史,其中尤以泰勒的两本专著最为后人称道(Moses Coit Tyler, *A History of American Literature, 1607-1765* 及 *The Literary History of the American Revolution, 1763-1783*,分别出版于1878及1897年)。[2]20世纪以来,学者鉴于美国文学的繁复多样,分工日细,一人实难统揽全局又诠评昭整,[3]通力撰写美国文学史之风遂起,其中公认具有代表性的,当属传特等人编辑的《剑桥美国文学史》(1917至1921年初版),史毕乐主编的《美国文学史》(Robert E. Spiller, et al., eds., *Literary History of the United States*,1948年初版),以及艾理特主编的《哥伦比亚版美国文学史》(Emory Elliott, et al., eds., *Columbia Literary History of the Unit-*

ed States，1988年初版)。[4]这三部分属不同世代的美国文学史，前后相隔七十年，各自代表了主编及撰稿人当时的文学典律(literary canon)、文学史观及学术现象。[5]若置于美国文学史论述的脉络(context)中，更透露出三者之间、甚至与以往的文学史论述之间的互动关系，尤其是后代学者企图撰写/重写美国文学史时所感受到的"影响焦虑"("anxiety of influence")、其标榜的立场、一脉相承及"标新立异"之处。[6]本文拟集中探讨这三部文学史，并指出一个现象：书写文学史一方面是不满、焦虑于前代文学史家的表现、成就，另一方面又重复了前代文学史家的若干信念、假设与做法。这种反动与重演的情形，在美国文学史的论述上显得相当突出。

《剑》书号称集美加地区六十四位学者专家之力而成(III: iii;其实，根据范德比特的说法，只有一位加拿大籍的撰稿者，18)，全书正文约1500页(书目另计)。1917年出版的第一册的序言由四位编者(传特及厄斯坎恩〔John Erskine〕、薛曼〔Stuart P. Sherman〕、范・朵伦〔Carl Van Doren〕)共同署名，但据推测应该是出自最资深且具有撰写美国文学史经验的传特的手笔(Vanderbilt 152;至于四位编辑分工的情形，参阅 Van Doren, *Three* 108; Erskine 200)。与下两册的序言相比，此篇篇幅最长，议论最精，可视为这部文学史的宣言，内容主要是自述本书的特色，并检讨1829到1900年之间有关美国文学史的重要著述，描绘、评估19世纪美国文学史学(American literary historiography)[7]的梗概，并反映出1910年代美国学人对本国文学史研究的反省。

序文首段自我肯定这本书"标示朝正确的方向迈进"(I: iii)，明白条列出此书四个"主要的特征"："(一)以往的美国文学史由殖民时代一直讲述到当代，本书比其中任何一本的范围都广泛;(二)本书是第一部由美国和加拿大各地多位学者通力合作写出的美国文学史;(三)本书将首度提供讨论到的所有时代和题材的广泛书目;(四)本书将综览美国民族在作品中表达的人生,而不是单独有关纯文学的历史"(I:iii)。这四点分指取材范围、写作方式、参考资料、讨论内容,系对以往文学史著述的通病施以针砭,除了泰勒广泛的历史兴趣、远大的眼光、开阔的视野得到肯定之外(如果他能依照原来的"精神和方式"把美国文学史一直写下去,"我们现在的工作就不致那么明显地需要",viii),其余的文学史著作几乎全在批判之列。

《剑》书同意那普的看法,认为应该大幅探讨前人的"个性和历史"(iv),这是对怀疑有没有"美国文学"这回事的人的强烈反击。但那普也有明显的缺失:(一)禁不住现实的顾虑,"放弃无利可图的学术出版计划",写出"适合学生财力和心智的教科书"(iv);(二)继承了由来已久的地方主义色彩,以致写不出"一部相当没有偏见的美国文学史"(vi);(三)强调美国意识使他对"本土的事事物物有着强烈的偏见"(vi)。那普的作品可说是独立的国家文学史这个强烈要求下的产物。1847年葛里斯伍德的《美国散文作家》(Rufus Wilmot Griswold, *Prose Writers of America*)则是对前项作风"健康的反动"(vii),尽管此书对国家文学的观念更为开通明智,却"依然是骄傲的国家主义者"(vii),而且"太指望于未来"(viii)。到了1855年,第一部呈现广泛历史兴趣和深入研究的书才出现。杜金克氏的《美国文学百科》(Evert A. and George L. Duyckinck, *Cyclopaedia of American Literature*),把美国文学史分为"殖民时期"、"革命时期"、"本世纪"三个时期,首度以足够的手法和篇幅,提供了美国文学作家和作品的纪录,以供美国文学研究参考之用(viii)。《剑》书首肯此书及泰勒广泛的历史兴趣,对1886至1888年出版的李察森的《美国文学:1607—1885》(Charles F. Richardson, *American Literature, 1607-1885*)却颇有微词,认为其方向和泰勒等人恰好相反,目标在于"分析"("analysis", ix)而不是"描述"("description", ix),是"美学判断"("aesthetic judgment", viii)而不是"历史的探究与阐明"("historical enquiry and elucidation", viii)。李察森企图采用客观、冷静的美学标准来衡量美国的文学传统("时至今日,学者应已能冷静看待美国文学,如同看待另一个国家的文学",ix)。受到1880年代思潮影响的李察森所写的美国文学史,在《剑》书编辑眼中成了"美国的维多利亚时代"("the American Victorian Age",ix),认为该书比例严重不均,与19世纪相比,17、18世纪宛如"大厦〔19世纪〕前阴暗的小回廊"(ix)。[8]温德尔于1900年出版的《美国文学史》(Barrett Wendell, *Literary History of America*)非但延续了李察森"封闭的'古典'时代"的观念(宣称"只有十九世纪的美国人才产生任何具有重要性的文学",ix),而且地方主义色彩之强烈,使人觉得"美国文学史基本上是一部新英格兰诞生、复兴和衰亡的历史"(ix)。

以上是《剑》书编者对以往美国文学史论述的大略评估,由对前人的批判中,反映出《剑》书本身的编辑方针:

(一)肯定美国文学的价值与独立性——美国文学不再是英国文学的附庸,而取得独立自主的地位;[9]

(二)学术取向,而非市场取向——敦聘美加地区六十四位学有专精的人士,针对特定题目撰稿;

(三)历史取向,而非美学取向——以统观全局的史识,赋予各时代比例相当的"文学史意义",并带着几分现代感与前瞻性,而不将一时的美学评断当成超然绝对的标准,来论断几个世纪的"文学意义";

(四)以全美国为着眼点,避免以某地区为中心的强烈地方主义色彩。

在这四点中,出于对前代"冷漠的批评家"("dispassionate critic", I:ix,此处特指李察森和温德尔)美学强调的反动,《剑》书特别着重周遍全局的文学史观:

《剑》书部分回归早期史家的立场,带着兴趣观照过去,对现在与未来也并非不怀抱希望。我们大体遵照《剑桥英国文学史》和百科全书式的杜金克的计划,主要目的在于就篇幅允许的范围内,充分呈现我们国家过去的所有阶段,并使受忽略的作家重回我们的记忆,这些作家之被忽略,是因为遭人遗忘以及没被同情地了解。从现代的美学立场来写美国的思想史,恰恰错失了使美国文学在现代诸种文学中独具意义的地方,也就是,有两个世纪的美国人主要精力用于探险、定居、为生存而劳动、宗教和治国。……认知这两个世纪的文字纪录,应该会扩大美国文学批评的精神,使之更具活力及阳刚之气。……如果我们美国的批评能恰如其分地对待本国草率的小说家和差劲的诗人,并衷心认识、珍惜最成熟、智慧的美国人表达自己的作品,那么当提到1800年以前的阶段时,就不会再觉得那么心虚。(x)

以上是吁请学者以美国历史的背景来考量19世纪以前的美国文学。"至于19世纪",《剑》书接着指出:

我们既不忽视一向为文学史家最强调的想象文学的作家,但也试着做一件新的工作,那就是在我们的纪录中赋予文学的各个部门一席之地,诸如游记、演说、回忆录,这些以往多少是在文学史的主要传统之外,但在美国,就国民的特性而言,可能具有高度的意义。(x-xi)

《剑》书1917年的序言要点如上所述;第二册的序言提到把还活着的作家写入文学史的困难;第三册的序言(序于1920年9月7日,Ⅲ:iii)提到在工作进展时,发现"在美国文学研究上,仍有诸多拓荒的工作,实非能够完全逆睹"。但面对撰稿者及读者,编者也表达了对这本书的信心:"整件工作为了解美国生活与文化,提供了一个新的、重要的基础。"(Ⅲ:iii)[10]我们可以说,这些序言,尤其1917年的序言,明白表达了编者的历史意识,把自己负责编纂的文学史置于整个美国文学史论述的脉络中,在褒贬前人的同时,厘清、规划出自己的方向、体例和目标。

"1948年11月《美》书出版时,美国文学史运动达到了最高点",史毕乐在1977年回顾时,下了这么一个注脚(*Milestones* 129)。这本书的最大特色之一,在于体现了主编史毕乐的美国文学史观,即文学与历史的有机理论,以及美国文学的周期论。[11]然而这些在初版的序言(序于1947年12月,viii)中并未明白宣告:"没有一个地方讨论〔这本书〕底下的文学史观,只有目录揭示了叙事的设计和结构。"(*Milestones* 129)与《剑》书相比,《美》书采取相当低的姿态,对以往美国文学史论述的不满仅止于暗示,并未旗帜鲜明地标榜与前人不同之处。[12]

初版序言首段开宗明义地揭橥了现在主义(presentism)的立场:"每一代应该至少写出一部美国文学史,因为每一代必须以自己的方式来定义过去。第一次世界大战时需要重新定义我们的文学史,一群学者写出了《剑》书。现在又有这个需要了,将来也还会有需要。"(vii)[13]《美》书试图由这个立场出发,重写美国文学史。首先,他们表达了对文学性(literariness)的重视:"20世纪已经到达了中间点,可以适当地建立起20世纪自己的文学评断标准。"(vii)这点旨在修订以往对历史的过度关注。其次,他们强调这部文学史的实效性,应邀撰稿的人是"历史家和批评家,而不是狭义的专家",而且"学者不再以为学者写作而满足;他们必须使自己的知识对人类有意义且适用"(vii)。最特别的一点是,他们体认到合力撰写文学史的必要,甘愿"冒角度或意见不同之险"(vii),然而鉴于《剑》书的编辑方针模糊,以致进度缓慢,篇幅膨胀,方向散漫,水准不齐,《美》书的编辑采取相当"专制"的做法。全书欲纳众人之长于特定的美国文学史理念及架构之下,所以事前的整体规划细密而周详:"以一年的会议来设计、编派各章,每一点都讨论到满意为止";每位撰稿人在同意撰稿之前,手边都有"一份全书的详细纲要及基本原则";同意撰稿之后,又与编辑、副编、相关章节的撰稿人个别或集体会商;在三年的撰写和两年的编辑与出版过程中,为了确保全书的一贯,编辑、副编,尤其主编,亲自撰写若干章,在各章间穿针引线,甚至大幅修订来稿,削补搬挪,最后的结果是"一个一贯的叙事,在个别观点上有着可贵的不同意见"(viii)。[14]换句话说,与《剑》书中学者专家的各行其事、各自为政相比,《美》书的各章"在一个架构之下彼此关联,而不是分别独力撰写的论文"(vii)。用柏柯维奇(Sacvan Bercovitch)的说法,前者是"折衷式的"("eclectic")、而后者是"综合式的"("synthetic",参阅"Problem"634);前者的"折衷式带有周全和客观",后者"周期的设计表达了一心寻求综合"("America"101)。

该书初版在广为众人接纳之下,次版的序言才较明白地道出全书的计划,以及主其事者对文学及历史的有机观点。此书由于着重文学的意义,所以目标是"美国的文学史,而不是美国文学的历史"("a literary history of the United States rather than a history of American literature",ix)。其实,这一点对照此书与《剑》书的英文书名就可看出。[15]次版序言更明白地揭示了主事者的文学观与历史观:

> 本书的编辑和副编,一开始就把文学视为一个民族在特定的时空所发展出来的一般文化在美学上的表现。他们拒斥任何一种历史只不过是客观事实的编年纪录这种论调,而采纳有机的文学观(文学是人类经验的纪录)和有机的文学史观(文学史是一个民族的画像,依照其文化周期的曲线和其丰富、独特的生活色彩而设计)。(ix)

主编史毕乐的"美国文学二周期论"("two-cycle theory of American literature", Late 168)从初版的篇章安排及分册隐隐可见,[16]再版的序言加以点明:"本版增加简短的《附录》('Postscript')一章,目的不在把1945到1953年这段文学史当成另一件事,而是为了要把前面篇章发展出来的主题与动机向前推展,越过本世纪的中间点,来总结美国文学史上的第二次'文艺复兴'。"(ix-x)二版序言再度强调这本书是共识的产物,暗指《剑》书的合作撰写徒具表相,并未"真正合作":"也许跟任何相似的作为相比,《美》书的合作者是真正合作。他们写出的书述说一个单独而统一的故事。"(ix)三版序言说明了编辑委员会自1940年以来的分工情形,指出"史毕乐主要着重于政策和计划"(xi)。四版序言,也是目前为止最后一版的序言,则表示此版不管就新编辑的遴选或篇章的增删,都使得美国文学史迈入了"新阶段"(xiii)。简言之,就史毕乐的美国文学史观来说,《美》书的第一版暗示了美国文学的两个周期;五年后的第二版完成了美国文学的第二个周期;十年后的第三版稍微揭示美国文学史的新页,开启了第三个周期;[17]十一年后的第四版,则辟专章分述处于第三周期之初的诗歌、戏剧、小说。

"史毕乐的《文学史》的成就,在于巩固了一个有力的文学—历史时刻。现在这一代的任务是以异识(dissensus)为基础,重建美国文学史",新《剑桥美国文学史》(*The Cambridge History of American Literature*)的主编柏柯维奇的这些话,标举了80年代美国文学史家的出发点(*Reconstructing* xii-xiii)。[18]《哥》书的序言也指出,相对于四十、七十年前文学史家的共识(consensus),历经韩战、越战、民权运动、妇女运动、弱势族裔运动等重大国际事件、社会变迁,以及风起云涌、此起彼落的文学理论洗礼的当代学者,发现"这个时代不可能有一致的意见(concurrence)。大致说来,〔《剑》书和《美》书分别完成于〕第一、二次世界大战结束时,当时的许多学者对国家的认同具有统一的看法,今天则否。因此,我们试图呈现促使当前学术活泼的歧异的观点"(xi-xii)。艾理特对《美》、《哥》二书的差异有如下的体认:"《美》书的目的是要巩固诠释、树立典律;《哥》书的目标则是合并近来在学术和典律重估上的发展,使这本书能公允地呈现文学的歧异,和当前批评意见的多样。"("Politics"269)对于志在大一统的《美》书来说,《哥》书包含了许多足以"颠覆国家文学的统一叙事这种观念"("New"621)[19]。

过去二三十年来,由于大环境的改变以及文学典律的更迭,导致人们重新发现了许多埋没已久的作家,拓展了美国文学的视野。《哥》书把"美国的文学"定义为"在后来成为美国的地方所产生的所有书写和口述的文学作品"(xix),这点和史毕乐的观点相近(*Milestones* 116),然而新时代的美国文学史试着"尽可能多讨论这些作家,致力于目前的努力重建美国文学史,不因性别、种族或民族的、文化的背景的偏见,来排除某些作家"(xii)。艾理特的目标是"向美国文学既有的观念挑战,而不是附和"("Politics"271),强调"方法的多元与材料的歧异"("New"614),"结果应该是动摇(unsettle)而不是再度确保(reassure)这本书的读者"("Politics"269),使读者"具有更多资讯、更动摇,而不是更受到安慰或确保"("New"621)。用艾理特自己的比喻来说,"这本书将是一匹知识上的特洛伊木马,侵入不设防的美国读者的心灵"("Politics"271)。本书"推陈出新"的另一用意是,希望"更充分地检视一些作家,而这些作家的作品在编辑们看来值得更广泛地研究"(xii)。

《哥》书一开始就强调美国文学与民族的复杂多样,大胆指出,"这个国家的文学史,始于在后来成为美国这块土地上第一个创意地使用语言的人"(xv)。质言之,美国文学史不像一般人习以为常地认为始于欧洲到北美的移民,而始于"西南部,美洲印第安人在洞穴墙上刻画的叙事"(xv)——亦即,"表面上"放弃传统的欧洲本位主义,代之以美洲原住民起源说。[20]全书以此开始,来"印证许多文化的冲突与混合"(xv),目标则是"检视一个国家文学的出现,那个文学的特质,那个文学形成中重要的文学以外的因素,以及写作者与口述者以不同形式表现的文学艺术"(xv)。为了呈现这种多元化的氛围,并"提供读者一个简要的参考工具"(xiii),如何兼顾内容多样及篇幅简要,就得诉诸编者的判断,而编者自知"这些判断根据的原则必须承认是知识上的'精英主义式'(intellectually elitist)……一群职业学者可以决定某些表达方式比其他的更值得注意"(xii)。虽然在篇幅、篇章、撰稿人的决定上不得不用上"知识上的'精英主义式'",但在选定各章撰稿人(也就是身为职业学者的编辑心目中的专家)之后,便给予撰稿人充分的自由,[21]并公然赋予读者质疑的权利。例如,晚近对"文学"的定义人言言殊,因此"在决定什么作品应该当作'文学'处理时,大部分的责任是每位撰稿者与编辑们商量的结果。这些选择永远是可以争辩的"(xix)。而在文学史家面对历史家与文学批评家的双重挑战时("不但要呈现有关过去的一个令人信服的故事,而且要说明作品,产生诠释,就与'历史'相关部分来逐渐灌输对艺术品的美学品质的了解与欣赏"〔xx〕),编者也完全尊重撰稿人的抉择:"因为在这些事情上缺乏共识,本书的每篇撰稿都代表个别的批评家面对历史家和文学批评家二者的难题、张力时,自己的解决方式。"(xx)因此,各章的"方法、语调、风格有相当的歧异"(xii),因而以下的状况也就不足为奇了:"有些学者—批评家写来信心十足,显示近年来理论的激变对他们无甚影响,其他人则露出明显的试探性与不定性。"(xx)

该书指出编辑们"只希望提供当代对于美国文学史的'介绍'"("introduction",xiii),希望"建立综览(over-view),使读者可由此移向其他的资料"(xiii)。出版这类文学史除了学术性之外,自有市场的考量,这就涉及"心目中的读者"(intended reader)的定位。编者对撰稿人和读者的角色有这样的描述:"所有的撰稿人担任历史与文学的老师,尝试与学生、同行学者、一般读者来分享他们的观点和知识。"(xii)但读者并不是被动地接受撰稿人的看法和全书的编辑体例,他们除了可以公开质疑、争辩之外(xix),还特别被"训诫"要善用索引,互相参证,以建构自己对美国文学史的各项诠释("这部文学史的读者应该查索引,来看一位特定的作家在不同的地方被处理,而且应该认知不同论文之间的关系是重要的"〔xx〕,"这本书的读者将借着综合相关的论文,一直置身于创造他或她自己的美国文学史的诠释行动中"〔xxi〕)。

简言之,身为崇尚异识的 80 年代的产物,《哥》书抱持的是相当开放的美国文学史观,在编辑规划的大架构下,赋予撰稿人与读者最大的自主性,撰稿人就指定的范围以各自的"方法、语调、风格"独抒己见,读者则"大家一起来",各尽所能,各取所需,建构出自己的美国文学史诠释。[22]

三部美国文学史的特色与主张已略如上述,底下更进一步探讨其理念及做法的异同。

一、就美国文学史观而言,《剑》书把美国文学史的定义视为理所当然,毋庸花费笔墨说明,只在批判前人的论述时,隐隐透露出某些见解,如着重历史的描述,反对纯粹美学的判断,"综览美国民族在作品中表达的人生,而不是单独有关纯文学的历史"(CHAL, I: iii)。一般说来,撰稿人之一的巴灵顿(Vernon Louis Parrington)多少代表了这一代学者的作风。以《美国思想的主流》(Main Currents in American Thought)一书闻名的巴灵顿,他"拥抱本土"的主张及作为,深为当时还是年轻学者的史毕乐等人所接纳(Milestones 9),但史毕乐对巴灵顿等人也不是没有批评,认为他们的著作偏向"文学的'历史'",而非"'文学的'历史",甚至沦为"文献史"及"经济和其他形式的环境决定论"。[23]

就这一点,《美》书更进一步,不但接纳前代强调的"美国的",更特别标榜"文学的"。而其对美国文学史的定义,可由致撰稿人的备忘录看出:"文学史被定义为对于值得保存的作品的描述和评估,这些作品之所以值得保存,是由于本身具有表达经验的优点。它是历史,因为这些作品依其历史环境而被安排与解说。它是'美国的',因为它所叙述的经验,必须植根于现在的美国。"(*Milestones* 116)[24]其实,我们对照《美》书列出的主要作家便可发现,着重的地方容或不同,结果的差异并不见得那么大。而且,虽然《剑》、《美》二书都在重新诠释历史,并强调重新诠释的必要,却仍有一个相同的基本假设:历史的客观存在性。甚至史毕乐在企图以自己发展出来的周期论来涵盖(更正确的说,诠释)美国文学史上的"四个事实"(*Third* 26)[25]或预测未来的发展时,还是基于对固定的文学标准及客观的历史事实的信念。吊诡的是,史毕乐认为历史家应该"立足现在,回顾过去"(*Cycle* xi),"必须从手边大堆的资料中拣择、删减、重组,以呈现整个文学文化的和谐观"(xii);他又说"亚当斯(Henry Adams)教导我历史是个过程,我可以是其中创造性的一员;简言之,历史是个艺术"(*Late* 52)。换句话说,史毕乐认识历史的建构性、创造性、艺术性,却肯定史实经由组织、创造之后形成的历史,依旧是个客观的存在。显见《剑》、《美》二书对文学、历史具有相当程度的共识,或者该说,理所当然的共同想法。

这种情况在《哥》书中有剧烈的转变,尽管表面上由主要作家的认定看来,《哥》书与前两部文学史的差异不是很大(详见下文),但对于"文学"、"历史"却有不同的观念。就"文学"而言,《美》书定义为"一个民族在特定的时空所发展出来的一般文化在美学上的表现"(ix);80年代的文学史家则指出这个问题的复杂性,不愿给予任何确定不移的定义,而由个别的撰稿人和编辑们商量决定那部作品是否为"文学的",并特别提醒读者/消费者留意自己的权益:"这些选择永远都是可争辩的。"(xix)然而,讨论殖民时期的散文与诗歌时,把"传记与自传"("Biography and Autobiography")特辟一章,从这点来看,近来学者对自传作为文学的研究已明显影响到编辑方针。[26]

就历史而言,客观存在的历史或过去也遭到质疑,代之而起的是"建构的历史"(history as construct)的观念:

历史家检视的旧有纪录、日记、信件、报纸、官方第一手文件或统计数字,不再被认为是反映"唯一的"过去;取而代之的想法是,除了使用这些文件的历史家的观感、特殊兴趣过滤的文件中建构出来的历史之外,过去是不存在的。因此,历史家不是说真话的人("truthteller"),而是说故事的人("storyteller"),他凭着具说服力的修辞和叙事技巧,而不是事实,成功地说服读者接受对过去的某一种解释("rendition")是"真的"。(xvii)[27]

也就是说,历史是意识形态、立场、修辞、叙事的产物。这个看法与怀特发展出的历史哲学吻合。[28]《哥》书的文学史家与史毕乐眼中的文学史家一样,身兼历史家及文学批评家,必须面对历史与文学的双重挑战,解决二者之间的张力。不同的是,史毕乐坚决贯彻自己的文学理念,艾理特则坦言把解决的责任抛给撰稿人和读者。

此外,《哥》书对文学生产、文化建制、意识形态的关系也有相当的体认与自知之明,[29] 了解编撰文学史的行为绝非客观、中立、超然(disinterested),而是有所偏好(interest-laden),因此也就"不避俗气"地说:"这件工作是客户委托,雇用编辑设计基本的结构,并纠集专家完成指定的工作。编辑们和出版商合作建构出一本书,来满足艺术和财务上的考量,并可为学者和读者所接受。"(xiii)

二、这三部文学史都强调现在主义的立场,以及重写文学史的必要:指明对前代的不满,标榜要顺应时代思潮、反映晚近学术发展,由新一代的人为同代的人撰写新的美国文学史。这个现在主义的立场,或柏柯维奇所称的"修订主义的挑战"("revisionist challenge", *Reconstructing* vii),于美国历史上屡见不鲜,政治家杰佛逊(Thomas Jefferson)、思想家艾默生(Ralph Waldo Emerson)、文学家艾略特(T. S. Eliot)、历史家特纳(Frederick Jackson Turner)……都表达过类似的看法。[30] 以"今日的语言、逻辑、科学等方面的知识"检视过去,并"把结果传达给历史家同时代的人"(Hull 4),这种现在主义的主张在三部文学史中都显而易见:例如,《剑》书由1829年的第一本美国文学史开始点名批评,并强调自己的目标与特色;《美》书一、三、四版序言的第一段,不惮其烦地重申现在主义的立场(vii, xi, xiii);《哥》书序言的头两段,就以《美》书序言中的现在主义立场为开场白加以发挥(xi)。

值得一提的是,史毕乐在《美》书销售数十年且"不见来者"的情况下,在第四版中对现在主义的立场稍有松动:"《美》书在第一个二十五年结束时,证明了编辑们原先宣称的'每一代必须以自己的方式来定义过去'是错误的。"(xiii)他固然欣喜自己主编的文学史历久弥新,却又有不见替人之叹。[31]艾理特主编的《哥》书序言劈头就指出这个问题,认为要由"过去四十年来的社会、政治、文化史……以及这段时间内出现的研究我们国家文学的新的批评方法"(xi)等方面来解答,因此《哥》书可说是对这个问题的回应。所以,对于《美》书来说,《哥》书的出现有破有立:打破了《美》书长久独霸的局面,或史毕乐自己警觉到的"错误终结的错误感"("a false sense of a false finality", *Milestones* 140),确立了《美》书现在主义的基本立场。就这三部文学史而言,正因为后代对前代的批判,更肯定了彼此对现在主义重写文学史的共同理念。

三、三部文学史都肯定多人"合写"美国文学史的必要。也就是说,他们共同体认到美国文学作品以及当前学术发展的繁复歧异,一人实难含英咀华又统揽全局,为求深度与广度并重,必须邀约各方好手共襄盛举。但在篇章、内容的规划与执行上,三者有所不同。《剑》书由于事先缺乏明确的规划(Vanderbilt 149, 223, 228),尽管编辑对来稿提供修改意见,积极寻求风格和学术水准的统一(Vanderbilt 22-27, 167-68, 221-23),但在史毕乐眼中还是各不相干的文章的结集,是"分析的时代"("the Age of Analysis", *Third* 10-12)的产物。《哥》书更是标榜异识,只提供了一个相当粗略的撰稿凡例,[32]结果甚至连"风格与角度"上也显现原创性,可与创作艺术家媲美(xviii),[33]并敦促读者积极参与,勇于质疑,善用索引以建立相关论文间的关系及自己的文学史诠释(xx)。

史毕乐既然有了《剑》书的前车之鉴(Vanderbilt 5-6,499),他主编的文学史不但事先规划出全书大纲,各章纲要,决定撰稿人选(只有同意其文学史观及各章纲要的人方能签约),为撰稿人列出详细的指导方针,撰稿人间及撰稿人与编辑间相互讨论,来稿在编辑和副编间传阅,各人提供意见,由史毕乐综合后函请原作者修改(有些甚至前后被要求修改五六遍之多),最后主编又极力发挥编辑的权力/权威,润饰、增删、搬移,在各章之间穿引补缀,甚至有四章(十、十七、七十一、八十二)是史毕乐不满意来稿而根据原稿改写的(1476-1479),以成全其心目中统一的美国文学史。[34]简言之,《美》书的编辑策略在于,集众人之力以成就一个特定的文学史观,达成统一指导原则之下的集思广益,以求统一的史观与深入的探讨两全其美,追究起来不免有"独策群力"之嫌。[35]这种权威式、大一统的编辑方式,和整整四十年后《哥》书号称介于"自由放任的编辑政策与暴政之间"、"既非统一,又非多元的呓语"(Elliott,"New"616,617)那种态度与理念,差距不可以道里计。

四、文学史的分期往往是为了遂行某个目的而采取的策略或权宜之计,难逃"抽刀断水"、"藕断丝连"的窘境。《剑》书将美国文学史分为"殖民和革命文学"("Colonial and Revolutionary Literature")、"初期国家文学"("Early National Literature")、"后期国家文学"("Later National Literature")三大部分。"殖民和革命文学"始于1583年的旅游者及探险者;"初期国家文学"的第一部分明确提到的最早年份是1756年的早期戏剧,第二部分则始于梭罗(Henry David Thoreau,1817-1862);"后期国家文学"的第一部分始于惠特曼(Walt Whitman,1819-1892),第二部分始于吐温(Mark Twain,1835-1910)。[36]

《美》书分上下两卷，恰好涵盖了主编史毕乐心目中的美国文化及文学演进的两个周期，上卷依序为"殖民地"（"The Colonies"）、"共和国"（"The Republic"）、"民主政治"（"The Democracy"）、"文学成就"（"The Literary Fulfillment"）、"危机"（"Crisis"）五篇；下卷依序为"扩张"（"Expansion"）、"各地方"（"The Sections"）、"大陆国家"（"The Continental Nation"）、"美国"（"The United States"）、"世界文学"（"A World Literature"）五篇。第二版增添的《附录》一章，归结了美国文学史的第二个周期，此部分在第三版命名为"附录：世纪中叶及以后"（"Postscript: Mid-Century and After"），下分《一个时期的结束》（"End of an Era"）和《1945年以后》（"Since 1945"）两章，前者试图以历史的角度来探讨两次大战之间的作家，后者则讨论1945年以后崭露头角的作家（xi）。第四版则将《一个时期的结束》并入第十篇《世界文学》，充当最后一章，表示第二个周期的结束，而将第十一篇篇名中的"附录"删去，赋予独立的地位，直接命名为"世纪中叶及以后"，下分四章，分别探讨时代背景、诗歌、戏剧、小说，把这部文学史"带进了新的一代"（xiii），也就是第三个周期的开始。[37]

《哥》书则分为五个时期，除了第一个时期的开始之外，分别系以特定的年份，如"从开始到1810"（"Beginnings to 1810"）、"1810—1815"、"1865—1910"、"1910—1945"、"1945迄今"（"1945 to the Present"）。编者对于这种分法的武断与无奈具有相当的体认："虽然时期的划分由具有意义的历史事件标示，如内战的结束，这些标示代表组织的方便，并不暗示文学发展上的分水岭。……许多运动和生涯逾越了时期的界限。"（xii）

《哥》书的特色之一在于讨论美国文学的起源时，摆脱了以欧洲为中心的传统做法。在第一个时期谈到的四个起源中，除了众人习以为常的西班牙、英国、清教徒之外，第一章就标举美洲原住民的声音，认为现今美国西南部犹他州的洞穴墙壁上有"印第安人"刻画的叙事图案，这些"保存迄今的史前时代的岩石艺术……我们不能怀疑它们具备语言的特质,故事、神话和原始之歌的语言。它们有两千年左右的历史,很能代表美国/美洲文学(American literature)的起源"(5)。[38]

《剑》书首章始于1583年的吉伯特爵士(Sir Humphrey Gilbert, 1)。《美》书包括西班牙、法兰西、荷兰、斯堪地那维亚在内的探险者的语言记载,提到"一个世界性的开始(a cosmopolitan beginning),一直到两个世纪之后才窄化到盎格鲁—撒克逊的文化传统"(24)。书中以宣示的口气说,"就让美国文学史开始于德克萨斯"的西班牙人Alvar Nuñez Cabeza de Vaca,他的《叙述》(*La Relación*)于1542年出版。1582年哈克路特的《航行》(Richard Hakluyt, *Divers Voyages*)对"英国征服美洲的文学的贡献难以估计"(31),而1588年哈利尔特的《一块新发现的土地:维吉尼亚的简要真实报导》(Thomas Hariot, *A brief and true report of the new found land of Virginia*)则是"第一本报导第一个位于今日美国的英国殖民地的英文书"(31)。总之,《剑》书和《美》书把美国文学的起源定于西元十六世纪,《哥》书则定于两千年前左右,前后相差了十几个世纪。而且,照《哥》书这种方式定义的话,任何考古学的新发现或文学的新定义,都可能使美国文学史的源头往前推。

五、就方法而言,三部文学史除了介绍历史、文化背景的篇章之外,最重要的手法之一便是"'主要作家'的研究方法"(the "major authors" approach)。[39]史毕乐曾说,文学史家的首要职责之一,就是判定哪些人是或曾经是主要作家(*Cycle* x; *Milestones* 121)。[40]重要作品的认定涉及文学典律,底下为了讨论方便起见,我们把凡是名字出现在章名上的作家全部列出,以对照相隔七十年的三部美国文学史上的代表性作家(为了对照起见,《剑》书列名的作家按该书的顺序排列,其他两书则并未完全按原书顺序;+号代表章名中除了列名的作家外,还有其他的作家或团体):

《剑》书	《美》书	《哥》书
Edwards	Edwards	Edwards + Chauncy
Franklin	Franklin	(Cotton)Mather + Franklin
		Jefferson +
Irving	Irving	Irving +
Bryant +		Bryant +
Brown + Cooper	Cooper	Brown +
		Cooper +
Emerson	Emerson	Emerson
Thoreau	Thoreau	Thoreau
Hawthorne	Hawthorne	Hawthorne
	Melville	Melville
Longfellow	Longfellow + Holmes + Lowell	
Whittier		
Poe	Poe	Poe +
Webster		
Prescott + Motley		
Lowell		
Whitman	Whitman	Whitman
Lanier	Lanier + Dickinson	Dickinson
Twain	Twain	Twain
Howells	Howells	
James	James	James
Lincoln	Lincoln	
	Adams	Adams
	Robinson	
	Dreiser	
	O'Neill	
		Hemingway + Fitzgerald + Stein
		Faulkner
		Frost

续 表

《剑》书	《美》书	《哥》书
		Pound + Eliot
		Williams + Stevens

此表中重复的人选不少,证明了艾理特有关保持传统与创新的平衡的说法:"我们在处理时必须试着维持合理的平衡,既扩大典律,又不贬低长久以来享誉的作家"("New"619)。

在三本文学史中都独占一章的计有6人:
艾默生、梭罗、霍桑、惠特曼、吐温、詹姆斯[41]
名字出现在这三本书的章名的计有5人:
爱德渥滋、富兰克林、欧文、库柏、坡
在两本文学史中独辟一章的计有4人:
梅尔维尔(B,C)、何威尔斯(A,B)、林肯(A,B)、亚当斯(B,C)
名字出现在两本书的章名的计有6人:
布莱恩特(A,C)、布朗(A,C)、朗费罗(A,B)、罗尔(A,B)、雷尼尔(A,B)、狄瑾荪(B,C)
在一本文学史中独辟一章的计有7人:
惠提尔(A)、韦布斯特(A)、罗宾逊(B)、德莱塞(B)、欧尼尔(B)、福克纳(C)、佛洛斯特(C)
名字出现在一本书的章名的计有13人:
琼西(C)、梅瑟(C)、杰佛逊(C)、何姆斯(B)、布雷斯柯特(A)、墨特里(A)、海明威(C)、费滋杰罗(C)、史坦茵(C)、庞德(C)、艾略特(C)、威廉斯(C)、史蒂文斯(C)[42]

这份名单几乎完全是男性(女性只有狄瑾荪和史坦茵),而且大多是所谓的 WASP(白人、益格鲁—撒克逊人、新教徒)。这种性别、肤色、种族、宗教的绝大优势,在美国文学史上由来已久。[43]

美国文学史中男女性别上的优劣之势自有其历史、文化、政治、社会、教育等方面的因素,此处不拟探究。值得一提的是,

《哥》书特别留意以往这方面的偏失,并在可能的范围内加以修订。因此,狄瑾荪史无前例地与其他十位男性作家一样获得了独辟一章的待遇(在《剑》书中,她与其他诗人并入一章,分得三页的篇幅,III: 32-34;在《美》书中,与雷尼尔合为一章,分得十页左右的篇幅)。而史坦茵也首次与海明威、费滋杰罗合占一章。[44]《哥》书更特辟三章专门讨论女性作家,即《女作家的兴起》("The Rise of the Women Authors",289-305)、《女作家与新女性》("Women Writers and the New Women",589-606)以及《两次大战之间的女作家》("Women Writers between the Wars",822-841),其他章节也特别强调女权运动与女性作家。[45]这三章以及撰写狄瑾荪与史坦茵两章的五位撰稿人全是女性,其中包括了以研究女性主义及文学闻名的萧华德(Elaine Showalter)、贝恩(Nina Baym)、马汀(Wendy Martin)。4位顾问中有1位女性,5位副编(associate editors)中有2位女性,总共74位合作者中(包含撰稿人、顾问编辑、副编),女性占了16位。这种比例的女性参与,与七十年前《剑》书64位撰稿人中的4位女性,及四十年前《美》书55位撰稿人中的1位女性,真不可同日而语。艾理特还说:"四分之一的〔女性〕撰稿人虽然仍称不上是个公平的比例,但这的确显示了进步。最重要的是,这本书将反映女性学术对文学研究领域所带来的刺激,以及这类作品对文学典律和形式所产生的修订主义的观念。"("Politics"273)

六、族裔的异质性(heterogeneity)一直是美国的一大特色。这三部文学史多少试图反映这种多族裔(multiethnicity)的现象。《剑》书对黑人作家着墨不多,其中很大篇幅在于《方言作家》("Dialect Writers")一章第一节讨论"黑人方言"的部分("Negro Dialect",II: 347-360)。全书最后两章专辟给"非英文的著作"("Non-English Writings"),第一章讨论德语、法语、意第绪语(Yiddish, III: 572-609),编者特别注明,美国人民的主要语言是英文,不同的语言团体也有各自的报纸,但"只有德语、法语、意第绪语,可说是呈现某些类似他们自己独特的文学"(III: 572n)。此章分别讨论这三种语文的文学在美国的发展情形。后一章则专门探讨"印第安人"的文学遗产,指出美洲原住民的特色、发展、种类、影响、对当代美国文学的意义等(III: 610-634;这一章是出自最年轻、最热衷编务的范·朵伦的建议,参阅 Vanderbilt 169)。

虽然史毕乐对美国境内族裔歧异的现象颇有认知,主张美国文学史应当反映族裔的歧异性("美国文学史涉及的族裔,综合了欧洲的亚利安诸种族,以及一些印第安人、黑人、黄种人和其他族群。其根源主要是盎格鲁—撒克逊人,但不再那么局限", *Third* 16),而且自称是把"印第安人"的文学传统纳入美国文选的第一人(*Late* 72),但他真正负责主编美国文学史时,却不得不迁就现实,在全书八十六章中,只有两章特别提到非盎格鲁—撒克逊人在美国文学史上的发展及意义:第四十一章《语言的混合》("The Mingling of Tongues", 676-693)分别讨论了德、法、西、意、斯堪地那维亚、犹太(含意第绪语,即犹太—德国文学〔"Judaeo-German literature"〕)等不同种族后裔在美国文学上的发展;第四十二章《印第安传统》("The Indian Heritage", 694-702),以不到七页的篇幅把"印第安人"的传统做了简要的介绍。即使在史毕乐独力撰写的《美国文学的周期》中,这种偏重/偏见不但出现,而且表现得理所当然。他列出的二十五位主要作家中,虽有德莱塞这样的德裔美国作家,但其作品中表现的美国特色与其他美籍作家可说不分轩轾。至于非白人的作家则无一人上榜,书后的索引显示"印第安人"只零星出现在七页中,黑人也只零星出现在十三页中。正式被史毕乐以文学价值一笔带过的非白人作家,似乎只有黑人作家艾理森(Ralph Ellison, *Cycle* 229)一人。尽管如此,史毕乐对美国文化与文学异质性的观察有其深刻之处:

美国表面的同质性(homogeneity),在19世纪末顶多保持住不稳定的平衡,但随着欧洲影响的增长,1870到1924年移民的迅速流入,以及对长久居住的弱势族裔认识的增加,这种同质性逐渐瓦解。……真正世界性的文化性质,一直到第二次世界大战后才得到完整的表达……尤其是犹太人和黑人弱势团体——但也包含其他弱势团体——变成主要的文化因素,并把长期沉寂的族裔和宗教的压力,放进艺术中的美国和国际表现。美国文学在1950年之后,将永远不会再像以前一样的具有同质性。(*Cycle* 228-229)

史毕乐的说法在《哥》书得到了相当程度的印证。主编艾理特自诩的主要项目中,除了前面讨论的女性文学外,就是弱势团体的文学了。《哥》书对弱势团体文学的重视,其实由篇章的安排和折页的说明(特别指出土著、英国、西班牙、清教徒"四个并行的开端"〔"four parallel beginnings"〕)就可看出。此书特意把美洲本土的声音与欧洲的源流并列,而且把《本土的声音》列为第一章,是以往美国文学史论述中绝无仅有的。而这四个源头中,又以美洲原住民的声音为最早的文学表现。换句话说,美国文学就时间而言,最早的起源是本土红人。这对以往以欧洲白人为中心的美国文学起源说,不啻是一记当头棒喝。对于这点安排,艾理特在《哥》书出版前三年的一篇文章中就说道:

由开头的设计就可明显看出,我们努力于一种多样、多层的方法。读者也许会期盼找到对美国文学起源的一个单纯的看法——比方说,西班牙探险者,或殖民地清教徒的登陆;我们的历史有四个起源……这里的用意是要暗示打一开始〔美国〕文化中就存在着繁复与矛盾,〔我们〕希望把这种丰饶感带入整本书中。简言之,我们的目标在完整,而不在一致,虽然我们体认到真正的完整不是这本书的篇幅所能涵盖的。("New" 617-618)

全书又专辟三章讨论《非裔美国文学》("Afro-American Literature", 785-799)、《墨裔美国文学》("Mexican American Literature", 800-810)以及《亚裔美国文学》("Asian American Literature", 811-821)。[46]《亚裔美国文学》一章开头就指出美国文学中弱势族裔的困境:"正如所有在美国的民族和族裔弱势团体的作家注意到的,要由美国,而非白人、英文、甚至基督教的观点来出版,是困难的。"(811)也就是说,弱势团体更能体认到美国文学以白人、英文、基督教为中心的强烈意识。而亚裔作家由于地理、文化上的鸿沟,这方面的困难也就更为显著。

《哥》书特辟专章讨论美国弱势团体的文学,以反映美国社会、文化各方面的多样性,达到"强调一个国家中多种不同的声音"的目的(xxvii)。这种多元与歧异的现象,原本是美国社会的特色,但以往在强势团体的宰制下,一直受到压抑,到80年代终能破土而出,在美国文学史上争得一席之地。然而,"打破旧律,建立新制"的分寸应如何掌握? 如何在旧有体制、观念和新兴思潮中取得平衡? 多种声音应该多到哪种程度,才能反映现实状况(如族裔美国文学为何仅限于上述三类……)? 还是根本就没有所谓的"现实"与"反映"? 是不是最后只得诉诸个人的诠释,落得各说各话的局面(例如同一篇中讨论"地方主义"的专章就遭到马奎尔的质疑)? 面对这种种多少在意料中甚或被鼓励的质疑,编者可以大言不惭地说,这些质疑正好印证了本书的宗旨:文学史不是封闭(closure)、终结(finality),不必也不能提出最后的解答,而必须诉诸一次又一次的诠释,读者尽可由此书出发,建构自己心目中全部或部分的文学史。[47]就某个意义来说,《哥》书立于不败之地:面对赞成意见时,编者可以"志同道合"地说,自己的编辑方针得到肯定;面对反对意见时,编辑可以"化敌为友"地说,其实我们对异识的信念或看法是一致的。换言之,在向前代的共识信念挑战的同时,80年代的美国文学史家吊诡地以异识为共识,进行重新诠释美国文学传统的活动。

七、由于文学性和文类的定义变动不居,此处姑且以这三部文学史中类似的标准略做分析。我们明显看出最大的篇幅是在诗歌和小说,戏剧的比例则相差甚远。《剑》书中有关诗歌的篇幅超过小说,另外两部文学史中有关小说的篇幅则超过诗歌,这非但透露了美国文学认定上的两个主流,也代表了不同时代的文学史家有着不同的着重。[48]而《美》书中戏剧的比例比另两部文学史约多出一倍,也反映了史毕乐当时的文学史家对戏剧的着重。就散文方面,《剑》书特辟了两章来讨论小品文作家("essayists", II: 3; III: 13);《美》书只有第十三章把"essayists"和诗人并提,但重点还是在诗人,而且此处的"essayists"含义较广,并不限于传统式的小品文作家;《哥》书虽有专章讨论《社会论述与非小说的散文》("Social Discourse and Nonfictional Prose", 345-363),但并未专就"essay"或"essayist"加以探讨。

此外,由于历史背景的缘故,美国文学史也常包含对宗教、哲学、政治、文化、文学等方面的讨论。文学评论在《美》、《哥》二书中逐渐取得独立的地位;《剑》书特别提到"游记、演说、回忆录"(xi),而传记与自传由于近来文学观念的演变,成为《哥》书"殖民时期的散文与诗歌"篇中的专章,与历史、宗教、诗歌分庭抗礼。其他方面,如《剑》书还特辟专章讨论新闻(I: 111-123; II: 160-195; III: 299-336)、儿童文学(II: 396-409)、短篇小说(II: 367-395),在在可以看出不同的文学史著作就某些方面的重视。

以上讨论显示,三部文学史在理念和做法上各有异同。傅莱(Northrop Frye)在讨论"文学作品的历史顺序"的"再创的观念"("conception of recreation")时说:"在所有的再创中,都存在着一种双面的父子关系:一个是伊底帕斯的关系,儿子杀死父亲;一个是基督的关系,儿子认同父亲。"(225)这项观察可转用来阐释这三部文学史之间以及与整个美国文学史论述之间的关系,笔者特别把这种关系命名为"re[-]acting",取其"反动"与"重演"二意。也就是说,面对着前代(尤其是上一代)的成就,处于

"影响焦虑"下的后代文学史家,一方面觉得置身在前代的阴影下,焦虑于前代的成就,不满于前代的缺失,因而亟思"标新立异",自立门户,另一方面,又不由自主地继承或采取类似前代的一些作为,结果形成"同中有异、异中有同"、"续中有断、断中有续"的现象。[49]

《剑》书与以往美国文学史论述的互动关系,可由对前代的批评与肯定中看出,以合写的方式来捕捉繁复多样的美国文学史,是它在做法上与前代文学史最显著的不同。但这种一体纳入、集大成的写作方式,却容易欠缺统一的中心主旨,在当时便屡遭批评(参阅 Vanderbilt 164-166, 179-183, 216-217, 231-232,尤其是页 165 引用 *The Nation* 之评),更被后人批评为"不合逻辑"(Spiller, *Third* 17)、"无所不包"(Spiller, *Milestones* 114; *Late* 207; Mukherjee 313)、"难以卒读"(Spiller, *Late* 200)、"语气软弱"(Spiller, *Late* 207)。史毕乐在回顾美国文学研究时,曾对《剑》书做了以下的描述与评估:

> ……《剑》书标示了对美国文学进一步研究的一个时代的结束,和另一个时代的开始……这个合作的成品,标示了美国文学只能当成英国文学传统的副产品来教的时代已经结束。编辑们敞开大门,只要白纸黑字的美国作品一律网罗……但他们对产生这杂七杂八东西的美国文化和文明,没有统一的看法。这部几乎难以卒读的书,在展现有待研读的美国作品的广泛、丰富上居功厥伟,它无疑地与开启这方面的研究密切相关。(*Late* 199-200)

在史毕乐眼中,《剑》书与自己主编的《美》书有以下的不同:

> 《剑》书向来就坦然承认,它只不过是有关各式各样美国写作的论文集,大致按题材的年代顺序排列;另一方面,《美》书的策划则事先透彻地探讨文学史的本质,以及使美国文学史具有本土色彩、独一无二的特殊条件。(*Milestones* 114)

换言之,相对于这个"分析的时代"(*Third* 10)的产物,就出现了"综合的时代"的《美》书,企图以一个特定的美国文学史观,结合众人之力,写出"一个单独而统一的故事"("a single and unified story", *LHUS* ix)。史毕乐等人多年的策划与努力,确实堆砌成一部众人口中的美国文学史的"纪念碑"(monument),历数十年而不衰。但在历经六七十年代分崩离析经验的当代学者看来,史毕乐追求单纯、和谐、统一、完整、综合的努力,代表的是现代主义的理念,难逃"专断、一致"之评(Elliott, "New" 614),而后现代主义时代的文学史家则向往开放(open)、多音(polyphonic)的多元体现。艾理特在自述《哥》书与上代作品的不同时说:

> 1948年的《美》书反映了一个文化,那个文化产生的风格,被许多建筑批评家标示为"现代的":流线型、统一,有信心于其有用的服务目的。相对的,本计划是谦卑的后现代的:它承认多样、复杂、矛盾,把它们当成结构的原则,扬弃封闭和共识。(*CLHUS* xiii)

艾理特并进一步发挥建筑的比喻,来说明二者的不同:如果说《美》书是座令人景仰的"纪念碑",则《哥》书的"设计就像图书馆或艺廊般让人探险,由回廊组成,可从许多人口进入,企图给读者一种吊诡的经验,能看到材料的和谐与不连贯"(xiii)。

《哥》书既然自称是后现代,结合了近几十年来的成果,此书在继承、批判前人之际,用上近来的文学批评观念也就理所当然。例如,以巴克汀(M. M. Bakhtin)的"对话论"(dialogism),来重新包装现在主义的立场(Elliott, "New" 617; *CLHUS* xxiii。此观念也见于其他当代美国文学史研究者,如柏柯维奇主张"对话式的开放"〔a dialogic open-endedness〕, *Reconstructing* ix; "America" 101; Reising 234-235, 237-238);以异识(暗示巴克汀的"异音"〔"heteroglossia"〕)来质疑共识;以"百衲衣"(patchwork-quilt)

的观念来取代"熔炉"(melting pot)的观念(Bercovitch,"Problem"649);[50]以历史的叙事性、主观性,来破解对历史真相、客观知识的执著;以"怀疑"、"自觉"、"试探"的态度,来谐仿(parody)文学史的建构(Elliott,"New"612, 621; *CLHUS* xviii; Bercovitch,"Problem"650;柯罗妮引用艾理特的私函里甚至说:"我们对于什么是美国文学,什么是历史,我们是否有权威去解释二者,都没那么有把握"〔294〕)……

总之,三部文学史都是纠集众人之力完成的大部头著作,旨在反映不同时代(分析的时代;综合/现代/共识的时代;后现代/异识的时代)的美国文学史家眼中,独特而复杂的美国文学现象,并各自诠释美国文学史、各自回应当前的问题。在讨论文学史的写作时,尧斯(Hans Robert Jauss)和佛克玛都表示,各个时代的文学史家面对不同时代的问题,提出各自的解答("the question-and-answer process", Jauss, *Toward* 29-30;尧斯的书名就叫《问题与回答:对话式了解的形式》〔*Question and Answer*: *Forms of Dialogic Understanding*〕,尤其197—231)。这个说法可由三部文学史得到印证。[51]为了总结晚近学术研究的成果,表达对以往文学史论述的不满,提出新一代的诠释,这些文学史一方面继承、检讨、超越过去,一方面又为后来者所继承、检讨、超越。《剑》书采用集大成的方式以达到学术与历史的目的,但在下一代学者看来却有松散之感;《美》书以"独策群力"的方式,完成"一个一贯的叙事"("a coherent narrative", *LHUS* viii),[52]但对下一代强调多音、对话的学者来说,其企图建立共识、完整、统一的现代主义的观念,把诠释的建构(interpretive construct)视为历史真相的看法,显得太过一厢情愿。身为后现代产物的《哥》书,以异识为共识,尊重撰稿人的见解,欢迎、鼓励读者积极参与,并期待后人的反动与重演。

其实,每一代的文学史家都扮演着承上启下的角色,处于不同的时空中,试图回答不同的问题,或赋予相同的问题不同的答案。[53]每一代以各自的典律来重新创造文学史,"要衡量这些〔重新创造文学史的〕计划的成功,并不在于它们所给予的终极看法,而在于它们成功地提供资讯及认知技巧,使读者得以欣赏比现在构成我们典律更广泛的作品"(Kolodny 301)。史毕乐早有此体认:"《剑》书、《美》书或任何篇幅巨大的综合作品,其危险在于给予一种虚假的终极感,而阻碍了知识上的好奇心。对创造历史而言,永远没有终结,正确的学术才真正是文化的根本"(*Milestones* 140)。80年代的批评家普遍抱持这种看法,除了上述柯罗妮之外("书写文学史从来不是一个固定或已完成的过程",301),《哥》书的主编艾理特也希望自己这部文学史"能实际提供一个表达反对的机会,在重新评估与典律发展的过程中,继续扮演一个持续进行的角色"("an on-going role","Politics" 274),希望成为"持续的批评对话的一部分"(275)。

就整个美国文学史论述的脉络来看,也许"里石"(milestone)的比喻较"纪念碑"更能表现出动态、过程的意义。[54]也就是说,整个文学史论述就像个旅程,每一代的文学史著作就像里石(其中有些里石在某种因缘聚合下暂具纪念碑的架式),标示着一代代的著述者对文学传统的接受、反省、诠评,同时自己也成为当代及后代接受、反省、诠评的对象。在断与续,变与常,异与同之间,一代代进行着"反动/重演"的"历史/故事"(re〔-〕acting〔hi-〕story)。

本人承蒙傅尔布莱特奖金(Fulbright Scholarship)资助,于1989至1990年赴美国加州大学尔湾校区(University of California, Irvine)访问研究,并在该地修订本文,特此致谢。

引用资料

王德威《众声喧哗——三〇与八〇年代的中国小说》,台北:远流出版公司,1988年。

汪荣祖《史传通说》,台北:联经出版事业有限公司,1988年。

单德兴《梅尔维尔导读》,《反动与重演:美国文学史与文化批评》,台北:书林出版有限公司,2001年,页273—286。

Baker, Houston A., Jr. "Figurations for a New American Literary History". *Ideology and Classic American Literature*. Ed. Sacvan Bercovitch and Myra Jehlen. New York: Cambridge University Press, 1986. 145-171.

Bercovitch, Sacvan. "America as Canon and Context: Literary History in a Time of Dissensus". *American Literature* 58.1 (1986): 99-107.

——. "Preface". In Bercovitch, *Reconstructing* vii-x.

——. "The Problem of Ideology in American Literary History". *Critical Inquiry* 12.4 (1986): 631-653.

——, ed. *Reconstructing American Literary History*. Cambridge, Mass.: Harvard University Press, 1986.

Bloom, Harold. *The Anxiety of Influence: A Theory of Poetry*. New York and London: Oxford University Press, 1973.

Canby, Henry Seidel. *Definitions: Essays in Contemporary Criticism*. New York: Harcourt, Brace & Co., 1922.

Carafiol, Peter. "The Constraints of History: Revision and Revolution in American Literary Studies". *College English* 50.6 (1988): 605-622.

Carroll, David. "Narrative, Heterogeneity, and the Question of the Political". *The Aims of Representation: Subject/Text/History*. Ed. Murray Krieger. New York: Columbia University Press, 1987. 69-106.

——. *Paraesthetics: Foucault · Lyotard · Derrida*. New York and London: Methuen, 1987.

Dray, William H. "Review Essay on *The Content of the Form*". *History and Theory* 27.3 (1988): 282-287.
Eliot, T. S. *Selected Essays*. 3rd enl. ed. London: Faber & Faber, 1951.
Elliott, Emory, et al., eds. *Columbia Literary History of the United States*. New York: Columbia University Press, 1988.
——. "General Introduction". In Elliott et al., *Columbia* xv-xxiii.
——. "New Literary History: Past and Present". *American Literature* 57.4 (1985): 611-621.
——. "The Politics of Literary History". *American Literature* 59.2 (1987): 268-276.
——. "Preface". In Elliott et al., *Columbia* xi-xiii.
Emerson, Ralph Waldo. *Emerson: Essays and Lectures*. New York: Library of America, 1983.
Erskine, John. *The Memory of Certain Persons*. New York: J. B. Lippincott Co., 1947.
Fokkema, D. W. "Literary History". *Tamkang Review* 16.1 (1985): 1-15.
Frye, Northrop. "Literary History". *New Literary History* 12.2 (1981): 219-225.
Gottesman, Ronald. "New American Literary History". *MELUS* 11.1 (1984): 69-74.
Graff, Gerald. *Professing Literature: An Institutional History*. Chicago: University of Chicago Press, 1987.
Guilloy, John. "The Ideology of Canon-Formation: T. S. Eliot and Cleanth Brooks". In Hallberg 337-362.
Gura, Philip. "Book Review on *Columbia Literary History of the United States*". *American Literature* 60.3 (1988): 461-463.
Hallberg, Robert von, ed. *Canons*. Chicago: University of Chicago

Press, 1984.
Hull, David. "In Defense of Presentism". *History and Theory* 18.1 (1979): 1-15.
Hutcheon, Linda. *A Poetics of Postmodernism*: History, Theory, Fiction. New York and London: Routledge, 1988.
Jauss, Hans Robert. *Question and Answer*: Forms of Dialogic Understanding. Ed. and trans. Michael Hays. Minneapolis: University of Minnesota Press, 1989.
——. *Toward an Aesthetic of Reception*. Trans. Timothy Bahti. Minneapolis: University of Minnesota Press, 1982.
Jehlen, Myra. "Introduction: Beyond Transcendence". *Ideology and Classic American Literature*. Ed. Sacvan Bercovitch and Myra Jehlen. New York: Cambridge University Press, 1986. 1-18.
Jones, Howard Mumford. "Foreword". In Tyler, *History* v-viii.
Jones, Howard Mumford, and Thomas Edgar Casady. *The Life of Moses Coit Tyler*. Ann Arbor, MI: University of Michigan Press, 1933.
Kolodny, Annette. "The Integrity of Memory: Creating a New Literary History of the United States". *American Literature* 57.2 (1985): 291-307.
Kreyling, Michael. "Southern Literature: Consensus and Dissensus". *American Literature* 60.1 (1988): 83-95.
Krieger, Murray. *Words about Words about Words*: Theory, Criticism, and the Literary Text. Baltimore and London: Johns Hopkins University Press, 1988.
Lamar, Howard R. "Frederick Jackson Turner". *Pastmasters*: Some Essays on American Historians. Ed. Marcus Cunliffe and Robin W. Winks. New York: Harper & Row, 1969. 74-109.
Lauter, Paul, ed. *Reconstructing American Literature*: Courses,

Syllabi, Issues. Old Westbury, NY: Feminist Press, 1983.

Lee, Yu-ch'eng. "A Discourse on Autobiography". *American Studies* 16.1 (1986): 75-106. [Taipei]

Lyotard, Jean-François. *The Postmodern Condition: A Report on Knowledge*. Trans. Geoff Bennington and Brian Massumi. Minneapolis: University of Minnesota Press, 1984.

Lyotard, Jean-François, and Jean-Loup Thébaud. *Just Gaming*. Trans. Wlad Godzich. Minneapolis: University of Minnesota Press, 1985.

Maguire, James H. "The Canon and the 'Diminished Thing'". *American Literature* 60.4 (1988): 643-652.

Miller, Wayne Charles. "Toward a New Literary History of the United States." *MELUS* 11.1 (1984): 5-25.

Mukherjee, Sujit. "Cycles and Dimensions: The Progress of American Literary History." *Indian Essays in American Literature: Papers in Honor of Robert E. Spiller*. Ed. Sujit Mukherjee and D.V.K. Raghavacharyulu. Bombay: Popular Prakashan, 1969. 305-319.

Portales, Marco A. "Literary History, a 'Usable Past,' and Space". *MELUS* 11.1 (1984): 97-102.

Reising, Russell. *The Unusable Past: Theory and the Study of American Literature*. New York: Methuen, 1986.

Richardson, Charles F. *American Literature*, 1607-1885. 2 vols. 1886-1888. New York: Haskell, 1970.

Rowe, John Carlos. "Cultural Criticism and Teaching". Crossing the Boundaries: A Conference in Interdisciplinary Study in the Humanities. University of Oklahoma, Norman. 20 Oct. 1990.

Shan, Te-hsing. "Spilling the Cycle: Reappraising Robert E. Spiller's Cyclical Theory of American Literary History". *American*

Studies 18.4 (1988): 49-94. 〔Taipei〕

Sherman, Stuart P. *Points of View*. New York and London: Charles Scribner's Sons, 1924.

Sollors, Werner, and Marc Shell, eds. *The Multilingual Anthology of American Literature: A Reader of Original Texts with English Translations*. New York: New York University Press, 2000.

Spengemann, William C. "American Things/Literary Things: The Problem of American Literary History". *American Literature* 57.3 (1985): 456-481.

——. *A Mirror for Americanists: Reflections on the Idea of American Literature*. London : University Press of New England, 1989.

Spiller, Robert E. *The Cycle of American Literature: An Essay in Historical Criticism*. Enl. ed. New York: Free Press, 1967.

——. *Late Harvest: Essays and Addresses in American Literature and Culture*. Westport, CT: Greenwood, 1981.

——, et al., eds. *Literary History of the United States*. 4th rev. ed. New York: Macmillan, 1974.

——. *Milestones in American Literary History*. Westport, CT: Greenwood, 1977.

——. *The Third Dimension: Studies in Literary History*. New York: Macmillan, 1965.

Tompkins, Jane. *Sensational Designs: The Cultural Work of American Fiction*, 1790-1860. New York and Oxford: Oxford University Press, 1985.

Trent, William Peterfield, et al., eds. *The Cambridge History of American Literature*. 3 vols. New York: Macmillan, 1917-1921.

——. *A History of American Literature*, 1607-1865. New York and London: D. Appleton & Co., 1920.

Tyler, Moses Coit. *A History of American Literature*, 1607-1765. New York and London: G. P. Putnam's Sons, 1878. Ithaca: Cornell University Press, 1949.

——. *The Literary History of the American Revolution*, 1763-1783. 2 vols. 1879. New York: Frederick Ungar Publishing Co., 1957.

Van Doren, Carl. *Many Minds: Critical Essays on American Writers*. New York: Alfred A. Knopf, 1924.

——. *Three Worlds*. New York and London: Harper & Brothers, 1936.

Vanderbilt, Kermit. *American Literature and the Academy: The Roots, Growth, and Maturity of a Profession*. Philadelphia: University of Pennsylvania Press, 1986.

Weber, Sam. "Afterword: Literature-Just Making It". In Lyotard and Thébaud 101-120.

Wellek, René, and Austin Warren. *Theory of Literature*. 3rd ed. New York: Harcourt, Brace & World, 1962.

Wendell, Barrett. *A Literary History of America*. 4th ed. New York: Charles Scribner's Sons, 1905.

White, Hayden. *The Content of the Form: Narrative Discourse and Historical Representation*. Baltimore and London: Johns Hopkins University Press, 1987.

Winslow, Donald J. *Life-Writing: A Glossary of Terms in Biography, Autobiography, and Related Forms*. Honolulu: University Press of Hawaii, 1980.

注　释

〔1〕 1960年代末期,有位印度学者在检视过去一个多世纪以来的相关论著时说:"美国文学史的实作已经发展成了一种文类,其杰出的情况在国外罕有匹敌"(Mukherjee 317)。为了方便起见,本文以"美国文学史"一词概括"history of American literature","American literary history"及"literary history of the United States",暂不加以区分这三个英文名称的含义,但将视情况需要在文中附带讨论,并请参阅注〔38〕。

〔2〕 纯就书名考量,泰勒这两部巨著至少透露出两个意义:(一) 两本书之间有三年(1763至1765)的重叠,可见文学史分期的困难;(二) 书名的前后不统一(一名 History,一名 Literary History),固然可说后者是为了避免"Revolutionary Literature"一词的暧昧,但也可看出对于"文学史"——"文学的'历史'"? 抑或"'文学的'历史"? ——定位的困难。葛拉夫(Gerald Graff)引用帕第(Fred Lewis Pattee)的话说,泰勒身兼文史二科专长,在密西根大学讲授"美国文学史",是美国大学课程上的创举,但"根据他的学生的说法,有时很难决定刚刚听过的课是有关历史还是文学"(221)。对于泰勒的推崇,参阅传特等人编辑的《剑桥美国文学史》序言(William Peterfield Trent,et al., eds., *The Cambridge History of American Literature*, viii) 及琼斯(Howard Mumford Jones)为重印的泰勒著作所撰写的前言(v-viii)。范德比特(Kermit Vanderbilt)甚至尊奉他为"我们〔美国文学〕学术界的开创元勋"(81)。有关泰勒的生平及这两本书的意义,参阅 Jones and Casady 合著的专书,尤其是 174—196, 255—265 及 Vanderbilt 81-104。

〔3〕 "诠评昭整"语出刘勰《文心雕龙·史传》篇,有关"诠评"一词的诠解,参阅汪荣祖,194—214。

〔4〕 下文提及这三部文学史时,各以《剑》、《美》、《哥》简称。《剑》书三册,分别出版于1917、1918、1921年。《美》书虽不像《哥》书有主编(general editor)之名,而标示以史毕乐为首的几位编辑,含索普(Willard Thorp)、江森(Thomas H. Johnson)、坎比(Henry Seidel Canby)——第三版加上陆德威格(Richard M. Ludwig),第四版加上吉普森(William M. Gibson)——但第三版序明指史毕乐负责全书的"政策与计划"("policy and planning", xi),而他的文学史观贯穿整部文学史也是不争的事实(详见下文),本文为求名实相符,特称其为主编。《美》书先后四

版,分别于 1948、1953、1963、1974 年问世,由于二、三、四版大体按照原书体例(见 ix, xi, xiii 及各版目录),故本文引用以第四版为准。有关《剑》、《美》二书在美国文学史论述上的重大意义,参阅 Vanderbilt 3, 236, 513, 520。二书广泛的书目(《剑》书书目共计 623 页,《美》书于 1948、1959、1972 年出版的书目及增订书目分别为 790 页、239 页、335 页),颇具搜罗、指引之功,对美国文学研究贡献良多。《哥》书出版后广受欢迎,其为二书之后的另一主要尝试也属不争的事实。

〔5〕 文学典律的问题颇为复杂,此处不拟探讨,可参阅郝柏格(Robert von Hallberg)主编的《典律》(*Canons*)一书。

〔6〕 "影响焦虑"一词来自卜伦(Harold Bloom)同名的专书。该书借用心理分析来讨论前后代诗人之间的关系,此处转用于描述前后代文学史家之间的关系,以表示写文学史与写诗,就某个意义而言,具有相同的创造性和虚构性。有关历史的叙事性与虚构性,参阅怀特(Hayden White)的三本专书,如《形式的内容》(*The Content of the Form*),页 ix-xi。另外,此处"标新立异"一词旨在描述,不具褒贬之意,意为"标举、建立新的、不同的事物或观念"。而有意无意间立场的标榜,也是很自然的行为,不足为奇。

〔7〕 此处的"史学"(historiography)系根据温斯娄(Donald J. Winslow)的定义:"写史的原则或方法学;写史的艺术;更精确地说,写史的研究。"("The principle or methodology of writing history; the art of writing history; more exactly, the study of the writing of history", 20)

〔8〕 其实,李察森在绪论中就表明自己的立场。他重视"内在的文学价值"(xvii),强调"文学史是一回事,书目是另一回事"(xviii),主张"我们已经有足够的描述了;我们现在需要的是分析"(xx)。他问道:"为什么在英格兰不值得一提的作品,只因为在美国写出就该大肆宣扬?"(xviii)。这些显然系针对杜金克等人历史取向的做法的反动。而他这种对前代的反动,又遭到后代《剑》书的反动。

〔9〕 这是历来争议不休的话题。韦礼克(René Wellek)说:"美国文学由于和另一个国家文学〔英国文学〕没有语言文字的差别,所以困难更为丛生,因为美国的文学艺术发展必然是不完整的,而且部分仰赖于一个更古老、更强大的传统"(268)。史毕乐就曾批评第一位美国文

学史的作者那普既缺乏统合的工夫,又视美国文学史为英国文学史的一支——"这个基本的谬误……几乎一直延续到今日"(*Third* 16-17)。然而,到了1985年,还有人主张"一个以语言〔英文〕为基础的文学史"(Spengemann,"American"475),证明了这个"谬误"一直延续到80年代,而且很有可能继续下去。史班吉曼(William C. Spengemann)这种主张再度把美国文学贬为英国文学的一支,遭到马奎尔(James H. Maguire)的严厉质疑(644—645)及艾理特的批评("Politics" 275)。但史班吉曼1989年在反省美国文学的专书中提到,若放弃"非英文莫属"的观念,则美国文学的范畴顿开(*Mirror* 21)。这种美国文学观的实践,见于索乐思与薛尔合编的《多语文的美国文学选集》(Werner Sollors and Marc Shell, *The Multilingual Anthology of American Literature*)。

〔10〕 就美国文学史研究上的意义而言,穆克吉(Sujit Mukherjee)把《剑》书视为美国文学史运动第二阶段前后期的分水岭,以前强调的是着重历史的"history of literature",之后强调的是兼重文史的"literary history"(311)。

〔11〕 史毕乐一生致力于美国文学史的研究,其周期论的见解于1933年的专文便见端倪,至1986年的短文依然坚持。其文学史观大致如下:"《美国文学史》是美国历史的一种"(*LHUS* ix),而文学史家的"特别乐趣在于以特定的时空和因果关系,来记录和诠释以往事件的过程。文学是他写历史所使用的语言"(*Third* 3)。因此,文学史家必须身兼历史批评家和文学艺术家(*Third* 240),或"历史家—批评家—建筑师"(*Third* 32)。史毕乐强调的是"美国文学史"("American *literary* history"),而非"美国文学史"("American literary *history*",参阅 *Cycle* x),他并将植物"根、芽、枝干、花叶"(*Late* 72)的生命周期和有机性应用于美国文学史,而形成"见识的单一"("singleness of vision", *Cycle* xii)。他以美国文学二周期论来涵盖两个文学成就的高峰(1835—1855 与 1915—1935, *Milestones* 141)及文学史上四个显著的事实(*Third* 26),每个周期有兴有衰,分为四个阶段(*Cycle* xi; *Late* 72-73, 169-170)。他甚至还预测第三个周期。史毕乐于1980年的论文中,以周期与根(the cycle and the roots)两个意象,扼要道出自己发展多年的美国文学史观,并认为是自己思索美国文学史的

"定论",适用于美国文学的过去与未来(*Late* 162)。有关于史毕乐美国文学史观的发展、要点、意义及缺失,详见下一篇专文《周期与根:论史毕乐的美国文学史观》。

〔12〕 十年后(1958年),史毕乐在一篇文章中提到,1912至1920年代之间美国文学史的写作有相当好的成绩,但那一代的文学史家"强烈受到经济决定论("economic determinism")和'新'历史的知识上的挑战,强调美国作品的社会、哲学背景",而《美》书则企图从三方面来向他们挑战:"一连串的'工具'章节("'instrument' chapters"),强调主要作品和主要作家,并且检视美国与欧洲及英国的文学和文化的关系"(*Third* 218)。换言之,《美》书强调连贯一致、美学评价、非英国的欧洲关系。

〔13〕 此处用的是佛克玛(D. W. Fokkema)对现在主义的定义:"以现在的观念和标准,尤其是现在对于理性和真理的观念,来描述、评断历史现象"(7—8)。

〔14〕 有关此书的编写过程,详见 *Milestones* 124-127 及 Vanderbilt 427-437。

〔15〕 有关"American literature"的译名及其含义,参阅注〔38〕。

〔16〕 *Milestones* 129 提到"目录揭示了叙事的设计和结构",即全书上下两卷,每卷五章,结构对称,暗示美国文学两个由萌芽、抽枝、开花、结果到衰败的周期。

〔17〕 这一点也显见于1967年史毕乐为自己的《美国文学的周期》(*The Cycle of American Literature*)增订版所写的《序》与《尾声》(vii, 226-230)。

〔18〕 柏柯维奇不但主编新《剑桥美国文学史》,而且也是《哥》书的四位顾问编辑(advisory editors)之一。他强调的"异识"系来自"60年代及70年代早期接受训练的美国研究学者"("Problem"634)。《哥》书的撰稿人多属于这一时代的学者。

〔19〕 艾理特在重读《美》书时,发现其中"关切的对象有二:叙事的统一和国家的统一"("New"613)。相对于前代学者的重视"共"(con-),如"consensus","concurrence",80年代的文学史家则标榜"异"(di-),如"diversity"(Elliott,"Politics"269),"discontinuity, disruption, dissensus"(Bercovitch,"America"101),"'diversity,' division, and discord"(Kolodny 307)。吉乐意(John Guillory)说:"'异'已经成为我们中心的批评

种类"("'difference' has become our central critical category", 359)。哈钦(Linda Hutcheon)在讨论后现代主义的诗学时,特别指出后现代主义一词"经常伴随着冠冕堂皇的否定的修辞……如 discontinuity, disruption, dislocation, decentering, indeterminacy, antitotalization……〔这些具有〕dis, de, in, anti 否定字首的字眼"(3)。

〔20〕 "表面上",因为"印第安人"(Indian)一词出于早先的欧洲人误认美洲为印度,此误称沿用至今且被普遍接受,何时甚至能否正名还不可知。这个事实指出宰制团体以自己的认知出发,成为其他弱势团体的命名者。

〔21〕 马奎尔便抱怨编者太尊重撰稿人的意见了(646)。

〔22〕 此书因而遭古拉(Philip Gura)评为读者可以"随心所欲"的"快速时代的文学史"(461)。

〔23〕 关于史毕乐对巴灵顿之评,参阅 *Third* 17; *Cycle* ix, x。至于他为《美国思想的主流》所写的书评,收入 *Milestones* 9-11。

〔24〕 另外有关史毕乐对文学史、有机的文学、有机的历史的定义,参阅 *Third* 222; *LHUS* ix。

〔25〕 这些"事实"与其说是客观存在,不如说是特定的诠释观点或策略强调、凸显后的产物。

〔26〕 关于自传研究逐渐成为显学的原因,此文类之特征及形成过程,详见 Lee Yu-ch'eng 专文 "A Discourse on Autobiography"。

〔27〕 《哥》书也提到,历史指的是"历史家对过去事件所形成的观点,历史家使用有关那些事件的文件、纪录、统计及其他指数,来建构一个对过去的诠释性的说法,而这个说法可以被读者或其他人接受为'真的'"(xx)。

〔28〕 怀特三本书的重点都在历史的叙事性。德雷(William H. Dray)认为怀特"一直强调历史叙事情节安排中诗的,而非事实的,本质"(286),主张"历史写作中极端建构性的叙事观"("extreme constructionist view of narrative in historical writing", 282-283)。

〔29〕 有关这方面的讨论,可参阅 Jehlen; Bercovitch, "Problem"635-636; Elliott, *CLHUS* xvii, xviii-xix; Lauter xi-xxv。

〔30〕 参阅 Bercovitch, *Reconstructing* vii; Emerson 56-57; Eliot 14-15; Lamar 76。

[31] 这种情形与史毕乐在 1958 年听到现代语文学会美国文学组(the American Literature Group of the Modern Language Association)的年会准备讨论撰写新的美国文学史以取代《美》书时,感觉"我们的利益岌岌可危",却仍坚持现在主义"不断重新诠释我们的文学史"(*Milestones* 139)的立场,简直不可同日而语。详见《致美国文学史家的一封信》("A Letter to American Literary Historians",收入 *Milestones* 139-142)。

[32] 两位撰稿人罗(John Carlos Rowe,撰写"Henry Adams"一章)和米乐(J. Hillis Miller,撰写"Wallace Stevens and William Carlos Williams"一章)面告笔者,负责与他们连络的是副编,除了指定题目,大致规定篇幅、格式、内容外(不超过 25 页打字稿,不要脚注,开头略做生平介绍),就是要撰稿人保持自己的风格,并未要求或鼓励撰稿人特别做什么事。稿件寄出后,既没被要求改稿,自出版的情况看来,编辑显然也没有改稿。因此,两人不约而同地用"多元"(pluralism)一词来形容《哥》书。

[33] 例如,《哥》书第一章《本土的声音》("The Native Voice")除了内容的突破外(视美洲原住民在洞穴墙壁上的刻画叙事为美国文学四个起源中最早的一个),连语调都很个人化,绝非一般人心目中的"史笔"。

[34] 史毕乐津津乐道于自己为建构统一的美国文学史所下的工夫,详见《一部历史的历史:〈美国文学史〉背后的故事》("History of a History: The Story Behind *Literary History of the United States*",收入 *Milestones* 111-128)。

[35] 这种所谓的"独策群力",多少是个夸张的说法,目的在于凸显《美》书的特色。《美》书就某个意义而言,是"群策群力"的产物:(一)集合众撰稿人的专长与力量;(二)编辑方针与理念是编辑委员会就史毕乐的基本理念长期多次讨论的结果,而编辑们在全书的整合上也各自出力。然而,这一切努力底下最基本的假设或原则,则是史毕乐的美国文学周期论(他在《美》书出版二十五年后回顾说:"所谓的'周期'理论,我一人负全责"〔*Milestones* 117〕)。换言之,整部文学史是借助"群"人之"力"来体现主编个人的美国文学史观,更精确地说,主编个人"独"特的美国文学史诠释"策"略(虽然史毕乐说这

个史观或诠释策略在编辑委员会讨论后已成为共同的决定——共识,但副编之一的琼斯一直很反对这个周期论,他不但提出自己拟议的美国文学史大纲,甚至一度要求辞去编务。参阅 Vanderbilt 435-437)。如果这种说法可以接受的话,史毕乐后续的专书《美国文学的周期》则是"独策独力"的产物——以个人"独"特的文学史诠释"策"略出发,凝聚《美》书数十位撰稿人的专业知识,"独力"写出的一部美国文学史(*Cycle* vii, xiii; *Milestones* 116, 122)。

〔36〕 传特在本世纪初独力撰写的美国文学史(序于 1903 年),分期更为明显而武断:"殖民时期,1607—1764"("The Colonial Period, 1607-1764")、"革命时期,1765—1788"("The Revolutionary Period, 1765-1788")、"形成时期,1789—1829"("The Formative Period, 1789-1829")、"地方时期,1830—1865"("The Sectional Period, 1830-1865")。

〔37〕 史毕乐的三个周期的中心分别为"超越主义的浪漫主义"("Transcendental Romanticism")、"自然主义的浪漫主义"("Naturalistic Romanticism")、"存在主义的浪漫主义"("Existential Romanticism"),参阅 *Cycle* 229-230; *Late* 127; Shan 62-63, 63n。范德比特将之命名为"浪漫主义的周期"("Romantic Cycles"431),并称"两个浪漫主义的周期"之说是史毕乐的原创(432)。但他也指出,单就美国文学史的论述而言,周期论早见于温德尔的著作(139—140, 143)。

〔38〕 此起源与美国建国相差了十八个世纪左右。史班吉曼的专文探讨"American"一词的复杂含义与文学史的关系。柏柯维奇认为"American"一词"本质上是个意识形态的说法,相形之下美国是个谦卑的描述词",而且"America"在地理上涵盖了"由加拿大到巴西的其他美洲人(Americans)群体"("America"102)。艾理特则说,过分强调美国,就是忽略了"America"一词除了美国之外,还包括了"加拿大、墨西哥和加勒比海的文学"("New"615),因此,他把书名取为"Literary History of the United States",而不是"History of American Literature",以"区分其内容与南北美洲国家的文学不同"("Politics"274)。其实,温德尔在 1900 年出版的美国文学史中就明确指出"Americans"一词就地理上正确地说应该包含"西半球从加拿大到南美南端的所有住民",而他的书关注的"只限于美洲的一部分——由说英文的人占优势,现今在美国的管辖之下"(6)。由此可见,把"American literature"视为"美国文学",不但就时间或空间上都颇有可议之处,其中透露出以美国为中心(美国就是美洲)的霸权心态,也是不言而喻。

[39] 有关此法的检讨,参阅雷辛(Russell Reising)18—31;汤金丝(Jane Tompkins)187-190。

[40] 这种做法造就出来的文学传承,遭柏柯维奇批评为"由永恒、普遍、内含于文学创造过程中的标准,来认可的一连串'经典作家'和'重要作品'"("America"106-107)。波塔里斯(Marco A. Portales)说:"不管我们承不承认,这本书〔《美》〕自从第二次世界大战结束以来,有形、无形地指导我们许多的学术、批评活动,我们今天身受'主流'与'少数'这种二分法的典律之苦,这本书要负主要的责任"(100)。克雷林(Michael Kreiling)支持柯罗妮(Annette Kolodny)的看法说:"史毕乐等人的《美》书出版至今四十年了,我们发现以往的共识太排外,套用柯罗妮的话说,太倾向于'省略和消音'"(84)。《哥》书顾问编辑之一的裴克(Houston A. Baker, Jr.)也提到史毕乐"排外的倾向"(149)。波塔里斯甚至宣称"美国文学打一开始就是排外的"(100)。因此,米勒(Wayne Charles Miller)主张,相对于"主流"(mainstream)的做法,应该采取"广流"的做法(a "widestream" approach, 21)。但继之而起的问题则是:在实际作业上,文学史的篇幅毕竟有限,要兼容并蓄到哪种程度才算不排外?(换句话说,要"多元"到哪种程度才算"多"?)"广流"是个相对的或绝对的标准?兼容并蓄的文学史是否就是好的文学史?"好"的定义又如何?是由何人根据何种标准而判定?

[41] 这六人中,前四位是美国文艺复兴时期的作家。《美》书和《哥》书都为这个时期专辟一篇,而且列出五位作家,即四位外再加上梅尔维尔(Herman Melville, 1819-1891),而《剑》书中除了第一册四页集中谈论梅尔维尔外(I: 320-323),就只散见于二、三册中的六页。梅尔维尔在美国文学史上的际遇由此可见一斑(详见笔者《梅尔维尔导读》)。然而,值得一提的是,《剑》书编辑之一的范·朵伦自称"在恢复梅尔维尔的声望"的过程中,"几乎是第一个发难的人"(*Many Minds* 215),也是第一个整理出有关梅尔维尔书目的人(另一编辑薛曼称赞这是"有关梅尔维尔的标准书目",转引自 Vanderbilt 14)。

范·朵伦在自述中说,自己在研究美国文学时,"对于老作家来说,我要修订典律。……梅尔维尔被人忽略了,真是难以置信。我为《剑》书完成了有关他的第一篇仔细研究和第一份书目后,要哥伦比亚大学的韦佛(Reymond Weaver〔范·朵伦是他的博士论文指导教授〕)撰写有关梅尔维尔的第一本传记……韦佛的论文后来超过了学术的形式,出版成书"(*Three* 195-196)。

〔42〕我们对比一下列名史毕乐"独策群力"的《美》书中的 23 位作家和"独策独力"的《美国文学的周期》中的 25 位作家,可以发现相同的作家计有 18 人:爱德渥滋、富兰克林、欧文、库柏、艾默生、梭罗、霍桑、梅尔维尔、坡、惠特曼、狄瑾荪、吐温、何威尔斯、詹姆斯、亚当斯、罗宾逊、德莱塞、欧尼尔。只列名前者的计有 5 人:朗费罗、何姆斯、罗尔、雷尼尔、林肯。只列名后者的计有 7 人:杰佛逊、布莱恩特、诺里斯、佛洛斯特、海明威、艾略特、福克纳。可见"独策群力"与"独策独力"在执行上仍存在不少差异,这是因为在集体计划中,史毕乐无法完全操控,不得不有所妥协。其次我们可看出,只列名《美》书的 5 位属于较早期,而只列名《美国文学的周期》的 7 位中,5 位属于较晚期。就史毕乐的标准而言,只列名《美》书的五位历史意义大于文学意义,只列名《美国文学的周期》的七位文学意义大于历史意义。

〔43〕柯罗妮说,"泰勒的文学史主要是男人,全部是白人,一律是英文"(293)。而《诺顿美国文选》(*The Norton Anthology of American Literature*)编辑之一的高兹曼(Ronald Gottesman)指出,虽然该文选增添了许多女性作家和黑人作家的作品(共计 29 位女作家,15 位黑人作家),但这部文选"和它主要的竞争者一样,都以男人、白人、名人(blue-blooded)为核心"(73)。可见一个多世纪来情况改变不大。

〔44〕然而,《剑》书编辑之一的薛曼在 20 年代出版的评论集中,对史坦茵极尽尖酸刻薄之能事,甚至说自己随便把不同英文词类拼凑出来的文字游戏,都胜过史坦茵的作品(262—268)。

〔45〕从另一个角度来看,这种女性(及弱势团体)保障措施本身就代表了对女性(及弱势团体)的"另眼看待"("歧视")。因此,柯罗妮认为这种做法不合历史,且过于简化(297),应该的做法是"拥抱——而不是特别标明或伪装"(299)。

〔46〕米勒在 1984 年谈到新的美国文学史应注意的事项时,就提到"应该

探讨、陈述、比较来自不同文化背景的美国人——非裔、亚裔、欧裔、美洲土著或其他人——不同的美学定义与文学期待"(7)。

[47] 其实,在1977年,当史毕乐听说有人筹划撰写另一部美国文学史,而可能危及《美》书的利益时,他就坚定地要求"对于我们的文学史不断的重新诠释"(*Milestones* 139)。他主张:"不但每一代必须撰写自己的文学史,就像1948年《美》书的编辑一样,而且凡是发展出一个假设和方法的每一个团体或个人,都应该获准以其方式来贡献所得;因为只要任何一个人能以过去为借镜来研究现在,而把新的意义加入自己的人生,那么历史的写作就没有终结。只要我们密切关注现在与过去、艺术品与艺术家、文学与社会之间的关系等问题,我们的历史学术就会是活的;只要我们一觉得自己已经回答了所有这些问题,我们就会变得死气沉沉。"(139—140)

[48] 《美》书编辑之一的坎比早在20年代初期出版的文学评论集中,就批评美国人一直对小说这种"最民主的文学艺术"(54)抱着"降尊纡贵"的态度(Canby, "A Certain Condescension toward Fiction", 40-55)。

[49] 巧合的是,柯理格(Murray Krieger)对于文学评论的发展也有相同的看法。他在讨论近来美国文学评论的风尚时,用上"革命"("revolution")一词,取其"反叛"("revolt")和字源上的"循环"("revolve")二意:"尽管说来很吊诡,'反叛'和'循环'这两个动词都可以宣称自己包含了'革命'这个名词——或者该说,'革命'这个名词可以看成包含那两个动词,把前者〔'反叛'〕的断(disruption)纳入后者〔'循环'〕的续(continuity)。"(84)

[50] 卡罗(David Carroll)认为,就"坚持叙事的异质性,以及批判一言堂和后设叙事(monologism and metanarrative)"("Narrative"85)而言,巴克汀与李欧塔(Jean-François Lyotard)颇有相似之处。文化批评家罗,把"许多学院改革者和理论家(如在美国研究方面的柏柯维奇)主张的'多文化的异识'和李欧塔倡议的反理的语言游戏(the paralogical language-games)"并提(Rowe 20;参阅 Lyotard 60-66 对"paralogy"的主张;有关"para-"字首的含义,参阅 Carroll, *Paraesthetics* xiv)。李欧塔在探讨后现代情境的专书中,再三强调对共识及后设叙事的质疑(xxix, 60, 66, 82)。他与德报(Jean-Loup Thébaud)的对话录中,第一天谈的就是《不可能的共识》("The Impossible Consensus", Lyotard and

Thébaud 94);然而,李欧塔本人也遭逢一些困境,如他坦承自己不知道以繁复性、多样性(multiplicity、diversity)来取代统一性、整体性(unity、totality)在政治上是否可行(Lyotard and Thébaud 94);全篇对话录结尾时德报说,"你这里说话的方式,就像自己是个大仲裁者"(100),然后就在笑声中结束全书。韦伯(Sam Weber)在该书的跋中提到,李欧塔为了抵抗力求统一的帝国主义式作风,强调单独、特异,却重演了帝国主义式的做法(103—104)。换言之,坚持异识(即要求以异识为共识)本身就带有自我瓦解的种子。这种情形也适用于《哥》书。此外,据罗面告笔者,柏柯维奇负责主编的新《剑桥美国文学史》,系以新历史主义(New Historicism)为出发点。若此言属实,则在理论上主张异识的柏柯维奇,在实行时还是不得不有个基本的中心或共识。

[51] 在1963年的一篇文章中,史毕乐特别主张文学史家"必须回答这类的问题,比方说,如何、何时、何地、为何一部文学作品存在或已经存在? 它与其他文学作品现在或过去的关系如何? 它与人类这个感情、社会的动物的整个历史现在或过去的关系如何?"(*Third* 223)

[52] 葛拉夫则认为,《美》书由于先天的限制,无法达到和谐的目的:"这本书尝试达到主题上的和谐……但全书片段的结构(这也许是任何这类合作写成的历史难以避免的),证明它要从美国经验中导致有机的意义,这个说法是错误的。"(224)

[53] 有关美国文学史研究中,前后代学者的互动及对话关系,参阅穆克吉全文及卡拉菲尔(Peter Carafiol),尤其页609。

[54] 这里把"milestone"直译为"里石"而非"里程碑",为的是要避免"'碑'的意象使我们想到一种具有昭信意义的纪念物。它以挺拔于空间的实体铭刻历史,企图超越时间之流,凝汇知识、价值、及权威的永恒性"(王德威270)。讨论文学作品的价值时,常有所谓"文献"(document)与"纪念碑"之分,前者只具历史意义,后者则以比喻的方式强调其美学意义。史毕乐认为"文学与社会、思想史的关系不是文献(documentation),而是象征的烛照(symbolic illumination)"(*Cycle* x)。他批评巴灵顿者流对史实的要求使文学史成了"文献史"("a history of documentation",ix-x),而认为"新的文学史家的第一件任务,就是发现哪些曾经是或现在是主要的美国作家"

(x)。也就是说,20世纪早期的学者只视作品为文献史实,而未着重其中的艺术价值,史毕乐则要在存在的文献中,以当今的文学典律来决定哪些具有"主要的"(major)、"纪念碑的"(monumental)资格。扩言之,各代的文学史家经由诠评可将"文献"提升为"纪念碑",也可将"纪念碑"贬为"文献"。这点在史毕乐谈论不同时代的评价中显而易见(*Cycle* viii-x)。如果将一部文学史当成文本(text),置于整个美国文学史论述的脉络来看,其动态、过程的意义更为清晰。而且"里石"随着不同的诠评,可为"文献",可为"纪念碑",其评价意味没有"纪念碑"那么强烈、那么固定、那么为众人所景仰,也更能表示这些论述是持续进行且没有定论的(on-going and openended)。

周期与根：
论史毕乐的美国文学史观

一

1829年，那普的《美国文学讲话》问世，开启了美国文学史著作的先河。[1]尔后类似的美国文学史论著屡见不鲜，如1847年葛里斯伍德的《美国散文作家》(Rufus Wilmot Griswold, *Prose Writers of America*)、1855年杜金克氏的《美国文学百科》(Evert A. and George L. Duyckinck, *Cyclopaedia of American Literature*)、1878年泰勒的《美国文学史：1607—1765》(Moses Coit Tyler, *A History of American Literature*, 1607-1765)、1886至1888年李察森的《美国文学：1607—1885》(Charles F. Richardson, *American Literature*, 1607-1885)、1900年温德尔的《美国文学史》(Barrett Wendell, *Literary History of America*)。

1917年问世的《剑桥美国文学史》的四位编者，在序言中提到了"此一领域中以往作品的优点及缺点",并指出自己的编著是有史以来第一部合写的美国文学史(iii)。下一部具有代表性的美国文学史,就是 1948 年史毕乐主编的《美国文学史》(*Literary History of the United States*),该书标榜的不但是合写,而且提供了"一个一贯的叙事"("a coherent narrative", viii)。与美国文学史密切相关的,就是美国文学选集,因为选录的作品往往透露出编选者的文学品味与历史观照。劳特在《典律与脉络》(Paul Lauter, *Canons and Contexts*)一书中,列出了 1917 至 1962 年出版的 21 部美国文学选集(42 n6)。因此,1960 年代末期,有位印度学者在检视过去一个多世纪以来的相关论著时,做了以下的观察:"美国文学史的实作已经发展成了一种文类,其杰出的情况在国外罕有匹敌。"(Mukherjee 317)

1980 年代,重写美国文学史的呼声很高,相关的专著,如《朝向一个新的美国文学史》(*Toward a New American Literary History*, 1980)、《重建美国文学史》(*Reconstructing American Literary History*, 1986)、《不可用的过去》(*The Unusable Past*, 1986)等相继出现。发行已久的《美国文学》季刊(*American Literature*)自 1985 年 5 月起,特将原先的"号外"专栏("The Extra")改为专门探讨美国文学史。[2] 1988 年出版的《哥伦比亚版美国文学史》(*Columbia Literary History of the United States*),1989 年春季出版的《美国文学史》季刊(*American Literary History*),以及陆续出版的新《剑桥美国文学史》(*The Cambridge History of American Literature*),使人觉得实在有必要重新探讨前代学者史毕乐的美国文学史观。[3]

史毕乐在 1986 年 3 月号《美国文学》季刊的"号外"专栏中,发表了一段简短的声明。有意思的是,其后一篇有关美国文学史的论文,作者就是以提倡在异识时代重写美国文学史(the rewriting of American literary history in a time of dissensus)的柏柯维奇。史毕乐在这篇宛如头注的文字中,表达了终生投注于建构

单一的美国文学史的心态。全文如下:

> 我经常觉得奇怪,为什么我讨论美国文学史的两本书,《美国文学的周期》(The Cycle of American Literature)和《美国文学史》,在海内外广被接受,而两本书底下的理念以及形成一个周延的文学史理论的理念却不被接受。人们都说特纳(Frederick Jackson Turner)和汤恩比(Arnold Toynbee)是某个历史理论之父,却从来没有这么说过我。对于这个差别,我唯一的解释就是:特纳和汤恩比的理念根据的主要是达尔文式和水平式的宇宙观,而我的历史理论根据的是爱因斯坦式的循环观点。也许有朝一日人们会了解这个差别,我的历史理论及其主张的活动过程,会得到应有的地位。[4]

区区数行文字中,史毕乐的迷惘、失望之情溢于言表。他除了坦承自己的困惑外,并认为和史学家特纳、汤恩比一样自成一家之言,当得上某个"历史理论之父"。他编撰的书虽然在学院及市场都得到很好的回应,但这些著作底下"一个周延的文学史理论"却乏人注意。他的自我形象显然与读者心目中的形象有一段很大的差距。因此,史毕乐试图以科学史上达尔文—爱因斯坦的差异,为自己"莫名其妙"地遭人冷落提供合理化的解释,最后则是"俟之后世"的期盼。

本文尝试描述史毕乐的美国文学史观的发展,展示其理论的特色,以呈现这位毕生献身于美国文学研究的资深文学史家,逾半个世纪以来所努力创建的文学史观。本文对史毕乐的诠释,当然受限于笔者的历史性(historicity),是笔者"有疑义的处境的折射(refraction of a problematic situation)——来自特定的族裔、阶级、性别,但同时尝试超越其所带来的偏见"(Jehlen 14-15)。因此,霍伊(David Couzens Hoy)的观察正符合笔者的情况:"了解文本〔此处为笔者对史毕乐的文学史文本的了解〕就是自我了解。但这种自我了解总是诠释性的,因为人从未能把自己完全客观化",进一步说,"了解既是自我了解,批评也必然总是暗示着自我批评"(166)。

二

在详细检视史毕乐的文学史观之前,先将其主要观点略述如下。

史毕乐认为文学史家"最始和最终的角色是历史家,而不是作家、读者、批评家。他的特别乐趣在于以特定的时空和因果关系,来记录和诠释以往事件的过程。文学是他写历史所使用的语言"(*Third* 3)。[5]换言之,美国文学史是整个美国史的一支,或像他所说的,"《美国文学史》是美国历史的一种"(*LHUS* ix)。因此,文学史家就是历史批评家和文学艺术家二者的综合(*Third* 240),或"历史家—批评家—建筑师"(*Third* 32)三者的综合。史毕乐强调的是"美国文学史"("American *literary* history"),而非"美国文学史"("*American literary history*"),并且着重文学与历史的周期性和有机性(the cyclical/organic nature)。[6]这种理论应用于美国文学史时,形成"见识的单一"("singleness of vision", *Cycle* xii)与叙事的和谐。

史毕乐用下列的比喻来说明,美国文学史就像植物般,具有生命周期——"根、芽、枝干、花叶"(*Late* 72)。扩大来说,史毕乐的美国文化理论既是水平的,又是垂直的:"在美国历史上,移民的水平活动以文化拔根—扎根的波浪或周期状出现,而新文化在新土地的垂直成长,重演了出生、成熟、衰微的生命周期。"(*Late* 164)[7]他在其他地方特别标出形成文学周期的一些因素:语言与形式、时代与运动、工具与书目(*Third* 235-237)。根据史毕乐的建构,美国文学史有两个周期,涵盖了两个高峰(1835—1855 与 1915—1935, *Milestones* 141)及四个明显的事实。[8]而每个周期又各有四个阶段。[9]这个"美国文学二周期论"("two-cycle theory of American literature", *Late* 168),于《美国文学史》和《美国文学的周期》二书达到高潮,而于1980年的论文中,以周期与根(the cycle and the roots)两个意象简明扼要地表达出来。更精确地说,这些观念萌生于1933年《国家文化之根》(*The Roots of National Culture*),一直到1986年在《美国文学》季刊的短注,堪称半世纪以来省思美国文学所得的定论(*Late* 162)。

《周期与根:美国文学中的国家认同》("The Cycle and the Roots: National Identity in American Literature")一文原先发表于1980年,文中史毕乐简单回溯自己美国文学史理念的发展:

> 在我整个文学史家的生涯中,这两个意象——周期与根——是我思考的根本,而我对文化和文学的演进的一切著作,多少都与有机性和生命周期相关。我是在1933年的早期美国文学选集《国家文化之根》,首次用上植物由生根到开花的类比;而在1941年复旦大学(Frodham University)的演讲中,首次发展出后来所谓的"美国文学二周期论"。
>
> 《美国文学的周期》(1955年)这本书是多年筹划、写作《美国文学史》的结果。(*Late* 168)

史毕乐在1930年代早期发表的首篇重要论文,《1830年前的国家文化之根:第一个边疆》("The Roots of National Culture to 1830: The First Frontier"),就他的美国文学史观的发展而言,具有历史性的意义。他后来回忆说:

> 这是我第一次把周期成长的有机意象用在文学史的研究上,也是我第一次试着把文学当成一个国家在特定时空下的表现来处理。我在大西洋海岸殖民地的文学成长中发现了四个阶段,似乎反映在自然成长的阶段中:根、芽、枝干、花叶。(*Late* 72)

他接着把生命周期四阶段的假说,用来审视早期的美国文学状况,并加以分类:

1760年左右，大致完成了东海岸的垦殖，开始西移。第一个阶段是面对土著，并在"家书"("letters home")里报导新文明的状况。第二个阶段的政治和宗教的争议，来自清教思想和理性主义，以及在各个殖民地以不同形式建立政教的机构，诸如此类的议题。第三个阶段发展的模仿文学(imitative literature)，只是在革命时期间歇地出现；而完全成熟的本土文学则有待他日。(*Late* 72-73)

在《文学意识的觉醒，1760—1830》("The Awakening of Literary Consciousness, 1760-1830")一文中，史毕乐的"西部边疆的新文学"理论开始成形，他指出"第三个发展阶段——模仿的'美文'——从独立革命后一直延续到大约1830到1835年，当时欧文(Washington Irving)、库柏(James Fenimore Cooper)、布莱恩特(William Cullen Bryant)和坡(Edgar Allan Poe)等作家突然出现。新国家自己的伟大文学至少发轫了"(*Late* 87)。在谈到这个新颖的史观时，史毕乐不禁沾沾自喜地说："这个研究我们文学史的新颖方法，在那本书出现时并未得到完全的赞赏，但不知不觉的赞同则是最肯定的奉承方式；如果我刚才解释的现在看来很明显，但在1930年，也就是我们文学自主的一百年后，并不是那么明显。"(*Late* 87)

史毕乐早期对美国文学史及文学史家的看法，在1935年的《美国文学史家的任务》("The Task of the Historian of American Literature")得到更进一步的发挥。[10]他重申"文学史视文学为有机演化(organic evolution)的一面，受限于时空，受限于生活在那个时空的作家的个人、集体经验的内在、外在力量和因素"(*Third* 15)。而他心目中文学史家的任务，使我们联想起法国批评家泰纳(Hippolyte Adolphe Taine)对种族、环境、时代三者的强调。"文学史家的领域，限于在时空中的文学形式与运动，以及个别作家的文学发展。他的研究范围进一步受限于种族、

国家、时代"(16),时年三十九岁的史毕乐,对美国文学史的种族、国家与时代更做了以下的描述:

> 美国文学史涉及的族裔,综合了欧洲的雅利安诸种族,以及一些印第安人、黑人、黄种人和其他族群。其根源主要是盎格鲁—撒克逊人,但不再那么局限。我们涉及的国家在一个半世纪以前刚成立,但至今有了强烈的有机、文化统一感(a strong sense of organic and cultural unity)。我们涉及的时候主要是18世纪末叶、19世纪全部及20世纪的一部分。(16)

这篇文章(以及《美国文学史》和《美国文学的周期》二书的序言)透露出史毕乐对以往美国文学史家的不满,认为他们不是偏重于"历史",就是偏重于"美国",而未能正视"美国文学史"。他批评那普既缺乏统合的工夫,又视美国文学为英国文学的一支。至于其后的文学史家,"就有机的演化方面,获得更大程度的综合,但大都只是把他〔那普〕彼此不相关的分析更向前推,把自己限制于搜寻事实。……而把美国文学史视为英国文学史的一支,这个基本的谬误……几乎一直延续到今日"(16—17)。[11]

另一方面,巴灵顿的《美国思想的主流》(*Main Currents in American Thought*, 1927)虽然是个划时代的过渡之作〔由"英国"因素过渡到美国"文学"〕,却掉入另一个陷阱——"检视的主要是杰佛逊式的民主政治理论(the Jeffersonian theory of democracy),应用在美国的农工发展,以及在作品中的表现",结果"不是文学史,而是……新文学史的先决条件——〔相反的,〕只有文学史家才可能成功"(17)。换言之,其结果是"文献史"("a history of documentation", *Cycle* x),而不是美国文学史本身。因此,"虽然这个理论使得'美国'文学史成为可能,却威胁着要把'文学'史弄成怪胎。"(*Cycle* x)[12]

1941年的《美国文学史的蓝图》("Blueprint for American Literary History"），企图为"美国的新文学史勾勒出一个工作计划"（*Third* 26），并将原先的周期观推进一步，以涵盖美国文学史的四个显著事实。在他所描绘出的美国文学史二周期论（*two-cycle theory of American literary history*）中，史毕乐宣称："我们不能用单一的曲线，以浪漫主义对新古典主义或其他反动的运动，来图示我们的文学史；我们必须有两条这种曲线，一条在19世纪中叶达到高点，另一条在今天达到或接近高点。这两条曲线在1870年和1890年之间相会，并多少合并。"（*Third* 28）

其实，这里所暗示的是对传统的英国文学史的观念——文学史是下一代对上一代的反动，至少是浪漫主义对新古典主义的反动——的不同看法，取而代之的是文学史的周期观；说得更精确些，就是美国文学史的二周期论，其中的第一个周期，也就是"我们所谓的'第一个国家时代'（The First National Period），其实是个有头、有中、有尾的浪漫主义运动，其周期约一个世纪，背景则是个人主义的农业东海岸诸州"（*Third* 30）。

史毕乐当时对第二个周期仍难以精确界定，只能指出其中若干特征。他注意到"西进运动"（The Westward Movement）的意义及其内涵的浪漫主义，同时强调两个周期相似之处，而非相反之处（*Third* 31）。巴灵顿等人所谓的"写实主义的兴起"（"the rise of realism"），在他看来并不足以涵盖第二个周期，因为其中"有兴起，也有衰退，而且内容远多于写实主义。还没想出恰当的术语来描述全国的这种新文学"（*Third* 32）。因此，史毕乐采取的权宜之计是："我们不必宣告美国文学史第二条曲线是否达到高点。我们只需发现在美国历史上过去四分之一世纪，存在着生动、成熟的文学。"（*Third* 32）

十多年后，第二个周期似乎完全成形。1953年《美国文学史》第二版的序言说："本版增加简短的《附录》一章，目的不在把1945到1953年这段文学史当成另一件事，而是把前面章节已经发展出的主题与动机向前推展，越过了本世纪的中间点，以之总结美国文学史上的第二个'文艺复兴'。"(ix-x)在该书前后四版的序言中,第二版的序言意义最为深远,因为宣告了史毕乐有关美国文学史的有机理论及其结果:"一个单独而统一的故事。"("a single and unified story", ix)如史毕乐所言,"希望本作品的主宰计划能更清楚显现:这是美国的文学史(a literary history of the United States),而不是美国文学的历史(a history of American literature)"。编辑们并说明自己的文学观和历史观:

> 本书的编辑和副编,一开始就把文学视为一个民族在特定的时空所发展出来的一般文化在美学上的表现。他们拒斥任何一种历史只不过是客观事实的编年纪录这种论调,而采纳有机的文学观(文学是人类经验的纪录)和有机的文学史观(文学史是一个民族的画像,依照其文化周期的曲线和其丰富、独特的生活色彩而设计)。《美国文学史》是美国历史的一种。(ix)

《美国文学史》初版问世七年之后,史毕乐于1955年独力写出一部简要的美国文学史,也就是《美国文学的周期》。他自称这本书是多年编辑《美国文学史》的"副产品"(*Cycle* xii),凝聚了该书"五十五位学者/撰稿者的知识和智慧"(vii),由于一人撰写,所以能把自己的"理念和方法"(xii)、"见解和方针"(*Milestones* 122)发挥无遗。这本书展示了史毕乐的信念(相信"生命的继续和其在艺术上表现的有机原则"),并认定文学"不是文献,而是〔社会、思想史的〕象征彰显"(x),而文学史家的角色也更为明确:"发现决定他的文学的周期。"(xi)他以往的重要观点再度出现:文学表达了"美国经验的一面"(xi);美国文学史的二周期论;[13]每个周期各有四个阶段;[14]肯定文化史和艺术史的不断重复和可以预测。[15]

这本书结合了特纳的"边疆理论"和"'主要作家'的研究方法"(the "major authors" approach),[16]并把他心目中的主要作家纳入美国文学史的两个周期,这点可由全书章节的分布明显看出。"第一个边疆"(The First Frontier)涵盖了12位主要作家(第一章:爱德渥滋〔Jonathan Edwards〕、富兰克林〔Benjamin Franklin〕、杰佛逊〔Thomas Jefferson〕;第二章:欧文、布莱恩特、库柏;第三章:艾默生〔Ralph Waldo Emerson〕、梭罗〔Henry David Thoreau〕;第四章:坡、霍桑〔Nathaniel Hawthorne〕;第五章:梅尔维尔〔Herman Melville〕、惠特曼〔Walt Whitman〕);"第二个边疆"(The Second Frontier)涵盖了13位主要作家(第七章:何威尔斯〔William Dean Howells〕、吐温〔Mark Twain〕;第八章:狄瑾荪〔Emily Dickinson〕、詹姆斯〔Henry James〕;第九章:亚当斯〔Henry Adams〕、诺里斯〔Frank Norris〕、罗宾逊〔Edwin Arlington Robinson〕;第十章:德莱塞〔Theodore Dreiser〕、佛洛斯特〔Robert Frost〕;第十一章:欧尼尔〔Eugene O'Neill〕、海明威〔Ernest Hemingway〕;第十二章:艾略特〔T. S. Eliot〕、福克纳〔William Faulkner〕)。虽然文中也偶尔提到其他作家,但重点是放在他心目中这25位"文学大师",其中只有1位女性作家(狄瑾荪),没有来自弱势族裔的作家。[17]

《美国文学的周期》1967年版附加了五页的《尾声》("Epilogue"),自称"要把前面说的故事做个总结,而不是要冒昧预言未来"(vii)。史毕乐话虽如此,实则言行不一。他这次强调的是国际间和文化间的影响:"如果美国文学有第三个周期——或第四个、第五个周期——那将是国际的,影响之流将是循环的、相互的。"(228)他认定存在主义(Existentialism)可能是美国文学第三周期"底下的哲学",其扮演的角色就像"超越主义(Transcendentalism)和自然主义(Naturalism)在19世纪美国文学两大运动中分别扮演的角色,前者根据的是人与神、道德律的关系的新观念,后者根据的是人与自然、自然律的关系的新观念"(229)。[18]他把"齐克果(Soren A. Kierkegaard)和后来的存在主义"与"艾默生式的超越主义"相提并论,在全书的结尾以肯定的口吻说:"我们现在处于一个新文学运动的早期阶段,这个事实毋庸置疑。"他还说:"在可预见的未来,从这个中心很可以发展出美国文学的第三阶段或周期。"(230)这里,文学史家成了文学预言家。史毕乐在批评巴灵顿时,曾说他"企图以经济决定论或其他形式的环境决定论来重述过去的纪录"(*Cycle* ix),然而史毕乐本人的做法则是企图以周期决定论(cyclical determinism)来重述过去的纪录,甚至预测未来的发展。

在《美国文学的周期》初版与增订之间,史毕乐还发表了三篇专文讨论美国文学史:《致美国文学史家的一封信》("A Letter to American Literary Historians", 1958),《文学史过时了吗?》("Is Literary History Obsolete?" 1961),《文学史的领域》("The Province of Literary History", 1963)。1958年,他听说有一批学者酝酿编撰一本新的美国文学史。在面对《美国文学史》本身也有一天会过时,而新一代要演化出新的文学史"(*Milestones* 139)这个老问题时,史毕乐写了一封信给美国的现代语文学会美国文学组主席布雷尔(Walter Blair)。《致美国文学史家的一封信》由布雷尔在该组的年度午餐会上宣读(*Third* 217)。虽然史毕乐感觉到"我们的利益岌岌可危"(*Milestones* 139),仍然坚持必须"不断重新诠释我们过去的文学"(*Third* 217)。在他看来,《美国文学史》企图从三方面来挑战以往的同类作品,如"肯恩(Arthur H. Quinn)、薄因顿(Percy H. Boynton)、凯恩斯(William B. Cairns)、范·朵伦(Carl Van Doren)、佛依斯特(Norman Foerster)、巴灵顿的那些文学史,凭借的就是"一连串的'工具'章节("'instrument' chapters"),强调主要作品和主要作家,并且检视美国与欧洲及英国的文学和文化的关系"(*Third* 218)。全文就文学和文化的关系、当时的文学典律、美国与欧洲文学和文化更形密切的依存关系加以探讨。他在信末描绘未来的文学史,盼望它能摆脱"反历史主义和反美学主义"(anti-historicism and anti-aestheticism),并"睿智地结合分析批评家(analytical critics)和行为科学家的见地与方法"(*Third* 221)。

《文学史过时了吗?》一文宣读于1961年,两年后出版。该文考量了文学史家与批评家的差异,并写下文学史家必备的八项假说。这八项假说大都重申以往的见解。例如:重视时空环境;强调艺术品表达作者的"心智和感情状态",身为"活生生的有机体,具有自己的生命周期……和自己独特的不朽";强调"'文学'史本身"的重要;认为过去是"活生生的现在必要的一部分"(5—6)。这些再度说明了文学史家史毕乐的理念。

1963年发表的《文学史的领域》,[19]开宗明义就指出文学史"关切的是描述、解释一个民族在一段时间、一个地方的文学表现,通常用的是一个特定的语言"(*Third* 222),并把文学史与语言史、版本分析、文学批评加以区别(222—230)。因此,文学史家虽然可以被训练成"语言学家、版本批评家、文学批评家,但在他文学史家的角色上,有着不同且很明确的功用。他必须回答这类的问题,比方说,如何、何时、何地、为何(*how*? *when*? *where*? *why*?)一部文学作品存在或已经存在?它与其他文学作品现在或过去的关系如何?它与人类这个感情、社会的动物的整个历史现在或过去的关系如何?"(*Third* 223)

在这篇很可能是他针对"文学史"这个议题最长、最周延的论述中,史毕乐谈论的范围很广泛,比方说:文学史家的首要任务在于"记录和解释文学作品的生命史(life histories)"(*Third* 228);"文学史应该关怀的五个方面"是"观念"(ideas)、"文化"(cultures)、"政治和社会建制"(political and social institutions)、"传统和神话"(traditions and myth)、"传记"(biography)(230—233);形成文学周期的因素是"语言和形式"、"时代和运动"、"工具和书目"(240);理想的文学史家应该身兼历史批评家和文学艺术家("historical critic/literary artist",240)。我们综观史毕乐的美国文学史观的发展,就会承认这篇文章确实就像他自己所说的,"是关于我的立场的成熟陈述"(*Milestones* 128 n5)。

在《美国文学史》问世将近三十年之后,史毕乐在《文学史与文学批评》("Literary History and Literary Criticism", 1976)这篇短文中指出,"至目前为止,还没有一部新的、完整的美国文学史出现"(Milestones 143)。在他看来,史密斯的《处女地》(Henry Nash Smith, *Virgin Land*)、现象学、结构主义都未能提供"一个完美、周延的历史哲学和结构,足以涵盖整个美国文学史"(143)。因此,他在结论时不禁沾沾自喜地说:"《美国文学史》编辑委员会所主张的社会——美学的哲学(socio-aesthetic philosophy)和演化结构,在今天看来与 1948 年一样有效。"(143)

1980 年发表的《周期与根:美国文学中的国家认同》,收入别人主编的论文集《朝向一个新的美国文学史》里。该文用两个简单、具体的意象——周期与根——把数十年来的美国文学史周期论做个总结,还对自己文学史家和文学预言家的角色表示满意:"这篇文章可能是我对这个课题的定论,很高兴自己的看法照顾到过去与未来。"(*Late* 162)

然而 1986 年,这位毕生致力于建构美国文学史理论的学者,表达了身为"先知"的寂寞,没有人把他当成"一个历史理论之父",只好寄望后人能体认他在文学史理论上的建树,还他一个公道。

三

史毕乐的美国文学史周期理论的重要贡献之一,就是产生了"一个一贯的叙事"。虽然 1917 年出版的《剑桥美国文学史》号称是"第一部由美国和加拿大各地多位学者通力合作写出的美国文学史"(iii),但真正认清合力撰写美国文学史的必要,及其中所"冒角度或意见不同之险",并费尽心思甚至强要把撰稿人的意见纳入"一个架构"的(*LHUS* vii),史毕乐是第一人。

有关第二个周期的孕生,史毕乐有如下的说法:"突然间,我了悟到有第二个周期,这个周期来自世纪末的幻灭,大约于1915至1945年达到巅峰。我的新路程就摆在面前;我所要做的就是读、读、读,填补上图像。"(*Late* 127)史毕乐在《一部历史的历史:〈美国文学史〉背后的故事》("History of a History: The Story Behind *Literary History of the United States*", 1973)中现身说法,细述这本影响深远的美国文学史的写作经过。身为该书编辑委员会的主席,他担负的是"一般政策、计划和最后编辑的首要责任"(*Milestones* 123)。而他在编撰这本书的过程中所扮演的核心角色,更是不容忽视:"这本书及其中衍生的所谓的'周期'理论,我一人负全责,虽然说那个理论最后的形式与我原先的构想并不完全一样。我在早年一篇论文中〔《美国文学史的蓝图》〕提出这个理论的纲要,但它的最后形式来自我们多次小组讨论,并成为我们构思那部大书的核心。"(*Milestones* 117)

为了完成这项重大任务,把"美国人民在其演化的文化背景中,塑造、形成的整个文学,来个流畅的叙事和批评的说明",该书的编辑委员会采取的是相当缜密而专断的方式,光是全书大纲就至少修订六次,在决定了各章的摘要和作者名单之后,才邀人撰稿(*Milestones* 125)。史毕乐在《美国文学史》的序言中也提到,"〔编辑和副编之外的〕四十八位撰稿人在同意撰稿之前,手边都有一份全书的详细纲要及基本原则"(vii)。他不但是整个计划的主要设计者,还扮演另一个吃重的角色——"身为编辑的文学史家,努力促使全书和谐、连续"(*Milestones* 127)。他回忆说:"1945年的整个夏天,我全都花在编织、整理来稿,使其成为一本书。我通常至少会更动或补充每章开头和结尾的句子,甚或段落,把一章中的某些部分搬到另一章,在少数情况下甚至更动原稿的风格,到了几乎改写的地步。"(126)他自鸣得意地说"大多数的撰稿者接受这些修订的意见,顶多只是轻声抱怨"(126),还举了几个实例来佐证(126—128)。结果,我们看到其中四章(十、十七、七十一、八十二)由史毕乐署名,即特别注明原撰稿者的姓名（*LHUS* 1476-1479）。

因此，在前两版的序言中，他特别强调这本书的理念及统一性。第一版序言特地描述了全书的构思、合作、编辑，并指出："真正的合作，必须个人为了团体利益而有些牺牲。编辑自己写了许多章，并补充了必须的联系，但本质上个人的意见与风格并未更动。相信，结果是一个一贯的叙事，在个别观点上有着可贵的不同意见。"(viii)第二版序言很高兴地宣称："连续阅读本书的大部分批评家都发现，尽管本书有些其他的缺失，却是个扎实的整体(a solid whole)。也许与任何类似的工作相比，《美国文学史》的合作者是真真正正地合作。他们所写的书诉说一个单独而统一的故事。"(ix)

把五十五位批评家的众多来稿，纳入史毕乐津津乐道的"在此领域中单一、决定性的作品——美国文学真正的故事"(*Milestones* 133)，的确是高难度的工作，也不免有些妥协。后来，史毕乐索性自己撰写《美国文学的周期》，来"彰显艺术品及促成其产生的经验，二者之间的有机关系的周期论(the cyclical theory of organic relationship)"[20](133)。这种对于单一、连续、一贯、综合、共识(singleness, continuity, coherence, synthesis, consensus)的强调或执念，在他往后1970、80年代的作品中屡见不鲜，这一方面是对"分析的时代"("the Age of Analysis", *Third* 10-12)及结构松散的《剑桥美国文学史》的反动，但另一方面却遭到80年代强调差异、断裂、分歧、涣散、异识(difference, discontinuity, diversity, diffusion, dissensus)的人的反动。[21]

至于史毕乐的历史观也值得探讨。一般说来，历史指的是过去发生的事情，我们对它的了解，或者是一门学问。简言之，历史主义(historicism)强调以过去的方式来了解过去；现在主义(presentism)则主张以论者的立场和观念来重建过去，或者像佛克玛所说的，"以现在的观念和标准，尤其是现在对于理性和真理的观念，来描述、评断历史现象"(7—8)。其实，绝对的历史主义或现在主义都是不可能的,因为观察历史的人,一方面不可能完全摆脱自己置身的时空,另一方面,他对过去的了解,也不可能完全摆脱文献、记忆和经验的作用。因此,这两种相对的看法,似乎只是在不同情境、不同观念下,不同的强调。

1948年《美国文学史》初版序言的开头,就鲜明地揭櫫了史毕乐现在主义的立场:

> 每一代应该至少写出一部美国文学史,因为每一代必须以自己的方式来定义过去。第一次世界大战时需要重新定义我们的文学史,一群学者写出了《剑桥美国文学史》。现在又有这个需要了;将来也还会有需要。(vii)

同样的说法也出现在该书50年代、60年代、70年代的三篇序言的第一段(ix, xi, xiii)。他在《美国文学的周期》的序言中说得更好:文学史家"立足现在,回顾过去",其任务在于"重新组合经验,以显示其更大的意义,而不是重复历史的所有细节",因此"必须从手边大堆的资料中拣择、删减、重组,以呈现整个文学文化的和谐观"(xi-xii)。甚至在1958年一群学者筹划撰写另一部美国文学史而可能危及史毕乐的既得利益时,他依然坚持"对于我们的文学史不断的重新诠释"(*Milestones* 139)。他坚定表示:

> 不但每一代必须撰写自己的文学史,就像1948年《美国文学史》的编辑一样,而且凡是发展出一个假设和方法的每一个团体或个人,都应该获准以其方式来贡献所得;因为只要任何一个人能以过去为借镜来研究现在,而把新的意义加入自己的人生,那么历史的写作就没有终结。只要我们密切关注现在与过去、艺术品与艺术家、文学与社会之间的关系等问题,我们的历史学术就会是活的;只要我们一觉得自己已经回答了所有这些问题,我们就会变得死气沉沉。(139—140)

这个现在主义的立场,或者像柏柯维奇所说的,"修订主义的挑战"("revisionist challenge", *Reconstructing* vii),在美国历史不但源远流长,而且屡见不鲜,其荦荦大者如政治家杰佛逊,主张"每一代都要求社会更新"(*Reconstructing* vii);思想家艾默生,在有"美国的文化独立宣言"之誉的《美国学人》("The American Scholar")一文中,呼吁"每一个时代……必须写自己的书,或者该说,每一个时代为下一代写书";文学家艾略特在名文《传统与个人才具》("Tradition and the Individual Talent")中,强调"并时秩序"(simultaneous order)、"新旧之间的协和"与重新调适;历史家特纳相信,"每一代都得重新诠释过去,以符合自己的需要"(Lamar 76)等。而《美国文学史》的广受欢迎,肯定了现在主义的立场及实践:以"今日的语言、逻辑、科学等方面的知识"检视过去,并"把结果传达给历史家同时代的人"(Hull 4)。

史毕乐的美国文学史观最大特色之一,在于以文学和文化的有机性为出发点,用周期与根两个意象,作为诠释美国文学史的基本策略。他企图以这两个隐喻为基础,产生一贯的叙事,因此势必有所拣择与综合(*Cycle* xii)。他所建构出来的美国文学史,其叙事性(narrativity)以及和两个主导隐喻(master metaphor)的关系,都是显而易见的。简言之,这两个隐喻提供了一个了解美国文学史的角度,并促成了某个特殊的历史叙事。

有关隐喻与历史知识的关系,曼德彭(Maurice Mandelbaum)和史坦包伏斯基(Phillip Stambovsky)都有深入的讨论。我们把他们的论点运用到《美国文学史》和《美国文学的周期》,就会发现其中有两种的历史论述和两种的隐喻在作用。精确地说,史毕乐的书展现了两种特色:(一)"解释的历史"(explanatory history)的特色——史家"总是知道(或相信他知道)实际发生的事,并寻求为何会发生的解释"(Mandelbaum 26),其中运用的是"启发的隐喻"(heuristic metaphor),作为"探询的手段(探询史家解释本身的细节,以及他的解释中涵盖的资料)"(Stambovsky 126);

(二)"连续的历史"(sequential history)的特色——其中"似乎拥有单一的主导故事线——就像一般的叙事一样——而不是分析各个独立的因素,然后综合产生一个特定的结果"(Mandelbaum 27),运用的是"描述的隐喻"(depictive metaphor),"以栩栩如生地描述那种生动的力量和精简的方式来传达意义"(Stambovsky 128)。[22]

由叙事的角度来看,怀特(Hayden White)的叙事论述和历史理解的观念,正好派上用场。怀特前后三本专书——《后设历史》(*Metahistory*, 1973)、《论述的回归线》(*The Tropics of Discourse*, 1978)和《形式的内容》(*The Content of the Form*, 1987)——讨论的重点就是历史的叙事性与虚构性(fictionality),"一直强调历史叙事情节安排中诗的,而非事实的,本质"(Dray 286)。史毕乐有关美国文学史的一贯叙事,印证了怀特有关"历史写作中极端建构性的叙事观"("extreme constructionist view of narrative in historical writing", Dray 282-283),以及所谓"形式的内容"的特殊意义。

怀特在《形式的内容》中,再次阐扬他的论点,主张叙事论述和历史再现之间的关系,成了"历史理论的一个问题,了解到叙事不只是中性的论述形式,可用也可不用来代表明白的意识形态的含义、甚至特定的政治含义中的真实事件"(ix)。史毕乐在他一贯的叙事中,解说文学大家、文学杰作以及其背后的经验与背景之间的关系,而怀特底下的见解正可用来说明这个现象:

> 许多现代的历史学家主张,叙事论述远非再现历史事件和过程的中性媒介,反而是一种神秘的现实观的材料,一种观念的或准观念的"内容",当被用来再现真实事件时,赋予它们一种虚幻的一贯以及各种的意义,这些意义与其说是清醒的思考,不如说是梦幻的思考。(ix)

换言之，历史是叙事化的产物，因此不只是诠释的建构（interpretive construct），而且虚构性相当浓厚。就这一点而言，与史毕乐现在主义的观点有相似之处，也就是说，不单是叙述所谓真正发生过的事情，更重要的是从特定的诠释立场来（重新）建构"史实"。[23]

为了建构出自己的美国文学叙事，史毕乐就得先完成他赋予文学史家的首要工作：决定哪些是文学大家（*Cycle* 10；*Milestones* 121）。这种做法势必依据史家的假设而对作家有所品评，也就引进了文学典律和典律形成（literary canon and canon-formation）的问题。该问题错综复杂，此处无法仔细讨论。[24]简言之，问题在于决定典律为何，以及哪些是符合典律的作家。史毕乐本人对于前代学者的反动，彰显了文学典律、批评立场、价值判断的变动不居。就本文而言，我们可以说：（一）每个文学史的写作（也许"重写"这个字眼更恰当），多少都带有典律的修订；（二）典律是当时得势的"诠释团体"（interpretive communities）的产物，也必然会受到其他异议的"诠释团体"的挑战甚或颠覆。[25]

《美国文学的周期》所讨论的二十五位作家，不但符合史毕乐的典律，也符合他的周期理论。《美国文学史》的情况也雷同。因此，虽然他自称是第一位把"印第安人"传统纳入文选的文学史家（*Late* 72），但在《美国文学的周期》里，几乎看不到"印第安人"的传统。[26]而非裔美国作家的命运也一样。一直到1967年版的《尾声》中，才顺带提到一位黑人作家艾理森（Ralph Ellison）——而他早在讨论美国文学史时，就曾说过黑人是美国重要的族裔。这些事实显示，为了制造出美国文学干净利落的两个周期和一贯叙事，他势必有所拣择与牺牲，[27]把女性作家和弱势族裔作家贬入"不可用的过去"（the unusable past）。[28]

史毕乐自己的立场则未必如此坚定不移。《美国文学史》的后三篇序，尤其是1953年的序言，指出该书的编辑成功地抗拒了以其他方式重建文学史的诱惑,这暗示着形成这个一贯的文学史的典律不是完全毋庸置疑的——不管是对编者或读者而言。但是,这本书广受欢迎,编者又克服了诱惑,促使已经存在的判断更形巩固。而第四版的序言更表达了编者"不见替人"这种既喜又悲的心情——重写文学史的时代似乎尚未到来,而他们的作品依然如纪念碑般屹立不摇。这种错误的虚幻感觉甚至诱使他觉得自己的美学标准也许可以作为定论。

其实,如前所述,文学典律是变动不居的,而作家的地位也涨跌互见。就美国文学史的研究而言,根据那普和强调英国文学传统的文学史家的标准,主要作家是欧文、朗费罗(Henry Wadsworth Longfellow)、罗尔(James Russell Lowell)、何威尔斯者流。而根据巴灵顿和强调美国本土性的文学史家的标准,主要作家则是佛瑞诺(Philip Freneau)、梭罗、梅尔维尔、惠特曼、吐温者流。类似的情形也发生在史毕乐身上。他在《美国文学史的蓝图》一文发表二十多年后,为该文加了一个注:"如果今天写这篇文章的话,其中有些人名〔当代诗人、小说家、剧作家、散文家、批评家〕当然会改变"(Third 36)。这一切显示了所谓"主要作家"与"次要作家"的标准,并不是绝对的、超然的。因此,史毕乐对前人的典律表示异议,而他自己苦心建构的体系,也遭到后人的异议,是再正常不过的事了。史毕乐有生之年一方面看到读《美国文学史》出身的年轻一辈学者挑战他的理论,另一方面这种挑战又支持了他对于现在主义的信仰,这种"矛盾"现象对他来说不知是幸或不幸。

此外,他对文学与历史的有机观念颇值得一评。他在不同时代的论著中,都表现出对有机观念的一贯信念。这种论调与柯立芝(Samuel Taylor Coleridge)眼中的莎士比亚以及新批评的作品观相似。柯立芝认为,莎士比亚的作品表面上看来不讲究形式,其实像活生生的有机体一样,由内在发展,而不是委诸外在特定的模式(II: 32-155)。因此,就出现了下列的二元对立

(binary opposition):有机/无机,活泼/机械,自然/人为,本有/外加……新批评在讨论文学作品的结构时,多少继承了这个生物的类比,如新批评的健将布鲁克斯(Cleanth Brooks)就说:"诗的各部分之间具有有机的关系……一首诗的各部分彼此相关,就像成长的植物的各部分一样。"[29]这里有两点需要说明。首先,柯立芝和新批评家主要是把植物的隐喻用在文学作品的形成或结构上。史毕乐则把这个比喻扩大,由个别作品的诠解,到个别作家的全部作品,到整个美国文学史。就像艾普伦斯(M. H. Abrams)所说的:"理论家把种子观念(seed-idea)从诗人的心灵移植到一个国家时代的集体心灵,就能把有机的种类应用到艺术种系发生史(phylogeny)和个体发生史(ontogeny):在想象中,一个艺术文类或国家文学……在时光中成长,就像单一作品在个别艺术家的想象中成长一样。"(218)其次,这些理论家执著于有机论,似乎忽略了因果关系,甚至倒果为因。也就是说,他们在处理文学或历史时,把先入为主的有机论套在所处理的材料上;更过分的是,把这种外加的诠释当成自然、普遍的真理。史毕乐也有类似的情形。虽然他在许多场合颂扬美国文化的歧异及族裔的多元(multiethnicity),并认为它们是美国文化的重要特色,但为了眼前一贯、综合、共识的目的,往往不惜牺牲这些特色。

四

让我们试着描绘史毕乐身为文学史家的心路历程,并加以评论。可以看出,他的见解和在各个时代的不同地位密切相关。在他早年的论著里,我们看到的是一位初入学术界的年轻学人,由他对以往学者及著作的接受与排斥,尤其是对巴灵顿等人的肯定与否定,可以看出他心中的"影响焦虑"。因此,在《美国文学史家的任务》和《美国文学史的蓝图》这些文章中,年轻学人破旧立新、以撰写新的美国文学史为职志的心情跃然纸上。

后来由于因缘际会,他有幸和一群志同道合的学者共同勠力于新的美国文学史的写作。尤其是他身为《美国文学史》编辑委员会的主席,负责全书事前的"政策和计划"(*LHUS* xi)以及编辑等善后工作,多年的辛劳终于完成了一部广受欢迎的大书,因而创造出可观的文学与文化现象,树立起一已的地位及影响力。

因此,他成为学院建制内的有力人士。但他的成就还伴随着些许的不安,这从《美国文学史》的几篇序言(尤其1953年的第二版序言)和1958年《致美国文学史家的一封信》中可以觉察到。然而,另外那群企图撰写新美国文学史的学者因故未能实践计划,所以史毕乐主编的《美国文学史》一直成为市面上及学院里流行最广、最得势、甚至最权威的一部,并于1974年发行第四版。

1974年的序言表达了史毕乐忧喜参半的心理:"《美国文学史》问世至今已经整整四分之一个世纪了,本书的编辑原先宣告:'每一代必须以自己的方式来定义过去',这句话看来是说错了。"(xiii)由于几十年来在美国文学史的领域尚未出现另一部足以等量齐观的作品,史毕乐既欣喜于《美国文学史》的历久弥新,也为自己抱持的现在主义的立场感到纳闷。1980年发表的《周期与根》只不过是再度宣示他的美国文学周期论的史观。

1986年他在《美国文学》季刊刊登的短文,表达了他的困惑和失望。因为这时对美国文学传统各式各样的重新定义已蔚然成风,而《哥伦比亚版美国文学史》及新《剑桥美国文学史》也已筹划有年。史毕乐面对后继者的挑战,想必有另一种忧喜参半的感觉:喜的是后继有人,而且印证了他现在主义的立场是正确的;忧的一方面是可能被取代、不再统领风骚、岌岌可危的焦虑感,另一方面则是奇怪为何自己多年从事文学史理论与实务的努力,而且成果广受肯定,但引以为豪的美国文学史观却未能获得他认为应有的评价。

为什么史毕乐不被承认为一个文学史理论之父？或者说，为什么他没有像特纳一样树立一个"典范"(paradigm)？底下提出几点可能的解释。首先，他的美国文学史观未必具有很大的原创性。边疆的假说来自特纳；周期的假说类似维科；[30]文学理念类似佛依斯特(Late 126)和麦息逊；[31]有机理念使人联想到柯立芝和新批评(Late 126)。而且，从史毕乐本人对于不同历史理念的探讨，我们可以看出他对历史的有机理论类似维科的《新科学》(Scienze Nuova, 1725)、贺德(Johann Gottfried von Herder)的看法（"创造的文化如同演化的过程"）和19世纪的浪漫主义哲学家（根据"活生生、一直改变的文化要素的出生、成长、茁壮、衰微、败亡、再生"来定义历史〔Third 11〕）。史毕乐对文学演进(literary evolution)，以及其与美国文学史的关系，有以下的看法：

> 文学演进在史雷格(August Wilhelm von Schlegel)、黑格尔(Georg Wilhelm Friedrich Hegel)、孔德(Auguste Comte)、库辛(Victor Cousin)和泰纳的思想中变成一个稳固的观念，为柯立芝和艾默生所接受；但把文学史视为一个国家的、文化的、语言的过程(a national, cultural, and linguistic process)，则一直到将近19世纪末，在傅雷哲(James Frazer)、布兰德斯(Georg Brandes)、泰勒、单兹柏理(George Saintsbury)和其他这些处于历史语言学和文化史兴盛时期的人身上，才完全成熟。我们当中大多数人都记得这段时期，因为我们曾参与其间。(Third 11-12)

尤其史毕乐有一次在谈到周期理论的"祖先"时，曾明白地说："它可以很容易追溯到维科、贺德、黑格尔、达尔文(Charles Darwin)、马克思(Karl Marx)、泰纳，也许还有弗洛伊德(Sigmund Freud)。但我之所以有这种观念，却是透过了富兰克林的实用主义(pragmatism)、艾默生的超越的价值理论(transcendental theory of values)和亚当斯的理论——'人作为一种力量，必须从一个定点来衡量其动作'。"(Late 52)

当然，我们可以辩称，原创性只不过是建立典范的一个先决条件，而人们可能把几个非原创性的观念组合成一个具有原创性的观念。[32]如果我们把史毕乐"一个历史理论之父"的说法，当成他暗示自己是个典范创建者，问题立即产生。因为，一般说来典范创建者属于开创性的人物，在指引出新方向之后，留给后继者参与诠释及填补的空间，而不是企图建造出一个完美无缺、巨细靡遗的理论。以特纳的边疆假设为例，其"不精确、不长远以及时而矛盾"的见解（Lamar 85），使得其他人有充分、弹性发挥的潜能与自由，遂得以追随、加强其典范。史毕乐的"困境"在于他非但提出了一个假设，而且"有幸"在《美国文学史》的集体创作和《美国文学的周期》的个人论著中，发挥得淋漓尽致，使得别人毋庸、甚至无法插手、助阵。

另一个更显著的理由则是，人们未必接受他集综合之功所创建出来的统一的叙事和周期的模式。那个模式其实是诠释的建构，而且是硬套特定的批评观点。他的美国文学史二周期论中的两个规律的周期，以及《美国文学的周期》的《尾声》中所预测的第三个及更多的周期，就是现成的例子。这里，科学归纳逻辑（scientific inductive logic）中的古德曼吊诡（the Goodman paradox）提供了一些有用的观念。[33]古德曼（Nelson Goodman）主张："只说有效的预测所根据的过去规律，而不能说是'哪些'规律，是没有意义的。规律是到处都找得到的。"史克姆斯在讨论规律与推测（regularities and projections）时，暂时下了此一结论："科学归纳逻辑确实把观察到的规律用来推测未来，但仅限于可推测的规律。它确实假定自然是统一的，未来是像过去的，但仅限于某些方面。它确实假定在自然中观察到的类型是会重复的，但仅限于某些种类的类型。"（60）但史克姆斯接着又说："可推测性不是单纯的'是或否'的事情，而是程度的问题。"他在讨论古德曼吊诡后，提出三点结论：

(一)在某个状况下,我们是不是发现改变,可能是仰赖于我们用来描述那个状况的语言工具(linguistic machinery);
(二)我们在一串事件中发现的某些规律,可能是仰赖于用来描述那串事件的语言工具;
(三)我们可能在一串事件中发现两种规律,一种是可推测的,另一种是不可推测的,以至于从它们二者所产生的预测彼此矛盾。

这些观察可协助我们了解史毕乐的情况。第一个观察与作家、作品、文学史的重新定义、重新评价有关。简言之,所谓的文学大家、杰作的地位是否改变,仰赖于语言工具或变动不居的批评论述。这部分说明了相同的作家及作品,根据不同的文学价值体系,而地位有所改变。甚至"文学"一词也随着变动的语言工具而具有不同的含义。近年来许多非典律(non-canonical)作品研究之风行,便是明显的例子。这个文学评价的改变,不单单是修订主义者挑战的结果,而且也要求、主张更进一步的修订。

第二个观察更适用于史毕乐的美国文学史理论。周期与根两个隐喻是史毕乐构思的主要的"语言工具",用来描述美国历史上的一串文学事件,并产生有关那些事件的规律,也就是把美国文学史上"明显的四个事实",环绕于超越主义的浪漫主义和自然主义的浪漫主义,而形成两个周期。

第三个观察与史毕乐对于未来周期的预测有关。由于他重视国际与跨文化之间的影响,并强调存在主义(*Cycle* 228-230),我们不妨把第三个周期姑且命名为"存在主义的浪漫主义"。然而,我们可以采用"周期与根"的假设,产生至少一个不同且与之相互矛盾的预测,比方说,后现代主义的浪漫主义(Postmodern Romanticism)。其实,只要我们能力所及,理论上可以根据史毕乐的假设产生无限的预测。

而且,纯粹就可推测性(projectibility)而言,史克姆斯用来说明古德曼吊诡的三个例子,与每一代美国文学史家所努力探讨的错综复杂的文学—历史现象相形之下,显得固定、容易预测得多。但史克姆斯在讨论人口曲线时说:"的确有无数条曲线经过这些定点,因此资料中有无数的规律。不管想做什么样的预测,总是可以找到一个规律来容许那个预测。"(69—70)与这些数字相形之下,文学史上那些随着语言工具的不同而变动不居的文学大家、杰作的情况,也就更变幻莫测了。

史克姆斯有关"内推法"(interpolation)与"外推法"(extrapolation)的讨论,也与史毕乐涉及过去的前两个周期和涉及预测的第三个和以后的周期有关。史克姆斯以具有固定数字的人口图表为例,将"内推"定义为"在代表日期的几个点'之间',估计一个点的位置",而将"外推"定义为"在代表日期的几个点'之外',估计一个点的位置"(69)。他的结论是:理论上可能有无限个规律都能符合这些推测。如果精确的数字在理论上都可能产生无限个规律,那么复杂得多的文学现象所可能产生的规律,"至少"是无限的——这种说法对于美国文学史的周期规律也是成立的。

当然,史毕乐并非没有理由,而花数十年心力发展出的周期理论,是他在考量美国文学史中的"衍生效用"("generating function", Skyrms 70)。此处要强调的是,正如史克姆斯所观察的:"以任何一串固定的数字开始的系列,都有衍生效用来符合那串数字,而且产生想要的任何下一个数字。"(71)史毕乐的第三个以及更多的周期,也遭遇同样的情形。换句话说,即使我们接受史毕乐二周期论的看法,都可能产生不同的预测——何况我们未必接受他的周期理论、主要作家与作品、美国文学史的重要事实……更何况这些都是他个人诠释的产物。析言之,这里至少有三个理由:(一)正如史克姆斯所说的,"在任何观察的顺序中,不管资料看起来多么混乱,总是存在着规律"(72);(二)所谓的文学大家和杰作,都依照不同的评价而改变;(三)以史毕乐的情形而言,美国历史上文学表现的显著事实,都不是自然的,而是人为的,因为都经由史毕乐的选择、诠释、排列、组合。总之,他的四个显著事实、两个隐喻、两个周期、统一叙事等,不免都是诠释的建构。史克姆斯结论时说,目前为止还无法产生预测的规则,并把这种困境说成是"归纳的新谜团"("the new riddle of induction",74)。史毕乐显然也陷入了同样的谜团而不自知。

最后,史克姆斯对于自然的统一性(the uniformity of nature)的讨论,也适用于史毕乐身上,并部分地说明为什么他未能成为一个文学史理论之父的原因。史克姆斯说:

> 把科学归纳逻辑当成把观察到的规律用来推测未来的一种体系,是没有意义的,除非我们能说它推测的是哪一种规律;同理,科学归纳逻辑预设自然的统一性,这个说法同样是没有道理的,除非我们能说自然"在什么方面"被预设是统一的。如果说自然在所有方面都是统一的,则属自相矛盾;如果说自然在某些方面是统一的,则属琐碎。(72)

其实,史毕乐的周期理论面对着相同的困境。它对过去与未来的观点,预设了下列两种状况之一:过去与未来在所有或某些方面是相似的。但史克姆斯指出预测的矛盾"可以无限地增加。未来不可能在所有方面都像过去。自然在所有方面是统一的,这个方法是自相矛盾的"(72)。从以上的讨论可以看出,史毕乐显然是自相矛盾的。另一方面,自然在某些方面是统一的,这个说法"薄弱得难以成为主张。……不管自然的情况如何,总是会有某种的统一性,不管是'自然的'或'人为的'、简单的或复杂的。因此,自然在某些方面是统一的,这种说法是琐碎的"(72)。史毕乐对未来周期的预测根据的假设是:"自然是统一的,未来类似过去。"(Skyrms 56)因此他的推测不是自相矛盾,就是琐碎。

更糟的是,史克姆斯所讨论的"内推法"的观念,即推测定点之间的曲线(相对于外推法,即推测定点之外的曲线,也就是一般所说的预测),应用到文学传统时,制造出更复杂的问题。因为,文学的史实容或不变,但对文学史的评断则随着不同的观念及价值体系而改变。换言之,不但"现在改变过去的程度就像过去引导现在"(Eliot 15,这是我们熟悉的现在主义的立场),甚至我们所可以无限预测的未来,也可能改变对过去和现在的看法。如果史毕乐的预测(外推法)不是自相矛盾就是琐碎,那么他以现在主义的立场来诠释美国文学的过去(内推法,或现在与过去彼此之间不断的对话)显然也一样。简言之,他的美国文学史周期不是琐碎(周期的隐喻可以任意运用,在理论上产生无限各式各样的周期,而失去其作用及吸引力),就是自我矛盾(我们根据他周期的假设,可在现存的美国文学史之内或之外产生不同的、彼此冲突的规律)。

其实,史毕乐本人并非不知道把生物学上生命周期的类比硬套在历史研究上可能产生的弊端:

> 历史是处理事件的过程,不只是记录事实,而过程以曲线的方式跟随有机体的出生、成长、衰微的周期而移动,其速度、密度、品质、方向经常变动。这并不是说可以把生命周期的生物学类比成科学的测量方法,严格应用在更广泛的人类经验的历史,如文化、机构、国家,这些本身并没有个别的生物存在。这是19世纪历史哲学家,如史宾赛(Herbert Spencer)、马克思、史宾格勒所犯的谬误之一,他们受到达尔文主义及其他形式的进化论立即的影响,而这种谬误也导致有害的民族、国家野心,这些野心根据的是任何单一生命周期之不可避免的错误逻辑。(*Third* 233-234)

他虽然有此体认,却无法抗拒把周期理论用于有限范围的这种诱惑,而试图采取中间路线:"但采取下一步而拒绝承认生物和文学过程的全部关系,就是拒绝以历史层面来看文学的可能性,因而把艺术品缩小为僵硬的、无因的存在,这也是同样严重的错误。"(234)结果,史毕乐在许多的可能情况中,坚持他的周期理论,此举一方面排除了对于美国文学的过去与未来的其他可能看法,另一方面也把丰富多样的美国文学化约、缩减为一贯、和谐的叙事,而沦入周期决定论。

很可能就是由于上述的自我矛盾与琐碎,使他无法建立一般文学史以及美国文学史的"共同诗学"(common poetics)。

五

佛克玛遵循尧斯(Hans Robert Jauss)的"问题与回答"的过程(the question-and-answer process, esp. 20-30),[34]主张"文学史用来回答特定问题"的观念(9)。前面说过,史毕乐认为文学史家"必须回答这类的问题,比方说,如何、何时、何地、为何一部文学作品存在或已经存在?它与其他文学作品现在或过去的关系如何?它与人类这个感情、社会的动物的整个历史现在或过去的关系如何?"(*Third* 223)。由此观之,他主要是在《美国文学史家的任务》和《美国文学史的蓝图》中提出问题,而在《美国文学史》和《美国文学的周期》予以回答,正好为上述说法做了鲜明的例证。在史毕乐本人看来,《美国文学史》非但综合了"这个世纪20、30年代所谓的文艺复兴"的学术成就,也在适当的时机,借着"一连串的'工具'章节,强调主要作品和主要作家,并且检视美国与欧洲及英国的文学和文化的关系"(*Third* 218),回答了这些问题。

史毕乐在20世纪的美国文学史研究,占了重要的一席之地。其实,每一代的文学史家无不扮演着承上启下的角色,不同于或不满意于前代学者,试图提出、回答不同的问题,或给予相同的问题不同的答案。[35]而每一代以各自的典律来重新创造文学史,这种现象及其意义获得柯罗妮的肯定:"要衡量这些〔重新创造文学史的〕计划的成功,并不在于它们所给予的终极看法,而在于它们成功地提供资讯及认知技巧,使读者得以欣赏比现在构成我们典律更广泛的作品。"(301)扬弃终极的看法——这种做法其实并不新颖。史毕乐很早以前就有此自觉:"《剑桥美国文学史》、《美国文学史》或任何篇幅巨大的综合作品,其危险在于给予一种虚假的终极感,而阻碍了知识上的好奇心。对创造历史来说,永远没有终结,正确的学术才真正是文化的根本。"(*Milestones* 140)就史毕乐的现在主义立场来说,《哥伦比亚版美国文学史》虽然问世的时间迟了些,但毕竟还是受欢迎的。

总之,史毕乐的多篇美国文学史理论专著,以及《美国文学史》、《美国文学的周期》二书,承接前代的《剑桥美国文学史》,开启后代的《哥伦比亚版美国文学史》和新《剑桥美国文学史》,其存在印证了前后代之间的异同与断续。因此,傅莱(Northrop Frye)对"文学作品的历史顺序"的"再创的观念"("conception of recreation"),也适用于美国文学史的研究:"在所有的再创中,都存在着一种双面的父子关系:一个是伊底帕斯的关系,儿子杀死父亲;一个是基督的关系,儿子认同父亲。"(225)

引用资料

单德兴《反动与重演:论 20 世纪的三部美国文学史》,《重建美国文学史》,北京:北京大学出版社,2006 年,页 3—48。

Abrams, M. H. *The Mirror and the Lamp*: *Romantic Theory and the Critical Tradition*. New York: Norton, 1953.

Baker, Houston A., Jr. "Figurations for a New American Literary History". In Bercovitch and Jehlen 145-171.

Bercovitch, Sacvan. "Afterword". In Bercovitch and Jehlen 418-442.

——. "America as Canon and Context: Literary History in a Time of Dissensus". *American Literature* 58.1 (1986): 99-107.

——. "Preface". In Bercovitch, *Reconstructing* vii-x.

——. "The Problem of Ideology in American Literary History". *Critical Inquiry* 12.4 (1986): 631-653.

——, ed. *Reconstructing American Literary History*. Cambridge, Mass.: Harvard University Press, 1986.

Bercovitch, Sacvan, and Myra Jehlen, eds. *Ideology and Classic American Literature*. New York: Cambridge University Press, 1986.

Bloom, Harold. *The Anxiety of Influence: A Theory of Poetry*. New York and London: Oxford University Press, 1973.

Brooks, Cleanth. *The Well Wrought Urn: Studies in the Structure of Poetry*. New York: Harcourt, Brace & Co., 1947.

Budd, Louis J., Edwin H. Cady, and Carl L. Anderson, eds. *Toward a New American Literary History*. Durham: Duke University Press, 1980.

Burke, Peter. *Vico*. New York: Oxford University Press, 1985.

Carafiol, Peter. "The Constraints of History: Revision and Revolution in American Literary Studies". *College English* 50.6 (1988): 605-622.

——. "The New Orthodoxy: Ideology and the Institution of American Literary History". *American Literature* 59.4 (1987): 626-638.

Cohen, Sande. *Historical Culture: On the Recoding of an Academic Discipline*. Berkeley: University of California Press, 1986.

Coleridge, Samuel Taylor. *Shakespearean Criticism*. Ed. Thomas Middleton Raysor. 2nd ed. 2 vols. New York: Dutton, 1960.

De Man, Paul. "Introduction". *Toward an Aesthetic of Reception*. By Hans Robert Jauss. Minneapolis: University of Minnesota Press, 1982. vii-xxv.

Dowling, William C. *Jameson, Althusser, Marx: An Introduction to The Political Unconscious*. Ithaca: Cornell University Press, 1984.

Dray, William H. "Review Essay on *The Content of the Form*". *History and Theory* 27.3 (1988): 282-287.

Eagleton, Terry. *Literary Theory: An Introduction*. Oxford: Basil Blackwell, 1983.

Eliot, T. S. *Selected Essays*. 3rd enl. ed. London: Faber & Faber, 1951.

Elliott, Emory. "General Introduction". In Elliott et al., *Columbia* xv-xxiii.

——. "New Literary History: Past and Present". *American Literature* 57.4 (1985): 611-621.

——. "The Politics of Literary History". *American Literature* 59.2 (1987): 268-276.

——. "Preface". In Elliott et al., *Columbia* xi-xiii.

Elliott, Emory, et al., eds. *Columbia Literary History of the United States*. New York: Columbia University Press, 1988.

Emerson, Ralph Waldo. *Emerson: Essays and Lectures*. New York: Library of America, 1983.

Fish, Stanley. *Is There a Text in This Class? The Authority of Interpretive Communities*. Cambridge, Mass.: Harvard University Press, 1980.

Fokkema, D. W. "Literary History". *Tamkang Review* 16.1 (1985): 1-15.

Frye, Northrop. "Literary History". *New Literary History* 12.2 (1981): 219-225.

Fussell, Edwin. *Frontier: American Literature and the American West*. Princeton: Princeton University Press, 1965.

Goodman, Nelson. *Fact, Fiction, and Forecast*. Cambridge, Mass.: Harvard University Press, 1955.

Gottesman, Ronald. "New American Literary History". *MELUS* 11.1 (1984): 69-74.

Gura, Philip. "Book Review on *Columbia Literary History of the United States*". *American Literature* 60.3 (1988): 461-463.

Hallberg, Robert von, ed. *Canons*. Chicago: University of Chicago Press, 1984.

Hazard, Lucy Lockwood. *The Frontier in American Literature*. New York: Frederick Ungar Publishing Co., 1927. Rpt. 1961 in the American Classics Series.

Hoy, David Couzens. *The Critical Circle: Literature, History, and Philosophical Hermeneutics*. Berkeley: University of California Press, 1978.

Hull, David. "In Defense of Presentism". *History and Theory* 18.1 (1979): 1-15.

Jauss, Hans Robert. *Toward an Aesthetic of Reception*. Trans. Timothy Bahti. Minneapolis: University of Minnesota Press, 1982.

Jehlen, Myra. "Introduction: Beyond Transcendence". In Bercovitch and Jehlen 1-18.

Kolodny, Annette. "The Integrity of Memory: Creating a New Literary History of the United States". *American Literature* 57.2 (1985): 291-307.

Kreyling, Michael. "Southern Literature: Consensus and Dissensus". *American Literature* 60.1 (1988): 83-95.

Lamar, Howard R. "Frederick Jackson Turner". *Pastmasters: Some Essays on American Historians*. Ed. Marcus Cunliffe and Robin W. Winks. New York: Harper & Row, 1969. 74-109.

Lauter, Paul. *Canons and Contexts*. Oxford and New York: Oxford

University Press, 1991.
Maguire, James H. "The Canon and the 'Diminished Thing'". *American Literature* 60.4 (1988): 643-652.
Mandelbaum, Maurice. *The Anatomy of Historical Knowledge*. Baltimore and London: Johns Hopkins University Press, 1977.
Miller, Wayne Charles. "Toward a New Literary History of the United States". *MELUS* 11.1 (1984): 5-25.
Mukherjee, Sujit. "Cycles and Dimensions: The Progress of American Literary History". *Indian Essays in American Literature: Papers in Honor of Robert E. Spiller*. Ed. Sujit Mukherjee and D. V. K. Raghavacharyulu. Bombay: Popular Prakashan, 1969. 305-319.
Pechter, Edward. "The New Historicism and Its Discontents: Politicizing Renaissance Drama". *PMLA* 102.3 (1987): 292-303.
Portales, Marco A. "Literary History, a 'Usable Past', and Space". *MELUS* 11.1 (1984): 97-102.
Reising, Russell. *The Unusable Past: Theory and the Study of American Literature*. New York: Methuen, 1986.
Skyrms, Brian. *Choice and Chance: An Introduction to Inductive Logic*. 3rd ed. Belmont, CA: Wadsworth, 1986.
Smith, Henry Nash. "Symbol and Idea in *Virgin Land*". In Bercovitch and Jehlen 21-35.
Sollors, Werner, ed. *Multilingual America: Transnationalism, Ethnicity, and the Languages of American Literature*. New York: New York University Press, 1998.
Spengemann, William C. "American Things/Literary Things: The Problem of American Literary History". *American Literature* 57.3 (1985): 456-481.
Spiller, Robert E. *The Cycle of American Literature: An Essay in His-*

torical Criticism. Enl. ed. New York: Free Press, 1967.

———. "The Extra". *American Literature* 58.1 (1986): 99.

———. *Late Harvest: Essays and Addresses in American Literature and Culture*. Westport, CT: Greenwood, 1981.

———. *Milestones in American Literary History*. Westport, CT: Greenwood, 1977.

———. *The Third Dimension: Studies in Literary History*. New York: Macmillan, 1965.

Spiller, Robert E., et al., eds. *Literary History of the United States*. 4th rev. ed. New York: Macmillan, 1974.

Stambovsky, Phillip. "Metaphor and Historical Understanding". *History and Theory* 27.2 (1988): 125-134.

Tompkins, Jane. *Sensational Designs: The Cultural Work of American Fiction*, 1790-1860. New York and Oxford: Oxford University Press, 1985.

Trent, William Peterfield, et al., eds. *The Cambridge History of American Literature*. 3 vols. New York: Macmillan, 1917-1921.

Wellek, René, and Austin Warren. *Theory of Literature*. 3rd ed. New York: Harcourt, Brace & World, 1962.

White, Hayden. *The Content of the Form: Narrative Discourse and Historical Representation*. Baltimore and London: Johns Hopkins University Press, 1987.

Williams, Raymond. *Keywords: A Vocabulary of Culture and Society*. New York: Oxford University Press, 1976.

注 释

[1] 为了方便起见,本文中的"美国文学史"一词,泛指"American literary history"及"literary history of the United States",有关此二英文术语之定

义,参阅史毕乐(Robert E. Spiller, *Milestones* 116)、艾理特(Emory Elliott, *Columbia* xix-xx)以及本书《反动与重演》注 38。

〔2〕 在这些热烈参与讨论的人士中,有柯罗妮(Annette Kolodny)、艾理特、柏柯维奇(Sacvan Bercovitch)等修订主义者(revisionists),也有反对修订主义的卡拉菲尔(Peter Carafiol,"New"626-627),以及主张"一个以语言〔英文〕为基础的文学史"的史班吉曼(William Spengemann 475)。史班吉曼的主张,再度将美国文学贬为英国文学的一支,遭到马奎尔的强烈质疑(James H. Maguire 644-645)及艾理特的暗中批评("Politics" 275)。至于近来索乐思(Werner Sollors)主张的多语文美国(Multilingual America)以及由此而衍生的美国文学史观,则提供了另一个重要的视角。

〔3〕 史毕乐主编的《美国文学史》初版于 1948 年,广受各界欢迎,成为美国文学史论著中的纪念碑(monument),也成为后代学人重新检讨美国文学史时所感受到的"影响焦虑"(the anxiety of influence)的主要来源。波塔里斯(Marco A. Portales)说得好:"不管我们承不承认,这本书自从第二次世界大战结束以来,有形、无形地指导我们许多的学术、批评活动,我们今天身受'主流'和'少数'这种二分法的典律之苦,这本书要负主要的责任。"(100)有关"纪念碑"的意义,参阅佛克玛(D. W. Fokkema),页 13 及艾理特的《哥伦比亚版美国文学史》,页 xiii;有关"影响焦虑"的定义,参阅卜伦(Harold Bloom)的专书。史毕乐的《美国文学史》共计四版,分别印行于 1948、1953、1963、1974 年,本文引述的是 1974 年版。

〔4〕 特纳是所谓的"边疆理论"之父(the Father of the "Frontier Thesis"),其理论首次揭橥于 1893 年的专文《美国历史上边疆的意义》("The Significance of the Frontier in American History"),并对美国历史的研究产生了革命性的影响。汤恩比和史宾格勒(Oswald Spengler)一样,企图以生物学的类比来建立历史体系。韦礼克(René Wellek)对史宾格勒和汤恩比的史观强烈质疑,并反对将其用于文学史的研究(255—257)。

〔5〕 有关新的美国文学史家的责任,另见 *Third* 25。

〔6〕 有关"有机性"在字源及思想史上的含义,参阅威廉斯(Raymond Williams),页 189—192。

〔7〕 史毕乐似乎暗示要结合巴灵顿(Vernon Louis Parrington)的水平法和麦息逊(Francis Otto Matthiessen)的垂直法来研究美国文学史。参阅他对二氏之评，*Milestones* 52-53。

〔8〕 根据史毕乐的说法，这四个事实是："(一) 19 世纪以前的美国文学，目的不在于艺术，而那些最伟大的心灵基本上是非文学的；(二) 19 世纪产生了大约十几位重要的文学人物，这些人大都不是出于最早的十三个殖民地，就是与之关系密切；(三) 在同一段时间，有许多写作主要与西部拓展有关，其目的和效用基本上是非文学的；(四) 20 世纪产生了一大群具有活力、深度的作家，他们的主要动机是文学的，居住的地方遍及全国。"(*Third* 26)

〔9〕 史毕乐在许多场合谈到这四个阶段："第一个阶段是开拓和殖民的时期，产生的是叙事和描述的日记和书信。在第二个阶段，新殖民地以文化的工具创建自己的社会……这一切导致知识活动，甚至引起各种议题上的争论，但主要是在政治和宗教方面……因此，整个说来，第二个阶段可以描述为工具和理念(Instruments and Ideas)的阶段。时机成熟时……这一切导致第三阶段，新的文学以其自然环境下的新经验，大步迈进。只有在这个时候，大作家才会在自己身上找到成熟的创造力，在自己周围找到受过教育且能接纳的读者。"(*Late* 169-170)这种四阶段论，也见于 *Cycle* xi 和 *Late* 72-73。

〔10〕 史毕乐在自述《美国文学史》的构思及写作时说："虽然我在 1930 年和 1931 年担任〔现代语文学会(Modern Language Association)美国文学组〕主席，却一直到 1935 年才以《美国文学史家的任务》一文积极探讨这个历史计划，向该组宣读这篇文章。"(*Milestones* 117)

〔11〕 其实，这个"谬误"一直延续到 1980 年代，而且大有可能继续下去。见注〔2〕有关史班吉曼的部分。就这一点而言，韦礼克的看法可说是老生常谈："美国文学由于和另一个国家文学没有语言文字的差别，所以困难更为丛生，因为美国的文学艺术发展必然是不完整的，而且部分仰赖于一个更古老、更强大的传统。"(268)

〔12〕 参阅 *Milestones* 9-11，史毕乐于 1927 年为巴灵顿所写的书评。他在 1970 年代为这篇书评所写的头注中，如是推崇巴灵顿的历史性成就："年轻一代的美国文学学者已经舍弃英国文学的领域……一眼看出这本书邀请他们和美国史的新的、进步的学术会合。这股新的

美国史潮流的代表人物是特纳、比尔德(Charles A. Beard)和贝克(Carl Becker)。大势已定。"(*Milestones* 9)

〔13〕 "以东海岸为中心所发展出的文学运动,总结于19世纪中叶的伟大浪漫作家;从征服大陆所成长的文学运动,现在于20世纪正完成其周期。"(xi)

〔14〕 "先是家书,其次是宗教或哲学的辩论,再次是模仿的艺术品,最后是对于新生活的创意、有机的表现。"(xi)

〔15〕 "一个文明在时间上往前推进时,文化成长为艺术的过程不断重复。"(xi)

〔16〕 史毕乐说:"新的美国文学史家的第一个任务,是发现哪些人是或曾经是主要的美国作家。"(*Cycle* x)

〔17〕 汤金丝(Jane Tompkins)在检视美国文学选集的历史时,曾讨论到这些所谓的主要美国作家的"删减与修订",尤其见于页 187—190。另一个比较广泛的例子,可参阅雷辛(Russell Reising),页 18—31。有关《美国文学史》与《哥伦比亚版美国文学史》两书在女性撰稿者和女性作家方面的不同,参阅 Elliott,"Politics"272-273。

〔18〕 史毕乐在十多年后的一则头注中,把这两大文学运动分别命名为"超越主义的浪漫主义"(Transcendental Romanticism)和"自然主义的浪漫主义"(Naturalistic Romanticism),后者根据的是"进化和深度心理学的新理论,以及人类精神的现代复兴"(*Late* 127)。在他看来,"浪漫主义本身是一种对人生和文学的态度,一种冒险和实验的精神,而不只是某一套主题或兴趣"(*Cycle* 84)。他对第三个周期则有这样的看法:"它基本上是浪漫的,其浪漫的意义在于是试探的、实验的,以及基本上是反智的(anti-intellectual)。"(*Cycle* 230)

〔19〕 原名《文学史》("Literary History"),是为索普(James Thorpe)主编的《现代语言与文学的学术目标及方法》(*The Aims and Methods of Scholarship in Modern Languages and Literatures*) 所撰写。

〔20〕 此书副题为《历史批评之论文》(*An Essay in Historical Criticism*),根据史毕乐自己的解释,此论文是"为了见识的单一"("an essay toward such a singleness of vision", *Cycle* xii)。

〔21〕 在这些异识分子中,目前最有具体成果的当推《哥伦比亚版美国文学史》的主编艾理特和新《剑桥美国文学史》的主编柏柯维奇。有关

他们的见解以及与前代学者史毕乐之间的反动/互动关系,参阅 Bercovitch, "America"101 及 Elliott, "New"613-614;"Politics"269。柏柯维奇的下列说法,具体而微地表现了两代学者之间的关系:"史毕乐的《文学史》的成就,在于巩固了一个有力的文学—历史时刻。现在这一代的任务是以异识为基础,重建美国文学史"(*Reconstructing* xii-xiii)。吊诡的是,这些 80 年代的修订主义者以"异识"为他们的"共识"。其实,不同年代学者依据不同的时空背景和理念写出不同的美国文学史,这些文学史之间的互动及对话关系,详见本书《反动与重演》一文。

[22] 有关隐喻的文献很多。就本文而言,请参阅柯恩的《历史文化》(Sande Cohen, *Historical Culture* 49-57),该处以维科(Giovanni Battista Vico)为例,讨论隐喻如何作为学术论述的模式。

[23] 在德雷(William H. Dray)看来,怀特认为历史是建构,但坚持其"真正的作用是道德的、政治的,而非认知论的,肯定不是再现的"(283)。

[24] 可参阅郝柏格(Robert von Hallberg)主编的《典律》(*Canons*)一书。

[25] 有关"诠释团体"的说法,参阅费希(Stanley Fish),页 13—16。

[26] 其实,"印第安人"一词就泄露了他的白人中心论、文化霸权观。

[27] 史毕乐自道,在撰写《美国文学史》时,曾为了团体的利益而牺牲个别撰稿者的意见(viii);其实,为了建构美国文学二周期论这个史观,他也牺牲了个别作家。

[28] 《不可用的过去》是雷辛的书名,表明了是对布鲁克思(Van Wyck Brooks)的名言"可用的过去"(the usable past)的反动。虽然雷辛讨论的美国文学理论家中并不包括史毕乐,但他实在也难逃性别偏见和种族偏见之嫌。克雷林(Michael Kreiling)支持女性批评家柯罗妮的看法:"史毕乐等人的《美国文学史》出版至今四十年了,我们发现以往的共识太排外,套用柯罗妮的话说,太倾向于'省略和消音'(omissions and silences)。"(84)裴克(Houston A. Baker, Jr.)也提到史毕乐"排外的倾向"(149)。波塔里斯甚至宣称"美国文学打一开始就是排外的"(100)。然而,史毕乐未必是死硬派的排外者。这点可由他对美国多族裔文学研究的态度看出(Miller 7)。这么说来,他的排外,就某个程度而言,只是权宜之计,身不由己,或者是文学史家

的必要之恶。

〔29〕 布鲁克斯也强调"诗像有机物"("the poem as an organic thing",75)以及"诗的结构像有机体"("the structure of the poem as an organism", 218)。

〔30〕 维科认为历史分为三个阶段(神的时代、英雄的时代、人的时代),以周期的方式出现。此处的周期具有"连续"(corso)和"再现"(ricorso)两个意义。其实,周期的历史观在人类史上屡见不鲜,如古希腊、罗马、中古世纪、文艺复兴、十八世纪(Burke 54-57)。有趣的是,维科也用上生物的类比:"个人生命和人类三个时代的平行。"(59)

〔31〕 柏柯维奇称赞麦息逊的《美国文艺复兴》(American Renaissance, 1941)是"修订主义的文艺批评的经典之作"("Problem"631),并认为它促成了美国本土有关"文学的"和"历史"两个术语的共识(632)。对这位80年代的文学史家而言,麦息逊和史毕乐对于"美国"、"文学"、"史"都具有共识(637)。而史毕乐本人也肯定麦息逊的贡献,认为他"也许是重新研究美国文学史这个运动中,最具创意及活力的领袖",并且谈到二人都有雄心壮志,在巴灵顿的基础上重建美国文学史(Milestones 52)。史毕乐特别为《美国文艺复兴》写了两篇书评(55—59),惺惺相惜之情由此可见。有关二人相似之处,请参阅 Miller 5。

〔32〕 这种"合成的创意"(originality-in-synthesis)的近例之一,可参阅都林(William C. Dowling)对詹明信(Fredric Jameson)的评论(14)。

〔33〕 有关古德曼吊诡及底下史克姆斯(Brian Skyrms)的讨论,承蒙方万全先生提供资料及意见,谨此致谢。

〔34〕 参阅德·曼(Paul de Man)xiii-xiv 及 Fokkema 4-5。

〔35〕 有关美国文学史研究中,前后代学者的互动及对话关系,参阅穆克吉(Sujit Mukherjee)全文及 Carafiol, "Constraints"(尤其页609)。

重建美国文学：
论课程·进度·议题·文选
（劳特个案研究之一）

一

1980年代的美国文学史家与美国文学从业人员的首要课题之一，就是从多元化（pluralism）的角度来省思、重估现存的美国文学典律，主流作家与作品，美国文学史的书写与重写，以及美国文学的研究与教学。有关美国文学史的重新书写，主要见于艾理特主编的《哥伦比亚版美国文学史》和柏柯维奇主编的新《剑桥美国文学史》。[1]文学典律、主流作家及作品的重估与检讨，也见于众多的学术刊物与专门论著。美国文学的教学（教材与教法）、建制化，以及相关的措施，所牵涉的范围更为广泛，影响也更为深远——可说是关系着各个层面的美国文学的教师与学生，以及相关的文化和出版事业。而美国大学里的美国文学教学所占的主导地位，更是不容否认与忽视的。

本文旨在探讨重建美国文学以及重写美国文学史的运动中,有关美国文学教学的一个个案,重点置于劳特主编的《重建美国文学:课程·进度·议题》和《希斯美国文学选集》(Paul Lauter, *Reconstructing American Literature: Courses, Syllabi, Issues*, 1983; *The Heath Anthology of American Literature*, 1990),以评估他所标榜的多元化、性别平等、种族正义等理念,在重建美国文学及改造美国文学教学方面的实践与成果。

二

劳特身受1960年代的美国社会、政治、文化等方面运动的洗礼,深知文学及文学研究中所包含的政治性,并对当时的文学(及文学教育)体制不满,于1971年即与坎普合编并出版了《文学的政治性:英文教学的异议论文集》(Louis Kampf and Paul Lauter, *The Politics of Literature: Dissenting Essays on the Teaching of English*),书名便点出以异识分子自居,向宰制团体挑战的立场,以及落实到英文教学的具体做法。[2] 1983年他负责编辑出版的《重建美国文学》,可说是相同立场及做法的再度展现,进一步结合了数十位在大学中讲授美国文学的人士,探讨美国文学在课堂教学的规划与执行,为重建美国文学的运动奠基。全书六十七个课程划分为四篇:入门课程、进阶的断代课程、文类课程、主题课程。另外还附上了十六页的"示范编年"("Model Chronology",231-246)和三页的"书单"("Reading List",247-249)。而且,此书由以挑战典律为己任的女性主义出版社(The Feminist Press)出版,也别具意义。[3] 根据劳特本人的说法,这本书只是"重建美国文学计划的产品之一",而此计划的"另一部分……包含了发展一部全新的美国文学选集"(*Reconstructing* xxv)。因此,1990年出版的《希斯美国文学选集》(上下册合计5550页,另附教师手册),就是其重建美国文学计划中的另一重要部分。[4]

劳特1980年代的论述基本上环绕着"重建美国文学"这个主题。[5]就本篇论文而言,最具意义的当属他为《重建美国文学》一书所撰写的序言。[6]在这篇十五页(xi-xxv)的序言中,他于批判美国文学建制的同时,具体而微地勾勒出他心目中重建美国文学应该遵循的方向,并落实到美国文学在大学讲堂的规划与讲授,而以全书作为此理念在美国文学于美国大学教学的课程、进度、议题诸方面的具体成果。因此,身为此书(就广义而言,也包含了七年后出版的文学选集)开卷之作的这篇文章,自有特殊意义,值得仔细解读。

言简意赅地说,劳特的主要见解如下:多元化的诉求,质疑以往美国文学典律的代表性,着重课堂上的实际教学。以往美国文学史的主流及美国文学教学的主要对象,都是以白人、盎格鲁—撒克逊、新教徒、中产阶级、东岸、以英文写作的男性作家,呈现出种族的、宗教的、阶级的、区域的、语言的、性别的偏见或偏重,不足以代表自建国以来就由众多种族合组而成并标榜自由、平等的美国。此外,以往这方面的讨论多偏向于个人式、理论式、观念式的探讨,较少触及教材与教法的实务层面,以及大规模集体合作、改进的可能性。这些诉求和质疑,都表现在全书六十七个课程设计以及书末的"示范编年"和"书单"。根据劳特的说法,这些课程的目的在于"反映教学者努力在教学中纳入近二十年来在弱势团体和女性历史、艺术、文学、文化方面的学术"(xi)。这些课程除了实用性之外,或隐或现地反映了一些问题,而这些问题正是劳特这篇序言所要检视的:"为何需要改变美国文学教学?如果在事实上我们一直所谓的'美国文学'要大幅更动的话,必须要问哪些潜伏的美学的、组织的、知识的、教学的问题?"换言之,整个计划企图纳入美国1960年代以来尤其是文学及弱势论述方面的学术成果,重新省思美国文学与美国文学史的定义,从教材、教法和课程设计等实务加以补充、修订,以期更公平合理地反映当前的情境与需求，进而创造出较合乎他们心目中公理正义的情境。

针对上述问题，劳特一一提出见解，这些见解不但可视为参与此项计划的多位学者/教师的基本共识，更可视为劳特针对重建美国文学这个大课题所主张的宣言。在正式提出见解之前，劳特开宗明义便指出这本书的"工具性"意义，以及这"工具"在整个计划中的定位："这册书是一项更大的努力中的一个工具，这项更大的努力在于要改变美国文学的教学，以及由此而来的对于我们所称的美国文学的定义。"(xii)也就是说，尽管这本书，尤其是绪论部分，无可避免地会指涉理论的存在及作用，但更重要的目的或作用，在于提供美国大学课堂中的美国文学教学与课程设计的参考，激励("刺激"并"鼓励")美国文学的师生以另类方式来观察、反省以往的美国文学典律、文学史观、文学教学等。

劳特首先面对的就是所谓代表性(representation)的问题。他以手边的两份美国文学课程设计为例(此二课程分属加州和俄亥俄州的两所著名大学，名称为"美国的文学想象"〔"The American Literary Imagination"〕以及"美国文学中的生活与思想"〔"Life and Thought in American Literature"〕)，说明即使在1980年代初期的美国文学课程中，依然存在着白种男性霸权的现象，并认为这种现象"非但不合实情，而且就专业而言也赶不上时代潮流。它们所呈现给……学生的事物不完整、不正确得可悲"[7](xii)。而为了完整、正确地反映过去四分之一世纪的学术发展，"教学已经开始改变。本书就是这种改变的纪录，也是鼓励它的系统性发展的方式"(xii)。此外，在劳特看来，在尝试着"掌握一个有意义的过去"之中，还包含了"致力于了解现在的努力"(xii)。换句话说，这本书既是企图掌握、记录历史的意义及改变，也是了解现在的尝试，更是促进、开展未来改变的工具，在认知美国文学这个继续进行的过程中(on-going process)，扮演着

"鉴往/继往/记往"、"知今"、"开来"的践行性角色(performative role)。

在他看来,这种改变根源于"种族正义和性别平等的运动",造成这种课程改变在于老师和学生开始询问下列的关键性问题:"黑人在哪里?女人在哪里?"[8]针对这些问题,自然就有一些课程试着加以回答,因此在"1960年代末期和1970年代初期的第一阶段课程改革中",开始出现了一些关于美国黑人作家及女性作家的课程,以相应于"在弱势及女性主义学术丰富的新发展中的第一阶段",但基本上说来,这些课程还是处于"学术知识结构的边陲"(xiii)。而资料之欠缺、文选之不足、同仁(尤其是白人男性教授)之无知、疑虑与保守,更是不得不面对的实际问题(xiii-xiv)。劳特分别由文学功能、美学标准、教学策略、历史呈现这四个角度加以回应。这些回应不仅是其重建美国文学的理念的系统化表现,也是本书及后来文选的基本原则。

在这方面,劳特不尚空谈,而从现实的角度切入。对他来说,实际的问题是:"我们如何决定什么应该纳入课程或文选中?"(xv)。在尝试回答这个问题时,劳特等于迂回地回答了以下的问题:文学的定义和作用为何?文学教育者的作用为何?课程和文选的设定(即纳入和排除)根据的是什么准则?而这些准则为何及如何产生?效果又如何?他对于所谓的形构主义(formalism)的文学观不以为然,以为文学研究不该只注重"文本的语言形式"。他相信书本中的经验能"影响意识和世界中的行动";而文学教育者,身为"语言的虚构和我们所称的学生这群人之间的中介者",有责任严肃考虑选用的教材对学生可能产生的经验的性质(xv)。[9]

对他来说,这无关乎"相关性"或"道德"("relevance","morality",xv),而是涉及相当实际的一些问题,如上课时间的有限,文选篇幅的限制,经验与题材的抉择;更实际的问题则是"没有一个文化平等地对待所有的经验"(xv)。他以实例来说明以往的美国文学着重于"男性的经验及角度",透露出父权社会的心态(xvi, xvii),也着重于"反社会、逃避主义的传统,使学生无法学习到关切如何在此时此地过日子的更有社会倾向的传统"(xvi)。由于学生的多元性、异质性愈来愈高,所面对的社会的多元性、异质性也愈来愈高,所以劳特认为更务实的态度是,如何扩大课程以传达给学生更丰富的经验,来面对更复杂多样的社会、人生:"学习文学能再一次成为学术事业的中心,正是因为它提供学生想象的机会,来学习不是自己的经验和文化,面对不同的价值。"(xvi)当然,劳特也警觉到他人可能的质疑:

> 即使我们接受你〔劳特〕的论点并不是针对由题材的"相关性"来决定课程,然而你不是在用文学艺术世界之外的标准来作为选择的标准?难道我们没有义务来教"最好的"文学作品,而不是教有代表性的文学作品——不管代表的是经验或历史?你要我们纳入"比较低劣的"作品,是因为它们的作者或写作的对象是女人或弱势族群?或是因为它们"以实例说明"了某些历史环境或当代议题?如果我们在选择时用的是美学以外的标准,岂不是把文学和研习文学变成了历史或社会学的婢女,或某人的政治的仆人?(xvi)

对于这些质疑,劳特有底下的回应。首先,即使有所谓纯粹的美学标准,我们也难以证明为何以往的主流作品的美学价值就必然高于一些非主流作品。其次,美学标准未必就与历史的代表性或影响力成正比(劳特在下文中主要是以史铎的名著《黑奴吁天录》〔Harriet Beecher Stowe, *Uncle Tom's Cabin*〕为例)。[10]第三,美学标准未必是唯一的标准;评量文学作品时还涉及其他因素,如父权社会的价值观等(xvii)。而最根本的则是:美学的标准并非一成不变,而是"来自社会实践,并且与时俱迁"(xvii)——对于美国文学史稍有认识的人都不得不承认这一点。因此,劳特认为他人的质疑并不是症结所在:"要问的并不是如何应用一套外加的、持续的标准;而是标准从何处来?它们包含了谁的价

值?它们服役于谁的利益?"(xvii)

因此,他基本上怀疑"普遍的"美学标准这种说法,尤其不赞同二三十年代逐渐发展出的形构主义与现代主义的文学观(如注重文字的精简及结构的精巧,强调反讽与复杂性,重视感情的节制,宣扬作品的张力、原创性、自主性、超越性),以及持这类主张的代表性批评家(如戴德〔Allan Tate〕)、诗人(如艾略特〔T. S. Eliot〕、庞德〔Ezra Pound〕、克雷恩〔Hart Crane〕〔xvii-xviii〕)。他一方面认为这些标准其实只是特定时空下的产物(甚至只是对前一代文风的反动,如反对19世纪文学所讲求的"高贵文雅"、"感性作风"〔xix〕),绝非一成不变的绝对标准,另一方面认为过于执著单一的标准(如标榜上述的形构主义与现代主义的标准,有意无意间贬抑其他的标准,如着重简单、明了,感情的直接,促成行动的作用〔xviii〕),会造成排除异己的现象:"我的确愿意强调这个事实:当一个批评风格的要求对于课程的选择变得具有基本的决定性时,这些要求变成了解其他种类的文学优点的障碍。"(xviii)

劳特特别强调的是,"在课程的问题以及我们在课堂中选择要强调的事情的底下,都是政治的议题"(xx)。他并以史铎的《黑奴吁天录》为"典范"(尤其是在改变课程方面),来说明这部在在违反现代主义的美学标准的长篇小说,如何在作者当时发挥巨大的影响力,以及置于60年代之后的女性主义及民权运动的脉络中,具有明显而崭新的意义,并以此为例来说明一些看似中性的术语(如地方主义),其实已有贬抑的意味(xx)。除了对于文学标准的政治性的认知之外,他并且强调文学标准的相对性、偶然性,以及修订主义之必要:

> 我所建议的是:文学优点的标准不是绝对的,而是偶然的。它们所考虑的其他因素中,依赖的是相对的价值,这些相对的价值有的在于文学表达中的形式与感情,有的在于文化上对于形式和作用的不

同观念。因此,我们基于职责所在而寻求讲授构成我们国家文化的不同文学中"最好的作品"时,需要时时重新检验我们的文化尺度。否则,我们自我囿限的作品,将是恰好迎合我们所熟悉的,或符合我们学院中传统定义下的职业之角色。(xx)

以上所谈的大抵偏向观念性的探讨。然则,正如劳特所观察的,课程的修订除了美学的考量之外,还涉及相当实际的"教学策略"(xx),比方说,美国文学的教师在课堂上要如何教学生来阅读所谓的非主流作品。在他看来,"你怎能教那个?在教室里要说些什么"这些问题是"痛苦而真实的"(xx)。此处,劳特以着重口述传统的美洲原住民文学以及非裔美国文学为例,说明教师的职责与其说是"诠释",不如说是"再创"——"再创形成文本的文化的、社会的、表演的脉络"(xxi),也就是说,重建产生文本的脉络及情境,文本对领受者所产生的效应,并且就课程的改变而言,能使人"学着去了解、欣赏、教导许多不同的文化传统"(xxi),以便用更宽广的心胸和眼光,来观照多元化的美国文学与文化。

为了达到这个目的,作者在全文最后的单元特别拈出"历史方法"("historical approach", xxiii)。[11]劳特强调文本与社会、历史、文化的关系,以及代表性和多元化的问题:"就某个程度而言,每篇文本都铭刻了它被创造时的社会背景。的确,我们可以辩称,文学作品起自历史现实与文化传统的交会。紧接而来的就是,如果我们有兴趣对过去有更周延的看法,就会选择在历史上、文化上复杂多样的文本。"(xxii)在实际做法上,他似乎企图以"量的增加"来制造"质的改变"——在现有的文学观念、时代、类别、作家、作品中,添加"生长自相同历史土壤、比较不为人所熟悉的作品"(xxiii),以便以新的眼光来看待"美国文艺复兴"、"写实主义"等观念;质疑"形式的层级"("the hierarchy of forms", xxiii),重估以往遭排斥的(尤其是女性的)日记、书信、自传。对劳特而言,这种方法还有去除故弄玄虚的神秘色彩的功能,破除以往认为作家是遗世独立、不食人间烟火的印象。主张文学创作除了个人才具之外,还有相当程度的文学传承和社会现实的成分(xxiv),并且对于读者能产生践行性的作用:"我们是生活在世界中的人,不只是某个艺术形式的学生。正如同书本不但从社会现实和个人现实来说话,同时也把我们当成社会的一员来说话,并协助我们成为社会的一员。它们影响我们所珍惜的,我们观看的方式,甚或我们行为的方式。"(xxiv)

因此在结论时,劳特特别重申美国文学课程的改变对于美国这个复杂多样的国家的过去、现在与未来的重大意义。质言之,要借着这个行业的自省及改革,来修订美国文学的课程、教学内容及教学策略,以重建美国文学的过去,藉此在现世中更多元且公正地呈现美国社会的现况,并谋求更公平合理的未来。劳特认为,这种做法是"我们行业中健康和值得鼓舞的发展",而且放在更广阔的整个美国的脉络中,尤其值得肯定:"重建美国文学的工作就是为了平等的、充分发挥潜能的教育的大运动之一部分。而它的重要就在于把研究我们国家的不同文化置于教育革新的核心。"(xxiv)

三

《重建美国文学》一书的序言,宣示了以劳特为核心的一连串美国文学教育变革的批评实践。在这一连串行动中,另一具有宣言意义的就是他为《希斯美国文学选集》撰写的《致读者》(xxxiii-xliii)。这篇文章简要地交代了整个文选的编选理念及实际作业。作者把其萌芽期定于1968年,提到当时许多文学学者逐渐觉察到美国文学的狭隘、排他,发现既存的美国文学史、文学典律或文学教学中,弱势族裔与女性作家的地位低下,其文学作品数量屈指可数。对于接受民权运动和女性主义运动洗礼的人士而言,这种文学现象是难以接受而且亟待改进的。其实,这整个美国文学的反省及重新思考,一言以蔽之,就是美国文学典律的问题。

劳特把典律定义为"人们相信重要得足以作为阅读、学习、书写、教学的作品和作者的清单"(xxxiii),并认为对于典律的省思使得美国文学从业者有了底下的体认。首先,美国文学典律并不是一成不变的,而是与时俱变的(xxxiii)。这一点是对于美国文学史的流变稍有认识的人都会同意的事实。而随着文学典律的变迁,"课程和文选也有所变迁"(xxxiii)。换言之,正如同每一代的文学史家必须以自己的立场与认知来重写文学史,每一代的文学从业者也必须因应时代的需要而重编课程及文选。[12]这是劳特从文学典律的角度来为新文选辩解的第一个理由。

第二个理由与代表性以及文学或文化的考掘(archaeology)有关:如何用当代较能接受的方式来呈现/再现美国文学与文化的繁复多样,并质疑文化总体论;为了达到这个目的,势必要检视、省思既存的美国文学典律,以及美国文学史的统摄性叙事,考掘以往被低估、消音、灭迹、流放、边陲化了的文本(the undervalued, silenced, erased, exiled, marginalized texts),加以重新评估或"平反",即便不能使它们即时居于主流或中心的地位,但至少要使之重见天日,以便更有机会为人所接触、接纳,甚至统领一时风骚。[13]其实这些都是每代的文学史家、批评家、理论家所做的事,而劳特描述的则是这种现象在其重建美国文学计划中的体现:"1960年代后期的学者,体认到美国文化的丰富、歧异,开始要找出来自并展现这种歧异的文学作品,这些大量的文学作品都遭失落、遗忘或压抑。那是个漫长而迟缓的过程,因为随之而来的不但是寻访、编辑、出版这些作品,而且是重新省思在文学中什么是有价值的一些传统的观念,以及研究其知识架构。"(xxxiii-xxxiv)根据他的观察,1970年代在讨论"性别、种族、阶级的文化含义对我们了解、欣赏文学"方面发展出了"一个全新的学术",但美国文学的课程以及所仰赖的教科书未能及时反映此发展,文选方面的发展尤为缓慢,"它们继续集中探讨的典律,与建立于半个世纪以前的典律几无不同",因此对劳特来说,其中的问题是实际而且显而易见的:"如何提供师生一个真正展现不同的美国文化的丰饶富庶的教科书。"(xxxiv)这里显现了劳特不满于美国文学教学的保守与罔顾现实。

以上所述限于理念的分析及探讨,然而面对此一特定问题,尤其是教学实务方面,必须采取一些具体可行的措施。劳特描述了如何自1979年起在出版社和基金会的支持下,与志同道合的同行就这方面合作研究,尤其是在1982年耶鲁大学夏令研习会召开的会议中,"探究弱势及女性学术对于美国文学教学的含义",四十位参与者及顾问讨论"促成改变并使其建制化的理论与实际的问题"(xxxiv)。此后参加的成员并以这方面的讨论为基础,在美国各地举办研讨会及工作坊,重点在于重建美国文学的问题,并在1983年将其部分成果出版成前文讨论的《重建美国文学》一书。

事隔七年,劳特对于该书的描述值得我们引述,一方面显现他对该书的评价,另一方面也可看出两本书之间的关联:

> 该书提供给教师一些模式,以改变他们自己的课程,而且帮助正在发展文选的学者,来决定哪些在比较先进的教室中被讲授。但该书也展示了老师如何受限于既存的文本:比方说,几乎任何课程大纲都没有包含南美裔或亚裔美国作家,主要是因为当时这类作品并未收入任何文选中。我们决定在准备一个新文选时——这是重建美国文学计划的最终目标——将突破这些限制。(xxxiv)[14]

因此,《希斯美国文学选集》身为重建美国文学计划的最终目标,重要性在于:就广义而言,它总括了近四分之一世纪以来有关美国文学的学术发展;就狭义而言,它结合了始于1979年的重建美国文学计划，并把该计划先前的成果，亦即1983年出版的书中对于课程、进度、议题的讨论，落实到文选的选材、编辑、出版上。然而选集的篇幅毕竟有限，如何在有限的篇幅中呈现/再现美国文学及文化的繁复多样，实在是错综复杂而又不得不面对的问题。在这方面，耶鲁夏令研习会提供了建构这本选集的基本准则，而这些准则可以用历史性、比较法、多面性加以概括；也就是说，在面对文学选集必须决定纳入或排除的现实时，本选集的选择标准在于不但重视文学的形构价值，也重视其历史意义，并考掘出以往被忽略或排斥的作家和作品，以便与既存的典律作家和作品并列，在这种比较及对照的方式下，使读者有机会更清楚领会美国文学与文化的繁复多貌。

选录的准则之一既然是兼顾文学价值及历史意义，所以除了尊重既有的典律作家之外，并重视当时流行或具代表意义的作家和作品。这种对于文学背景的强调，一方面因为劳特一向强调文学的政治性（也容易使人联想到詹明信所主张的"政治无意识"〔Fredric Jameson, "political unconscious"〕），另一方面也多少反映了新历史主义（New Historicism）崛兴之后，导致对历史性和社会性的重视——虽然劳特几乎完全不提詹明信与新历史主义。劳特说，"我们相信阅读这个'范围'的作家，提供机会来进行发人深省的比较典律人物和非典律人物、女性和男性、一个族裔作家和另一个族裔作家。它允许我们研读多样且变迁的美国文化，而不只是一小群作家。……这个比较的过程可能因此在改变研读美国文学的传统焦点和脉络中扮演关键角色，并把有关女性和弱势团体的新学术所产生的活力和兴奋带进教室"（xxxv）。至于其他方面的准则也与上述说法类似，以致略有重复杂沓之感，如：选纳读者"熟悉但被低估的作家"（xxxv）；在拣选时除了文学成就之外，还重视作品的时代关怀和对"美国文化整体发展"的意义，以便"重新连接文学、文学研究与置身其中的社会和文化"（xxxv-xxxvi）；重新强调一些以往被忽略甚至避而不谈的议题和题材,如"家庭劳力……虐待孩童……同性恋……种族暴力"等等(xxxvi);尽可能充分呈现美国文化的多样性(xxxvi);把文学见解及表现近似的"团体或派别放在一起,以强调在美国文化中特殊的文学声音之历史发展"(xxxvii);在呈现美国文学,尤其是当代文学时,选择"我们认为代表不同文化声音的作家",以达到重视"历史脉络和文学趋势"的目的(xxxvii)……

任何文学史的书写与文选的编排,由于涉及篇幅、预算、文学(史)观、编选的目的、读者群的设定、市场的行销等错综复杂的因素,不得不执行纳入与排出的工作,是不可能完全客观、中立的,也就是说,不同的文学标准、观念构架、"组织策略"("organizational strategy", xxxvii),会建构出不同的文学史及文学选集。[15]劳特充分体认组织策略本身的重要性。他明白指出"组织策略的重要性不下于内容本身",而这部文选的组织策略则定位在"读来有趣并有助于教学"(xxxvii)。由他所举的例证可以看出,因为强调文化/文学的多元呈现,所以对于不同种类的组织策略采取兼容并蓄的态度,认为不同的组织策略"凸显不同的文本和不同的文化传统",其中并无所谓"对错"可言(xxxvii)。而对于自己的单元设计,劳特底下的说法多少是一厢情愿的:"我们的单元设计,不是为了要事先排除(foreclose)其他的组织计划,而是为了彰显在建构一部文选的任何方法中,一直存在着的知识假设。"(xxxvii)

最后就本书的编选过程而言,劳特也特别标榜与以往文选不同之处:以往的"'每一部'文选的特色……在于一个规模小而同质性高的编辑委员会"(xxxviii)。由这个编辑委员会所编辑出来的文选,同质性之高是可以预期的,而这也正是《希斯美国文学选集》所质疑与挑战的。根据劳特的叙述,为了达到多元化及充分代表的目标,《希斯美国文学选集》编辑委员会最初的成员数目相当庞大〔最后则为14人〕,有"相同数目的男与女、弱势族裔和白人；成员来自全国各地，几乎在各种机构任教，专精于美国文学大部分的时代和种类"(xxxviii)。这种强调男女比例相等、弱势族裔与白人并重、区域平衡、大小机构兼顾、学有专精是其自认的特色，而且至少表面上相当符合其标榜的目标。为了让更多人士共襄盛举，夏令研习会的一位女性成员建议了一种可以说是到目前为止最民主但也最耗时、费事的方式：在计划要选录哪些作家及作品时，不是由人数有限的编辑委员会来预做决定，而是先广征全国各地美国文学老师的意见，由他们来建议在编排一部"'重建的'美国文学读本时，哪些作家和作品应该列入考虑"(xxxviii)。因此，编辑委员会发函给全国数以千计的教师，根据他们所建议的超过五百位的作家名单中，再延请权威专家担任"咨询编辑"("contributing editors"，最后确定的咨询编辑人数多达171位〔xli〕)，来建议应该纳入哪些"特定的文本，并提供简要的说明"(xxxviii)。然后编辑委员会"遍读这些推荐来的数量庞大的文本，初步裁减，经过三年多的一连串会议，把选文缩小到两巨册的篇幅之内"(xxxviii)。因此，有别于以往由少数编辑委员高高在上自行决定纳入／排除的原则并直接执行，《希斯美国文学选集》就编辑的程序而言是"由下而上"地"广征民意"，并尊重、整合学者专家的意见，再由比以往更具代表性的编辑委员会仔细研读、审慎考虑、充分交换意见后而决定。许多教材并先在主编劳特任教的大学及女性编辑马汀(Wendy Martin)任教的研究所试教，接受学生的建议与批评(xliii)。劳特认为这种做法的优点在于能重新探勘美国文学的领域，综合学者专家最新的学术成果，并提供读者"不同接近作家的方式，而且在头注和绪论中也能有不同的写作风格"(xxxviii)。

四

以上就劳特的重建美国文学计划中，两篇特定的宣言性文章大致整理出他的理念,下文分项探讨。首先,就所标榜的性别平等而言,我们清楚地发现参与这两本书的人士中,女性的比例相当高:如列名参与《重建美国文学》的七十多位人士中,女性比例近乎三分之二;在四篇十二部中的每一单元都有女性参与("19世纪文学"〔"Nineteenth-Century Literature",73-86〕这一部中的三位都是女性);第四篇B部的标题就是"女性经验"(185—196),其下的三个单元全由三位女性负责;第五十一单元由女性讨论"美国的第三世界女性作家"(170—175);书末的"示范编年"由一位女性学者提供。至于列名《希斯美国文学选集》的14位编辑委员中,男女之比为8:6(主编为男性);171位的咨询编辑中,女性占了相当高的比例(可参阅xxxix-xli);最后编选出来的结果,根据劳特的计算,包括了"来自所有种族的109位女性的作品"(xxxvi)。这些具体的数据显示,至少就统计的意义而言,与以往的美国文学史或文学选集相比,不论就负责编辑、参与作业的人士或被选纳的作家,这种高比例的女性代表可说是空前的。[16]

　　由于文学选集与文学史的关系密不可分,我们不妨拿这本选集和1988年出版的《哥伦比亚版美国文学史》对照。就20世纪三部具代表性的美国文学史中,这一部的女性参与最为突出。[17]全书的主编为男性,4位顾问编辑中有1位女性,5位副编中有2位女性,总共74位合作者中(含撰稿人、顾问编辑、副编),女性占了16位。就内容而言,此书特辟三章专门讨论女性作家,其他章节中也特别强调女权运动与女性作家。该书主编艾理特对这种现象有如下的说法:"四分之一的〔女性〕撰稿人虽然仍称不上是个公平的比例,但这的确显示了进步。最重要的是,这本书将反映女性学术对文学研究领域所带来的刺激,以及这类作品对文学典律和形式所产生的修订主义的观念。"("Politics"273)虽然编写文学史有别于编辑文选,但艾理特上述说法多少可用来说明劳特的重建美国文学计划,也就是说,在寻求更高比例的女性学者、教师参与，以及考掘、纳入更多的女性作家时，对于以往一贯偏重男性作家的情形，多少有些改变的作用。至于这是不是就能"匡正"以往的偏失、是不是一个"公平的比例"，实在难以判断。因为基本上"公平的比例"这个说法本身就值得怀疑。是否男女比例相近、相等甚或女性多于男性才是"公平"？文学史或文学选集的"进步"与否是否以男女的比例来决定？为了造成表面上的男女比例相近或相等，是否会因此而有意无意间变换不同的尺度——即使尺度本身也是与时俱变的？在变换尺度，或者说，在评量男女作家时采取不同的标准，有意偏袒其中的任何一方（如有意礼遇或采取类似保障名额的措施），是否造成另一种的"歧视"（"不同的看待"或不平等待遇）？然而，由于美国文学史的撰写与文学选集的编选一向偏重男性，因此目前的情况亟待修订，劳特则是把性别平等的理念落实到重建美国文学的实务上，而且表现突出。

这些所谓比例的问题多少可用量化的方式处理，也就是说，至少表面上有较客观的数据可循。更复杂的问题则涉及文学典律的建立与运作。首先，以往的美国文学典律都是以白人、盎格鲁—撒克逊、新教徒、东岸、以英文写作的男性作家为主。这套标准以及其所蕴含的意识形态行之久远，几乎无所不在。不管是作家、学者甚至一般的学生，在研读所谓的美国文学经典之作时，无可避免地受制于此一典律——即使在感受到此典律的压力而亟思突破时，基本上还是以此典律为其所焦虑和反叛/反动的对象与起点。[18]所以，在标榜多元化、重视歧异的80年代末期、90年代初期的美国文学史家/批评家的身上，依然可以看到这种情形：艾理特主编的文学史，致力于兼顾既有的文学典律以及现今的学术成果；[19]劳特在谈论自己所编的文选以及强调比较法的意义时，也明言要既有的典律作家和非典律作家并重。换言之，就其所标榜的兼顾新旧、传承与创新而言，就已经明确表示了要顾及以往的典律作家。而所谓的非典律作家，其中的

"非"字暗示其来源也是固有的典律。上述情况显示，即使主事者明言要兼顾的同时，其根源还是固有的典律——固有的典律虽然是要保存的部分，但也是要被"非"、反抗的对象。进一步说，典律如同意识形态，[20]弥漫在各种不同的场合，以或明或暗、或强或弱的方式出现与渗透，即使女性学者与作家也难以逃避，而且可能在最有心反抗及逃避时，最显出其作用及力量。而文学典律在被建制化的情况下，以正统的文学教育的方式出现，与各式媒体及出版业结合，使之深入人心，令人习焉而不察，甚至视为理所当然。也就是说，有心反抗者本身在不知不觉中早已被纳入其内了，又怎能置身其外？就算是有意另外建立所谓的女性书写，这又至少牵涉到几个问题：女性书写与男性书写如何区分？是有基本上主旨、题材、技巧等的不同，还是纯粹以作者的性别来决定？若以主旨、题材、技巧为准，如何确定哪些属于男性，哪些属于女性？若以性别为准，逾越性别界线的书写又如何区分？如何一方面使女性书写有别于男性书写，一方面又以多少类似的尺度来评量各式各样的男女性书写，甚至决定哪些能够纳入文学史和文学选集有限的篇幅？

以上的疑义（problematics）都是沿此方向进一步思索时难以避免的，然而这并不意味着追求性别平等的企图与尝试会因为它的复杂化、问题化而被搁置。相反的，置于当今美国文学的学术脉络来看，这种企图与尝试应该受到鼓励。或许可以说，就是因为既存的典律行之久远，势力无所不在，所以更应该依照现在主义的精神，以当今的学术研究发现，在既有的典律中找出缝隙、矛盾之处，由内部加以质疑、颠覆、瓦解，利用各种可能的情况，以个人或集体的力量，随时随地尽可能地来重写、重编美国文学史及美国文学选集，使之成为——借用艾理特的比喻来说——"知识上的特洛伊木马"（"Politics"271）。所以，这种做法不但具有呈现当代学术成果的作用，也有矫枉／矫往的作用。因此，就劳特努力的目标及过程而言，艾理特上述引文的后半段则更为恰切且重要:"最重要的是,这本书将反映女性学术对文学研究领域所带来的刺激,以及这类作品对文学典律和形式所产生的修订主义的观念。"("Politics"273)

就强势族裔和弱势族裔而言,在《重建美国文学》中,不但特辟一部分(五单元)讨论"移民、种族、弱势写作"(165—184),而且在许多单元中,也特别着重弱势族裔的作家、作品,及其在美国文学与文化中的意义。《希斯美国文学选集》开头"殖民时期"的序言,就特别强调美洲原住民的诸种文化与传统,不仅将之与欧洲人的文化、传统对立/对照,并强调其在地缘上、时间上的优先。序言最后二节命名为"新世界的诸文化"("New World Cultures",14-19)、"新世界的诸文学"("New World Literatures",19-21),以强调多元、多音、多样。同理,文选本身也以"美洲原住民诸传统"("Native American Traditions",22-66)开始。这种强调都是以往的美国文学选集所罕见的。

劳特在谈到《希斯美国文学选集》时提供了一个统计数字,可作为其多元、多音、多种族的诉求的注脚:"〔文选中共有〕25位美洲原住民作家(以及源自部落的17篇文本),53位非裔美国人,13位西裔美国人(以及来自早期西班牙来源的12篇文本,和来自法兰西来源的2篇文本),以及9位亚裔美国人。我们也收入了来自犹太人、意大利人和其他族裔传统的重要选文。"(xxxvi-xxxvii)这个统计数字就顺序而言,大致依照不同族群在美国领土出现的时间先后,以美洲原住民为首,以至亚裔美国人。就数字而言,可以明显看出,虽然美洲原住民出现的时间远早于任何其他族群,但由于在政治、历史、文化、社会、经济各方面所遭遇的迫害,以及口述传统的特色,以致在弱势团体中,以非裔美国文学为显学,其他族裔瞠乎其后。而非裔美国文学的理论探索与实际批评,在许多方面都可作为其他弱势族裔文学的奥援。

这里我们不妨再对照《哥伦比亚版美国文学史》。该文学史对于美国文学的起源不再完全囿限于欧洲中心的说法,而能较如实地着重美洲原住民的声音及其意义。该书呈现了"四个平行的开端"("four parallel beginnings",亦即美洲原住民、英国、西班牙、清教徒),也特辟了三章讨论《非裔美国文学》("Afro-American Literature", 785-799)、《墨裔美国文学》("Mexican American Literature", 800-810)和《亚裔美国文学》("Asian American Literature", 811-821),以反映美国文化与文学的多元化、多族裔的特征,达到"强调一个国家中多种不同声音"的目的(Elliott, *Columbia* xxvii)。这种多音、多元、多族裔的现象,原本是美国历史与文化的特色,然而以往在强势团体的宰制下,一直都被排斥、压抑,直到受60年代政治、社会运动洗礼的学者,在学术体制中逐渐掌握较稳固的地位和较大的发言权时,才纷纷重见天日,在重写美国文学史、重建美国文学的活动中,逐渐得到尊重和地位。

这种强调固然有其价值,然而也衍生不少问题。首先,要使以往销声匿迹的作品重见天日便涉及考掘;然而即使全力考掘也往往因为年代久远、资料湮没、事过境迁、生产模式(如口述传统)、权力运作等因素,而未能搜得详尽的资料。编辑典律作家的全集尚有遗珠之憾,遑论长久以来便被排挤、压抑的"非主流"、甚至"不入流"的作家(甚至由于不同的文学标准,其"作家"资格都颇为可疑)。[21]这种缺憾可说是任何文学史家及文选家必须面对的事实。再就所能搜集到的资料而言,由于受限于文选的篇幅、预算、目标、市场、编选者的文学(史)观……多方面的因素,绝不可能一体纳入。而且除了必要的纳入与排除之外,文选的组织策略也扮演了很重要的角色(劳特自己就说:"组织策略的重要性不下于内容本身"〔xxxvii〕),甚至可以说,组织策略决定了内容(这类似怀特所强调的"形式的内容"〔Hayden White, "the content of the form"〕)。因此,任何文选都必然有建构性、排他性,不可能完全客观、超然、中立。

其次，就劳特重建美国文学的观念形成而言，即使他在60年代以非主流自居，而且强调女性研究及弱势族裔研究，但随着时代及学术环境的变迁，这些学术领域骎骎然成为众所瞩目或至少是不敢忽视的对象。然而就其非主流或边缘的地位而言，存在着一个主流或中心成为反对、质疑或焦虑的对象；换言之，二者之间存在着共生的关系。在劳特逐渐取得学术建制内的地位与发言权，接近或已进入主流或中心时，则渐次成为被反对、质疑或焦虑的对象。由整个重建美国文学计划来看，劳特与学术界（除了全国的学者、教师之外，更有耶鲁夏令研习会、咨询编辑以及编辑委员会的核心人物）和出版界（早先的女性主义出版社以及后来的希斯出版社）的密切合作，很难说未形成一股庞大的势力，或相当有分量的压力团体，甚至可以说本身已成为主流（至少已形成主流的一支或多元中的一元）。因此，当劳特以自己的立场向以往被宰制、压抑的族裔发言或伸（援）手时，就某个意义而言，他也是从主流（或主流之一）的立场出发；其中若干观念（包括傅柯式的考掘观）都可说是主流观点之一。换句话说，他是以欧美中心的当代主流文学/文化观点，来重新省思、书写、建构美国文学史——其中很大部分是以往被忽略的女性作家和弱势族裔作家。至于这种考掘过程，以及由此而与原先的美国文学典律作家和作品所可能产生的对话关系，甚至在不同的情境与脉络下这种对话关系的谁主谁从，都值得进一步观察。

即使劳特体认到组织策略的重要性，明言自己主编的文选的组织策略在于"读来有趣并有助于教学"，而且认为不同的组织策略"凸显不同的文本和不同的文化传统"，并无"对错"可言（xxxvii），然而对于自己的单元设计，或许出于辩解之心，仍保有一厢情愿的看法："我们的单元设计，不是为了要事先排除其他的组织计划，而是为了彰显在建构一部文选的任何方法中，一直存在着的知识假设。"（xxxvii）这种说法之所以一厢情愿在于，如前所述，任何组织策略都不是客观、中性、超然的，而且无可避免地具有排他性。在这部特定的文选的(势力)范围内,很难允许其他的组织策略参与运作,因此不"事先排除"的说法,可视为友好的姿态或善意的宣示,却未必是事实的陈述——因为只有在与其他的组织策略并列或比较时,以目前的情形而言,也就是与其他的文选比较时,才有可能达到劳特所谓的比较的方法或效用。至于在彰显建构文选的知识假设方面,劳特的文章宣告了他对美国文学典律的看法,以及编选时的具体作为,这些在在显示了他对此计划的反省与自觉。然而,在其省思中依然有些盲点或不能/不愿深入触及的地方。上述对于排他性的看法就是一例。

劳特一再宣示的目标是重视文学作品的社会、历史背景,重新建立文学作品与时代的关系。就对抗形构主义对于文本性(textuality)的强调(如早期的新批评与近期的解构批评),回应60年代以来的政治、社会运动,以及考掘以往被强势团体所压抑的女性及弱势族裔作家和作品而言,这种主张自有其特殊作用及意义,然而不可就此忽视可能带来的盲点。此处所说的盲点,至少可分两方面来说:一方面就是太过偏重作品的社会性及历史性时,会不会使文学再度沦为历史、社会、政治的附庸,一如新批评所批判、反动的前代的文学研究方式,或晚近对于新历史主义的质疑;另一方面,劳特在谈到历史与社会时,宛如它们是外在、固定、客观、超然、独立的存在,可以充当评断文学的最终准则,而(课堂上)文学传授者的作用或责任,就是透过对于特定的文学作家及作品的诠解、再创,使学生能以作品(以及传授者的诠解、再创)为媒介,来了解、体验文学创作者当时的情境、所思所感。后者之所以令人讶异,在于劳特对于美国文学及文学选集的建构性具有深刻的体认,而且本身也负责重建美国文学计划(就相当意义而言,也就是重建美国文学典律、美国文学史——尤其是其文选依据编年的方式),因此对于建构性(或就其计划而言,重建性)应有极深的体认,但在面对社会或历史时,却似乎认为社会或历史具有自主性，即使透过对于文学作品的诠解、再创，也不是以此来建构、重构社会或历史，而是以此来认知既存的社会或历史。这点不管从后设历史强调历史的建构性的观点，或劳特本人主张国家文学及文选的建构性、重构性而言，都是矛盾的。

劳特引以为豪的，就是整个编选过程的多人参与或"民意基础"。的确，他所描述的整个作业方式可说是空前的，或许是到目前为止我们所能想见的最"民主"的方式。[22]然而，如果吹毛求疵的话，在他的描述中还是可以找到很多疑点，例如：整个计划最先拟定的方式或方向如何？其与既存的学院建制（为何是在"'耶鲁''夏令研习会'"）之间的关系如何？此研习会由何机构赞助？成员如何选定？初步的运作情形如何？其成员在全国各地以何种方式来举行研讨会和工作坊？研讨会和工作坊的成员如何产生？意见如何汇整？所发挥的作用如何？为何初步的编辑委员会名单为男女各半、白人及其他族裔各半？谁来拟定名单？人数相等是形式平等，还是实质平等？"平等"或"公平的比例"如何定义？为何后来又改变了？编辑委员会最终的十四个成员是如何产生的？[23]为何是在"一位""女性"的"研习会参与人员"（而非主编或编辑委员）的建议下，决定广征美国文学教学者的意见？数以千计的信函是否已经周全？收信者对于整个重建美国文学的计划了解如何？信件的回收率如何？如何斟酌、取舍回收信件中的意见或建议？一百七十一位的咨询编辑是如何决定的？他们所建议的特定文本及简要说明为何？编辑委员如何来处理数量如此庞大的资料（含文本及说明）？出版社扮演何种角色？出版社所雇用的一位专职人员的作用如何？编辑委员会三年多的一连串会议中的权力关系如何？即使取得了所有会议的书面纪录，所能透露的权力运作关系又如何？会议的讨论、决议、执行、追踪、考核的情形如何？试用教材为何选定的是那两位编辑委员（一为男性主编，一为女性编辑）的学生（一为大学部,一为研究所)?这些特定学生团体的性质及反应如何?其反应在编选过程中扮演何种角色?简言之,劳特标榜的"民意基础"就各个阶段的选样、意见的搜集筛选、专家的选定、开会的运作、出版社的商业考量、教材与教法的试用……各个环节在追问之下都可能引发一连串可大可小的问题。而这些问题中,有些或许可用现存资料给予信服的答案,有些可能就不是那么容易解决了。

在质疑以往的美国文学典律时,劳特的主要目的之一,就是挑战以往典律的权威性,以更宽广的胸襟和开阔的视野,来面对美国文学及文化中的不同声音。但是,或许由于他的企盼过于热切,以致有些地方未能掌握分寸,而与所标榜的多元化目标抵触。举例来说,他自己的课程设计"美国的诸种声音——美国文学介绍"("American Voices-An Introduction to Literature in the United States", 22-24)有两个目标:连接作家的人生和写作,强调美国诸种文学文化(literary cultures)中的不同声音(22—23)。他的选材的确具有多样性,也试图打破传统的文类限制。然而,他在短短四段的课程描述中,至少七次说道"我要学生〔他们〕如何如何",口吻之权威为全书各个课程设计中所罕见。书末所附的"示范编年"如出一辙。这个编年作为"美国文化的诸批评"("Criticisms of American Culture")一科的补充原本无可厚非,而且确实具有相当的参考价值。但此编年的文字描述却值得商榷:"我们〔这个'我们'来得唐突,可能指参与耶鲁夏令研习会的成员〕把它提出来,不只是因为它本身的用处,而且所有的美国历史和文化的编年都应该依此示范来发展。"("We present it both for its inherent use and as a model for chronologies that *should* be developed for *all* of United States history and culture", 231, emphasis added)这种大一统的语气及所透露的权威心态,和劳特所标榜的多样、多音、多元、歧异背道而驰。反倒是研习会的成员所提出的"美国文学——1914年迄今"("American Literature—1914 to the Present",123-125)课程设计中,以谦和、开放的姿态表示,这份课程设计不是绝对的,而只是"建议性的、可能的、有用的——以及可取代的"(123),这种说法与态度更符合其目标。否则,可能只是在打倒一个权威之后,自身成了新的权威。尤其是在自认具有民意基础之后,更敢大胆高谈阔论,后果可能更偏离原先的出发点而堪虑。因此,比较稳妥的方式,也许是把自己的重建计划定位于只不过是自1829年那普的《美国文学讲话》以来,整个书写/重写、建构/重建美国文学(史)的不断进行过程中的一小步,而不要产生前辈美国文学史家史毕乐所警告的"错误终结的错误感"("a false sense of a false finality",*Milestones* 140)。

重建美国文学有其假设、立场及必要,而且毋需假装重建的结果是客观、中立、超然、权威的。换言之,文选不是客观的存在,编选者的工作是将搜集到的资料加以排列、组合,以达到宣示的立场及目的,所以建构出来的文选的局限性可想而知,因为它只是无穷无尽的可能中的一种,不应该也不可能定于一尊。因此,与其要求建立文选的中立、客观、权威性、代表性,不如探究编选者的历史脉络、文学标准、特定目的、编选过程、具体结果等来得更为切题且有趣。就这点而言,除了前面对整个编选过程所提出的问题之外,此处可就中心议题再加以追问:此计划的目标为多元化,但是何谓"多元"?如何在有限的预算、篇幅、时间内达到多元的目标?要多元到何种程度才算"真正的"多元?多元的文选或文学史是否就是好的文选或文学史?"好的"文选或文学史又如何定义?

最后,我们要提出的问题是:处在资讯时代的今天,当大笔的资料都可以储存在资料库中,而且人们可以透过终端机在瞬间互通讯息、读取远方的资料时,白纸黑字的出版方式是否已经过时?编辑文学选集是否已经过时?艾理特在主编的美国文学史的序言中,特别邀请读者以此文学史为基础,善加利用索引及相互参证(cross-reference),来建构读者个人的美国文学史(xx, xxi)。我们是否可依此类推,在多处成立资料库,尽可能地储存各式各样的文字及非文字资料,让有兴趣的人只要利用终端机就可接通,随个人理念和兴致,在斗室的终端机前就可一再编辑自己的美国文学选集、重建自己的美国文学/文学史。这种情形是否比劳特大张旗鼓、煞费周章地广征民意,再透过精英式的咨询与编选方式所产生的文学选集更多元、更多音、更省事、更民主、更公平、更进步、也更符合读者各人的社会及历史背景和需要?果真如此,重建美国文学/文学史及编选美国文学选集,无时无地不可进行,而类似本文的讨论方式也是"可取代的"了。

引用资料

李有成《裴克与非裔美国表现文化的考掘》,《第三届美国文学与思想研讨会论文选集:文学篇》,单德兴主编,台北:"中研院"欧美研究所,1993年,页183—201。

单德兴《反动与重演:论20世纪的三部美国文学史》,《重建美国文学史》,北京:北京大学出版社,2005年,页3—48。

《访柏柯维奇——谈新编美国文学史》。《中外文学》,20卷6期(1991年10月),页4—8。后易名为《异识的美国文学史:柏柯维奇访谈录》,收录于《对话与交流:当代中外作家、批评家访谈录》。台北:麦田出版,2001年。页239—244。

Althusser, Louis. *Lenin and Philosophy and Other Essays*. Trans. Ben Brewster. New York: Monthly Review Press, 1971.

Bercovitch, Sacvan. "America as Canon and Context: Literary History in a Time of Dissensus". *American Literature* 58.1 (1986): 99-107.

——. "The Problem of Ideology in American Literary History". *Critical Inquiry* 12.4 (1986): 631-653.

Bloom, Harold. *The Anxiety of Influence: A Theory of Poetry*. New York and London: Oxford University Press, 1973.

Elliott, Emory. "New Literary History: Past and Present". *American Literature* 57.4 (1985): 611-621.

——. "The Politics of Literary History". *American Literature* 59.2 (1987): 268-276.

Elliott, Emory, et al., eds. *Columbia Literary History of the United States*. New York: Columbia University Press, 1988.

Fokkema, D. W. "Literary History". *Tamkang Review* 16.1 (1985): 1-15.

Jauss, Hans Robert. *Question and Answer: Forms of Dialogic Understanding*. Ed. and trans. Michael Hays. Minneapolis: University of Minnesota Press, 1989.

——. *Toward an Aesthetic of Reception*. Trans. Timothy Bahti. Minneapolis: University of Minnesota Press, 1982.

Kampf, Louis, and Paul Lauter, eds. *The Politics of Literature: Dissenting Essays on the Teaching of English*. New York: Random, 1971.

Lauter, Paul. *Canons and Contexts*. Oxford and New York: Oxford University Press, 1991.

——. *From* Walden Pond *to* Jurassic Park: *Activism, Culture, and American Studies*. Durham and London: Duke University Press, 2001.

——, et al., eds. *The Heath Anthology of American Literature*. 2 vols. Lexington, Mass.: Heath, 1990.

——, ed. *Reconstructing American Literature: Courses, Syllabi, Issues*. Old Westbury, NY: Feminist Press, 1983.

Lauter, Paul, and Ann Fitzgerald, eds. *Literature, Class, and Culture: An Anthology*. New York: Longman, 2001.

Spiller, Robert E. *Milestones in American Literary History*. Westport, CT: Greenwood, 1977.

Trent, William Peterfield, et al., eds. *The Cambridge History of American Literature*. 3 vols. New York: Macmillan, 1917-21.

White, Hayden. *The Content of the Form: Narrative Discourse and Historical Representation*. Baltimore and London: Johns Hopkins University Press, 1987.

注 释

〔1〕 有关艾理特的美国文学史观,参阅其"New Literary History: Past and Present"和"The Politics of Literary History"二文,以及《哥伦比亚版美国文学史》的总序。有关柏柯维奇的美国文学史观与具体做法,参阅其"America as Canon and Context: Literary History in a Time of Dissensus"和"The Problem of Ideology in American Literary History"二文及笔者《异识的美国文学史:柏柯维奇访谈录》。另外,有关20世纪书写/重写美国文学史的讨论,详见本书《反动与重演》一文。

〔2〕 例如,劳特和坎普在为该书所合写的长序(3—54)中说:"简言之,年轻与较年长的文学学生和老师面对的困难,其政治性超过教学性——或者该说,教学的问题根植于政治的问题。我们主张,这些困难的解决也是政治性的。议题症结在于什么样的政治以及如何把政治转化为文学实践"(6),他们并且强调"重建研读和讲授的〔美国文学〕典律"(10)。文中还提到劳特如何因向大学的评分制度挑战而被解雇(7),本书多位作者因反战及反内部压迫而采取消极反抗,甚至因而入狱(9),以及1968年的现代语文学会年会中的"小资产阶级文化革命"(34—40)。

〔3〕 书末对于女性主义出版社有如下的描述:"女性主义出版社提供教育上和文学/文献上的另类(alternatives)。此一非营利和免税的教育暨出版组织创立于1970年,致力于消除书籍和学校中有关性别的刻板印象,并提供对人类潜能具有广泛视野的文学/文献。出版计划包括重印女性所写的重要作品,女性主义者所写的女性传记,以及

没有性别歧视的儿童书籍。课程材料、书目、指南以及一本季刊,为女性研究的学生和老师提供资讯与支援。在职计划协助改变教学方法和课程。女性主义出版社透过出版和计划,致力于重新发现女性历史,并促使更人性的社会出现。"由书末所附该出版社当时的出版目录看来,其主要方向确实如上所述。而劳特在序言中也指出,《重建美国文学》一书,就像它所仿效的《女性研究》系列(the Female Studies series)一样,也能有助于讨论改变课程时所面对的建制上的不愿意"(xi)。劳特协助创办女性主义出版社,并为其重印的30年代长篇小说系列中的两部(Tess Slesinger, *The Unpossessed*; Fielding Burke, *Call Home the Heart*)撰写序言。至于重建美国文学与1960年代民权运动、女权运动的密切关系,劳特在多篇文章中都提到。

〔4〕 此书出版后,广受瞩目,至2002年已印行四版,对同类的文学选集造成强大压力,这点由《诺顿美国文学选集》(*The Norton Anthology of American Literature*)近年来一再改版,便可看出。由于该书后几版依循原先的理念与取向,故本文讨论以具开创性的第一版为准。

〔5〕 这点可由劳特1991年出版的《典律与脉络》一书清楚看出,尤其是该书前五分之三的七篇论文。

〔6〕 此文经修改后收入《典律与脉络》(97—113)。本文中引用该文时,除非特别注明,否则依据《重建美国文学》中的版本,以显现其原始脉络及意义。

〔7〕 劳特在1991年此文的修订版中更明确指出:"1981年我曾经调查本国选定的学院和大学的美国文学入门课程。在后续的调查中,又搜集了500个课程以上的美国文学教学大纲。对于这个更宽广的样本的分析,只是印证了原先研究的发现。我发现在起初调查的50个课程中,有61位作家在3个或以上的课程中被讲授,其中,只有8位是女性,5位是黑人男性,没有黑人女性;其他的弱势或少数族裔作家出现于课程中的次数不到3次。"(99)另见《典律与脉络》(8)。

〔8〕 这种问答方式以及其与文学史的关系,可参阅Fokkema 4-5, 9; Jauss, *Toward* 29-30 and *Question* 197-231。这里至少有两件事值得一提。首先,一般讨论美国文学与文化中的强势/弱势、宰制/被宰制的情况时,经常提到种族、性别、阶级三个因素,因此劳特对于种族和性别的重视其来有自,但对于阶级则未见强调,显见在他重建美国文学

当时的脉络中,这三个因素轻重有别,此现象值得玩味(此种现象也可在《典律与脉络》中得到印证,如七篇讨论典律与文学行业的文章中,两篇明指性别／种族〔《形塑美国文学典律的种族和性别:(19)20年代的个案研究》("Race and Gender in the Shaping of the American Literary Canon: A Case Study from the Twenties", 22-47)和《讲授19世纪美国女性作家》("Teaching Nineteenth-Century American Women Writers", 114-132)〕,却没有专文探讨阶级与美国文学典律的关系——其1982年讨论工人阶级文学的书目式文章《工人阶级女性文学——研究入门》〔"Working-Class Women's Literature-An Introduction to Study"〕则未收入此书)。其次,由所提的问题可以看出,这种强调其实根源于当时特定的历史经验——黑人民权运动与女性运动。而由原先对于黑人民权的强调,扩及对于弱势族裔、团体的权益的普遍重视,以及这种扩张在美国文学研究和教学上的表现,在在显示了对弱势论述与多元化诉求的重视(如《重建美国文学》第四篇的A部以五个单元讨论"移民、种族、弱势写作"〔165—184〕;B部以三个单元讨论"女性经验"〔"Women's Experience", 185-196〕——其实A部中篇幅最长的单元"美国的第三世界女性作家"〔"Third World Women Writers in the United States", 170-175〕也可列入B部)。

然而左派出身的劳特,自然了解阶级因素对于重塑美国文学与文化的重大意义。因此,他于2001年出版的专书《从〈湖滨散记〉到〈侏罗纪公园〉》(*From Walden Pond to Jurassic Pork: Activism, Culture, and American Studies*)便收录了《美国研究、美国政治与阶级的重新创造》("American Studies, American Politics, and the Reinvention of Class", 34-63)一文。同时出版的则是他与妻子费兹洁萝(Ann Fitzgerald)合编的750页左右的文选《文学、阶级与文化》(*Literature, Class, and Culture*)。

〔9〕这里劳特的观念显然并非根据着重文本分析、具有理论化倾向的文学语用学(literary pragmatics),如言语行动理论(speech-act theory)、伊哲的美学反应理论(Wolfgang Iser, theory of aesthetic response)或费希的影响风格学(Stanley Fish, affective stylistics),而是偏向文学的政治性。这一点可由他所引用的尼加拉瓜诗人暨游击队员包赫(Tomas Borge)的话看出(xv)。也就是说,文学并非只重形式,而有其在现实世界的

实际作用。这一点当然和作者的60年代经验有关。劳特一向对于形构主义的文学批评不以为然,此点具体而微地见于《典律与脉络》的首篇论文(20 n7, 21 n11),其长篇批判可见于《两种批评:学院人文主义者论述中的结构、僻词和权力》("The Two Criticisms: Structure, Lingo, and Power in the Discourse of Academic Humanists")一文。此文原先发表于《文学、语言与政治》(Literature, Language, and Politics)一书,更见证了他一向对文学及文学研究的政治性之关怀。至于他对传统教育观的批判以及自己(文学)教育观的阐扬,可参阅《典律与脉络》的序言(vii-xiii)。

〔10〕 由《典律与脉络》的索引可以发现,在劳特提到的作家中,史铎出现频率之高是数一数二的。

〔11〕 此处劳特虽然举了不少历史实例来印证其所谓的"历史方法",但这个名词有些含糊不清,后来他在其他文章中径自以"比较方法"("comparative approach" or "comparative discipline")取代。这个"比较"的观念经常出现在他的文章中,并以长文探讨,见《美国的诸种文学——一个比较的方法》("The Literatures of America-A Comparative Discipline", in Canons and Contexts 48-96)。此文原先收入《重新定义美国文学史》(Redefining American Literary History, ed. A. LaVonne Brown Ruoff and Jerry W. Ward, Jr., 1990)一书,显见彼此的关系密不可分。然而,他所谓的比较方法,并非比较文学中跨越国家文学、姊妹艺术、不同学科界限的比较,而是在美国国家文学的主流之外,提供另一套可资参酌的文本,藉以更普遍地反映当时的"历史现实"(xxii)。

〔12〕 有关书写/重写美国文学史中现在主义(presentism)的观点,可参阅本书《反动与重演》一文。

〔13〕 这些观念主要根据李有成论文,尤其页186—189。非裔美国文学批评家裴克(Houston A. Baker, Jr.)据用傅柯的知识考掘学(Michel Foucault, archaeology of knowledge)的观念来探讨非裔美国文学,这个实例可作为美国文学/文化考掘具体而微的佐证。

〔14〕 劳特此处言过其实。首先,《重建美国文学》中确实包括了南美裔和亚裔美国作家的作品。以国人较熟悉的华裔美国文学为例,该书第四篇"主题课程"A部的"移民、种族、弱势写作"的五个单元中,有四

个提到华裔美国作家及作品(168;171,175;177—178;184)。有关亚裔美国作家的文选,更早在1972年便出版了——《亚美作家》(Asian-American Authors, ed. Kai-yu Hsu〔许芥昱〕and Helen Palubinskas〔Boston: Houghton Mifflin, 1972〕)。此处若非劳特对文选的定义与常人不同,便是有意夸大其词,或无意中透露出他对这方面知识的欠缺。若是最后者,则这个实例印证了即使像劳特这样致力于重建美国文学的学者,对美国弱势族裔文学依然陌生,遑论一般读者了。

[15] 有关美国文学典律的排他性,尤其是对于史毕乐的《美国文学史》的批评,可参阅本书《反动与重演》一文。

[16] 有关以往美国文学选集这方面的统计数字,参阅《典律与脉络》(100, 113 n4, 114-115)。

[17] 参阅本书《反动与重演》一文。

[18] 因此,卜伦的"影响焦虑"的观念,固然借自心理分析以讨论前后代诗人之间的关系,但也不妨扩大以说明前后代文学史家、批评家、理论家之间的关系。

[19] 这点可由艾理特的说法和实际作为看出。在提到自己主编的文学史和前代的史毕乐主编的文学史有何不同时,他说:"〔史毕乐的文学史〕目的是要巩固诠释,树立典律;〔我的文学史〕目标则是合并近来在学术和典律重估上的发展,使这本书能公允地呈现文学的歧异和当前批评意见的多样。"("Politics"269)但是,我们把连同传特等人编辑的《剑桥美国文学史》在内的20世纪这三部具代表性的美国文学史中专章讨论的作家列出清单,便可发现虽然三本书出版的时间相隔七十年,但主要作家重复的比例很高。详见本书《反动与重演》一文。

[20] 根据阿图塞的说法,文学、艺术都属于文化的意识形态国家机器("the cultural Ideological State Apparatus", Althusser 143)。

[21] 如劳特对于黑人奴隶叙事(slave narratives)以及女性日记、书信、自述的重视,就是对传统文学观的挑战。

[22] 当然,晚近科技的发展,尤其是网际网路的崛兴,提供了更大的民主的潜能。

[23] 虽然劳特以此编辑委员会的代表性自诩("成员来自全国各地,几乎

在各种机构任教,专精于美国文学大部分的时代和种类"〔xxxviii〕),但以最初步的方式来观察这十四位编辑委员(也就是以所属的单位),可发现他们全都在大学或研究所任教,而且在加州大学任教的就占了四位。这种现象与劳特标榜的代表性多少有些出入。然而从另一个角度来看,这一方面肯定了大学及研究所在重估/重建美国文学典律上所占的先导地位,另一方面也是向书商、市场、读者保证的方式,因为在试图执行、实现重建美国文学计划与理想时,这些现实的考量/顾虑都是必要而且无可厚非的。

重建美国文学：
论典律与脉络（劳特个案研究之二）

一

在1980年代重估美国文学典律和重写美国文学史的运动中，劳特是个相当值得探讨的对象。他的策略主要是以有组织的实践方式，从事多元化的诉求，尤其由性别平等和种族正义的角度出发，以期书写/矫正（writing/righting）美国文学史、文学典律、文学选集、文学课程及教学。[1]

在劳特的种种实践中，最具体可见的两个例子就是：结合从事美国文学研究与教学的人士，于1983年编写、出版了《重建美国文学：课程·进度·议题》，以另类的方式提出不同于以往的课程设计、教材与教法，供一般美国大学有关美国文学教学之参考；于1990年编辑、出版的两巨册（合计5550页）《希斯美国文学选集》，把前书中美国文学课程的规划纲领，落实于文选的编辑和教材的提供，使有意接纳其修订主义理念的人士获得具体、方便的文集,以供参考、阅读、教学之用,并附有七百余页的教师手册(*Instructor's Guide for* The Heath Anthology of American Literature, ed. Judith A. Stanford),作为教师在课堂上实际教学时的辅佐。[2]这种以群策群力、集体合作的方式,来实践改革、重建美国文学的理念,一方面承续了20世纪以来合力撰写文学史及合编文选的传统,另一方面由于参与的层面及人数远多于以往任何一次,使其有资格宣称更具代表性,并以此"民意基础"明白宣告他实践改革与重建美国文学的企图、决心与成果。[3]

然而,就劳特整个重建美国文学的计划/企业/志业而言,另一个重要的面向就是他探讨、检视美国文学典律与脉络的理论性论述。作者有关美国文学理念的重要论述大都发表于1980年代,并于1991年以《典律与脉络》为名结集出版。此书在其重建美国文学计划中的意义可想而知,个中所表达的理念也与上述他主编的两部著作互为表里、相辅相成。

以《典律与脉络》命名全书,具体而微地传达了作者的基本理念:用复数表示存在着多种不同的典律与脉络,不但为其多元化的诉求提出了简洁、明确的指标,也表明了对于以往"单一的"、"文学的"标准之反省与反动,要求将文学作品及典律置回脉络,从而强调历史性、社会性、政治性。这些都符合劳特自1960年代以来对于文学(教育)中的复杂性与政治性的体认,并表达了对于既存的美国文学/文化霸权及建制的不满与抗争。

综合说来,《典律与脉络》第一部分的七篇论文虽然讨论的内容和策略可扩及美国文化的检视,但基本上是对于既有的美国文学典律的省思(并借此重新思考美国文化典律),着重于重建美国文学典律的尝试与探讨,以及落实在美国文学教学的情形——套用劳特自己的话说,就是"文学典律和相关的课程问题"(viii)。这点可由该部分的大标题"典律与文学行业"("The Canon and the Literary Profession")以及各篇论文的标题明显看出

(其中以"典律"二字直接出现于标题中的两篇尤为明显)。第二部分的七篇论文纳于"大学与共和国"("The University and the Republic")的大标题下,检讨当前美国大学教育(尤其人文学科)及一般文化现象,严厉批判美国大学的经营/经理方式,以及班奈特(William Bennett)、布伦(Allan Bloom)、赫希(E. D. Hirsch, Jr.)所代表的本质论(essentialism)和新版的单一文化霸权。就这方面而言,劳特痛加针砭美国大学院校(学术行政/经营管理)的体制并大力拒斥文化霸权心态,这些行为实为其政治和文学理念的延伸。本文探讨的重点在于书中有关重建美国文学计划的部分。

二

这部分的论文虽然长短不一,重点有异,然而基本理念如出一辙:不满于以往美国文学典律(尤其是形构主义〔formalism〕)狭隘的文学标准,强调多样化、多元化,重视历史性、社会性、政治性,关切女性书写及研究,倾听弱势团体的声音,挖掘、重估弱势文化以往被消音、灭迹、低估、流放、边陲化了的文本,着重多元文化(multiculturalism)。

我们若将劳特的志业加以历史化、脉络化,则可说其(学术)生涯的启蒙和原动力是来自1960年代。1960年代对他的意义可用宏观和微观两种角度来观察。就大环境而言,当时美国的社会、政治运动中对于民权的普遍要求,尤其对于种族及性别平等的诉求,影响既深且广,流风所及使得学院建制逐渐重视种族及性别问题,不但在教师的聘任方面意图消弭因种族、性别不同所可能导致的不平等待遇(至少使得以白人男性为主的学术、行政结构,警觉到其他声音的存在,并不〔敢〕再如同以往般漠视女性以及其他的族裔和弱势团体),而且在授课的教材、教学的目标及方法、研究的取向、期刊的创办、研究中心的设立、学术会议的筹办等方面，也开拓出新的领域，逐渐降低过去以 WASP（白人、盎格鲁—撒克逊、新教徒）男性为主的文化霸权色彩。

就劳特个人而言，他启蒙于 1960 年代，除了参与社会上的抗议行动（如反核、反预备军官训练团、支持工会）之外，在个人的教学和学术参与中，也显示了反体制的作为：如对于评分制度的挑战；现代语文学会（Modern Language Association）大会中的抗议行动；对于教学的理念及实践的坚持；深切体认到文学和文学建制中的政治性，并与坎普合编、出版了《文学的政治性：英文教学的异议论文集》（Louis Kampf and Paul Lauter, *The Politics of Literature: Dissenting Essays on the Teaching of English*, 1971），批判当时的文学教育体制。这些都与 60 年代的脉动息息相关，可说他本人就体现了 60 年代反权威、反建制、要求平权的主张。这些亲身体验对于他的理念及实践有着根深蒂固的影响，时时在著述中有意无意间流露。因此，60 年代对劳特的影响，简言之，就是多元化的诉求，以及具体作为/实际行动的重要。而他多年来的论述，可视为在学术领域中的批评实践。下文将探讨这些理念如何展现在他重建美国文学的理论论述上，以彰显其中的基本关怀。

劳特把典律定义为"在一个社会中，普遍被赋予文化分量的一套文学作品，重要的哲学、政治、宗教文本的组合，对历史的特别说法"（ix）。此处对于典律所采取的是广义的定义，包含了文学、哲学、政治、宗教、历史等方面，换言之，即为文化典律。至于"美国文学典律"则被定义为"普遍包含于基本的美国文学大学课程和教科书的那套作家和作品，以及在标准的文学史、书目或批评中通常讨论的那些作家和作品"（23）。[4] 至于劳特与美国文学典律的关系，可置于两个脉络来谈：学术的和社会的。就学术脉络而言，他在回顾 1958 至 1983 年四分之一个世纪的美国现代语文学会时指出，过去以精英方式召开的年会，历经 1968 年的抗争事件后，门户大开；而他相信"现代语文学会年会中讨论有关典律问题的第一场研讨会,就是由我组织,1973年于芝加哥举行。几年内,一个大的讨论会集中在这个主题,而到了1982年年会中,至少半数的研讨会或明或暗地与典律及其修订有关"(7)。这种重视或转变,在他看来,实根源于更大的社会脉络:"典律的问题直接来自1960年代的社会运动对〔文学〕行业的影响。他们质问我们的课程、我们的文本、我们的研究:黑人在哪里? 女人在哪里?"(7)这些问题看似简单,其实牵涉甚广,且意义深远。就此处而言,至少涉及文学/文化考掘(archaeology)的问题,[5]弱势族裔及团体的代表/再现(representation)的问题,文学与社会(社会关怀、社会正义、社会运动)的关系,文学史、文学典律、文学选集、文学建制、文学教育(含课程设计、教材、教法)的问题。这些都是劳特多年来关注的重点。

劳特对于典律与社会、政治、历史、未来、权力关系,也有相当切身的体认。他认为以往的主流文学史家、学者、批评家,(可以)只集中于讨论少数符合主流社会价值观的作家和作品。但由于时代环境的变迁,文学典律也随之改变。在他看来,"文学典律毕竟不是来自主要的批评家;其本身便是社会建构(social construct)。相应于社会的发展,我们对'什么是琐碎的'、'什么是重要的'之理解随着改变,我们对典律的观念也会改变"(36)。而典律作为"建构,就如同历史文本,表现一个社会对过去的解读和对未来的解读是同等重要的"(58)。然而,这层对于文学典律与社会变迁的体认,在劳特看来,也多拜60、70年代社会运动之赐(36)。因此,他对于文学典律的社会性的体察——"朝向某些'杰作'的潮流一旦成立,就很难逆转,除非借着文学行业以外的力量介入"(35)——这个看法本身就是社会的产物。

至于文学与文化中的主流/非主流、中心/边缘的关系,基本上是各种势力的竞争、颉颃,亦即权力斗争。套用劳特的话说,"边陲化的作品大都是比较没有政治、经济、社会资源的团体的产品。换言之,在一个文化中通常被认为是中心、主流的作品和作家,都是由此文化中掌权的人所撰写或提倡的"(48)。在各种文化运动中,虽然"地方、杂志、出版社、文选"都扮演了重要的角色,但劳特一语道出其中的关键因素:"权力:定义文化形式和价值的权力。"(53)对于其中涉及的权力性质和权力关系,劳特则有如下的观察:"在这个意义下,文化是具有不同利益的团体,争取优先权的竞逐场(a contested ground)。文化的边陲化……代表社会斗争和政治斗争——虽然不能以抽象的方式来说明文化被政治定义或文化重新定义政治,而必须落实在特定的时间框架中来观察特定的团体。"(49)

以这种角度来看,劳特的所作所为,是一位知识分子/文学学者在特定的时空框架与学院脉络中,反省、重思主流/非主流、中心/边陲的作家和作品,以及其中涉及的权力关系。美国文学典律给人的一般印象是一向以男性为中心,但劳特特地以历史化的方式加以观察,发觉这种印象未必正确:"比起(19)20年代及其后,本世纪初以男性为主的学院派对美国典律的影响力要低得多";然而在第一次世界大战之后,"一个本质上新的、学术的典律出现,并在美国文化内逐渐发挥更大的霸权力量"(23)。多年下来,这使得美国文学典律明显地窄化、僵化,不同于主流的种族、性别、阶级的作家和作品,遭到排斥、贬抑的命运,甚至销声匿迹。他引用一份调查报告指出:"正如〔美国〕全国英文教师协会(National Council of Teachers of English)的调查所正确显示的,到了1950年代末期,一个人可以研究美国文学而不读黑人作家的作品,女性作家只读狄瑾荪(Emily Dickinson),再就可能包括了摩尔(Marianne Moore)或波特(Katherine Anne Porter),而不读任何有关工人阶级的生活或经验的作品。"(27)这种狭隘的典律出现在一向标榜平等、多元、多族裔的美国,无疑是值得探究的现象。

典律形成(canon-formation)牵涉的范围甚广,劳特此处则从建制、理论、历史观三方面来讨论这种窄化的原因。就建制而言,"文学教学的职业化"(27)使得少数人士——尤其在大学任教的白人男性教授或批评家——掌握了大多数资源,甚至造成垄断的现象。这些人士就阶级、教育、族裔、肤色、性别而言,主要是中产阶级、"受过大学教育的盎格鲁—撒克逊或北欧后裔的白种男人"(28)。他们有意无意间,将自己的价值观透过各种方式加诸"异质化的、都市化的工人阶级人口"(29)。就理论而言,1920、1930年代的两大美学主张中,重视国家文学传统者强调本土性及阳刚之气(masculinity),新批评则重视形式。[6]两者强调的重点虽有不同,但共同的结果则是造成不同或不合于此二强势文学理念的作品被排除在外。就历史观而言,非但不同的分期与断代方式提供了不同的框架来诠释历史,而且"女人和男人,白人和有色人种〔也各自〕以不同的方式来体验历史时代"(37)。更进一步说,以往美国文学的分期与断代,大都根据历史或政治事件,而这些事件一般说来与白人男性的关系密切。这种情形一直到1960年代末期,由于社会、政治等力量介入文学行业,才得到转变的契机。

在谈到如何改变美国文学史观时,劳特指出"新的种类能带入,而不是隐匿,有色人种和白种女人的经验及文化"(37)。他用以往美国文学史所强调的"清教思想"("Puritanism")、"边疆精神"("Frontier Spirit")为例,来说明它们所重视和排除的成分,并以实例来显示如何重新省视美国文学史。[7]其实,劳特这种说法并不限于文学史观,也适用于其他方面,如文学/文化建制与理论。换言之,人们可以用这种另类的方式,从上述的不同角度质疑、挑战既存的典律。话虽如此,劳特也深知此任务之艰巨,以及其中涉及的一些现实因素,因此特别提到"建制化的过程"、"巨额投资的文选和文本的行销"、"学院的传统及怠惰"等,都使得典律一旦形成便难以改变(40)。

因此,这篇原先发表于1983年《女性主义研究》(*Feminist Studies*)的文章(在《典律与脉络》一书所收录的几篇论文中算是较早的),除了文章的标题明指"典律"二字之外(《形塑美国文学典律的种族和性别:(19)20年代的个案研究》〔"Race and Gender in the Shaping of the American Literary Canon: A Case Study from the Twenties"〕),更代表了劳特的典型做法:对以往的典律(形成)加以历史化及脉络化,省察其成因,批判其缺失,在提出替代方案的同时,承认此修订/重建工作的艰难,并肯定自己努力的目标:"不只〔建立〕一个更具代表性、更正确的文学典律,而且从基本上改变形成并使之久远的建制的、知识的各种安排。"(40—41)这种批评策略和目标在其他各文也显而易见,[8]其中尤以《美国的诸种文学———一个比较的方法》("The Literatures of America-A Comparative Discipline")一文篇幅最长、举证最详尽,堪称全书的力作。

劳特标举复数形的文学,并拈出比较的方法,显示了比以往更多元的美国文学理念。[9]在他看来,以往美国主流文学观的"模式本身基本上是误导的",因为这种"规范性的模式"(normative model)把有别于主流的其他文本都视为"反常的、歧出的、次要的,或许根本就是不重要的"(48)。反之,他倡议的"比较者的模式"("comparativist model",48)或"比较的美国研究"("comparative American Studies",49),则要打破这种"主流与支流的框架所产生的扭曲和误解"(49)。劳特了解在主流意识形态的笼罩与渗透下,这种方法有其限制及困难,如"我们自己的训练和知识的限制"以及"美国诸种文化不平均的发展所带来的困难"(51)。[10]尽管如此,或者说,正因为如此,这种尝试的意义及作用更为深远。

劳特一方面视此文为"批评实践"(49),却又谦称只是"提供意见给探险者,而不是绘制地图"。他举出许多美国文学(史)上的实例,以性别和族裔的角度,强调遭到边陲化的美国作家和作品——主要是白人女性以及其他有色人种的作家和作品(尤其是目前已成为美国弱势论述中显学的非裔美国人)——以印证他所谓的比较者的模式之优点。以往的观念认为,"在这个国家内产生的所有文学都必须透过检视'主流'的文化——也就是说,主要是白人和男性的文化——的批评眼光"(50),然而一旦用上比较的、多元的视角,便赫然发现"盎格鲁—欧洲男性书写只不过是'美国'文化的合唱中的一个声音,虽然这个声音宏亮而多变"(51)。而不同的弱势团体由于不同的读者、成规、作用、历史、题材,也会产生多样的文本。

因此,就文学史的意义而言,这种比较方法可提供较以往包容性更广、代表性更高的文学景观。就这一点,劳特下列的说法虽然不免过于理想化,但作为努力的方向与目标则意义深远:"这个国家一个全面的文学史,需要对于不同的文学传统以及进而不同的(和改变的)社会现实两方面,平行的和整合的说法。"(53)他的实际做法就是凸显并重视多样的文本及脉络,一方面了解、尊重歧异(因而是"平行的"),另一方面尝试求取某种程度的交集,或纳入更大的架构(因而是"整合的")。简言之,便是"重异求同"。而且,出于对以往形构主义文学观的反动,质疑形构主义所强调的文学性,转而提倡"功能性的艺术观"("a functional perspective on art"),所以比较模式在分析文本时更重视"历史的和功能的脉络"(80),使文学研究不再如形构主义得势时那样限于所谓的文学作品本身。如此一来,(文学)文本被置回脉络,文学研究也顺理成章地进入了文化研究的范畴。总之,劳特的目标除了是美国文学史的全面书写/重写外,还扩及"一个新的文化史",而这个"新的文化史的诞生,我相信,是建立'从各个边缘对世界的看法'的更大过程中的一部分,是把'各个边缘转化为中心'必要的先决条件"(53),由此明显可见中心与边缘彼此颉颃与宰制/颠覆的关系。

在实践(尤其是企图扩大)上述认知时,势必涉及教学的问题,因此劳特在文末带入了文学教学。他质疑"教学是中性化的"这种迷思,认为"教室难得是文学研究的中立领域,因为它的性质偏爱某些种类的文本——尤其是那些提供丰富和暧昧的诠释可能的作品——并剥夺了其他文本的功能性特质，如原本是仪式和表演的一部分，或所具有的特定历史使命与脉络"(81)。由于劳特对美国文学(教育)体制的不满，以及身为教师面对课堂上逐渐多样化的学生，因而觉得有必要加以回应，而最局部/在地(local)或草根的方式之一，就是从教室开始。因此，美国文学教学从一开始就是劳特重建美国文学计划的重点：他负责编辑的两本专书中，《重建美国文学：课程·进度·议题》的书名就指明了针对的是(美国大学)本国文学教学，全书以纲要的方式提供美国文学教学实务的参考，在教学理念及方法上提出了比较的或另类的模式；《希斯美国文学选集》则进一步搜集、整理出方便的文本选集，从教材方面为原先的骨干增添血肉，协助解决美国文学的教师以往在教材方面所遭遇的困难与限制。

由以上的讨论可以看出，劳特如何从观念性的美国文学/文化观，进展到课堂上的实际教学，其中所提到的文学教学的理念与实践，在《重建美国文学：课程的议题》("Reconstructing American Literature: Curricular Issues")和《讲授19世纪美国女性作家》("Teaching Nineteenth-Century American Women Writers")二文得到更多的发挥。此二文在基本理念和论证策略方面，与以上的讨论大同小异，特殊之处则是进一步落实于课程的安排与设计，以及19世纪的美国女性作家，以文学史上的实例来加强劳特以往的观察。前一文从文学功能、美学标准、教学策略、历史呈现四方面来讨论以往美国文学教学的问题及矫正的对策。[11]后一文更是从文本、历史、脉络、题材、形式、歧异、标准七方面探讨，印证自己以往的论点：如批评文本及教材的限制(114)；抨击文学研究者对历史的陌生(120)；质疑以往的学术界造成的"种族歧视和性别歧视的知识区分"(121)；建立"分离的女性(及黑人)叙事的历史"的意义及重要性(117)；并为了凸显歧异，在教学策略上把所谓的主流与非主流的作家和作品配对来讲授(对劳特来说,此举"可能是所有问题里最中心的,〔因为它〕允许我们和学生去澄清典律的文学价值之另类假定,而不是去假定典律的文学标准之绝对有效性"〔129〕)。在了解劳特论述的人眼中,这些见解都是耳熟能详的,只是特别于美国文学教学的脉络中加以落实、引申,企图在课堂中发挥作用。其实二文的基本论点可概括如下:文学判断的标准绝非超然客观的,而是不同脉络下不同势力较劲的结果,此结果与时俱迁,而在接受1960年代民权运动和女性主义洗礼的美国社会,非但有必要而且不可避免地要呈现符合当今社会及学术脉络的文学标准和选集,除了充分了解其中包含的政治性、历史性、社会性之外,并在实际的课堂教学中讲授、传播,以期符合当前多元化的社会及政治情境,并促成更公平合理的未来。

劳特的论证无可避免地会涉及理论。他对于美国近数十年来的文学理论,尤其是形构主义的倾向(以新批评和解构批评为代表),颇不以为然。概括地说,他反对最力的,就是这些得势的美国文学理论中重文本而轻脉络、重理念而轻实践的倾向。此看法散见于全书,而在专门讨论美国学院的文学理论、批评与实践的两篇论文中更可看出。在《两种批评:学院人文主义者论述中的结构、僻词和权力》("The Two Criticisms: Structure, Lingo, and Power in the Discourse of Academic Humanists")和《典律理论与冒现的实践》("Canon Theory and Emergent Practice")中,劳特再度展露务实的作风,批判形构主义的倾向,提倡比较的方法,并指出典律绝非凭空而降,而必须"展现在特定的社会和教育实践中"(149)。他特地与其一向重视的教学合谈:"'改变'典律的努力必然涉及重新塑造在地的课程进度、课程要求、阅读书单、国家考试、研究所入学许可的要求,诸如此类的事。……典律和课程绝不相同……但今天鉴于学术建制塑造文化优先顺序的力量,类似课程的建制形式对于典律的维持或修订,不只在文学研究中,甚至在整个教育系统中,都具有核心的重要性。"(149)由此可见，劳特虽然对美国的文学（教育）建制不满，但也不得不承认在美国文学典律（扩而言之，美国文化典律）的维持或修订上，学术建制的主导地位。而劳特在这方面的各项活动，不管是组织会议、课程规划、文选编辑、批评论述，都可归类为学院建制内的自我反省、批判、甚至解构与重组。

《典律理论与冒现的实践》，就相当意义而言，可作为劳特上述见解的结论。他在讨论到所谓的典律批评时，特别指出这种批评"起初试图把1960年代社会运动中的政治，带入具有社会关怀的学院人士的实际作为，尤其是带入我们的教室中"（155）。因此，他一如往常地提到这种尝试和课程、文本的选择、主流/非主流、学院理论的关系，抨击近来的美国文化本质论者（essentialist），如班奈特和赫希者流（156）。[12]然而，这篇文章中最重要的，可能就是劳特对于实际行动的强调，认为必须在社会实践中印证其"知识的和教学的假设之有效性"（160），并且在结论时特别指出，当今典律研究的方向、角力的性质和实践的重要："尽管学术界对于诠释学和知识论着迷，但现在典律的问题必须在伦理和政治的领域来竞争。"（170）[13]这个结论也可用来总结美国文学/文化界在面对源自1960年代的性别平等与种族正义的诉求时，劳特个人的观察与实践。

三

上述诸文在书中的顺序与原先发表的时间前后不同，而重新排序之后更显现作者有关美国文学/文化典律与脉络的批评架构：先由较外缘的、学术建制的探讨切入，再由实际的个案研究中提出比较模式，进而深入讨论在美国文学教学中的意义，引入对于美国文学理论（尤其形构主义）的批判，归结于批评实践的重要。而这些批评论述和劳特的其他行动，合组成其重建美国文学计划的重要成分，并与在1980年代重新反省美国文学典律与文学史的其他活动相互鼓荡,蔚然成风。

劳特在文章中时而流露些许自述或自传的成分,从中可看出他的自我定义/定位。他最特定的自我描述,可能就是"资本主义社会中的社会主义知识分子"("the socialist intellectual in capitalist society",154)。这个自我定义当然不是凭空而降,而是有着特殊时空的因素。劳特在提到塑造他人人生观的重大事件时,明白指出"两个社会的和经济的现象:第一,1960年代和1970年代初期追求平等的政治运动;第二,该时期的经济扩张和接下来十年的不景气"(4)。身为受此政治运动和经济不景气冲击的美国知识分子和大学(文学)教育工作者,他的信念是"自由社会中的自由大学"("a free university in a free society",4),并以此引导自己的行动,成为"活跃的女性主义者,参与类似女性主义出版社的工作,来改变教育,并因而改变社会"(4),因为"教育就像其他文化建制一样,是个角力场(an arena for struggle)"(viii)。因此,劳特除了在上述有关重建美国文学计划中扮演关键性的角色之外,还积极投入女性主义运动,在以考掘、出版女性书写及致力于性别平等的文化/教育事业的女性主义出版社担任要职,并参与策划、编辑《激进教师》(*Radical Teacher*)。总之,他尝试结合社会正义和个人志业,体认并强调政治性和社会性,尊重歧异,鼓励民主,积极实践,并对自己的批评实践可能产生的践行效应(performative effect)有着乌托邦式的期许:"学习——尤其是学习文学——的首要目标,就是粉碎僵硬的心态,打开心智和心灵,在接近世界更美好的历史开始之前做必须做的事。如果这本书鼓励你往那条路迈进,就已经小有贡献了。"(xiii)他把这个期许作为该书序言的结论(即全书最后完成的文字),更可看出此事对他的重要。

以这种背景、信念及"框架"检视以往的美国文学/文化研究,自然觉得多所欠缺,矫往/矫枉之心也就油然而生。这种以现在的见识、理解或历史性来"'重'视"("强调"与"重新检视")

以往的美国文学/文化典律与历史,尤其是以往所忽略的文本及文本的创作者——亦即佛克玛(D. W. Fokkema)所定义的现在主义(presentism):"以现在的观念和标准,尤其是现在对于理性和真理的观念,来描述、评断历史现象"(7—8)——其实正是每一代的文学/文化批评家和历史家所从事的工作。因此,若将劳特的批评志业/实践置于整个美国文学/文化史的脉络来看,我们可以说各代的文学史家或批评家在不同的脉络中,各自从不同的立场及角度来观察美国文学/文化,企图树立不同的典律。就美国文学史学(American literary historiography)而言,非但20世纪的三部美国文学史明显标示了这种现象,即使在《剑桥美国文学史》首册序言所叙述、数落的19世纪几部较具代表性的美国文学史中,也可看出这种情形。依此看来,劳特当然也出现在这个时空交错的竞技场中,参与这个持续进行的角力过程,而考掘、重读文本,研究、重写历史,这种行为的意义与作用,并不仅限于"'重'视"历史,更包括了解、改造现在,策划、塑造未来。

劳特较具体可见的贡献,在于把这些信念和理想落实于美国文学的研究与教学上,尤其他重建美国文学计划中有关课程及文选的部分,在美国文学的教法与教材上,更有着一定的影响。至于在批评论述方面,也可看出劳特在实践过程中与美国文学建制之间关系的转变:由1960年代的明显对抗,到双方的协调,甚至到劳特利用学院建制的资源,主持重建美国文学计划。这种情形也可以这些文章原先发表之处作为清楚的指标:如发表于现代语文学会、大学英文学会、全国英文教师会议等场合;刊登于《现代语文学会期刊》(*PMLA*)、《女性主义研究》、《遗产:19世纪美国女作家期刊》(*Legacy*: *A Journal of Nineteenth-Century American Women Writers*)等刊物;收录的专书除了劳特本人主编的《重建美国文学:课程·进度·议题》之外,还有《重新定义美国文学史》(*Redefining American Literary History*)、《文学、语言与政治》(*Literature*, *Language*, *and Politics*)以及《左派政治与文学行业》(Left Politics and the Literary Profession)等。其中尤以收录于这四本专书的论文,更见证了他的兴趣与关怀,在于重建美国文学(史)以及文学(行业)与政治的关系。结集而成的《典律与脉络》一书又由牛津大学出版社这个建制内的著名文化生产事业出版。这些事实在在显示了劳特与当前美国文学/文化建制(即主流文学学术或文化霸权)之间的关系相当密切,也使他们获得了相当的肯定——不管这种肯定是因为其多年的奋斗使人不能漠视他的存在,或主流的学术建制试图借此加以"收编",以从内部扩大并巩固既有的建制。至于劳特身为新编、畅销且"最具民意基础"的美国文学选集的主编,我们若说他已成为主流或主流之一当不为过——虽然他不同意"主流"这个意象。然而,就在劳特"掌权"之际,如何避免复制原先建制结构性和实质性的缺失,而保有某种形式与程度的边缘感,并维持自我批判的警觉,以不断自我挑战、自我更新,就成为继续自我实践的目标。[14]

劳特对于理论的态度也值得略加探讨。首先,或许由于他强调实践,以致不乏质疑、甚至反对理论的说法,尤其是再三抨击形构主义式的批评模式,所以在众多批评家中,左派批评家蓝崔卡(Frank Lentricchia)是少数获得他青睐的人士之一。在文学标准及典律的树立上,原本即多少存在着"党同伐异"的现象。就此意义而言,他的言行非但是可以理解的,而且是不可避免的。其次,由于他一再强调脉络、政治、社会、历史的重要,要求文学(教学与研究)负起特定的社会功能与使命,所以对专注于文本探讨的批评及理论自有不满,有时甚至说后结构主义的一些观念其实早已存在,不足为奇,也避而不谈他的观念和新历史主义之间可能相互辉映、补强之处。在他的讨论中,尽管有些地方多少借用/据用晚近的批评语言,但他并未深入开发这些批评用语和观念对重建美国文学计划具有的潜能;有些地方可以引用当前文学/文化批评与理论为奥援,以加强其论述的理论深度

(最明显的例子可能就是在讨论权力/知识关系或文学/文化考掘时,很可以借助于傅柯的观念),他却未能援引以强化自己的论点。即使这种情形可能是书写行为中的策略性排除(如为了维持重建美国文学计划的主体性,避免被统摄入后结构主义),但也令人觉得惋惜。因此,劳特典型的讨论方式,就是根据清楚列出的基本观念,提供美国文学典律与教学中的实例或经验性例证。这种对于实践的强调,好处在于切合实际、不尚空谈且平易近人,但若因而排斥理论及其所能提供的反省、批判和深度,在许多方面可能得不偿失。

此外,尽管劳特主张由种族、性别、阶级三个主要方面来重建美国文学,并且躬亲实践,但由他所讨论的方式及文章的比例可以清楚看出,大都偏重于种族和性别,有关阶级方面谈得较少,这多少反映出以中产阶级为主的美国学术界,在这方面探讨的欠缺及限制。[15]至于劳特在种族方面的讨论,也多偏重于当前已成显学的非裔美国文学。而且,他所提倡的多元的、歧异的美国文学/文化(史)观,虽然在许多方面质疑、挑战传统的美国文学/文化典律,但依然是以主流社会的学院精英分子所过滤后的、以英文为主的多元文化。这些都是劳特自己的历史性所产生的限制,也提供了在美国文学/文化论述领域中,其他人进一步批判、实践的空间。

引用资料

李有成《裴克与非裔美国表现文化的考掘》,《第三届美国文学与思想研讨会论文选集:文学篇》,单德兴主编,台北:"中研院"欧美研究所,1993年,页183—201。

《蓝调解放:裴克论非裔美国文学批评的世代递嬗》,《台北英美文学研讨会论文集》,"台湾大学"外文系主编,台北:书林出版有限公司,1992年,页461—482。

林耀福《美国文学选集》,《文讯》,23期(1986年4月),页83—89。

柯理格(Murray Krieger)原作、单德兴译:《一个长久争议的两面:美国批评中历史主义与形构主义之争》,《近代美国理论:建制·压抑·抗拒》(*The Ideological Imperative: Repression and Resistance in Recent American Theory*),台北:书林出版有限公司,1995年,页57—82。

单德兴《反动与重演:论20世纪的三部美国文学史》,《重建美国文学史》,北京:北京大学出版社,2006年,页3—48。

《重建美国文学:论课程·进度·议题·文选(劳特个案研究之一)》,《重建美国文学史》,北京:北京大学出版社,2006年,页89—120。

《重写美国文学史:艾理特访谈录》,《重建美国文学史》,北京:北京大学出版社,2006年,页359—371。

《越界的图示:论米乐的文化批评观》,《反动与重演:美国文学史与文化批评》,台北:书林出版有限公司,2001年。页229—259。

Elliott, Emory. "Introduction". *The Columbia History of the American Novel*. Ed. Emory Elliott. New York: Columbia University Press, 1991. ix-xviii.

Fokkema, D. W. "Literary History". *Tamkang Review* 16.1 (1985): 1-15.

JanMohamed, Abdul R., and David Lloyd. "Introduction: Toward a Theory of Minority Discourse: What Is To Be Done?" *The Nature and Context of Minority Discourse*. Ed. Abdul R. JanMohamed and David Lloyd. New York and Oxford: Oxford University Press, 1990. 1-16.

Kampf, Louis, and Paul Lauter, eds. *The Politics of Literature: Dissenting Essays on the Teaching of English*. New York:

Random, 1971.

Kolb, Harold H., Jr. "Defining the Canon". *Redefining American Literary History*. Ed. A. LaVonne Brown Ruoff and Jerry W. Ward, Jr. New York: MLA, 1990. 35-51.

Krieger, Murray. "Two Faces of an Old Argument: Historicism vs. Formalism in American Criticism". *The Ideological Imperative: Repression and Resistance in Recent American Theory*. Taipei: Institute of European and American Studies, Academia Sinica, 1993. 57-82.

Lauter, Paul. *Canons and Contexts*. Oxford and New York: Oxford University Press, 1991.

——, et al., eds. *The Heath Anthology of American Literature*. 2 vols. Lexington, Mass.: Heath, 1990.

——, ed. *Reconstructing American Literature: Courses, Syllabi, Issues*. Old Westbury, NY: Feminist Press, 1983.

Miller, J. Hillis. "An Interview with J. Hillis Miller." Conducted by Shan Te-hsing. *Tamkang Review* 21.2 (1990): 203-222.

Spiller, Robert E., et al., eds. *Literary History of the United States*. 4th rev. ed. New York: Macmillan, 1974.

注　释

〔1〕"书写/矫正"一词来自李有成《裴克与非裔美国表现文化的考掘》一文。该文讨论非裔美国文学/文化批评家/理论家裴克(Houston A. Baker, Jr.)如何结合"非裔美国人的历史与民俗文化"和"当代理论",以期"颠覆美国文学以及批评论述的典律与中心",并将其置于近来重建美国文学及文学史的大脉络中:"裴克的计划其实是晚近书写/矫正美国文学与历史的更大论述产业的一部分。"(186)李有成在另文《蓝调解放:裴克论非裔美国文学批评的世代递嬗》中,也提到女性主义批评家萧华德(Elaine Showalter)于1989年批评裴克"不曾充分考虑到性别,以及黑人女性在决定文学与批评论述时所扮演的

角色"(473)。而裴克于后来的作品中对此也有所回应。这里涉及的性别平等与种族正义的议题,正是劳特一向关怀的主题。劳特的整个批评事业/志业,则企图把包含女性主义和非裔美国文学/文化研究在内的修订主义的成果,纳入全面重建美国文学计划(Reconstructing American Literature Project)。

[2] 笔者于本书《重建美国文学:论课程・进度・议题・文选(劳特个案研究之一)》一文对此二书的内容,尤其具有宣言性质的两篇序言,加以解读,除了肯定之外,也提出若干质疑与批评。劳特在提到自己重建美国文学计划时,曾说自此计划伊始(1980年)即由其负责,目的之一就是"尝试了解〔美国的〕不同文化所产生的诸种价值和形式的'浑厚'(thickness)"(16)。对于代表本计划重要成果的《希斯美国文学选集》,劳特以"扩大典律"(canon-broadening)一词来形容(21 n15),并认为这部文选代表了"典律变迁,是变迁的文化世界中的一种静止点,由此无疑地可以向未来出发⋯⋯并可以灌输我们对于美国文学史和文化史的迥然不同的观念"(162)。此文选在数年内三版问世(101),显示了它的学术、教学、市场价值。而主编《哥伦比亚版美国文学史》的艾理特(Emory Elliott, et al., eds., *Columbia Literary History of the United States*, 1988)在接受笔者访谈时,也推崇这部文选和劳特的努力(见本书附录之《重写美国文学史:艾理特访谈录》)。

[3] 有关20世纪的三部具有代表性的美国文学史的讨论——传特主编的《剑桥美国文学史》,史毕乐主编的《美国文学史》和艾理特主编的《哥伦比亚版美国文学史》——可参阅本书《反动与重演》一文。在合编的美国文学选集中,近数十年来在美国较具学术及市场价值,且在台湾地区较常采用作为教本的就是《美国文学传统》(*The American Tradition in Literature*)和《诺顿美国文学选集》(*The Norton Anthology of American Literature*)。前者由布莱德雷(Edward Sculley Bradley)等人合编,于1956年初版(第十版由柏金思氏〔George Perkins and Barbara Perkins〕合编,于2002年问世);后者由贝恩(Nina Baym)等人合编,于1979年初版(第六版于2002年问世)。上述两部文学选集中于1956—1981年所选录的作家之比较,可参阅Kolb 45-49。林耀福《美国文学选集》一文,除了介绍上述二部美国文学选集外,还提到了麦克麦可(George McMichael)等人合编的《美国文学选

集》(*Anthology of American Literature*),该选集于 1974 年初版(第八版于 2003 年问世)。至于劳特主编的《希斯美国文学选集》,则是目前为止规模最大的集体计划,编选过程与个中涉及的问题,可参阅本书《重建美国文学:论课程·进度·议题·文选》一文。

〔4〕劳特在《希斯美国文学选集》的《致读者》中,则把典律定义为"人们相信重要得足以作为阅读、学习、书写、教学的作品和作者的清单"(xxxiii),而此文选便是他回应当前美国学术脉络的文学典律/清单的具体呈现。

〔5〕"考掘"一词主要来自傅柯(Michel Foucault)。裴克据用此观念以探讨非裔美国文学/文化研究的情形,可参阅李有成《裴克与非裔美国表现文化的考掘》,尤其页 186—189。

〔6〕有关 20 世纪美国文学理论两大阵营的对抗——历史主义(即旧历史主义和新历史主义)对抗形构主义(即新批评和解构批评),可参阅柯理格(Murray Krieger)之文。

〔7〕以往一般人对美国文学史之肇始的主要印象,就是清教徒的书写,仿佛其余的只是点缀,甚至不值一顾。然而,以研究美国殖民及革命时期闻名的历史学家葛林(Jack P. Greene),1992 年 3 月 3 日于"中研院"欧美研究所发表演讲"美国革命时期的认同与共和思想"("Identity and Republicanism in Revolutionary America"),在回答问题时特别指出:美国的清教思想在殖民和革命时期的影响仅限于少数几个地方,绝不像后人所认定的在美国文学史上占了独一无二的地位。如果我们仿照史毕乐、裴克、艾理特把美国文学史视为美国历史的一支(Spiller viii;李有成,《裴》190—191;Elliott xiii),类似葛林的美国历史学家的看法自然值得重视。至于对"边疆精神"看法的变迁,最明显的例子就是于 1950 年以撰写《处女地:作为象征与神话的美国西部》(*Virgin Land*: *The American West as Symbol and Myth*)一书闻名的史密斯(Henry Nash Smith),于将近四十年后大加修订前作的论点,坦承自己忽略了从弱势族群的角度来探讨这个问题。

〔8〕例如,同在 1983 年出版的《重建美国文学:课程·进度·议题》的序言,虽经作者(自称)大幅修改后收入《典律与脉络》一书(97—113),但基本的批评策略和目标并无不同:先质疑以往文学典律的代表性不足,继而分别由文学功能、美学标准、教学策略、历史呈现四方面讨

论。详见本书《重建美国文学:论课程・进度・议题・文选》一文。

〔9〕 此标题虽然凸显了劳特的文学理念,但至少有两点值得商榷:(一)此处所说的比较方法,系指美国这个国家文学范围内的所谓主流/非主流文学的比较,不是一般定义下的比较文学的研究方法,如不同的国家文学、姊妹艺术、不同学科的比较研究;(二)径自以隶属北美洲一部分的"美国"(United States of America)内以英文撰写的文本来代表"美洲"(America)多种语文所书写甚至口述的文本,何尝不是自我膨胀、以偏概全的错误呈现?就第二点而言,艾理特在主编的小说史中试图以纳入加拿大、加勒比海及拉丁美洲小说的方式来匡正(xiii)。此举虽不无可议之处,但至少显示了对于上述"自大"心态的警觉。

〔10〕 就这一点,大力提倡弱势论述的简穆罕默德和罗依德(Abdul R. JanMohamed and David Lloyd)有深切的体认:"除非我们能以理论的方式省察自己的批评工具和方法,以及自己的认识论、美学、政治的类别,否则在我们的重新诠释中,总会有复制宰制意识形态的危险。"(9)

〔11〕 详见本书《重建美国文学:论课程・进度・议题・文选》一文。

〔12〕 其实,劳特的整个批评事业可以说就是对于本质论者的挑战,有关他对赫希和布伦的批评,详见《典律与脉络》(256—271,272—286)。

〔13〕 就这一点而言,美国解构批评家米乐的"转变"是个有趣的例子。米乐受教于新批评,在历经意识批评之后,而以解构批评最为闻名。在他的解构批评中,可明显看出重文本、修辞的倾向。然而在面对其他方面批评、甚至指责解构批评欠缺伦理性、历史性、政治性、社会性时,他也起而回应,于1987年出版的书名就取做《阅读的伦理学》(The Ethics of Reading),而他在访谈中也强调,其实解构批评的代表性人物德希达(Jacques Derrida)和德・曼(Paul de Man)一向都很关切历史和政治(215)。至于他1992年的《图示》(Illustration)一书,更可明显看出他与弱势论述之间的互动。米乐自称这并非脱离解构批评,而是借此扩大解构批评,并为之辩护。然而,他对于伦理学和政治性的重视,就某个意义而言,为劳特此处的看法做了一个强有力的注脚。有关米乐《图示》一书的意义,详见笔者《越界的图示:论米乐的文化批评观》一文。

〔14〕 本书《重建美国文学:论课程·进度·议题·文选》一文就指出劳特在课程设计的措词中,相对于更弱势的学生所呈现出的"霸气"。另外,请参阅本文注〔10〕。

〔15〕 详见本书《重建美国文学:论课程·进度·议题·文选》注〔8〕。

边缘的声音：
论克鲁帕特的美国原住民文学/文化批评论述(1980年代)[1]

一

郝柏格(Robert von Hallberg)在主编的《典律》(*Canons*)论文集的《序言》中指出："典律通常被看做是一度有权有势的其他人所建造的,而现在则该是被完全打开、去除其神秘色彩或取消的。"(1)在这本论文集中,研究美国原住民文学/文化经年的克鲁帕特(Arnold Krupat)也在应邀撰稿之列。他的文章《美国原住民文学与典律》("Native American Literature and the Canon")与论文集中的其他文章相较之下,具有特殊的兴味,因为他从长久以来屈从于、甚至完全被排除于美国文学典律之外的原住民边缘的、边陲化的位置发言——而根据郝柏格的说法,以往的典律无可避免地要打折扣(2)。克鲁帕特应邀在此场合写作,并把这篇论文的标题当做他第二本专书《边缘的声音》(The Voice in the Margin) 的副题,肯定了他在美国原住民文学/文化研究领域的分量,也标示了这篇文章在他整个批评论述中所具有的意义。[2]因此,本文旨在探究他在1980年代对于美国原住民文学/文化研究的成果,并讨论其与"典律的 WASP〔白人、盎格鲁—撒克逊、新教徒〕美国东岸男性作家"(Voice 65)所主宰的美国文学霸权之间的关系。

综观克鲁帕特于1980年代的论述,可以明显看出他关注的焦点是美国原住民文学/文化的多种层面,尤其强调运用后结构主义的理论来研究美国原住民(自传)文本。克鲁帕特在多篇论文中经常慨叹研究美国原住民的学者与当代理论家之间缺乏对话,因而强调两者的交流与汇通。其中最明显的例子就是《后结构主义与口述文学》。这篇文章开宗明义指出:

> 把后结构主义和美国原住民文学相提并论,在许多人眼中看来可能觉得很古怪。不幸的事实是,一直到晚近,批评理论家,不管其特殊角度为何,都很彻底地以欧洲为中心,而对于印第安文学感兴趣的人,则把当前的理论当成法国病来看待。……直到现在,理论家一直错失了以文学产品来普遍精练、考验自己观念的各种机会,而美国原住民的研究者之处境,则像19世纪初因惧怕使用机器导致失业而加以捣毁的工人般,仿佛他们的分析是在前科技阶段的程度。("Post-Structuralism"113)

至于克鲁帕特尝试要做的,就是疏通美国原住民的研究者和当代理论家,并使美国原住民文本的研究能在当代的学术论述和建制中获得接受与尊重。其中的重要目标之一,就是从美国原住民文学的角度出发,来去除美国文学典律的神秘色彩,并重新评估美国文学典律。本文的目标在于讨论克鲁帕特在1980年代对于美国原住民文学及文化的探究,彰显其主要关怀,并将之置于重新思考、重新书写美国文学典律/文学史的脉络中,以彰显其可能具有的意义。

美国原住民文学的边缘/边陲化的地位,可在美国文学史的脉络中清楚看出。20世纪三部具有代表性的美国文学史对于美国原住民文本的处理,证实了这种长久的漠视及边陲化现象。传特等人编辑的三巨册《剑桥美国文学史》(William Peterfield Trent, et al., eds., *The Cambridge History of American Literature*, 1917-1921)始于16世纪的欧洲旅行家和探险家(I: 1-13)。即使探讨《口述文学》的专章("Oral Literature", III: 502-516),也是极端地欧洲中心,以至于以口述为特色的美国原住民文本完全销声匿迹。一直到最后一册的最后一章,我们才在略带贬意的标题《非英文写作之二,土著文学》("Non-English Writings II, Aboriginal")之下,找到些许对于美洲土著作品的讨论:这些"早期的美国印第安人(Amerinds)隶属美洲环境已有五千至一万年,并有足够的时间发展出某些典型的美洲风"(III: 610)。

《美国文学史》的主编史毕乐自称是把美国原住民文本纳入美国文学选集的第一人(*Late* 72),并呼吁把不同族裔的文学收入美国文学史中。但在这部主宰商业及学术市场达四十年之久的美国文学史中,只有一短章的篇幅讨论《印第安传统》("The Indian Heritage",694-702)。执笔的民俗学者汤普森(Stith Thompson)在全章的结论,可以轻易地用来批判这整部文学史:"美国印第安人的口述文学对于这些人的作用,一如书写文学对于欧洲文明的贡献。在印第安人和白人的接触中,这些传统大都未被宰制团体吸纳,甚至不为所知。但他们早在白人到来之前就在这里了,而且即使在书籍和收音机的时代,它们依然是日益增多的印第安人口的艺术发泄。"(702)因此,威杰特对于史毕乐有如下的批评:史毕乐代表的是"文化虚荣心和模糊的地理决定论的天真结合"(1)。这项批评不但回应了汤普森的评语,也同样适用于《剑桥美国文学史》。

史毕乐的《美国文学史》问世整整四十年后,艾理特主编的《哥伦比亚版美国文学史》是多元时代书写/重写美国文学史的重大尝试。该书以强调歧异性、复杂性、异质性自豪。史毕乐要在他的美国文学史中提供单一、和谐的叙事;反之,艾理特则强调美国文学的复杂多样,特别一反前例地拈出了美国文学的四个起源:美洲原住民、英国人、西班牙人和清教徒。其中两千年前的"本土的声音"就时间而言为最早,就空间而言为真正的本土。然而,细看之下我们就会发现,尽管这部较晚近的美国文学史如此的"本土"(连《本土的声音》〔"The Native Voice"〕的撰稿者莫曼德〔N. Scott Momaday〕都是奇欧瓦族的美洲原住民〔Kiowa Indian〕),但作用仅限于介绍性质——此处所说的"介绍"不只因为莫曼德的文章是全书的首章(5—15),而且因为它对于美国原住民文学和它在整个美国文学史的地位及意义也只提供了初步的反省。[3]

二

由20世纪书写/重写美国文学史这个更大的脉络来看,克鲁帕特献身于"边缘的声音"的研究——此处系借用他在1980年代之末的书名——值得我们注意。他的重要批评文章自80年代起陆续问世。《印第安人自传:起源、种类与作用》和《美国的自传:西部的传统》("American Autobiography: The Western Tradition")两篇论文出版于1981年,确定了他在1980年代的研究方向。这两篇奠基之作应视为姊妹篇,不只因为二文同年出版,而且处理不同但相关的美国自传类型(因而是互补的),更因为主要的关怀几乎完全一致:批评长久以来对于美国原住民文本不当的漠视;相对于美国原住民文本,欧洲自传的特色在于"自我中心的个人主义、历史主义与书写"("egocentric individualism, historicism, and writing","Indian"22;"American"307);区别不同种类的美国传记/自传,如印第安人自传、东部的印第安人传记、西部自传等的不同起源、种类与作用。甚至两文中有些段落的文字也几乎一字不易(如"Indian"34-35;"American"311-312)。特别值得一提的是,就结构和观念而言,两篇文章都用柯克思《自传与美国》(James M. Cox, "Autobiography and America")一文开始及结尾,并强调自传与美国的关系,以及美国自我的疑义(the problematics of the American self)。

《印第安人自传》一文的首段为克鲁帕特的批评事业/志业设下基调,值得细读:

> 印第安人自传的那一批有趣的文本,我主张应视为文类来处理,但几乎完全被美国文学的学者所忽略。这也许因为印第安人自传一向由白人来呈现,而这些白人视其为比较近似历史的和民族志学的"科学的"文件,而不是"文学的"作品。在任何情形之下,没有一部印第安人自传符合柯克思对于自传所下的定义:"众所周知的,自传是一个人所写的对自己的人生的叙事。"("Indian"22)

此段看似简单,但除了表达身为批评家的克鲁帕特对于盛行的西方自传观念的不满与质疑之外,还包含了一些他往后一再探讨的重要议题:把印第安人自传视为文类来处理的意义与疑义;在美国文学中,这个文类几乎完全被抹杀的事实(遑论在传统的美国文学典律中完全销声匿迹);宰制的种族和文化团体为了文学以外的目的,而把这个文类加以文本化(包括其中的呈现/再现,宰制/屈从,书写/口述的问题);以及把西方的自传观念应用,或者该说,硬套在美国原住民文本上的不当。

根据主流的欧美自传观念,"自传"(auto-bio-graphy)一词,就字源而言,可以扼要地定义为"自我—人生—书写"(self-life-writing)。克鲁帕特认为,若以这个标准衡量,"印第安人自传"一词则是"名词上的矛盾"(a contradiction in terms):"印第安人自传是白人和印第安人合作努力的产物:由白人翻译、誊写、搜集、编辑、诠释、润饰、最后决定写作的文本的'形式';印第安人则是其

'题材',他的'人生'成为以他的'名字'来具名的'自传'的'内容'。"("Indian"23-24)

为了赋予美国原住民的"自我—人生—书写"文本更清晰、精确的形象,克鲁帕特认为有必要进一步区分为下列三项:"印第安人自传"(Indian autobiographies)、"印第安人写的自传"(autobiographies by Indians)和"'听来的'自传"("as-told-to" autobiographies)。"印第安人自传"是由两个种族、文化的成员合作而成,因此组成原则是"双文化合写的原则"("the principle of bicultural composite authorship","Indian"24);"印第安人写的自传"主要由受过宰制的种族、文化团体(在此情况下亦即白人主流社会)教育的美国原住民,用宰制团体的语言(英文)所写有关自己生平的叙事,因此保留了"双文化的成分",但缺乏"合写的成分";"'听来的'自传"则较为罕见,因为是由原住民记载听自于其他原住民所说的有关自己的叙事,因此"是合写而成,但并非双文化的,而是介于二者之间"("Indian"24-25 n3)。[4]

克鲁帕特的重点置于印第安人自传,且将它与现存的两种美国"人生—书写"(life-writing)模式并论:"东部的印第安人传记,借着以文本来再现个别的印第安人生平,彰显'历史正义'的取向,为印第安人自传提供了原动力;西部的自传则发掘了合写的方式,解决了形式的问题。"("Indian"35)这种原动力(历史正义)和形式策略(合写)的结合,产生了前所未有的、独特的本土之声:"这种印第安人的声音虽然遭到翻译、誊写、编辑、润饰、诠释、彻底地中介,但不管在以往的西部自传(对其敌视却有助于它)或东部印第安人传记(对其同情但在形式上却不相关)中都没听过。"("Indian"41)因此,克鲁帕特把印第安人自传刻画成美国书写中独一无二的文类,特色在于"合作地著述,暧昧地授权,复杂地传递,其论述作用是双重的,而其论述种类是可疑的"("compositely *author-ed*, ambiguously *author-ized*, complicatedly transmitted, dual in its discursive function, and problematic in its discursive type","Indian"42)。

打从一开始,文化认同的问题就一直是美国人心中挥之不去的执念。美国人的自我,游移于欧洲旧大陆和美洲新大陆两个世界之间,一方面感受到双方的吸引力,另一方面又有意与二者疏远,因此一直尝试在"欧洲人('文化人')和印第安人('自然之子')的对立观念中,确立自己独一无二的国家的特色"("Indian"32)。[5]在这两篇文章中,克鲁帕特对于不同的美国"人生—书写"方式,提出了纲要式的看法。我们可据此把美国自传粗略分类如下:

东部自传:东部白人执笔所写的自传,特色在于"自我中心的个人主义、历史主义与书写",白人的单一文化和个人书写;
西部自传:东部白人根据西部白人所提供的资讯,而写出的有关西部白人的自传,特色在于白人单一文化下的合写策略;
印第安人自传:白人根据印第安人所提供的资讯,而写出的有关印第安人的自传,特色在于双文化的合作书写;
印第安人写的自传:印第安人自己执笔所写的自传,特色在于双文化及非合写;
"听来的"自传:印第安人根据其他印第安人所提供的资讯,而写出的有关印第安人的自传,特色在于双文化、合写,但全由印第安人执笔。[6]

上述的分类虽嫌粗略,但多少可以协助我们把美国原住民的自传文本,置于一般有关美国自我的书写策略之脉络中。而《美国的自传:西部的传统》一文的结论,更提纲挈领地预示了克鲁帕特未来的长程计划:

要把美国文学当成国家文学来严肃探究,必须知道传统上对于区域性的、种族歧视的或性别歧视的预先排除("traditional foreclosures of a sectionalist, racist, or sexist kind")。不管西部自传最终的地位如何,它们需要和东部自传一样纳入讨论;女性文本需要研究,不只是被当做流行或纯属个人的计划。进言之,当我们能进一步在我们的批评意识中,允许其他那些被压抑的美国书写的类型(包括黑人自传,以及我在其他地方所称的印第安人自传),只有到那时候,我们才能恰如其分地谈论柯克思所谓的"自传与美国"。("American"317)

其实,克鲁帕特对于印第安人自传的强调,以及他对于"区域性的、种族歧视的或性别歧视的预先排除"的批判,不仅挑战了"作为一国文本总和的美国文学"(American literature as a national agglomeration of texts),更重要的是,也挑战了"作为'文学'文本的典律/总和的美国**文学**"("American *literature* as a canon of 'literary' texts","American"309)。而他在《美国的自传》一文结尾对于生产模式(mode of production)的重视,也为下一篇重要论文铺路。在这篇名为《美国原住民文本的研究进路》的文章中,他检视了"(一)生产模式,(二)作者,(三)文学,(四)典律性等观念,以显示这些如何可能组成对于美国原住民文本的研究进路"("Approach"325)。借着综合来自詹明信(Fredric Jameson)、傅柯(Michel Foucault)、萨依德(Edward W. Said)、威廉斯(Raymond Williams)、哈理斯(Marvin Harris)等后结构主义者的理论与观念,克鲁帕特尝试按照上述四个对于美国原住民文本研究的系统性、理论性的研究进路,探究"原住民语言表演者("the Native language performer")和英文翻译者/誊写者/编辑者合作努力的性质"(Wiget 15)。克鲁帕特在其中的一个注释中,甚至明白地道出自己"文化唯物论"(cultural materialism)的倾向,并坦承此理论"对我用处甚大"("Approach"335 n23)。这是他对于自己批评立场的最早宣示之一,后来更以积极的论述将此一立场付诸实践。

我们若依照这四个议题探究克鲁帕特的论述,便会发现他尝试借着引进一些主要的后结构主义理论家/批评家的观念,来理论化自己对于美国原住民文本的刻画。一般对于克鲁帕特的批评就是他的文章太过理论化;另外也有评者指出,美国原住民研究不运用后结构主义,未必就代表没有理论(Wong 1321)。然而,我们或许可以如此比喻:他尝试把旧酒倒入新瓶,以便使其作为一种商品,可以在学术市场上更广为流通,而且具有更多的交换价值。[7]因此,原先的"双文化合写",改以"生产模式"和"作者"的方式来探讨——以"生产模式"来讨论"美国原住民文本是如何制造的"("Approach"327),而以"作者"来讨论如何恢复此词原本具有的双重意义("作者"一词的拉丁文字源〔*augere*〕,同时意味着"创始"〔to originate〕和"扩大"〔to augment〕)。更精确地说,"生产模式"此一观念的运用,不但对于美国原住民文本如何产生的问题,提供了新见解,而且美国原住民文本的这种生产方式,又可回过头用来重新考掘"作者"一词原有的双重意义,也就是说,恢复自18世纪以来西方主流论述中逐渐丧失的"扩大"的意义。对克鲁帕特来说,就是这种互补的关系使双方获利,并使对于这些(尚未典律化的)文本的研究更有价值。

同样的,对于"文学"和"典律性"的讨论,作用在于从被美国文学的WASP帝国主义排除在外的、以口述为特色的美国原住民文本的角度,来重新考量这两个观念。既然"印第安人当然不写作——至少他们没有字母,也没在纸上留下记号",所以西方主流的文学观把文学(literature)当做"literra-ture"("*literra*"意味着"文字")、书写、铭刻、文本化的看法,也就遭到质疑。而把美国原住民文本当成"文学文本"看待的呼吁,更使得克鲁帕特"进一步主张它们有权被考虑纳入美国文学的典律文本之中"("Approach"336)。

克鲁帕特从建制的角度来讨论"典律"的观念,并一分为二,从论述的方式以及官方的、教学的方式分别探讨。他认为对于既存的文学典律的挑战,和要求扩张典律以容纳不同声音的呼吁,绝不是中立的、超然的、非政治的。相反的,克鲁帕特相当清楚其中所包含的政治成分,也不回避这种政治化的情形:"任何要扩充典律的尝试(不只是在其中增加另一位'强'诗人,而是使它向来自其他价值的作品开放),都是尝试质疑它所建制化的特殊价值,而这个具有重要的政治含义———如现在多被抹黑的1960年代的历史所显示的"("Approach"337)。[8]至于这些建制的、政治的含义所具有的教学策略,可由宰制的文学团体从其利益角度所做的课程设计中看出。[9]作者在本文结束时公开宣称,他对美国原住民文学价值及其在建制上重建美国文学典律的作用具有信心:"我相信美国原住民文本不但会进入宽广的美国文学典律,而且也会进入正式的、建制的典律。"("Approach"338)这种信心当然必须有相当的事实加以支撑。就这一点而言,克鲁帕特对于具体的美国原住民文本的实际批评,可视为对于其理念的批评实践。

克鲁帕特对于美国原住民自传文本的专书研究——《为后来的人:美国原住民自传研究》——于1985年出版。这本书除了综合他过去几年所发展出的主要观念外,并具有底下几项意义:清楚显示出他自己身为文化批评家/唯物论者的理论传承及立场;其中构成全书主体的三章关于美国原住民自传的讨论,体现了他对于美国原住民文本的理论主张;肯定了他在这个长久以来被忽略、排斥的美国文学领域中的成就。

读者真正遭逢到正文之前,在扉页就可以读到两段分别引自美国原住民和反霸权的理论家的文字:

> 我想我要写下来并且告诉你们所有这些事,所以那些后来的人不会受骗。
>
> ——轰天雷("Crashing Thunder")

> ……批评必须把自己设想成为提升生命,本质上就反对一切形式的暴政、宰制、虐待;批评的社会目标是为了促进人类自由而产生

的非强制性的知识。

——萨依德

这两段文字至少具有下列几项意义:首先,克鲁帕特所引述的两位"作者",或者该说是"发言人",一位是被强势团体宰制的美国原住民,而轰天雷这位弱势团体的代言人由于因缘际会,得到机会来向宰制团体进言,或至少盼望在宰制团体的允许下,以自己的经验为后来的人留下证言;另一位则是克鲁帕特心目中唯一没有"完全以欧洲为中心"("Approach"338)的当代主要理论家。其次,轰天雷身为重要的史料提供者,觉得自己有责任让别人听到他的声音,并把个人的知识、经验、史实,甚至所谓"真理"传达给后人,使他们得以知晓事情的"真相",或有异于主流的版本。换言之,面对着强势团体加诸于原住民的诸多谎言,他自许为史实和真理的传递者,并期许自己的言说可达到传递史实与真理的目的。再次,把叙事或自传论述当作抵抗压迫者和解放被压迫者的工具,这个做法也是身为批评家的萨依德的理念和做法,因为萨依德把批评论述加上了"提升生命"和"促进自由"的目标。最后,克鲁帕特的扉页摘录这两段分别来自对于故事和批评的践行作用(performative function)的期许或信念的话,由他的文化批评家的立场来看,这个动作本身也代表了克鲁帕特对于自己的研究所可能产生的践行效应的期许或信念。

本书的前两章——《美国原住民文本的研究进路》及《印第安人自传:起源、种类与作用》——和以往以单篇论文的形式发表的题目完全相同,并被用来作为全书的理论架构。作为主体的三章则各自分别探讨合写而成的美国原住民自传:《历史、科学与吉罗尼牟的故事》("History, Science, and Geronimo's Story")、《轰天雷的案例》("The Case of Crashing Thunder")、《黄狼与黑麋鹿:历史与超越》("Yellow Wolf and Black Elk: History and Transcendence")。此处不拟讨论作为批评实践的这三章,但值得一提的是,它们为克鲁帕特的理论架构和主要论点,提供了具体的文本分析和细节。

对笔者而言,更有意义的是他在本书前言所揭示的批评立场。他首度明白地指出他对于自己所定义的印第安人自传的研究,出发点是"文学的职业上的专家"(xi),而他对于这些自传的文学式的阅读,与传统的语言学家、人类学家、历史学家的阅读相较之下,至少应有相等的价值。这种对文学训练的强调,以及对美国文学典律所抹杀、消音的文本,提出另类的阅读方式所含有的特殊作用,是别具意义的——虽然也多少付出了一些代价,如有时削弱了自己重估西方传统成规的努力,比方说,与口述文学相对的书写文学的观念。

至于选择讨论的标准,克鲁帕特则说这些文本对于下列四个领域和三种关系都具有"示范"作用:四个领域就是前文所讨论的文本的生产模式、作者、文学、典律性;三种关系则分别关系着"他们的历史时代"、"历史、科学和艺术(文学)的论述种类"以及"西方作者(或编者)必须据以组织其叙事的四种情节模式——传奇、悲剧、喜剧、反讽"[10](xii)。此外,他也明白宣示自己在知识上借助于皮尔斯(Roy Harvey Pearce)、萨依德、威廉斯、哈理斯,而这些人他多半以往便已提及,但并未如此处般清楚地承认。仔细寻思这四位批评家,便可发现他们对克鲁帕特的作用可分为两类:为被压迫者伸张正义(由皮尔斯和萨依德代表),以及文化唯物论的主张(由威廉斯和哈理斯代表)。[11]克鲁帕特也再度表示了他对于"美国文学典律里欧洲中心的标准"的修订主义立场,哀叹对于原住民文本的漠视,以及研究原住民的学者和当代理论家之间不相往来的现象及其不幸后果(xiii)。

因此,就某个意义而言,《为后来的人》一书可谓总结了克鲁帕特批评生涯的第一个阶段。在这个阶段中,他始于对美国原住民自传文本的研究(借助来自主流的后结构主义的一些观念),并提出自己的研究计划,以挑战、重估既有的美国文学/文化典律。他的一些主要观念及关怀都已显露,并等待进一步的发挥。

三

随着克鲁帕特批评事业/志业第二阶段的进展,他在方法论上的关怀、批评立场和知识倾向益发明显。有些深切的自我反省出现于《后结构主义与口述文学》一文。此文一如标题所指称的,是结合后结构主义理论和美国原住民口述文学的另一尝试。他虽然体认到"自己对于美国原住民文学的研究显然以文本为基础,而美国原住民文学当然是口述的表达模式",但依然借着主张把批评家视为以文本为基础的人(the critic as a text-based creature)这一生产模式来支撑自己的推论:"虽然我相信对于美国原住民诗歌或叙事的任何有力的'了解',必须以对其表演能力的某些深刻的'经验'为基础,但我并不觉得那种了解只能来自经验;为了具有那种了解,人们需要文本——就此而言,我的确是目前已穷途末路的以印刷文本为导向的西方文学的产物。"("Post-Structuralism"126 n5)克鲁帕特回顾自己身为美国原住民文本的研究者,尤其与欧美文化/文学霸权的关系,做了如下的自我描述:

> 到目前为止,我自己的工作一直是尝试了解美国原住民历史和文化在与欧美文化的关系中占有何种地位。那件工作必须时时记住,印第安文学传统上并不是书写的,因而无可避免地必须借助于研究口述表演的文本化、对于文本的注意以及宰制文化(连同无可避免地受到那个宰制文化的影响,或者可说侵犯的美国原住民)对于那些文本的使用。("Post-Structuralism"126-127 n5)

换言之,他对自己的困境颇有自知之明——他一方面得仰赖美国原住民文学的印刷文本,另一方面又质疑这些印刷文本的权威和可靠性。[12]这种对于美国原住民的印刷文本以及盛行的欧美理论的仰赖/质疑,很可能使得他的批评事业/志业显得更危险而有趣,因为他必须在对这两个目前为止分离的学科的仰赖与颠覆之间保持平衡。

这个反讽的立场既是长处也是短处,而且不限于克鲁帕特本人。在其《反讽模式的人类学:波雅思的作品》("Anthropology in the Ironic Mode: The Work of Franz Boas")一文中,克鲁帕特对于波雅思的人类学研究有如下的说法:波雅思在长期的人类学研究中,体认到此学科的复杂性和开放性,以致竟而拥抱"两个完全水火不容的立场"("Anthropology"113),而"波雅思的所有作品……在修辞学上的反讽,是**逻辑困境**(aporia)的比喻的发挥"(109)。这个特殊的立场,至少在克鲁帕特看来,不仅可以理解,甚至值得赞美,因为反讽论述的力量和其中心的修辞方式——"逻辑困境或怀疑"(109)——在于"警告和暗中破坏,从来不是宣告或肯定"(112)。这种"否定的性质"(112)及对不可决定性(undecidability)的重视,强调"没有人可以安安稳稳地知道任何事情"(110)。克鲁帕特宣称,"波雅思的立场……是反讽的,而不只是混淆的或自我矛盾的,因为它同时坚持两个立场完全统一的最强烈形式,而具有那些形式的,却又是两个完全水火不容的立场"[13](113)。如果这种说法可以接受的话,我们可以说:克鲁帕特在1980年代最后一年所出版的《边缘的声音:美国原住民文学与典律》一书的反讽不但可以理解,而且值得赞美。因为,他不但尝试"颠覆"长久以来存在的美国文学典律和欧美文化霸权,而且意图"宣告"和"肯定"美国原住民文学的价值,并且把这种肯定由国家文学和他所谓的"国际"文学("inter-national" literature, Voice 198),扩及全球的层面。前文试图肯定克鲁帕特一些重要的关怀,下文则多少以反讽的方式来阅读代表他将近十年来学术成就总合的《边缘的声音》。

他的前一本书《为后来的人》的最后一句话,强烈肯定美国原住民的自传文本,认为它们"值得研究并纳入美国文学典律"(*For* 136);《边缘的声音》则深入研究美国原住民文本的地位和意义——不只限于美国文学的脉络,并企图置于最宽广的文学脉络中,或者借用克鲁帕特自己的话说,就是全球文学(cosmopolitan literature)。此书除了开头与结尾的章节之外,主体的五章分别探讨不同的题目,合并起来则显示了克鲁帕特的长久关怀:以往被以建制的方式抹杀、消音、边陲化了的美国原住民论述和既存的美国文学/文化霸权之间的关系。

第一章《典律的观念》("The Concept of Canon")集中讨论典律、文学、"异说"("heterodoxy", 52)三个观念,并且强调"异中有同"("unity-in-difference", 52)的看法,为全书提供了理论基础。次章《批评与典律》("Criticism and the Canon")以批判的方式,回顾了1920年代到1950年代的美国文学理论的发展,特别着重于新批评与历史主义的对立。对克鲁帕特来说,重要的是"文化与人格的物质脉络"("the material context of culture-and-personality", 87)以及"定位于物质的历史主义"("materially situated historicism", 95),而这些都是形构主义(不管是新批评或解构批评)或历史主义(不管是旧式的历史主义或新历史主义)所不及的。[14]第三章就是本文篇首所提,发表于1983年《典律》专号的《美国原住民文学与典律》,以历史的方式回顾了宰制的美国文学典律和美国原住民论述之间的关系,以及以往企图把美国原住民文本纳入美国文学典律的种种失败尝试。克鲁帕特在一个脚注中指出,自己的立场是"具有唯物论倾向的文化批评家"("the cultural critic of materialist bent", 96n)。《美国原住民自传中的独白与对白》("Monologue and Dialogue in Native American Autobiography")以批判的方式,阅读了自1820至1980年逾一个半世纪以来,几个著名的美国原住民自传的印刷文本。克鲁帕特在此旧调重提,指出美国原住民"自我—人生—书写"论述的特色是"集体的自我和对话的文本"("collective selves and dialogic texts", 196)。最具野心及最"谬误"的一章就是《地方的、国家的、全球的文学》("Local, National, Cosmopolitan Literature"),他把对美国原住民文本的观察不仅扩大到作为国家文学的美国文学,还透过他所谓的国际文学,到达乌托邦色彩的全球文学。[15]

这五章尽管看来复杂,其实是克鲁帕特在首章立场声明的具体表现,而此章与《为后来的人》一书的序言相形之下,篇幅更长且更有趣。此章揭露了几个重要的讯息。

首先,作者的关怀不再限于美国文学,而扩及美国文化史,因此本章第一句开宗明义指出:"本书意图致力于美国文化史——过去、现在与至少想象所能及的未来——特别涉及那个历史中美国原住民的成分。"(3)此处显示了作者以文化批评家自居的立场,以及对于历史书写的动态观点——历史书写这个行为不但与过去有关,更重要的是涉及现在与未来。他并以此为出发点,探究以往遭到压抑的"他者/异己的声音"("voice of the Other", 3)。

其次,"被压抑者的复返"("return of the repressed", 3)质疑了在本质上就排外的美国文化霸权。[16] 克鲁帕特直截了当地指出:"当然没有整体的美国文化或美国文化史这回事"(4),存在的只是"片片段段的文本和传说,由身为这块土地的过客和学习者的我们,没有系统地遭遇,或以知识的方式加以分类"(4)。因此,美国文学与文化并不是固定不变,而是动态的持续进行中的过程或事件,必须在不同的历史时刻与空间一再地重新认知、建构、铭刻。换言之,必须由不同利益的人们,时时从不同的角度与立场来修订和重写。以克鲁帕特来说,此刻他所要做的,就是质疑并重新考量"美国文学的形式化的、建制的教训"(5)。

伴随并强化上述质疑和重估的,则是他一向汇通当代文化/文学理论和美国原住民研究的努力(5—8)。一个重要的证据就是:克鲁帕特相信巴克汀式的对话论和异声(Bakhtinean dialogism and heteroglossia),或者用他自己的话说,相信"倾听不同的声音,允许他者发言,朝向产生对话的、多音的作品的方向实验"(8)。为了达到这个目标,他提供"很谦逊的技巧来包含他者和歧异……〔方式则是借着〕把要求对话论和多音的呼吁(特别是来自巴克汀的主张)当成是提供'忠告'(good advice)……而不是'理论'(因为理论几乎无可避免地要反对其他的理论)"(16—17)。而克鲁帕特在1980年代的研究也显示了,不仅美国原住民(自传)文本是对话的、多音的(因而与西方的自我中心的自传传统成为鲜明的对比),而且他的批评研究本身,挑战由美国东岸的WASP男性作家宰制的相当单音、专断、排外的文学典律,也是具有践行效用的对话的、多音的行动。

最后,克鲁帕特除了提及一些女性主义者和非裔美国批评家之外,还特别标举皮尔斯、詹明信和萨依德为"本书的三个精神支柱"(20),并视此承认为一对话的、多音的行动。与前一本书相较之下,皮尔斯和萨依德没有更动,而(由文学和人类学殊途而同归于文化唯物论的)威廉斯和哈理斯,则由新马克思批评家/理论家詹明信所取代。[17]对克鲁帕特来说,皮尔斯的重要性在于"意识形态分析和文学批评"(69),综合的思想史(70),取材(71),调和"对于'理念'和'行动'的取向"(72),强调"众多的人文主义"(相对于"单一的人文主义"〔"the Humanism of the Many" vs."the Humanism of the One"〕,76—77),而他的人本的历史主义则"允许人的能动性(agency)……为了调和最高程度的个人自由和最高程度的社会正义而奋斗"(132)。萨依德的重要性依旧是其反霸权的论述(15,26,188)。詹明信的意义则在于他强调"一种对话的多元论,而有别于无限的开放"(196),以及他对于第三世界文学特色的讨论(212—213)——詹明信对于第三世界文学的讨论,被克鲁帕特挪用,而把美国原住民文学当成另一个弱势论述。

克鲁帕特也赞同巴克汀对于人的能动性的强调(78—79,

82n），以及对话论和多音（16—17，17n，53，135，136—137，165—166，178—216）。另外他也接受伊格敦对文学的怀疑（38，44，49）、反典律态度（49）、对自我的看法（80，82）。尤有甚者，克鲁帕特还引用伊格敦的话语作为本书扉页的题辞，坦承自己觉得他与萨依德和伊格敦的关系比与德希达（Jacques Derrida）和德·曼的关系为近，并自我定义为"一位文化批评家，感兴趣的对象不限于被适当归类为文学的事项"（29 n4）——在在表示了他的知识倾向，以及不（再）自限于对美国原住民文本提供"文学式的阅读"。由以上的列举可明显看出，这些批评家在克鲁帕特建构自己的理论架构上所扮演的重要角色。

然而，细读该书便可发现克鲁帕特反讽的立场。鉴于中心与声音、存在，边缘和消声、匿迹之间经常画上等号，所以本书命名为《边缘的声音》，这个矛盾语法（oxymoron）或——借用他对印第安人自传的说法——"名词上的矛盾"，本身就饶富意义，再次显示了作者有意与主流的美国文学/文化典律抗争的姿态。作为被压抑者的复返，这个边缘的/边陲化了的声音，努力要促使自己在多音的美国文学/文化中发出更大的声响（在主流者耳中很可能是噪音/杂音）。克鲁帕特一如往例，采用盛行的当代文学/文化理论，来彰显美国原住民文本的特色，及在美国文学与文化中的意义，目的在于修订甚或颠覆美国文化史中权威的/独断的论述。换言之，作者肯定、据用（appropriate）宰制的批评论述，并掉转矛头来攻击现存的霸权。[18]

克鲁帕特自认是在提供"忠告"（17）——作者为何对自己的"贡献"深具信心，有些令人费解——因此有意据用怀特（Allon White）对于"异说"的观念，并将之定义为"异中有同"（52）。其实，他这种"据"为己"用"的行为并不限于这个特殊的例子。前文述及，克鲁帕特在《绪论》结尾时坦承这本书的"三个精神支柱"是皮尔斯、萨依德和詹明信（20），而且，只要他认为时机、场合"适当"（appropriate），就毫不犹豫地选择性运用、扩充和发挥——亦即据用——他们的观念,即使对于巴克汀和伊格敦也不例外。我们发现,在评论美国文学典律和美国原住民文学之间的关系时,克鲁帕特强调的是包纳(inclusion),而非采用(adoption, 8-9)。然而在批评实践中,他有意采用这些(主要是白人)批评家在漫长的知识旅程中不同阶段所发展出的不同观念,以达到他个人的策略性目的。因此,我们可以合理地推断,这些批评家被排除和压抑的观念,可能形成其他的边缘的声音,挑战甚至颠覆克鲁帕特"中心的"议论。笔者曾对此状况有如下的讨论,而这种情形多少也可用来说明其他弱势论述面对强势论述时所采取的策略:

> 简言之,作者为了达到抗争的目的,多方采纳有利于提升、重估美国本土文学、典律的理论,纵使其中有不合之处,也在作者的大目标指引下,透过拣选和组合,加以消音、整合。但用作者本人的比喻来说,这些暂时被排斥在外的声音不会就此缄默,在其他情况下可能被用来挑战甚至颠覆作者的中心论述。因此,作者手法上的左右逢源,换个角度来看,可能就成了左闪右躲、左支右绌。另外,"占用"〔据用〕之举就某个意义而言实乃理所必然,原本不必如此煞费周章刻意撇清,但作者既采取低姿态,又要提供"忠告",既主张一体纳入,又(自知)不得不占用〔据用〕,这种情形多少反映身为弱势的美国本土文学与宰制团体的典律之间的暧昧关系及作者的反讽模式。(《反讽的抗争》86)

克鲁帕特也再度区分两类的美国原住民自传文本:"由个人书写的印第安人写的自传,以及合作产生的印第安人自传。"(*Voice* 133;也见于"Indian"24-25 n3; *For* 30-31)然而,在这本尝试考掘被压抑的美国原住民的声音的书中,作者采用代表着强烈文化、政治、社会、历史误认的"印第安"一词,可说是自挖墙脚的作为。他在前一本专书《为后来的人》中用上"美国原住民研究者"("Native Americanists", *For* xiii),但在后书中则用"印第安人研究者"("Indianists", Voice 5, 236)。更反讽的是,前书的索引中用的是"印第安人"(Indian)一词(For 165),而后书的索引中则用上"美国/美洲原住民"(Native American〔s〕)一词(Voice 256-257)。这种"犹豫",不管是态度上的暧昧或认知上的混淆,都减低了作者抗争的力量,[19]尤其是相对于作者挑战英文文法及其负载的父权意识形态,更显得无力而不当。

与文化或历史的建制相比,文法显然武断得多。英文文法中以第三人称单数阳性代名词的"he"来代表阴阳两性,尤易见其武断、无理与性别歧视。因此,近来有不少专书提醒撰稿者下笔时要注意避免这种有意无意的性别歧视。[20]本书作者在这方面的修辞(抗争)策略则更进一步。虽然他大都遵循文法,但在某些地方非但不以"he"代表两性,或阴阳两性同时出现(如 s/he, he/she, he-she, he or she),甚至径自以第三人称阴性单数代名词的"she"来代表两性。当一般读者在阅读行为中遭遇到这位白人男性批评家笔下的这句话时("Everyone does *her* own thing and we can only hope that our thing will hold up at least well enough to be visible . . ." Voice 29, emphasis added),由于英文文法成规的制约,第一个反应是这个"错误"出于作者大意、手民误植或校对疏忽。但当这类"错误"一再出现时(如在该书的 74, 163, 170, 171, 207, 213 页;或者对克鲁帕特早期论述留意的人,也可于下列诸处发现:"Anthropology" 114;"Post-Structuralism" 115;"Review" 649),读者便会觉得作者别具深意(或"别有用心"),可能进而反省自己这种制约反应,并对造成这种制约反应的文法成规及背后的父权心态加以质疑。换言之,读者由于陌生化(defamiliarization)而质疑作品、作者,但由于作者一再"矫枉过'正'",使得读者转而反省自己,质疑文法及整个意识形态的武断(arbitrariness)、人为(artificiality)、肤浅(superficiality)。当读者再次读到这类表达方式,而自认能理解作者的"用心"或"微言大义",甚至发出会心微笑时,也正是作者成功地颠覆了一小部分既存的文法及文化建制之时。[21]

作者这种修辞策略,可说既是论争性又是践行性的行动(a polemical and performative act)。这种用法时隐时现(毕竟作者依循文法成规的时候居多,也让读者觉得比较"自然"而忽略),暗示了弱势团体的困境(女性主义面对父权意识形态,美国原住民所代表的弱势族裔面对固有的美国文学典律强势霸权)及打破困境的努力。就某个意义而言,对美洲原住民的误称与这个霸权建制也有交集。因此,作者在文中多次将美洲原住民文学与女性主义文学、非裔美国文学并提,[22]且勇于向英文文法成规挑战的同时,竟然对充满历史误解、种族歧视、文化沙文主义的"印第安人"一词未采取类似的修辞策略(如加注,加括号、问号,用其他字体,或用上"所谓的"等等)加以挑战,进而颠覆,也就特别令人费解。

作为一位"肯定""没有整体的美国文化或美国文化史这回事"(4)的颠覆性、抗争性的批评家,克鲁帕特却对于他所谓的"全球文学"抱持着乌托邦式的理想/幻想:"全球文学的计划不是要推翻巴别塔,而是仿佛要在巴别塔中装置同步翻译系统;不是要齐一人或文学的差异,而是至少能彼此理解这些差异。"("The project of a cosmopolitan literature is not to overthrow the Tower of Babel but, as it were, to install a simultaneous translation system in it; not to homogenize human or literary differences but to make them at least mutually intelligible", 216)这个比喻将作者全书的议论做了简明的总结,但其中的反讽及自我解构的成分,不可就此抹杀。从上下文来看,作者心目中的全球文学,并不是要整合歧异的语言使之齐一,而是要既着重/尊重彼此的差异,又强调相互的理解。巴别塔一般被视为与"混乱"或"混乱的语言"同义,而且作者采用的显然也是这个常用的意思。然而作者的用典不免使人联想到原来的出处。根据旧约创世纪(11:1-9),古巴比伦人企图建造一座通天之塔,但上帝"变乱他们的口音,使他们的言语彼此不通",巴别塔遂未能完工。因此,就这个故事来说,这座半途而废的塔本身除了代表"混乱的语言"之外,还可解释为"共同(共通)的语言的产物",所以在巴别塔内装置同步翻译系统,就某个意义而言是多此一举,而推翻巴别塔就成了"推翻共同(共通)的语言的产物"。简言之,作者的用典本身就含有自我瓦解的成分。

其次,"仿佛"("as it were")一词透露出作者多少体认到语言的局限性,有知其不可而强为之名的感觉与行动。"同步翻译系统"的说法更属隐喻(巴别塔)中的隐喻,而想透过"同步翻译系统"来达成彼此的了解,多少也是一厢情愿的想法。因为正如前文所提及的,作者在近十年的论著中,多次告诉我们把"文学"当成"文字的文化"("the culture of letters", 97)与美国原住民文本的特色不合。而且他也指出不同的动机与手法,翻译、建构出不同的美国原住民作品——如因为宗教、历史、科学的不同动机,而使得印第安人的自传又可细分为"拯救式的自传"("salvationist autobiography")、"野蛮人的自传"("savagist autobiography")、"社会科学式的自传"("social scientific autobiography", Voice 142)。甚至印第安人所写的自传,也因为作者使用宰制团体的语言,而已受到强势文化的渗透与"污染"。因此,这些都是早经宰制团体的语言(在此情况下是英文)中介后的产物。借用作者的比喻来说,美国原住民文学在进入巴别塔内的同步翻译系统之前,就先行被翻译过了,而这种"事先翻译"的动机与方法本身就是很大的争议。[23]

当然,克鲁帕特体认到美国原住民文学的弱势地位,所以想借此把它和其他强势及弱势团体并提。然而,即使是他援引的詹明信所讨论的第三世界文学(中国以鲁迅为代表,69—77),也多具有本身的文化与语言,甚至如《帝国反扑》(*The Empire Writes Back*)一书中谈论的一些国家,虽然经过英国的统治而许多以英文为官方语言,但不少还是拥有自己的语言(116—154)。

与世界上其他有自己书写系统的弱势团体文学比较,美国原住民文学已是宰制团体强力中介后的产物。简言之,相形之下其"原料"与"素材"单就语言本身来说,已经不再"原"、"素"了。职是之故,美国原住民文学在经过事先翻译和同步翻译之后,能与不同文化、语言背景的接收者达到何种程度的彼此理解,实在令人怀疑。然而,作者这种理想主义的色彩及苦心,却值得推崇。因此,我们以"乌托邦"一词来形容克鲁帕特,就具有"虽不能至,心向往之"的消极("不能至")和积极("向往之")的双重意义。

尽管克鲁帕特试图将美国原住民文本加以历史化、脉络化,以纳入美国文学中(99—131),但当他从全球的角度来评断美国文学典律时,也犯了不该犯的毛病。他的断语:"……**美国文学的国家典律,第一世界诸文学中最强而有力的!**"(". . . the national canon of *American* literature, the most powerful of first world literatures!"203),非但没有应用上英文语法中惯用的表达方式"最……之一",还故做惊人状地加上惊叹号,显然很不恰当。首先,就克鲁帕特本人的想法,他一方面质疑美国文学及文化的整体观,却又诉诸一个共同的标准,并据以评断美国文学为"最强而有力的"——根据他的分法,美国文学属于"第一世界文学","第一世界文学"又属于总合式的"国际文学"(216),"国际文学"又属于互动式的"全球文学"(216)。这种对于整体观的不同看法及做法,显然是自我抵触的。

其次,从历史的眼光来看,美国文学的地位非但未必如此稳定强固,可能正好相反。就较广泛的历史角度、依附/霸权,典律建立/重建的观点而言,今日美国原住民文学之于美国文学,类似18、19世纪美国文学之于英国文学,16、17世纪英国文学之于拉丁文学。更何况美国文学史及典律本身也经过一再的重写。这些都暴露了克鲁帕特一面重视历史化,一面又忽视了在不同历史时刻的依附/霸权关系之变迁。我们可由下列的具体例证,以较历史化的眼光来看待美国文学:1820年英国批评家史密思

(Sydney Smith)语带轻蔑地问道:"谁读美国书?"辛普森的《美国英文的政治性:1776—1850》(David Simpson, *The Politics of American English*, 1776-1850),以断代的方式讨论美国英文的政治性。史毕乐耿耿于怀的是,以往美国文学史家把美国文学当成英国文学的一支(*Cycle* viii-ix),这个事实反证出此种看法之普遍,以及其造成如史毕乐者流美国文学史家的焦虑。韦礼克(René Wellek)坦言美国文学对英国文学无可避免的依附(268)。在1974年出版的《英语世界的文学》(*Literatures of the World in English*)中,美国文学只是英语世界十个文学中的一个,甚至到了1980年代中期,也还有人主张"一个以语言〔英文〕为基础的文学史"(Spengemann 475)。而《帝国反扑》的说法,可说给克鲁帕特一记当头棒喝:"美国文学也该放入这一类〔后殖民文学〕。也许由于它现在的权势,以及所扮演的新殖民主义的角色,使一般人未能认清其后殖民的本质。但它过去两个世纪以来与世界性中心发展的关系,已经成为各后殖民地文学的典范。"(2)

最后,就建制的角度来看,克鲁帕特的说法也是难以成立的。因为,现行的美国大学体制,甚至世界各地的大学制度,美国文学的课程大都还是(附)设于英文系中,而且与英国文学的比例也是显而易见地低。

总之,《边缘的声音》一仍克鲁帕特近十年的一贯主张,寻求美国原住民研究和盛行的当代理论(尤其是文化唯物论)的对话和会通,有意为美国原住民文学在美国文学史和文学典律中争取一席之地,并企图以此为基础,建立类似文学的大同世界。然而,当前的美国原住民文学研究依旧相当荒芜。克鲁帕特本人就指出,其落于传统的典律文学、女性主义文学、非裔美国文学、同性恋文学、通俗文学之后(*Voice* 65-66)。换言之,《边缘的声音》,不管就所代表的当前美国原住民文学/文化研究,或克鲁帕特近十年的批评志业/事业,固然有其特定的意义及贡献,但在面对既有的美国典律文学/文化时,此书依然只是"边缘的声音"。作者借着结合理论、历史与实际批评,企图达成典律破坏和典律重建的努力是值得称赞的;而他作为美国原住民文学/文化研究的代表的地位,也已得到多方的肯定。然而,置于今日美国文学/文化研究的脉络中,美国原住民研究虽未如同以往那般冷清,却依然相当荒芜,显示作为弱势论述的美国原住民的声音与文本,仍待有志之士的继续考掘与发扬。

四

以上讨论显示,克鲁帕特的批评事业/志业的重要关怀之一——也许算得上是最主要的关怀——就是主流的、强势的当代理论和弱势论述的美国原住民文本之间的关系。米乐在讨论理论"翻译"入其他地方、语言、学科、文化时,曾以自己身为英美文学读者/批评家/理论家的角色,谈到了理论与阅读之间的关系:"理论与阅读的关系本身就是一个困难的理论问题。虽然没有阅读就没有理论,但是理论和阅读的关系是不对等的(asymmetrical)。阅读既对理论形成是必要的,又总是改变、否定、质疑用以阅读的理论。"(10/中译8)其他一些批评家/理论家对于理论与阅读之间的不对等与互动的关系也有类似的看法。[24]米乐也谈到了把理论应用、"翻译"或"重新放置"于另一个脉络这个做法的双重方向:"如果理论因翻译而变形,它多少也转变了所进入的文化。理论的活力在于跨越边界、被带入新的用语时,开向这种不可预测的转变并促成它们。"(28/中译25)换言之,理论与阅读的关系,或理论与其在其他脉络的应用的关系,不是硬套或强置其上,而是互动与相互调适。

米乐作为读者/批评家/理论家的生涯,主要是把西方理论——如早期的意识批评(Criticism of Consciousness)和后期的解构批评——"翻译"、应用在研究英美文学典律作品。如果前段所引米勒的说法属实,那么对于克鲁帕特的美国原住民研究而言可能更是如此。他努力撮合身为弱势论述的美国原住民文本与当代的批评理论(后者主要以欧美白人、男性批评家/理论家为代表),这种情形我们不妨借用(套用、据用)克鲁帕特本人的说法:他身为美国原住民研究和当代理论二领域之间的"过客和学(习)者",把"自己遭逢的文本和传说的片片段段以知识的方式加以分类",来"肯定"美国原住民印刷文本的意义,"削弱"、"颠覆"欧美长久以来的文学/文化霸权,以发出"边缘的声音",并让"后来的人"能够加入美国文化的多音和异声。

以上的评断绝非贬低克鲁帕特多年来的努力。相反的,他的研究借着重新烛照美国原住民文本"以及"后结构主义,揭露了以往这块荒芜园地的复杂性及巨大潜能,所以他的努力对双方都有利,也因而在学术建制中取得一席之地。因此,对于这个使原先被压抑的美国原住民得以发声的努力,我们实宜抱持审慎乐观的态度;而克鲁帕特在1980年代初期的主张,由这个角度来看,也是具有预言性的。他虽然强调两个文化之间不平等的情形,但也强调当中可能的互补关系:"印第安人的自传作为'边疆'在论述上的相等物(discursive equivalent of the 'frontier'),以及两个文化相遇的文本场地,需要它的'主题/主体—作者'(subject-author)和它的'编辑—作者'(editor-author)之间的'接触'。如果这种关系是不平等的,但却是真正的有来有往。"("Indian"41)此处,黑鹰的自传印刷文本作为两个不平等文化之间接触与合作的产物,为双方提供了宝贵的教训:

> 只有借着服从欧美的"自传"形式,黑鹰才能向白人说话;只有借着接受"编辑"的文字补充及落入"书写"和"文化",黑鹰才能完成有关他生平的书,而这本书的最后形式也不是由他决定。但印第安人的自传不是白人单独可以完成的。只有借着承认互补,把自己缩到"编辑"的地位,和黑鹰"接触",派德森(J. B. Patterson)才能"写"这本

有关印第安人生平的书:在书中出现一个依然活生生的、以前没听过的声音为自己说话,因而质疑使它能够说话的那个行业、权威、形式。("Indian"41)

相同的互补方式,也出现在克鲁帕特尝试结合"这些迥异的团体的某些知识"(*Voice* 236),亦即当代文学/文化理论和美国原住民研究——虽然其方式多少与美国原住民论述不合,并挑战了既存的排外、专断、独霸的美国文化霸权。

进言之,如果将弱势论述定义为"受制于并反对宰制文化"(JanMohamed and Lloyd, "Preface"ix),则吊诡的是这个岌岌可危的主体位置(subject position)提供了一种(希望是健康的)危机感,协助弱势论述的批评家认清自己的地位——这些批评家通常都是"主流文化的教育机器"的产物,"除非我们能以理论的方式省察自己的批评工具和方法,以及自己的认识论、美学、政治的类别,否则在我们的重新诠释中,总会有复制宰制意识形态的危险"(JanMohamed and Lloyd, "Introduction"8-9)。以此观之,克鲁帕特把自己的研究领域定义为"边缘的声音",并以犹太裔美国白人男性学者的身份,自认是以文本为根据的弱势文学的批评家,不管是对原先以口述为主的美国原住民论述,或者是对典律化、建制化了的文学/文化理论来说,都是处于边缘的位置("Post-Structuralism"126 n5)。这种自我认知,不管就修辞的说法或实际的策略,反而可能是更为有力/有利的,因为"在重新评估价值的重任中,我们的边缘性可以是我们主要的资产"(JanMohamed and Lloyd, "Introduction"9)。如此一来,前文对于克鲁帕特的反讽立场和边缘的/边陲化的主体位置的批判,可能转而成为一种赞美。

我们在结论时,不妨最后一次据用克鲁帕特所考掘出土、重新发现的"作者"一词的两种意义("创始者"和"扩大者"),以便彰显克鲁帕特1980年代的批评事业的贡献。在结合美国原住民研究和当代理论的努力中,他已经置身于这两个不同的脉络,并试图使彼此互补及扩大。一方面,他的努力确实为这两个不相往来的领域产生了一些新东西,因而是位"创始者"(米乐也强调翻译理论的开创性效用〔the inaugural function of translating theory〕)。另一方面,若是没有这两个领域作为基础,他的批评事业也是不可能的,因此他的另一重角色,就是这两个已经存在的领域的扩大者。

此外,克鲁帕特作为"创始者—扩大者"的角色,也可以在美国文学史的书写与重写的不同脉络中看出。首先就是始于1960年代而于1980年代达到高峰的重写/重建美国文学史的运动,主要是从种族平等和性别平等的多元化角度,来重新思考美国文学史及文学典律,代表性人物如《哥伦比亚版美国文学史》的主编艾理特,筹划多年新《剑桥美国文学史》的主编柏柯维奇(Sacvan Bercovitch),《重建美国文学:课程·进度·议题》和《希斯美国文学选集》的主编劳特,以及许许多多的弱势族裔和女性主义批评家。再扩大一点来说,就是20世纪以来以合写的方式出版的美国文学史,代表性成果则是1910年代末期和1920年代初期出现的《剑桥美国文学史》,1948年问世的《美国文学史》,以及1988年出版的《哥伦比亚版美国文学史》。从更长远的历史眼光来看,就是自1829年那普撰写的《美国文学讲话》作为第一部美国文学史以来,历代批评家及历史家书写/重写美国文学及文化的历史/故事。[25]

总之,克鲁帕特的批评论述,寻求纳入现存的文学/文化霸权中的某些合法的甚或主宰的因素。就身为弱势论述的美国原住民研究而言,这个策略性的运用为那个霸权提供了另类方式——其中包括了以互补的方式彼此承认,甚至宰制团体会试图纳入这个边缘的声音以故示宽大,或据用之以从内部巩固自己。这个承认/重认和纳入/据用甚至收编的行动,将使得美国原住民文本提升到更清晰可见、可闻的地位,并致力于重思、重建美国文学典律和美国文化史,甚至进而达到萨依德所主张的批评的践行作用:"反对一切形式的暴政、宰制、虐待……为了促进人类自由而产生的非强制性的知识。"在加入了美国文学和文化的多音、异声之后,这个来自边缘的声音,正如克鲁帕特的批评事业/志业所显示的,如今已经不再那么边缘了,也不再那么容易被边陲化了。果真如此,如何维持一定程度的边缘性及危机感,随时随地调整、修订,并对任何可能产生"强制性的知识"及任何形式的"暴政、宰制、虐待"持续保持批判甚或自我批判,则成了必须时时警惕、处处留意、历久弥新的重任。

脱稿于1992年10月12日
哥伦布"发现"新大陆五百周年纪念

后　　记

本文初稿完成后,接获克鲁帕特1992年9月30日来信,并附了一篇自传性的短文。信中说此稿系应邀而写,所以特地写成很不像自己风格的"新闻体",最后却被《纽约时报》割爱,原因是"他们在那之前,刚好接到一篇由美国原住民所写的文章"。克鲁帕特在信中说:"在新闻世界里,许多不同的事情多少看起来还是一样:印第安人毕竟还是印第安人,不管谁讨论他们,不管他们如何被讨论。"这里牵涉到的主要问题之一,就是本质论(essentialism)的疑义。因此,虽然克鲁帕特自称这篇文章是"新闻体",却是笔者所见唯一一篇由这位以研究及编辑美国原住民自传文本闻名的学者所写的自传性文字,对其研究的心路历程有简要的交代,并涉及诸如口述传统、本质论、弱势论述等重要议题,特此迻译。[26]

一直到我将近五岁的时候,我们都跟外祖母同住。外祖母什么文字都不会读,也不会写——不管是她的第一种且最熟练的语言意第绪语(Yiddish),或是她的第二种语言俄语,或是她笨拙的第三种语言英语。我记得每次发薪水时,我们大伙聚在餐桌旁,帮着她在从制作毛皮衣的小工厂领回来的支票上签名,看着为了使那些字母成形(以便让银行确认她的身分)要花上那么长的时间,是多么痛苦的一件事。我心想,生长在一个没有书写的世界会是什么样子。

当别人问我,像我这样一个犹太裔好男孩在研究美国原住民文学时到底在做什么,我第一个想到的就是外祖母。虽然我从来没有在冬天和一群人一起聆听传统的神话,也没有围着火堆听人讲什么故事,但我生长的环境多少像是口述文化。外祖父在哥萨克人的一次集体屠杀中丧生,当时还不到三十岁。虽然我知道这个比喻不恰当,但我想象那些哥萨克人有些类似美国骑兵,冲向在瓦西沓、沙溪(Washita, Sand Creek)以及不胜枚举的地方的印第安人。

一直到最近才有人问起我为什么在这个研究领域。长久以来,印第安研究在大学里是那么的边缘、那么的隐晦,人们根本懒得问那个问题。但现在我们庆祝或哀悼哥伦布入侵新大陆五百周年。《与狼共舞》(*Dances with Wolves*)和《黑袍》(*Blackrobe*),《雷心》(*Thunderheart*),《欧格拉拉事件》(*Incident at Oglala*),克里卡特(Clearcut),喀别沙·德·瓦加(Cabeza de Vaca)和哥伦布的电影:现在每个人都知道印第安人了。美国原住民研究这片领域,一度大都由像我这样的非原住民学者所占据,如今吸引了更多更多的原住民,而他们要把它索回——这在我看来是正确的。非裔美国批评不该掌握在白人的手中,正如女性主义批评不该掌握在男人的手中。印第安文学批评也是一样。

这并不是说,最成熟的原住民学者真的竖起了一面"禁止白人入内"的牌子。但如果我依然留在其内的话,这个问题就自然而然出现:为什么?

这正是我母亲从前所问的问题。她总是认为我应该对犹太文学更感兴趣。如果我想在典律(在那些日子里我们并不是这么称呼它的)之外或族裔研究(我们那时候也没有那个类别)工作,为什么不研究犹太裔美国文学。我当时没有答案。在 1970 年代末期,我读威廉思的《美国种》(William Carlos Williams, *In the American Grain*)和劳伦斯的《美国经典文学研究》(D. H. Lawrence, Studies in Classic American Literature)，这两本都是1920年代中期的书，我突然知觉到印第安人。威廉思和劳伦斯都认为，了解"美国"之道要透过本土的传承，在欧洲人来之前就"已经"存在于此的事物。我从来没这么想过，我在研究所读美国文学的时候，也没有任何一位老师向我提过。但是，在当时看来这似乎是个迷人的主意，而我就成了美国原住民文学的专家，或者更正确地说，研究美国文化中印第安成分的人。

"为什么像我这样一个非印第安人会来研究美国原住民文学？"我认为这个问题答案的底线必须是：任何人都可以正当地研究任何事情；思考的品质依赖的不是思考者的种族、阶级、性别或文化。然而，没有一种思想是存在于真空状态的，因此，至少就某个程度而言，我们不得不考虑思考者是如何形成的。那也就是为什么当我现在思索自己和印第安人时，会回忆起外祖母。

我那不会读、不会写的外祖母，在我有机会向她解释她的教授外孙在做些什么事之前就去世了。我有一张照片，照片中的我们站在哥伦比亚大学图书馆的台阶上。我穿着学位袍，而她则一手叉腰，头儿高高抬起，站在我的身边。我宁可相信，如果我能把故事说好，她也许会懂得我所在做的事。

引用资料

伊哲(Wolfgang Iser)：《伊哲访谈录》，单德兴主访，《中外文学》，20卷9期(1992年2月)，页153—170。

米乐(J. Hillis Miller)原作、单德兴编译：《跨越边界：翻译·文学·批评》(*New Starts: Performative Topographies in Literature and Criticism*)，台北：书林出版有限公司，1995年。

克鲁帕特(Arnold Krupat)：《克鲁帕特访谈录》，单德兴主访，《山海文化》，4期(1994年5月)，页128—139。后易名为《倾听原住民的声音：克鲁帕特访谈录》，收录于《对话与交流：当代中外作家、批评家访谈录》，台北：麦田出版，2001

年,页 245—265。

柯理格(Murray Krieger)原作、单德兴编译:《近代美国理论:建制・压抑・抗拒》(*Ideological Imperative: Repression and Resistance in Recent American Theory*),台北:书林出版有限公司,1995 年。

单德兴《反动与重演:论 20 世纪的三部美国文学史》,《重建美国文学史》,北京:北京大学出版社,2006 年,页 3—48。

《反讽的抗争——评〈边缘的声音:美国原住民文学与典律〉》,《美国研究》,20 卷 1 期(1990 年 3 月),页 71—98。

《重建美国文学:论课程・进度・议题・文选(劳特个案研究之一)》,《重建美国文学史》,北京:北京大学出版社,2006 年,页 89—120。

《重建美国文学:论典律与脉络(劳特个案研究之二)》,《重建美国文学史》,北京:北京大学出版社,2006 年,页 121—142。

Allen, Paula Gunn, ed. *Studies in American Indian Literature: Critical Essays and Course Designs*. New York: MLA, 1983.

Ashcroft, Bill, Gareth Griffiths, and Helen Tiffin. *The Empire Writes Back: Theory and Practice in Post-Colonial Literatures*. New York: Routledge, 1989.

Brotherston, Gordon. *Image of the New World: The American Continent Portrayed in Native Texts*. London: Thames & Hudson, 1979.

Elliott, Emory, et al., eds. *Columbia Literary History of the United States*. New York: Columbia University Press, 1988.

Frye, Northrop. *Anatomy of Criticism: Four Essays*. Princeton: Princeton University Press, 1957.

Hallberg, Robert von. "Introduction". *Canons*. Ed. Robert von Hallberg. Chicago and London: University of Chicago Press,

1984. 1-4.

Iser, Wolfgang. "An Interview with Wolfgang Iser". Conducted by Shan Te-hsing. *Tamkang Review* 21.1 (1990): 93-109.

Jameson, Fredric. "Third-World Literature in the Era of Multinational Capital". *Social Text* 15 (1986): 65-88.

JanMohamed, Abdul R., and David Lloyd. "Introduction: Toward a Theory of Minority Discourse: What Is To Be Done?" *The Nature and Context of Minority Discourse*. Ed. Abdul R. JanMohamed and David Lloyd. New York and Oxford: Oxford University Press, 1990. 1-16.

———. "Preface". *The Nature and Context of Minority Discourse*. Ed. Abdul R. JanMohamed and David Lloyd. New York and Oxford: Oxford University Press, 1990. ix-xi.

King, Bruce, ed. *Literatures of the World in English*. London and Boston: Routledge & Kegan Paul, 1974.

Krieger, Murray. *Ideological Imperative: Repression and Resistance in Recent American Theory*. Taipei: Institute of European and American Studies, Academia Sinica, 1993.

———. "A Matter of Distinction: An Interview with Murray Krieger". Conducted by Richard Berg. *Murray Krieger and Contemporary Critical Theory*. Ed. Bruce Henricksen. New York: Columbia University Press, 1986. 198-230.

Krupat, Arnold. "American Autobiography: The Western Tradition". *The Georgia Review* 35.2 (1981): 307-317.

———. "Anthropology in the Ironic Mode: The Work of Franz Boas". *Social Text* 19/20 (1988): 105-118.

———. "An Approach to Native American Texts". *Critical Inquiry* 9.2 (1982): 323-338. Rpt. in Andrew Wiget, ed., *Critical Essays on Native American Literature*. Boston: G. K. Hall,

1985. 116-131.

———. "The Complex Fate". *Reconstructing American Literature*: *Courses, Syllabi, Issues*. Ed. Paul Lauter. New York: Feminist Press, 1983. 10-15.

———. *Ethnocriticism*: *Ethnography, History, Literature*. Berkeley, Los Angeles, and Oxford: University of California Press, 1992.

———. *For Those Who Come After*: *A Study of Native American Autobiography*. Berkeley, Los Angeles, and London: University of California Press, 1985.

———. "Foreword". *Savagism and Civilization*. By Roy Harvey Pearce. Berkeley, Los Angeles, and London: University of California Press, 1988. vii-xv.

———. "Identity and Difference in the Criticism of Native American Literature". *Diacritics* 13.2 (1983): 2-13.

———. "The Indian Autobiography: Origins, Type, and Function". *American Literature* 53.1 (1981): 22-42. Rpt. in Brian Swann, ed., *Smoothing the Ground*: *Essayson Native American Oral Literature*. Berkeley: University of California Press, 1983. 261-282.

———. Letter to the author. 3 Feb. 1992.

———. Letter to the author. 30 Sept. 1992.

———. "Native American Literature and the Canon". *Critical Inquiry* 10.1 (1983): 145-171. Rpt. in Robert von Hallberg, ed., *Canons*, 309-335.

———. "Post-Structuralism and Oral Literature". *Recovering the Word*: *Essays on Native American Literature*. Ed. Brian Swann and Arnold Krupat. Berkeley, Los Angeles, and London: University of California Press, 1987. 113-128.

——. "Review of *Through a Glass Darkly*: Ethnic Semiosis in American Literature". *American Literature* 59. 4 (1987): 649-651.

——. *The Turn to the Native*: *Studies in Criticism and Culture*. Lincoln: University of Nebraska Press, 1996.

——. *The Voice in the Margin*: *Native American Literature and the Canon*. Berkeley, Los Angeles, and Oxford: University of California Press, 1989.

Krupat, Arnold, and Brian Swann. "Of Anthologies, Translations, and Theory: A Self-Interview". *North Dakota Quarterly* 57.2 (1989): 137-147.

——, eds. *I Tell You Now*: *Autobiographical Essays by Native American Writers*. Lincoln and London: University of Nebraska Press, 1987.

Lauter, Paul. *Canons and Contexts*. New York: Oxford University Press, 1991.

——, et al., eds. *The Heath Anthology of American Literature*. 2 vols. Lexington, Mass.: Heath, 1990.

——, ed. *Reconstructing American Literature*: *Courses, Syllabi, Issues*. Old Westbury, NY: Feminist Press, 1983.

Maggio, Rosalie. *The Bias-Free Word Finder*: *A Dictionary of Nondiscriminatory Language*. Boston: Beacon Press, 1991.

Miller, J. Hillis. "Border Crossings: Translating Theory". *New Starts*: *Performative Topographies in Literature and Criticism*. Taipei: Institute of European and American Studies, Academia Sinica, 1993. 1-26.

——. *Fiction and Repetition*: *Seven English Novels*. Cambridge, Mass.: Harvard University Press, 1982.

Momaday, N. Scott. "The Native Voice". *Columbia Literary History of the United States*. Ed. Emory Elliott et al. New York: Columbia University Press, 1988. 5-15.

Pearce, Roy Harvey. *The Savages of America: A Study of the Indian and the Idea of Civilization*. 1953. Rpt. as *Savagism and Civilization: A Study of the Indian and the American Mind*. Berkeley, Los Angeles, and London: University of California Press, 1988.

Simpson, David. *The Politics of American English, 1776-1850*. New York and Oxford: Oxford University Press, 1986.

Spengemann, William C. "American Things/Literary Things: The Problem of American Literary History". *American Literature* 57.3 (1985): 456-481.

Spiller, Robert E. *Late Harvest: Essays and Addresses in American Literature and Culture*. Westport, CT: Greenwood, 1981.

———, et al., eds. *Literary History of the United States*. 1948. 4th rev. ed. New York: Macmillan, 1974.

Thompson, Stith. "The Indian Heritage". In Spiller et al., *Literary* 694-702.

Trent, William Peterfield, et al., eds. *The Cambridge History of American Literature*. 3 vols. New York: Macmillan, 1917-1921.

Wellek, René, and Austin Warren. *Theory of Literature*. 3rd ed. New York: Harcourt, Brace & World, 1962.

Wiget, Andrew. "The Study of Native American Literature: An Introduction". *Critical Essays on Native American Literature*. Ed. Andrew Wiget. Boston: G. K. Hall, 1985. 1-20.

Wong, Hertha. Review of *The Voice in the Margin*, by Arnold Krupt. *Journal of American History* 77.4 (1991): 1320-1321.

注　释

〔1〕 有关克鲁帕特对于"印第安人"及"美国/美洲原住民"二词的用法，详见下文讨论，尤其注〔19〕。文中除了引用他人文字之外，一律使用后者，以避免前者因欧洲强势团体的错误认知而为美洲弱势团体命名的历史、文化、政治含义。此外，"Native Americans"可译为"美洲原住民"或"美国原住民"，下文大都采用后者，一则较符合本文所探讨的对象（尤其就语言、文化、地理环境而言），再则凸显美国人以"美国"为"美洲"的自大心态。

〔2〕 克鲁帕特的学术成就及其意义可由下列事实看出。他的《美国原住民文本的研究进路》("An Approach to Native American Texts")、《印第安人自传：起源、种类与作用》("The Indian Autobiography: Origins, Type, and Function")和《后结构主义与口述文学》("Post-Structuralism and Oral Literature")三篇文章分别被收入于《美国原住民文学论文集》(*Critical Essays on Native American Literature*)、《整地：美国原住民口述文学论文集》(*Smoothing the Ground: Essays on Native American Oral Literature*)和《复原话语：美国原住民文学论文集》(*Recovering the Word: Essays on Native American Literature*)。郝柏格主编的论文集广泛讨论一般有关文学典律的问题，而上述三本书则是近年来有关美国原住民文学的代表性论文集（克鲁帕特还是《复原话语》的两位编者之一）。此外，自 1985 至 1996 年之间，他的四本有关美国原住民的专书——《为后来的人：美国原住民自传研究》(*For Those Who Come After: A Study of Native American Autobiography*, 1985)、《边缘的声音：美国原住民文学与典律》(*The Voice in the Margin: Native American Literature and the Canon*, 1989)、《民族批评：民族志学·历史·文学》(*Ethnocriticism: Ethnography, History, Literature*, 1992)和《转向原住民：批评与文化之研究》(*The Turn to the Native: Studies in Criticism and Culture*, 1996)——都由美国的大学出版社出版（前三者为加州大学，后者为内布拉斯加大学），也肯定了他在这方面的研究成果。《美国原住民文学论文集》的编者威杰特(Andrew Wiget)对于克鲁帕特有如下的评断：克鲁帕特是"美国原住民文学研究中，最具创意的批评家之一。"(15)而克鲁帕特对于以往美国原住民研究学者的"传统美国原住民'文学'的相当精纯的欧美批评方式"之不满，显见于他的专书论评

《美国原住民文学批评中的相同与歧异》("Identity and Difference in the Criticism of Native American Literature")。他在这篇文章中,对于《传统的美国印第安文学:文本与诠释》(*Traditional American Indian Literatures: Texts and Interpretations*)的撰稿者逐一点名批判。他除了曾与布兰波(David Brumble)合编内布拉斯加美国原住民自传系列(Nebraska Native American Autobiography Series)之外,并与史汪(Brian Swann)在1987年一年之内合编出版了《复原话语》和《我现在告诉你:美国原住民作家自传文集》(*I Tell You Now: Autobiographical Essays by Native American Writers*)两本书,而且于90年代初起再度合编斯密生博物馆美国原住民文学研究系列(the Smithsonian Series of Studies in Native American Literatures),并捐赠版税作为美国原住民权益和教育基金,此举可视为其社会实践的一部分。第四版的《诺顿美国文学选集》(*The Norton Anthology of American Literature*)聘他担任有关美国原住民文学的顾问。另外,根据1992年9月30日致笔者的信函,他刚刚完成了为威斯康辛大学编辑的《美国原住民自传文选》(*Native American Autobiography: An Anthology*)。本文限于篇幅及断代之故,集中于他在1980年代为美国原住民研究开疆辟土之作,而不探讨他在90年代的两本专书《民族批评》与《转向原住民》。但由《民族批评》的副题及各章便可看出,他将在前两书中略微触及的民族志学、历史和文学等不同的学科、论述,作为本书的重点,并以"多元文化"(multiculturalism)总结全书。《转向原住民》则进而检视本质论、后殖民主义、后现代主义、多元文化与美国原住民研究。由此可见他由研究美国原住民自传文本出发,进而讨论美国原住民文学与美国文学典律的关系,并扩及文学与民族志学、历史的探讨以及批评与文化的研究。另外,在笔者与克鲁帕特于1992年8月18日在纽约的访谈中,他特别指出应将民族批评视为"介入"、"争议"、"辩论"之类的事。

[3] 威杰特对于莫曼德的评语,多少也代表着克鲁帕特的基本态度:"莫曼德坦承获益自两个文化传统:一个是透过祖母的记忆而紧密连接的奇欧瓦族传统,另一个是透过温德思(Yvor Winters)的调教,所获得的最高层的正式教育而进入的欧美世界。如果莫曼德的小说《黎明之屋》(*House Made of Dawn*〔1969年普利兹奖得奖之作〕)的主角似

乎不幸地维了'陷于两个世界之间'、被打败的印第安人的刻板印象,那么同样真确的是:这个主角的创作者的双文化传承,证明了是无价的个人和艺术的资源。"(1)因此,莫曼德这部得奖之作——依照克鲁帕特的说法,"具有使当代美国原住民书写被更广阔的大众看见的效用"(*Voice* 65 n5)——成为克鲁帕特第二本专书讨论的对象(*Voice* 177-187),也就不足为奇了。值得一提的是,这种双文化的"资源"或"困境"并不仅限于美国原住民,几乎可以扩及所有两种不平等文化之间的接触/对立。

〔4〕 最后一说之不妥是显而易见的,因为"'听来的'自传"被书写下来时,使用的已经是宰制团体的语言,换言之,已经受到宰制文化的强力中介。

〔5〕 类似的观点在美国文学/文化的探讨中屡见不鲜,有关这方面的讨论以及其与美国文学建制/学派的关系,可参阅 Krieger, *Ideological*(特别是页 57—82),或柯理格(Murray Krieger)专书中译《近代美国理论:建制·压抑·抗拒》,页 57—82。

〔6〕 此处只是依照克鲁帕特的看法粗略归类,并无意详加检视。至于克鲁帕特所列举的代表性美国自传文本,详见"Indian"24-25 n3, 30-31 n13, 33 n16。

〔7〕 他对于理论的务实态度,可由这段文字看出:"至于我自己,我当然没有或者拥护任何特定的理论;相反的,我的立场是实际的批评家,只有在似乎没有理论就不可能安心地前进时,才转向理论。"(Krupat and Swann,"Of Anthologies"139)

〔8〕 克鲁帕特和史汪对于政治性的重视,参阅 Krupat and Swann,"Of Anthologies"141, 147。

〔9〕 底下的例子就足以证明克鲁帕特这项观察:美国现代语文学会出版的《美国印第安文学研究:论文与课程设计》(*Studies in American Indian Literature: Critical Essays and Course Designs*)的第一个"基本目标",就是"在每个阶层都把美国印第安文学传统整合入美国文学研究"(Allen viii,黑体字为笔者所加)。反之,以集体合作的方式重新思索既存的美国文学典律的做法,在 1980 年代也不少,特别值得一提的就是劳特的重建美国文学计划,不但出版了《重建美国文学:课程·进度·议题》,也出版了两巨册的《希斯美国文学选集》。有关劳

特的研究,详见本书前二文。克鲁帕特则是《重建美国文学》的撰稿者之一("Complex"10-15)。虽然他那篇短文讨论的对象并不特别集中于美国原住民文学,但他强调文学性、典律性以及不同族裔之间的接触,则是显而易见的("Complex"10)。

〔10〕 此处克鲁帕特指的显然是傅莱在《批评解析》(Northrop Frye, *Anatomy of Criticism*)中的著名分类,把春、夏、秋、冬四季分别对应于喜剧、传奇、悲剧、反讽及讽刺(158—239)。但克鲁帕特的说法有倒果为因、时序错置之嫌,因为他似乎认为这种文类的区分并不是傅莱的诠释建构,而是早已存在,而且"西方作者(或编者)必须据以组织其叙事"(*For* xii)。这种方法还暗示了把西方叙事视为具有"四种编排情节模式"("four modes of emplotment")的整体。然而整体观——即使是美国文化或文学的整体观——却是克鲁帕特后来所要明确挑战的(*Voice* 4)。也许他在此处用上这个说法只是权宜之计,以便与美国原住民文本对比并连接。对于克鲁帕特此一行径的另一种解释则是:即使在以批判、挑战美国文学/文化典律为己任的克鲁帕特身上,依然可以看到以往文学教育的明显痕迹,而批判者本身不但对此浑不自觉,而且加以复制,由此可见文学建制的作用是如何的深入人心且根深蒂固。

〔11〕 评估这些批评家对克鲁帕特的影响,最简便的方法之一当然就是看他所注明的出处,以及对于这些观念的运用。他与皮尔斯的密切关系,可见于他为皮尔斯再版的《野蛮与文明》(*Savagism and Civilization*)所写的《前言》("Foreword")以及《边的声音》的《绪论》(*Voice* 20)。1992 年 8 月 18 日在与笔者交谈时,克鲁帕特也提到萨依德对他而言"非常非常重要",并视萨依德为"楷模",但认为"萨依德所做的事,其实皮尔斯早在 1953 年就在做了"。

〔12〕 在接受笔者访谈中,克鲁帕特也坦言自己对美国原住民的知识,绝大多数来自书本和图书馆,而非亲身的体验(133)。

〔13〕 在《民族批评》一书中,他对此文大幅修订,并强调"逻辑困境的反讽"("aporitic irony")及其"怀疑"、"对吊诡敏感"、"自觉"的特色(99—100)。

〔14〕 另可参阅注〔5〕。

〔15〕 有关对此章的七点批判,详见笔者《反讽的抗争》,页 81—83。

〔16〕 就较小的层面而言,美国文学的这种排外性,尤其自 1960 年代之后,遭到了女性主义和弱势族裔的挑战。就这一点来说,劳特多年来的重建美国文学计划——主要是从族裔和性别的角度——是一个很好的例子(*Canons* 22-132,154-171)。我们若对 20 世纪的美国文学史家眼中的所谓主要作家加以分析——以《剑桥美国文学史》、《美国文学史》、《哥伦比亚版美国文学史》为例——会发现美国文学典律一旦建立,要改变则费时甚久,且程度有限(详见本书《反动与重演》一文)。

〔17〕 有趣的是,在《民族批评》中,詹明信和下文提及的另一位马克思派批评家伊格敦(Terry Eagleton)不见了,取而代之的则是人类学家波雅思和民族志学家柯里佛(James Clifford)。由此可见克鲁帕特近来兴趣与立场的转变。

〔18〕 克鲁帕特 1992 年 2 月 3 日致笔者的信函中指出,这种"不可能的困境"是无可避免的,并认为"这就是史碧娃克(Gayatri Spivak)所称的解构的吊诡(the deconstructive paradox)——被缠入一个人所寻求解脱的论述"。在笔者的访谈中,克鲁帕特又(据)用了两个比喻:一个是你不能用主人的工具来拆主人的房子;另一个则是像莎士比亚《暴风雨》中的卡力班(Caliban)一样,学习主人的言语,即使只是用来诅咒。他并举非裔美国文学/文化批评家/理论家盖慈(Henry Louis Gates, Jr.)和裴克(Houston A. Baker, Jr.)为例指出,第一步是要精通欧美的主流理论,并看是否能用在弱势族裔文学研究;第二步是继续钻研,看是否能产生新的理论。

〔19〕 对于此一"犹豫"的另一种读法就是:它"演出"了弱势团体的"发言人"或"代言人",在面对社会的、文化的、政治的、经济的、建制的宰制团体时的困境。虽然克鲁帕能发出对宰制团体的不满之声,但阴影依然存在,而且很难完全扫除。这里提出两个例子。第一,威杰特甚至在同一页中同时用上"美国印第安人"和"美国原住民"两种表达方式(2)。其次,布拉德思敦(Gordon Brotherston)批评"印第安人"一词不但不恰当,而且包含了"语言的帝国主义"("linguistic imperialism",13-14),但他的《绪论》却命名为《新世界的观念与美国印第安文本》("The Idea of the New World and American Indian Texts")。克鲁帕特在 1992 年 2 月 3 日致笔者的信函中特别说明如下:"当代

的美国原住民本身对于这些术语的看法也有冲突,我变换不同的用法,只是反映那些冲突。一方面,有些人对于'印第安人'这个字眼厌恶至极,甚至在他们引用别人的话中,有这个字眼时也不让它出现;另一方面,许多人只是采用这个字眼(不管是多么不幸)作为行之有年的论述中具有意义的符号。我们有美国'印第安'文学研究学会,以及威泽诺(Gerald Vizenor)的奥克拉荷马美国'印第安'文学系列,诸如此类。因此,我只不过是来回摆荡。"

[20] 举例来说,《无偏见字典》(*The Bias-Free Word Finder: A Dictionary of Nondiscriminatory Language*)就提供了13个避免以"he"来代表两性的方法(16—19)。

[21] 但此建制的顽固可由下例看出:米乐的《图示》原稿有数处以"she"代表两性(57, 58〔两处〕, 112),企图凸显文法中的性别之见,但被出版社改成"she or he"(57〔两处〕, 58, 131)。

[22] 例如,克鲁帕特在驳斥"〔美国〕文学的正式化、建制化的教导"(*Voice* 5)中传统的断代和主题化时,有如下的说法:"这种断代和主题化,就像贝恩(Nina Baym)指出对于女性文学所做的一样,也把原住民的文学表现排除在美国文学之外。"(4)他也观察到美国原住民研究者在处理"至目前为止被边陲化了的材料时",就像非裔美国批评家和"许许多多受尊崇而不愿无名、匿迹、消声的女性主体声音的女性主义批评家"一样,不愿"放弃声音而接受晚近所定义的文本"(20)。克鲁帕特在与笔者交谈时,也将美国原住民文学和华裔美国文学并提,但认为在当前的美国文学研究脉络中,两者远落后于女性主义文学、非裔美国文学,甚至同性恋文学。

[23] 除了本书的讨论外,也可参阅 Krupat, "Identity"和 Wiget, "Study"。

[24] 例如,伊哲(Wolfgang Iser)认为理论来自"与文学文本的遭逢"(102/中译161),而理论和阅读的关系是双向的"神经机械学式的"("cybernetic", 102/中译162);柯理格强调"批评家—理论家允许自己阅读诗的经验来颠覆自己的理论看法"的这种"前后一致的不一致"("consistent inconsistency", 227/中译132)。米乐强调阅读而贬低理论的强烈措词,可见于《小说与重复》(*Fiction and Repetition*)的首章(尤其页21)。

[25] 有关20世纪的三部美国文学史的"反动/重演的历史/故事"("re〔-〕

acting〔hi-〕story"),见本书《反动与重演》一文。对于20世纪以前的美国文学史的批评,可参阅《剑桥美国文学史》的《序言》(I:iii-ix)。
〔26〕 较详细的叙述与讨论,可参阅《印第安人中的犹太裔好男孩》("A Nice Jewish Boy among the Indians",Turn 88-130)。

华裔美国文学

"忆我埃仑如蜷伏"：
天使岛悲歌的铭刻与再现

居楼偶感
日处埃仑不自由　萧然身世混监囚
牢骚满腹凭诗写　块垒撑胸借酒浮
理悟盈虚因国弱　道参消长为富求
闲来别有疏狂想　得允西奴登美洲

————作者不详，撰于 1910—1940 年

重到天使岛有感
木屋囚禁未能忘　壁上文章令人惶
四十四年重到此　再寻诗句不成章
回首昔日侨情苦　皆因国弱外交亡
当今祖国繁荣日　海外华人挺胸膛

————余达明，1976 年 8 月

当我试图辨认其中一首因白灰盖住而显得模糊不清的诗篇时，那位老人用手指轻敲着它，好像在敲着回忆之门一样，然后说道："他刻完这首诗后，就自杀了。他是一位学者！"

————陈依范,老移民站纪念碑揭幕典礼之日
〔1979年4月28日〕

别井离乡飘流羁木屋　开天辟地创业在金门
————天使岛纪念碑碑文

天使岛位于旧金山湾,居该市之北,面积750英亩/300公顷。近百年来用作亚裔移民检疫所,也用作海岸防卫站,二次世界大战期间成为战俘营和防空基地。此无人岛现为州立公园,有两百多头红鹿徜徉其间。

———— *Baedeker's California*, 1991[1]

一

1932年,余达明(Yee Dat-ming,另做 Tet Yee,见 *Island* 23)一如其他约17万5千名华人移民,在入境美国时被囚禁于旧金山外的天使岛,并接受移民官员的盘问,以决定是否获准进入美国。此时距离史有明文记载的中国移民海外已有数世纪之遥,距离1848年美国加州发现金矿已八十余年,在美国华人移民史上也已进入第二期。[2] 就1910年1月21日启用的天使岛移民营/拘留所而言,也已属于后期了,八年后(1940年)此营因大火于11月5日废弃。

拘留期间,余达明抄录前人在移民营木屋墙上书写、铭刻的诗句共95篇,1976年由王灵智于期刊上发表。[3] 余达明抄本之末附了一跋及一首七言律诗,前者写于1932年6月,后者写于1976年8月(即本文前之引诗),二者相隔近半世纪。该跋全文如下:"1932年抄于烟治埃仑墙上的。有的写在板上〔,〕有刻入木里,其中文章,有激昂〔,〕有愤慨,有自卑,有感怀。但奇怪的是没有人题名,作者是谁,无从知到〔道〕。为了被困移民局内,

无事可做,特抄录以留纪念。"(126)王灵智在文章伊始便指出,自己的尝试"代表初步努力揭露亚裔美国历史上很具意义的资料并公诸于世"(117)。他在一注中提到余本和郑文舫(Smiley Jann)1931年的版本只有46首相同(122-123 n4);在另一注中也提到麦礼谦、林小琴、杨碧芳(Him Mark Lai, Genny Lim, Judy Yung)三人当时正对天使岛的华人经验进行广泛研究,其中包括不同版本的比较(123 n5)。

四年后(1980年),由麦礼谦等三位天使岛移民后裔编译的《埃仑诗集》(*Island: Poetry and History of Chinese Immigrants on Angel Island, 1910-1940*)正式问世。[4]为完成此一"翻译及史料考证计划"("project of translation and historical documentation", 8),编译者全面校勘不同抄本及已出版之片段,亲赴遗址考察,访谈多位相关人士,并将诗作及访谈内容翻译成英文,分门别类。[5]因此,全书除了中英对照的诗作之外,收录多位当时依然健在的天使岛移民、移民局官员及其他相关人士的访谈实录,穿插多幅照片,并有长序详述历史背景。此集在许多方面都可称为"收复之作"("a work of reclamation")。[6]因为除了以往华裔人士的几种抄本之外,这些诗句于1940年移民营关闭之后便湮没无闻,一直到1970年才为公园巡逻员魏斯(Alexander Weiss)发现,虽然他曾报告上级,却未引起注意,一直到美国亚裔社群的积极介入,才使此地受到重视,且成为亚裔(尤其华裔)美国移民史上的纪念碑。[7]《埃仑诗集》的出版,益发见证了昔日华裔移民所蒙受的苦难。

十年后,成长于1960年代、多年来以重建美国文学、重订美国文学典律为职志的劳特,在编选《希斯美国文学选集》(以下简称《希斯文选》)时,自《埃仑诗集》挑选13首(约占全部诗作的十分之一)的英译,收录于全书超过5500页的两巨册选集中,并请原先的三位编译者撰写简介。如果将文选视为典律的表征之一,那么天使岛诗作以往未能进入文学典律(detained from the canon)之情况,多少类似华人移民当初被拘禁于天使岛上,不得立即进入美国本土(detained from the country)。[8]

的确,天使岛及《埃仑诗集》一方面印证了"当时典型的华裔美国经验"(Sau-ling C. Wong 248),另一方面也成为"记忆场域"("site of memory", *lieux de memoire*),允许各式各样的意义——尤其是从华裔美国人的主体位置(subject position)出发——持续不断地进入并竞逐。此处虽然借用诺拉(Pierre Nora)"记忆场域"的观念,但对于其历史与记忆的二分法(如前者是过去的、相对的,后者是现在的、绝对的……)则持保留态度,而倾向于认为历史与记忆二者恒处于互动(interaction)及互渗(interpenetration)的状态。就美国史的脉络而言,索乐思(Werner Sollors)指出普里茅斯岩、詹姆思镇、艾理思岛(Plymouth Rock, Jamestown, Ellis Island)为移民史上三个重要的记忆场域,认为后二者"以不同的方式,成为把美国视为五月花后裔的狭隘诠释的象征性另类(symbolic alternatives),但此二另类即使都是'门槛'(thresholds),却能用来彼此排斥"[9](113)。相对于白人的普里茅斯岩、黑人的詹姆思镇、欧洲移民的艾理思岛,索乐思虽然提到天使岛和华裔美国文学,但只是一笔带过(109—110)。

进言之,将天使岛视为记忆场域的积极意义,在于将其作为面对美国主流历史、文学时的"抗拒场域"(sites of resistance),对《埃仑诗集》此一"收复之作"中的文本及图像进行另类阅读(alternative reading),彰显其中涉及的文化政治(cultural politics),为以往在美国历史上因族裔因素而受到不平等待遇的华裔人士平反/平正。正如约旦和韦敦(Glenn Jordan and Chris Weedon)在其有关文化政治的专书所言:"当种族歧视、性别歧视、阶级歧视把特定的集体认同加诸个人身上时,抗拒是可能的。在主宰的建制之外发展,并根据另类的种族、性别、阶级的意义产生的主体位置,也可以是有力的。它们成为抗拒场域来对抗霸权所界定的人之现况或应有之状况(*sites of resistance* to hegemonic definitions of what people are or should be)。"(Jordan and Weedon 17)

因此,本文的主要目的之一就是把(因仿艾理思岛模式建立)有"西岸的艾理思岛"(Ellis Island of the West)之称的天使岛,[10]以及在此特定记忆场域所产生的华裔美国文学,放入更宽广的异文化脉络中,以"相关的方式"(relationally)、"与其他事物和文化力量的竞争、增强、决定的关系的方式"("in terms of competitive, reinforcing, and determining relations with other objects and cultural forces", Nelson 199),来省视这些诗文的铭刻与再现,并藉此记忆场域/抗拒场域来体察此一华裔美国文学个案中特殊的文本性(textuality)和文学史的关系。

本文所探讨的再现与铭刻的过程分为三方面。首先就是这些天使岛上的过客(幸运者得以入境,在旧金山开始新生活;不幸者被遣返中国,不但血本无归,而且颜面无光)在面对如此情况时,如何表现/再现其情境及感受。他们选择的是传统的中国方式:题诗文于木屋墙上,以抒发胸怀并示抗议。[11]一位移民在访谈中说:"天使岛上的人在墙上到处写诗,只要手够得到的地方,甚至在厕所,也有人写。有些是用刻的,但大都是用笔墨写的。往篮球场的大厅刻了很多,因为那里的木头比较软。"(*Island* 136)因此,此处的"铭刻"特别包含了字面上的意义(literal meaning):用笔、刀在木墙、板壁上书写、雕刻下中文诗句。其次就是三位天使岛后裔的编译者的考掘,以及用白纸黑字、图文并列的方式,铭刻与再现了诗文(中英对照)、访谈(只有英译,没有中文)及照片。第三就是劳特编选《希斯文选》时,全部以英文再现13首天使岛的诗作,序以麦礼谦等三人为此文选所撰写的两页简介(II: 1755-1756)。这些原先隐名以中文刻写于木墙上的诗句,以中英对照的方式出现于其后裔所编译的图文集中,再出现于完全是英文的美国文学选集,我们要如何解释其中不同的文本性、物质性(materiality)、历史及文化脉络所具有的多重含义?质言之,其中的基本问题在于:何人在何时、何处以何根据及方式铭刻与再现？其铭刻与再现的内容、对象、目的、效果又如何？

二

整体观之，《埃仑诗集》至少具有下列几层重大意义。第一，这些抵达旧金山（此地名的含义及对中国移民的吸引一目了然）门槛的移民，在飘洋过海之后却遭到囚禁，不但金山可望不可即，还得忍受移民官员的盘问，而这些诗文正是期盼、挫折、蒙受歧视及虐待之下所书写的悲愤之作。第二，这些未署名（顶多只署笔名）的诗文一方面反映了这些被囚者的集体性（collectivity，因此下文有时以"天使岛诗人"〔Angel Island poets〕统称之），另一方面反映了害怕这些直抒愤怒、描写自己前途茫茫的深沉悲痛、对于强烈的不公之感的抗议之作，会不利于有待移民官员决定命运的自己和乡亲。第三，这些诗文全为男性之作、女子无声无息此一事实，反映了女子在传统中国父权社会意识形态下的地位。[12]第四，这些诗文的作者姓名虽不得而知，但其中的对话性则显而易见：这些诗文不但处理相同的主题——有些作者之间还彼此唱和——而且透过诗中的文学及历史典故，诗人自视与中国文化中尚未闻达之前的英雄豪杰处于类似的困厄局面，只要坚此百忍，不但自己能扬眉吐气，甚至可以一湔前耻、报仇雪恨，光前裕后。第五，这些诗文见证了在美国历史的特定时空中华人的花果飘零、漂泊离散，其后果可以是落叶归根、斩草除根、落地生根、寻根问祖……（L. Ling-chi Wang, "Roots" 198-211）。第六，这些诗文不但可称为华裔美国文学/历史的奠基文本（founding texts），而且可以进一步提供有关美国文学/历史的另类版本。第七，这些对于昔日文本的修订/重新见识（re-vision）与重新铭刻（re-inscription）不只针对过去（书前的中英文献词分别是"景仰前贤"和 "Dedicated to the Pioneers / Who Passed

Through Angel Island"〔献给通过天使岛的先驱〕)与现在,也针对未来(《谢词》中提到"使此集能传于后人")。[13]

再就文本性的角度来看,此一传播与转变过程也具有重大意义。张汉良对于文本或正文(text)的精辟解析对于我们讨论《埃仑诗集》颇有参考价值:

> 回顾近代文学论评史,我们发现 text 一字的意义至少经历了四重变迁。它们转变的过程,由具体而抽象,由经验与实证到哲学性的思辨,最后则与意识形态(ideology)、性别(gender)、种族(ethnicity)等结合。
>
> (1)早期学者所谓的 text,无非是指版本,讨论 text 的学术,称为 textual criticism(版本学),处理版本的探源、考证、校勘。这种学术拘泥于文学作品外在的、可见的物质性,如抄写或印刷的情况。如果涉及作品的意义问题,最多也无非是文字上的。
>
> (2)新批评兴起后,text 不再和作品的物质性(如版本)有关,而代表作品意义的一个比较抽象的概念。文学作品本身是独立自足的、有机的意义世界。在新批评统领风骚时,仿佛唯一"正确的"文学研究途径便是文章解析(textual analysis)。严格说来,新批评处理的只是语意问题;而以语言学为认知模式的结构主义,则关注语言各层次间的对应关系和整体结构,而非意义。
>
> (3)1960 年代中期以后,由法国 Tel Quel 学派开始,另外一种对 text 的看法逐渐流行起来。Text 非但不是语言的传播与模拟功能的实践,也不再是一个封闭的、稳定的、实存的系统;它是开放的、不定的、自我解构的一种创造力,一个衍生力量的表演场所或空间。以前可以被描述的、具体的文章作品被一个更抽象的、不确定的"正文性"(textuality)所取代了。
>
> (4)解构批评的正文概念当然也会受到其他后结构主义声音的挑战,譬如论者会质询"正文性"与种族、地域(geography)、性别、意识形态的关系;也有学者关注正文与文学史的关系,即它如何被相对化、历史化;当然受过认知科学洗礼的学者,更可能发出一个基本的问题:书写(印刷、电脑资讯)正文的认知经验。[14]

板壁上的移民诗文由于年代久远且湮没多年，文字颇为模糊不清，加以经过多人于不同时期传抄，版本多有歧异自然不在话下。王灵智于1976年便指出："略读这些版本便可看出不同版本之间存在着很大的歧异。墙上的位置、诗的划分、诗体、风格、书法、誊抄者的辨识和某些字的正确读法，都是版本学的重要问题。无疑地，由于更多版本的出现，可以透过版本学、金石学(epigraphy)、古文书学(paleography)的现代工具，重新建构出一个更完整权威的文本。"(121)换言之，就考掘(archaeology)的意义而言，麦礼谦等人所做的正是"探源、考证、校勘"的传统版本学的工作。他们竭力搜集不同版本及相关的资料。版本有异时，便于其中诠解、抉择，并在选定之后标明不同版本的异文，以示负责并供读者参考。有些字实在无法辨识，便以方框标示。这种版本学的做法确实着重于"文学作品外在的、可见的物质性，如抄写或印刷的情况"，然而对于以往被边陲化的弱势论述(minority discourse)而言，"探源、考证、校勘"的行为本身就是强有力的文化(/)政治介入，提供了具体可见的文本，以作为记忆场域/抗拒场域的基点。其年代与作者，书写与铭刻，版本的涂抹、湮没、传抄/误传……详情无法得知，就版本学追求定本(definitive text)的理想及做法看来无疑都是缺憾；但换个角度来看，这种缺憾适足以具现了弱势者的处境及文化介入的重要。

　　《埃仑诗集》编译者的目标不止于提供现有版本的校勘并公诸于世，更提供了远为复杂的双语(bilingual)、多音(polyphonic)、图文并陈的文本。借着把"原文"(此中文版本已是勤奋考掘、校勘的成果)与英译并列，并提供必要的历史与文学脉络，编译者显示了其翻译尽力寻求忠实于"原作"，并以此暗示其译本的道地与权威(authenticity and authority)。因此，此诗集的诉求对象固然可以是单一语文——中文或英文——的读者，但更透过双语呈现提供中英双语读者评断其中的可译性与不可译性(translatability/untranslatability)以及文化/跨文化意义。

为了加强多音呈现的面貌,编译者添加了长序、诗文的注释以及当时被拘留者、传译、移民官员、社工人员及其他相关人士的访谈。长序与访谈(不同人士从不同角度的记忆回复〔recoveries of memory〕)将诗文置于(situate)恰切的时空背景中。这种历史化、脉络化的作为虽已透过编译者的中介与安排(因为访谈被英译、分割、归类、剪裁,并依内容置于依主题分类的五类诗文之后),但依然提供了不同的声音/道白,使这些被囚者与其他人的关系益发复杂。

书中呈现的22张照片,更为文字文本(长序、诗文、注释、访谈)提供了信实、鲜活的图像文本,佐证了编译者的议论及安排。封面及封底设计以诗文的照片呈现(photographic presentation of the poetic text)证明了这种意图及操作/操控。然而这类摄影意象的印证行动(act of authentication)也可用不同的方式加以分析。虽然"百闻不如一见"、"一图抵千言"(A picture is worth a thousand words)、"眼见为信"(Seeing is believing)是中西人士耳熟能详的俗谚,但有时图片适足以自挖墙脚、颠覆原先的意图(下文第六节将以一例详论此现象)。

此外,十年后当此集135篇(不计骈文体的《木屋拘囚序》)中的13篇被选入《希斯文选》(II: 1757-1762)时,把双语、多音、双媒体的文本并入英文的美国文学选集此一作为,具体呈现了跨语言、跨文化的再现疑义(the problematics of trans-linguistic cross-cultural representation)。[15]而且,就这些诗文先后三种不同呈现方式所设想的读者(intended reader)而言,移民营木墙铭刻者虽然有些作品明言寄语国人,但主要对象无疑是同属天涯沦落人的天使岛上的过客;《埃仑诗集》中固然刊出了中文诗文可供只懂中文的读者阅读,但最大宗的读者是英文读者(长序及访谈只以英文呈现便是明证),而其理想的读者(ideal reader)实为中英双语的读者,因为只有他们在比对中英版本时才能领会编译者的苦心;《希斯文选》的对象则是以重建美国文学、扩大美国文学典律为职志的美国文学研究者、教师及学生,这些人绝大多数只懂英文。

三

雅柯慎在《论翻译的语言学层面》(Roman Jakobson, "On Linguistic Aspects of Translation")中以英文无法如实翻译出意大利名言"*Traduttore, traditore*"("翻译者,反逆者也")一例,来说明诗的不可译性。若同属印欧语系的英文与意大利文之间已存在如此大的差距,那么中文和英文之间的差距更大。此点由以往对于中诗英译的讨论便可看出。[16]笔者以为,翻译者既然无法将一种语言中的字形、字音、字义及文化含义以另一种语言完全传达出来,因此必须就若干可能的诠释中加以抉择,并为其抉择负责。更复杂的是,在翻译的过程中不但势必丧失原文中的某些成分(如字形、字音之相近,字义之准确,文化之联想……),也会在译文中产生某些新的、甚至全然料想不到的效应。换言之,翻译在另一个语言和文化情境中的践行效应(performative effects)不但存在,而且不宜等闲视之。[17]而《埃仑诗集》中翻译问题的重要性,则在于编译者决定如何以英文——其面对及隐然对抗的主流社会的语文——再现这些以中文古典格律写成的诗文。

《埃仑诗集》的编译者显然相当清楚自己面对的难处。三段的《译者注》分别讨论语言的歧异、诗的翻译和音译。编译者指出,自己虽然尝试"尽可能接近原意,但有鉴于我们所处理的是两种全然不同的语言,各有独具的特色,逐字直译实不可行"(31)。在音译方面,诗中的专有名词(主要为人名及地名)采用的是汉字拼音,访谈则因大都以广东话进行,而"决定保留中文名字和术语的广东式拼法,以便赋予书面访谈更忠实的风味"(31)。换言之,对编译者而言,此诗文集的多音性质除了英文之外,还包括了广东话、中式或广东式美国口语、中文及文言文。

我们比较关切的是译者在面对诗的格律时所做的抉择:应该忠于形式或内容?译者面对此难题时,十分清楚自己所做的妥协及让步:

> 诠释的行为本身就暗示了创作,读者应该谨记诗的翻译过程中必然包含了妥协。这些〔译〕诗表达了写作者个人的思想,却并非重复其原来的形式。我们经常在形式上妥协以求保留内容,因为基于历史的原因,我们觉得内容是第一优先。我们并不宣称遵从诗人原来的格律。我们觉得若模仿原来的结构,有损于意义。(31)

这些诗作的原文大都为传统的七言绝句、七言律诗、五言绝句、五言律诗。综观全书,135篇中七言绝句占了73首、七言律诗占了30首,其格律可见一斑。[18]

雅柯慎对于译诗的一般说法以及从事中诗英译的理论及实践者的见解,可以方便地用于这些中诗的英译。为了忠实于内容,编译者不得不牺牲格律,有时连格式上最容易的部分——分行——都未能完全遵从。[19]以致虽然多少世纪来中国古典诗素以格律严谨著称,而且这些拘囚于天使岛上的男子在壁上题诗时大抵也仿照旧诗格律,但译者因自身翻译的目标与策略,只能强调内容。其实,我们不宜就此苛责译者,因为现有的中诗英译在面对中文一字一音的特性时,几乎全采用这种翻译方式,只是这些身为天使岛移民后裔的编译者在保存史实的使命感驱策下,不但在诗的内容及翻译策略上更加自觉,在翻译内容时也忠实于原作——至于其对不同版本的校勘及典故的注释(就某个意义来说也是考掘),更超过了一般的中诗英译。

除了上述明白宣告的理由之外,编译者不遵从原诗的格律还可由下列事实加以解说:在这群不具名的作者中,有些人只是粗识旧诗格律,手边也没有韵谱或辞书(25)。由于其中时有松垮的结构、虚字、牵强的意象,有时既不押韵也不合平仄,甚至有不完整之处,以致不符中文旧诗的格律要求及"文学"标准。另一方面,大抵为自由诗(free verse)的英译(唯因大多维持原诗之断句,以致跨行的诗句几乎绝无仅有)因充满异国风味的典故,依通行的英诗标准也很难宣称具有"美学"价值。因此,一如《金山歌集》(*Songs of Gold Mountain*)的作者,天使岛上的作者"不管在中国或美国都未被文学建制所承认"(Sau-ling C. Wong 247)。然而,正是这种语言及文化上介于两者之间的状态及夹缝间的地位(in-between status and conjunctional position)——"既中既美"又"非中非美"——益发彰显其历史特殊性(historical specificity),并宣称具有特殊的亚裔/华裔美国感性(Asian/Chinese American sensibility),其影响至深且巨(*Island* 28; *Heath* II: 1756)。

四

美国第二期的排华时期(自1882年的排华法案至1943年的放宽条件)正好涵盖了天使岛的时期。此处无意深入探讨美国人——尤其这段期间——对于华人的歧视,[20]然而排华法案、反混血法律(anti-miscegenation law)及设立天使岛主要作为华人移民的"过滤中心"(filtering center),在在显示了美国政府对于当时普遍的反华情绪的回应。从这些华人移民的访谈中可以看出,他们清楚知道自己由于祖国的积弱不振而遭到不平等待遇,因为日裔移民很快便获准登陆旧金山(73, 96, 97),而华人待在天使岛的时间短则数日或数周,最长者甚至达三年之久,平均岛上移民人数约在230至350人之间(16),但有时竟高达700人(77)。有些人因不堪其苦而脱逃、泅泳、甚至自杀。[21]天使岛的惨痛经验在他们心灵中留下了不可磨灭的伤痕。

当这些人要抒发心中的感受时,行动上采取的是中国传统文人的题诗,形式上选择的是中国的格律诗,文字及内容上有些使用直截了当的语言,有些则使用具有文化特殊性(cultural specificity)的典故。换言之,这些人在美国被囚而寻求自我表达或沟通、再现时,不管在书写行动、形式、文字及内容上,依然透过传统中国文人文化的中介(mediation)。

编译者于再现上的三个重要策略就是诗文的中英对照、访谈实录及照片。前两者为文字的再现,又依主题分为五项:"远涉重洋"("The Voyage")、"羁禁木屋"("The Detainment")、"图强雪耻"("The Weak Shall Conquer")、"折磨时日"("About Westerners")、"寄语梓里"("Deportees, Transients")。[22]其实,这些诗文内容复杂交错,难以如此概括,但由于作者不详,作品除少数几首外无法系年,形式既不完全合乎格律又比例不均,似乎也找不到更方便、合理、有效的分类法。然而为何把诗文分为前后两大类(前者69篇,下分5类;后者66篇,未加分类),书中则未提出解释。[23]

在前后两大类135篇诗文中,有些主题屡屡浮现,如大举移民之主要动机就是国弱与家贫。此处国家、社会、家庭及个人的因素纵横纠葛,牢不可分。相关的主题尚有:经济压力迫使男子离乡背井、抛妻别子到海外淘金以期养家糊口,幸运的话甚至致富,衣锦还乡;远渡重洋的风险;因歧视所遭致的虐待及痛苦;殷切的盼望及深沉的失望;前途未卜的焦虑;感时忧国;在异族手中蒙受的羞辱;确定不能入境时的悲愤与哀戚……所有这些都置于时空特殊的夹缝中(historically-and geographically-specific juncture)。[24]

上述主题弥漫全书,本文仅讨论其中与文化特别相关的方面:历史人物的典故,对于西方人的态度,以及谐仿《陋室铭》所作的《木屋铭》(A33)。由他们引用历史人物自况、自我期许以及诗文中所表现对于异族的态度,凸显了(中—美)异文化之间接触的情形,以及弱势在面对政、经强势时的处境。谐仿更是以文化特殊的(culture-specific)方式,对比出昔今之差异。换言之,在这些诗作中,作者透过本国文化的中介,来协调(negotiate)与异文化遭逢时的重大冲击,而中介后所产生及再现的结果与情怀也颇有不同。

诗中引用的历史人物典故众多,且上下数千年,有些甚为隐晦,多亏编译者的考证及(英文)注释,读者才能获悉原委。这些典故依其出现的频率列出如下:伍子胥(A18, B33, B39)、苏武(A30, A57, B33)、阮籍(A30, A43, A62)、祖逖(A40, A69, B16)、陶朱公/范蠡(A11, A43)、周文王(A20, A59)、孔子(A28, B34)、勾践(A59, B33)、韩愈(A57)、王粲(A26)、庾信(A26)、颜常山/颜杲卿(A40)、韩信(A59)、姜太公(A59)、〔拿〕破仑(A60)、李陵(A62)、西施(B28)、南霁云(B33)、冯唐(B48)、李广(B48)。此外,光绪(A47)和项羽(A61)则分别由"厄瀛台"(101)和"无面见江东父老"(127)点出,以表达移民者的困厄、失意、壮志未酬、羞愧之情。编译者对于这些历史人物所加的注释,不仅有助于不熟悉中国文学及历史传统的双语现代读者,对于英文读者的助益尤大(只懂中文的读者则未获其利)。一般说来,《埃仑诗集》中用典的诗作较为精练、博学、重格律、有文采。正如前述,由于这些诗作皆未具名(至多只用笔名),有时共用一些典故,且偶有唱和之作,因此具有相当程度的对话性与集体性。

所有这些历史人物(只有一女子西施〔B28〕和一西洋人拿破仑〔A60〕)都与天使岛上的骚人墨客有相似之处。其中,公元前5世纪的陶朱公是成功的象征,也是这些移民者效法的对象:"游子志欲陶朱富"(A43)。在这些诗中,这位中国早期著名的商贾是唯一全然成功的人物。[25]其他人物大都蒙受苦难,但坚忍不拔,终能成功,给予这批移民很大的鼓舞;其他若干穷途末路、离乡背井的人物,也颇为前途未卜的移民所认同,而他们终于在历史上留名,也提供拘留天使岛者些许的安慰;有些严守"夏夷之辨"、寻求雪耻复国(甚至鞭尸报仇)的历史人物,更激发了作者的敌忾之心。

困厄的主题又可分为正反两面。正面表现的作用在于激励——或为升华转化,或为报仇雪耻,或兼而有之。因此,中国典型的文化英雄周文王被暴君囚于羑里,面对如此横逆,不但能从事积极的文化创造,且以小事大,以弱事强,沉潜自用,以待时机,其子武王终能推翻商朝,建立周朝。因此,"羑里受囚何日休"(A20)一句虽然直言被囚禁者的处境,但典故本身有意无意间透露以文王自况或自我鼓励。"文王囚羑而灭纣"(A59)一句中,困厄和消灭暴政的主题益发明显易见,二者之间的因果关系更由"而"字表现出。在提及孔子时,诗人注意到的是至圣先师被困绝粮的一面,如"曾困七日陈"(A28,英译补足为"Confucius was surrounded in Chen for seven days")、"恰似仲尼困在陈"(B34)。在前首五言律诗中以"能屈始能伸"自勉,企能"伟人多本色,名士乐天真"(A28);后首七言绝句中则"私维君子仗义力,足戮胡奴弗让仁"(B34),由孔子的困厄发展出向美国异族(此处贬斥为"胡奴")复仇的主题。反讽的是,孔子虽有"道不行,乘桴浮于海"之叹(《论语·公冶长》),但真正飘洋过海的却是这些移民,主要动机则是经济利益。

反面表现的作用在于宣泄。天使岛诗人引用阮籍身为文人而陷于时代环境中的无力感("阮籍途穷空哭行"〔A30〕)。同样的情况也适用于流放潮州途中的韩愈("文公遇雪叹当年"〔A57〕)。游子乡愁更表现在一诗中王粲和庾信的典故——"登楼王粲谁怜苦?去国庾郎只自哀。"(A26)王粲的《登楼赋》和庾信的《哀江南赋》都是多少世纪来中国文人耳熟能详的怀乡之作,对于这些来自中国南方而在美国囚禁于孤岛"木楼"(A1,A7, B41, B44)的文人墨客,此二人更能勾起去国怀乡之思。相形之下,王、庾二人至少还是置身中国领土,能使用本国的语文,而这些移民面对的却是肤色、种族、语言迥异且执行排华法案的异族官僚酷吏。冯唐、李广的遭遇固然给人时不我予之感("可惜冯唐容易老,何其李广最难封?"〔B48〕),但姜太公的否极泰来也提供些许慰藉("姜公运舛亦封侯"〔A59〕)。因"求富反求贫"的移民也如项羽般"无面见江东父老"(A61);因兵败、降于异族匈奴以致满门抄斩的李陵("绝域李陵空叹愁"〔A62〕)更是有家乡、故国而归不得;而诗人在引用光绪皇帝的被困及壮志未酬时,更明白道出自己遭到这种待遇实出于种族歧视——"伤我华侨留木屋,实因种界厄瀛台。"("I am distressed that we〔overseas〕Chinese are detained in this wooden building. / It is actually racial barriers which cause difficulties on Yingtai Island."〔A47〕)——并暗示了维新的失败、国弱的事实,二者之间的关系,以及对移民的影响。诗中使用"华侨"一词,更表明自己无意定居美国的"过客"(sojourner)心态。[26]

面对异族欺压时,一种方式就是如韩信般忍一时之气,受胯下之辱,终能功成名就("韩信受袴〔胯〕为大将"〔A59〕),或如伍子胥般隐忍,流浪异地,终能报仇("子胥忍藏能雪恨"〔B39〕、"伍子吹箫怀雪恨"〔B33〕),或如越王勾践般忍辱负重,委屈事仇,卧薪尝胆,终能击败吴国,雪耻复国("勾践卧薪却有由"〔B33〕、"勾践忍辱终报仇"〔A59〕)。另一种方式就是当面对抗,或如颜杲卿般以言词怒斥("诛奸惟有常山舌"〔A40〕中面斥的是造反的藩将安禄山),或如南霁云般以箭矢射击("霁云射矢非多事"〔B33〕中射的是安禄山叛乱中的敌将),至于面对异族无理要求而严守民族气节者首推苏武("苏卿持节誓报仇"〔A33〕)。此外,要雪耻复国则有祖逖的楷模("杀贼须扬祖逖鞭"〔A40〕)。在这些诗作中,典故与报复主题的结合明显见于下诗:

> 寄语同胞勿过忧,
> 苟待吾侨毋庸愁。

韩信受袴为大将，
勾践忍辱终报仇。
文王囚羡而灭纣，
姜公运舛亦封侯。
自古英雄多如是，
否极泰来待复仇。（A59）

此诗为典故众多的少数诗作之一（八句里的中间四句连用了四个典故），其中以古代英雄的忍辱负重、伺机而动、复仇雪恨来自我勉励并期许同胞。

上述的报复主题又与对美国人的看法密切相关。在正式讨论对异族的观感之前，可先看两个相关的典故——西施和拿破仑——及运用此二典故的双关语。《埃仑诗集》全为华人男子之作，典故中甚少涉及女子或特定的外国人。其中仅有一诗以"西施尽住黄金屋"来对比"泥壁篷窗独剩侬"（B28）。编译者在注释中除了交代西施的简要生平外，特别指出"此处以西施暗指西洋人或美国人，原因在于西施中的'西'字以及西施是'美人'——'美国人'的别称"（169 n137）。编译者这种读法置于上下文中言之成理，而且可看成隐名的作者以曲笔道出自己相对于异族的处境。[27]

有关拿破仑的典故则涉及若干问题。首先是版本的问题——亦即，如何解读并再现墙上的遗迹。《埃仑诗集》中的版本是"寄语同居勿过忧，且把闲愁付水流。小受折磨非是苦，破仑曾被岛中囚"（A60），并在下方注明"余本作'埃仑'"（125）。[28] 置于全诗及全书的脉络中，编译者断定其版本为"破仑"可谓大胆而合理：大胆处在于他们认为原作者为了七绝的格律而把"拿破仑"削减/简化为"破仑"，甘冒被误解之险；[29] 合理处在于除了字形相近、语意解释得通外，就是与文字游戏及主题相关(此处文字游戏又与主题紧密相扣)。

就主题而言,此处引用西洋历史上的英雄人物与前述引用中国历史上的英雄人物作用相似,勉励同是"岛中囚"的拘留者坚此百忍以度过难关。[30]其次,"破仑"二字又与双关语及复仇主题有关。前文提及,华人移民以"烟治埃仑"称呼此岛,并经常简称为"埃仑",此简称散见全书各处,书名《埃仑诗集》更为明证。此处用上"破仑"的另一可能含义其实就是字面上的方式——"'破'除埃'仑'"。这种诠释不但与全书弥漫的复仇主题吻合,而且也与另一首藏头诗(也是明显的文字游戏)暗自呼应:"埃屋三椽聊保身,仑麓积愫不堪陈。待得飞腾顺遂日,铲除关税不论仁。"(A46)此诗署名/匿名"台题"(英译进一步指称为"台山人士所题"〔"By One From Taishan",94〕)。编译者在英文注释中指出全诗"各行的第一字形成一个句子:'埃仑待铲'("Island awaits leveling")"(94 n60)。[31]就此而言,"破仑"与"埃仑待铲"以不同的文字游戏传达相同的主题。因此,我们不妨接续其文字游戏:"有待'破仑'来'破仑'"("有待'拿破仑'来'破'除埃'仑'")。

上述历史人物中多位因为环境之故,遭到一时的困厄,其中有些明显与暴横的外力有关,苏武一例更透露出异族的蛮横暴虐。对天使岛诗人而言,异族/异己就是眼前拘留、管束、检查、盘问、决定其去留命运的美国人。来自中国的这些移民虽然知道自己的国弱家贫,但依然承袭了中国传统对于自我和异己的看法——自我处于世界的中心、中央,四周的异族则是蛮夷胡狄等地缘及文化上的野蛮人,或称"四夷"(Dikötter 5)。清朝末年这种心态遇到西方列强的船坚炮利时,传统的文化自尊/自大与当前的积弱不振形成强烈对比。这种矛盾心态于《居楼偶感》一诗末二句表露无遗:"闲来别有疏狂想,待允西奴登美洲。"(英译比中文更顺畅、易懂:"When I am idle, I have this wild dream / That I have gained the western barbarian's consent to enter America."〔B31〕)此处诗人闲来无事(囚禁中能有何事?),[32]于是赋诗表达其"疏狂想"(自知此为狂想):希望掌握我命运的西方蛮夷(此处用上比"蛮夷"更鄙视的"奴"字),能允许我上岸美国金山,一遂远渡重洋而来的目的。虽然诗人处于任人摆布的情况,但依然称对方为"西奴"。全书中"折磨时日"一章的英文名称"About Westerners"直译便是"关于西方人"(中英标题的对照更可看出华人受折磨与西人的关系),但对西人/美国人鄙视的言词或态度并不限于此章,而散见各处:除"西奴"外,尚有"番奴"("barbarian(s)"〔A7,A48,B49,B55〕)、"胡"("barbarian(s)"〔A57,B34,B44,B48〕)、"蛮夷"("barbarian"〔A52〕)、"鬼"("devils"〔B49,B50〕)、"无情白鬼"("〔h〕eartless white devils"〔B4〕)、"狼医"("savage〔wolfish〕doctors"〔B51〕)……

有些人——尤其自知即将被遣返中国之人——更是直接宣泄心中的苦楚及痛恨:"我今拨回归国去,他日富强灭番邦。"(B39)"同胞发达回唐日,再整战舰伐美洲。"(B40)"他日中华兴转后,擅用炸战灭美洲。"(B41)"我国豪强日,誓斩胡人头。"(B44)"倘得中华一统日,定割西奴心与肠。"(B46)措词之强烈不下于《水浒传》中宋江乘着酒兴于浔阳楼上所题的反诗。[33]由于日本侵略中国,益发使得中国动荡不安,国弱民穷,天使岛过客中有些人为此而想避居美国(44,46),所以在一首诗中"倭奴"("dwarves")也成为被消灭的对象:"齐家次治国,富强灭倭奴。"(B43)这些诗句全都出现于全诗结尾,显示了诗人痛自省思所得的结论:国家富强之后再报今日之仇。

其实,强烈的文化优越感、民族自尊心与深切体会国弱家贫的现况(自身所受的待遇便是明证)的奇怪结合,显现在天使岛诗歌中并不足为奇。这些诗作发抒千辛万苦、飘洋过海(有些更是举债而来),却近金山的门槛而不得入的苦楚,不管就民族自尊、乡里寄望、个人颜面或经济压力而言,都是借助旧诗的格律来发泄胸中的积郁和愤慨。民国肇立之后(恰在天使岛移民营成立之后一年),另一种民族主义的兴起多少让中国人民觉得些许新生的希望(其中有三首诗署年民国〔A36，A57，B62〕)，但美国对华人移民的不平等待遇依然故我。这些诗作所铭刻与再现的，就是此时空交错下自我与异己、华夏与蛮夷的遭逢。

五

上述以格律诗表达的方式较为常见，更罕见的则是谐仿。然而在此貌似诙谐的仿作中，实则对比、透露出深沉的哀痛。《木屋铭》(71)就是如此。

木屋铭

楼不在高，有窗则明；岛不在远，烟治埃仑。嗟此木屋，阻我行程。四壁油漆绿，周围草色青。喧哗多乡里，守夜有巡丁。可以施运动，孔方兄。有孩子之乱耳，无咕哗之劳形。南望医生房，西豁陆军营。作者云："何乐之有？"[34]

就全书的脉络而言，此铭之作者于再现自己的情境时，形式上仿《陋室铭》，但内容及感情上则更接近王粲的《登楼赋》和庾信的《哀江南赋》。进言之，《木屋铭》就是因为形式上与《陋室铭》亦步亦趋(连韵都相同)，两相比对之下更凸显了二铭作者处境迥异。《陋室铭》呈现的是表面上看来简陋之室，有德者居之则怡然自得，触目成趣：刘禹锡善用对立的手法，借着此室的情景对比、衬托出自己的恬淡超然、不同流俗，以独具的慧眼在世人眼中的鄙陋、平淡中看出不凡之处，因而甘于平淡、自得其乐，并引孔子的话总结，暗示自己是有德的君子("君子居之，何陋之有？")。[35]《木屋铭》则反之。此无名作者所采用的写作策略也是对立，唯此处对立的固然有情景与内心的对立(面对以风景著称的天使岛"美景"——美丽的景色、美国的景色——个人内心的哀戚，类似庾信《哀江南赋》、尤其似王粲《登楼赋》的情景)，更重大的对比则是：相对于孔子心目中的君子居于想象的蛮夷之地却不觉其陋，现实生活中身处异地、为异族所宰制的作者面对美景却深自领会"何乐之有？"

略知中国古典文学的读者在其阅读过程中，标题及前两句立即唤起对于《陋室铭》及该铭作者自得其乐的记忆。但这种记忆却立即被打消，因为"嗟此木屋，阻我行程"。接下来的描绘基本上是美景与限制的对比——而此对比又衍生另一种对比：《陋室铭》初看似有限制，但有德者可以在其中发掘并创造出诸多美景佳趣；《木屋铭》乍看似置身美景，但楼中人却横遭阻绝，处处受限。因此，烟治埃仑固然"周围草色青"，但此自然美景却被人为且不人道的藩篱所破坏（"四壁油漆绿"）。许多措施看似固若金汤（南有"医生房"、西有"陆军营"、"守夜有巡丁"），实则不是为了保护，而是为了禁锢之用，明言之，是白人为了保护自己而禁锢异己（移民）。如此一句句发展下来，相对于孔子的"何陋之有"，木屋作者的结论"何乐之有"也就顺理成章了。正是因为与《陋室铭》相比，更衬托出这些漂泊异国、受制于异族蛮夷手段的华夏人士的痛苦。更反讽及可悲的是，这些移民并非"道不行，乘桴浮于海"而出走海外，却主要因为经济利益而"自愿"前来美国。

简言之，作者于再现时的内容和形式，依然借助于中国古典作品的中介，借此把深沉的悲痛沉淀、转化为谐仿，以致在形式和内容上结合了《陋室铭》和《登楼赋》、《哀江南赋》。我们可说：斯土美则美矣（既是美国领土，又在美丽的天使岛上），但既非吾土，又在囚禁中，进退不得，因此"何乐之有？"[36]悲哀的是，这些移民被故国环境所迫，不得不前来此地讨生活，虽明知自投罗网（必须留置天使岛上接受移民局官员盘查），依然愿意冒此风险闯关。

这些诗文中所再现的情境，由编译者的长序和广泛的访谈得以佐证。虽然也许因立场、角度不同，以致从移民官员及华文传译的访谈看来,当时情况似乎并不像诗文中所表现的那么不人道,但是1882年所通过的排华法案(美国首度针对特定族裔制定的排外法案)和一连串的后续措施,以及设立天使岛来管制华人移民,都是显而易见的不公情事。移民局官员为了防范有人冒充混入而询问的问题,有些更是匪夷所思,以致许多移民必须事先套招、背妥答案,以备盘问。其中一位中文传译在访谈中提到,移民局官员问家中有无养狗,有人答有,有人答无,其实却是这家人在出国前把狗吃了,以致出现答案不合的情形(114)。这个小故事在外人看来好笑,但当事人却可能立即遭遇家破人散、骨肉不得团圆之命运。有关这些问答的照片就是很有力的证据(21,见照片一)。这些以及访谈和文章中提到一些人因不堪煎熬而自杀,都以很强有力的方式记录下华人移民遭逢的痛苦。

六

照片因其明示(denotation)的作用,于再现时特具取信及说服的力量。此书中的照片,如厨房、餐厅、宿舍、医院、囚室……让人对于部分毁于大火后而废弃的移民营留下鲜明的印象。综言之,照片在此书的作用主要是主题的(thematic)、历史的、见证的,而且本书选用的照片大体达到上述作用。本节以二类实例讨论此一再现作用的两面,虽然编选者的用意都是要以照片来印证当时的情况,但在笔者看来,第一类固然肯定了编者的目的,第二类则虽就历史而言可能肯定了,但在版本上却可能造成相反的效果。此处拟藉此二类的讨论,指出文字再现与图像再现中潜藏的复杂性。

这些照片中,尤以各章之首的照片更是精选之作:如"远涉重洋"中,近百名戴着西式帽的华人(右边一人戴眼镜,可能是学者)簇立于甲板上,等待下船;"羁禁木屋"中移民局官员询问华

"忆我埃仑如蜷伏":天使岛悲歌的铭刻与再现　211

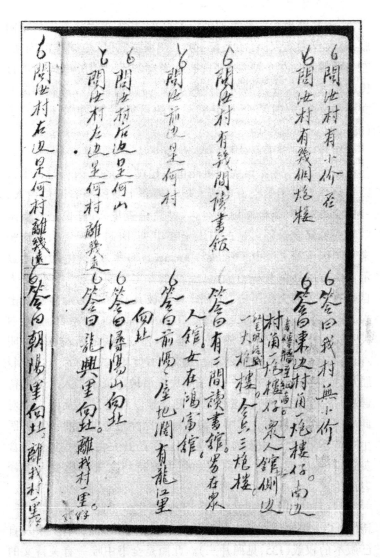

照片一:移民赖以回答移民局官员盘问的小册(Lai et al., *Island* 21,经原摄影者 Chris Huie〔许光宗〕书面同意收录于此)。

人,二人之间坐着一位类似传译的人士,华人之后坐着一位穿制服、戴大盘帽的人(可能是警卫);[37]"图强雪耻"中则类似囚室,左右两排长椅尽头便是铁门,前景坐着约十位传统中式穿着打扮的华人女子,左边的两位怀抱小孩,后面则是西式穿着的白人女传教士……但最令人印象深刻的可能就属"折磨时日"了(98—99,见照片二)。

照片中呈现的是体检的情况,近三十位华人年轻男子(有些年纪不到十岁,年纪最大的可能也不超过二十岁〔因当时许多人以美籍华人之子的身份申请入境〕)裸露上身围绕着两位白人,一位穿着制服(类似军服)的白人站着检查华人(好像是检查眼睛),一位穿着医师白袍的白人坐在中央,眼睛直视镜头。这张来自美国国家档案馆(National Archives)的照片,具体而微地显示了双方的处境及权力关系,颇具东方主义的色彩。即使华人自称有悠久的文化历史,此时此地却被其心目中的蛮夷剥光上衣、任凭摆布。其中的二元对立(binary oppositions)不言而喻:白人/黄人,大人/青少年,成熟/幼稚,中心/边缘,制服/裸露,文明/粗野,特殊/集体,检验/受检,健康/不健康,权威/无力,宰制/屈从,专业/一无所长……这张照片鲜活地印证了华人所受的待遇(对成人、文人而言,这种屈辱更是难以忍受),以及诗文中对此所感受到的伤痛。其中一诗便述及医疗检查的各种苦楚:"医生苛待不堪言,勾虫刺血更心酸。食了药膏又食水,犹如哑佬食黄连。"(A49)简言之,这张照片强力支持诗文中的感受及编译者的论调。

然而照片的说明、佐证作用有时未必如此单纯。A69"一诗"附了一张原诗在墙上的照片,以此"原本"印证确有其事及自己版本的权威(135,见照片三)。此照是全书中唯一有关诗文的照片(因而未以铅字排版,也未加标点,而直接用原照),也是全书唯一印证墙上铭刻的佐证。[38]此外,这张照片的代表性至少可由另三例看出:此照不但出现在王灵智所整理的余达明版本

"忆我埃仑如塘伏":天使岛悲歌的铭刻与再现 213

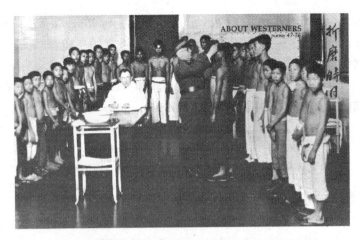

照片二:"折磨时日"具现了东西对立及悬殊之权力关系(Lai et al., *Island* 98-99,原照片来自美国国家档案馆〔National Archives〕)。

照片三:《埃仑诗集》A69 原诗位于男厕墙上,为天使岛移民站里最明显的铭刻(Lai et al., *Island* 135),此照已经过暗房处理,加强反差,使诗文更为醒目,原摄影者 Mak Takahashi 在《埃仑诗集》出版前便已下落不明。

首页(117)及《美国华人图片史》(McCunn, *An Illustrated History of the Chinese in America*, 94〔此处并附许芥昱的英译〕),更被用做《埃仑诗集》的封面设计。

《埃仑诗集》对全诗之中英文呈现如下(英文〔文字〕在左、在前〔134〕,中文〔照片〕在右、在后〔135〕):

  Detained in this wooden house for several tens of days,
  It is all because of the Mexican exclusion law which implicates me.
  It's a pity heroes have no way of exercising their prowess.
  I can only await the word so that I can snap Zu's whip.

  From now on, I am departing far from this building.
  All of my fellow villagers are rejoicing with me.
  Don't say that everything within is Western styled.
  Even if it is built of jade, it has turned into a cage.

  木屋拘留几十天
  所因墨例致牵连
  可惜英雄无用武
  只听音来策祖鞭

  从今远别此楼中
  各位乡君众欢同
  莫道其间皆西式
  设成玉砌变如笼[39]

  此诗作为 A 部的最后一篇,且置于"寄语梓里"之内(英文标题为"Deportees, Transients"〔驱逐出境者,短期逗留者〕,与中文标题大相径庭),其分类与位置——A 部的压卷之作——便预先控制了读者可能的反应。有趣的是,此诗的三类读者会有迥然不同的反应:英文读者在理解上不会有重大的困难,因为较难的两处都有编译者的英文注释;反倒是中文读者受困于"墨例"与"祖鞭"二词,只得揣测(而且绝大多数人的读法可能不像编译者那么具有历史及文化含义);双语读者虽受二词之困,但借着英译及英文注释,更了解编译者的工夫及心力所在——编译者发挥了文学及历史知识,提供了令人信服的诠解(这点对照许芥昱的英译便可看出)。根据他们的解释,"墨例"不是字面上的"文墨之例"或"墨守旧有之条例"(许译为"some inked rules"),而是在华人移民史上的另一不平等待遇(1921年墨西哥政府禁止华工入境之法令〔132 n93〕);"祖鞭"也不是"祖先的鞭子"或"策马回返故乡的路程"(许译为"to whip his horse on a homeward journey"),而是"民族英雄祖逖之鞭",也就是其他两诗中也提到的祖逖的典故(A40, B16)。因此,中文读者除非了解墨西哥移民法的历史背景及其与华人移民史(尤其美国天使岛)之关系,祖逖的历史典故/复国雪耻主题及在其他诗中出现的情形,并在阅读时能联想到这些历史及文学脉络,否则几乎不可能产生类似编译者这种令人信服且符合历史背景、文学典故、当时情境的读法。

编译者再现照片的原意是为了印证来源的可靠,并以此加强其版本及诠释的权威。然而,正是在比对照片时,反而令人对其版本有不同的看法。首先,这是两首诗还是一首诗?在照片中可以清楚看出,前四句与后四句之间明显空了一行,而且前四句的韵脚("天"、"连"、"鞭")与后四句的韵脚("中"、"同"、"笼")显然不同(同样情形也出现在 A10, A43, A62〔相对于 A58, B11〕)。但此处把这八句诗视为密切相关,译成英文后同置于A69,更易使人读成一首诗(后来在《希斯文选》全然英文的再现中,显然便出现此一状况,成为一首诗的前后两节)。编译者把此诗置于 A 部之末,在《希斯文选》中也是压卷之作,其重要可想而知。但为何再现时不分为二首,而放在一起呢?

编译者的主要理由可能在于铭刻所造成的再现上的考虑:

前四句与后四句显然出自同一人的刀笔,前后之间也解释得通:被拘留了数十天之后,很高兴终能离开此地。但是,告别木屋后往哪儿去呢?为何"各位乡君众欢同"?下文提出另一种读法的可能性,以复杂化、问题化的方式,彰显跨文化、跨媒体的(重新)铭刻与(错误)再现(to illuminate the trans-cultural and trans-medium (re-)inscription and (mis-)representation by way of complication and problematization)。

正如前述,照片显示前后四句之间存在着空行,而此空行使中文读者或双语读者更留意其中的格律。就韵脚而言,这八句显然不合于律诗(二、四、六、八句押韵),而合于绝句(二、四句押韵)。换言之,就格律而言,此处显然是两首绝句,而非一首律诗。但在英译的呈现或再现上已显混淆。

就内容而言,两部分的语气也截然不同,形成强烈的对比,甚至反讽。前四句充满了拘禁中的无助、自怜、愤怒、报仇之思;后四句则是众位乡亲为此人得以离开木楼而高兴。英译并未说明往何处去,但若当成同一首诗来读,则似乎为了能离此处返回故乡而高兴;此八句列于英文的"驱逐出境者,短期逗留者"项下,更加强了这种印象。但果真如此吗?为什么各位乡君会为投注许多心力、时间、金钱,却未能达成金山梦的人而高兴(在远渡重洋之后,旧金山近在咫尺而不可入,岂不更反讽、可悲)?难道只是因为他能离开天使岛的囚笼吗?是否可能后四句的作者离开此地之后,是登陆旧金山,而不是遣返中国,因此有机会进一步实现其金山梦,所以乡亲为他高兴?[40]而且此二诗的笔迹相同,究竟为同一人(未必是作者)所刻,或此二诗为同一人所作以记述不同时候的感受,甚至由不同人所写再由同一人刻下以存真/存证?

《埃仑诗集》的编译者在书中感谢一些人士"贡献时间及专长来校读我们的翻译",其中包括了许芥昱。此事实有几点值得一提。首先,许芥昱和此书编译者就此诗形式上的分法及顺序显有不同。其次,虽然编译者有些英文的表达方式遵从许译,但后出转精,不但字句上更忠实于原文,而且对"墨例"、"祖鞭"的诠解在内文上、版本上、互文性上、脉络上更令人信服(intratextually-, textually-, intertextually-, and contextually-convincing)。然而,由笔者上文的分析可见,许译的基本认定较具说服力:此八句在格律及内容上迥异,顶多是同一人在不同时候所写——在此情况下,依然是两首诗。

因此,《埃仑诗集》借着照片再现原诗的做法,虽然在某些方面支持了编译者的论点及诠释,但在其他方面反有自我颠覆之虞。此一实例印证了即使在有(未经窜改的)照片为证的情况下,非但在版本上未必能给予权威的诠解,反而有自我解构之可能。此例显示,即使照片在表面上看来最中立、客观、无疑义之处(不涉及立场、观点、暗房手脚,而"仅是实物呈现"),依然在与其他文本的互动中产生意想不到的再现与铭刻的效果。换言之,文字文本与图像文本相佐/相左的关系颇为复杂,值得省思。

七

《埃仑诗集》中这种双语文、跨文化、跨媒体的复杂性,在完全以英文再现的《希斯文选》中几乎完全消失了。此文学选集是劳特多年的重建美国文学计划的重要部分,旨在开疆辟土,修订、扩展美国文学典律。[41]把半个多世纪(五十至八十年)前华人移民的墙上题诗收入一般的美国文学选集中,《希斯文选》可谓开风气之先。[42]在此建制化的过程中,华裔美国批评家扮演重要角色。根据林英敏(Amy Ling)的说法,主编劳特是此计划的主要设计人及动力,他召集了一个大编辑群,成员为各个特殊领域的专家,林英敏则是其中唯一的亚裔美国文学专家,负责所有的亚裔美国文学与历史(Ling)。

与选集中原先便以英文创作的选文相比,此处在选文的政治性(the politics of anthologization)及再现的疑义(the problematics of representation)上自然更为复杂。这组选诗并非原文而是英译,而由上文可以看出,即使撇开原先版本的文本性及物质性不谈,这些诗文的格式与内容都具有丰富的典故、历史复杂性及文化联想。若在已经很忠实的中英对照的翻译中,依然存在着明显的可译性/不可译性的问题,那么《希斯文选》的八页篇幅(II: 1755-1762,两页简介,六页诗选及注释)如何再现或重新铭刻这些诗作?

就劳特的整个重建美国文学计划,再现本身就是主要问题:如何再现多族裔(甚至多语文)的美国文学/文化情境?在其编选过程中,史无前例地邀请大量美国文学教师提供作家及作品,编辑委员就此抉择,由此"广征民意"便可看出其"从下而上"的再现/代表(representation/representative)的意义。换言之,就美国文学选集的编辑史脉络来看,《希斯文选》具有空前的代表性。就其纳入《埃仑诗集》的行动本身,也是朝向多重典律、多种脉络(其英文书名特别用复数形的"Canons"和"Contexts")的美国文学选集的方向迈进。

其次,该选集中各选文的简介都邀请学者专家撰写,而谁又比原诗的考掘者、编译者更具资格为《埃仑诗集》撰写简介呢?此处,原先以回复华裔美国历史/文化传统为职志的编译者,面对的是另一种再现的问题:如何在有限篇幅把复杂的历史背景和上百篇诗文做最有效、最具代表性的呈现/再现?如何在此部标榜多元文化的文选——扩言之,一般美国文学选集的脉络——中,再现华裔美国文学感性(Chinese American literary sensibility),以收复过去、面对现在、策划未来?能厕身该文选固然在另一脉络中增添了天使岛诗作的意义,但为了配合该文选的体例,只得割舍照片与访谈(及其强有力的效应与复杂性)。简言之,在去脉络化(de-contextualization)与再脉络化(re-contextualization)中,有得有失。

再就美国文学史/文选的脉络而言,其中难免涉及分期(periodization)的问题,亦即,这些作品应该归入美国文学史中的哪个时代? 虽然此处的问题不如美国原住民的情况严重,却不容就此忽视。[43]《希斯文选》将《埃仑诗集》纳入"现代:1910—1945"("The Modern Period: 1910-1945")。即使不谈文学史分期的武断性,单就把《埃仑诗集》纳入此处也可从两方面考量。一方面的意见是:既然选文得纳入全书体例,而且这些作品铭写于1910至1940年间,因此纳入此处顺理成章。但若考虑其中的历史特殊性,则此纳入颇多属于巧合,因为这些作品一则与该时期盛行的现代主义毫不相干,二则创作年代的始末紧扣着天使岛移民营的启用与关闭(虽有不少人士倡议关闭此一不人道的移民营,但若非火灾则未必会在当时关闭),三则就年代而言1911年的辛亥革命及与之俱起的民族主义对华人的意义更为重大。[44]因此,当这些诗作被统摄入并再现于此文选的架构时,其历史特殊性就有被抹杀或扭曲之虞。

与该选集绝大多数选文不同的是,此组13首选诗有中文原文可以比对(都来自A部:I. 5, 8; II. 20, 30, 31; III. 35, 38, 42; IV. 51, 55; V. 57, 64, 69),所以问题更为复杂。由于《埃仑诗集》的英译以自由诗形式出现,所以此处无法再现出原诗的格律——不但一般双语读者不会如此苛求,即使研究中国古典诗的学者或实际从事翻译的人士也深知其中的困难及可能的因词害意。这些移民以深具文化特色的格式及典故来再现自己在异域遭受的不公及苦楚时,此一文化再现就原文和英文的脉络都有其特殊意义———如编译者在简介中所说,"以中国为源头,以美国为桥梁,产生新的文化角度"(*Heath* II: 1756)。

由于篇幅之限,简介中对于诗的格式及典故只是一句带过,也提到原先有些作品的文学价值不高。但是双语读者会发现,《埃仑诗集》中的英译由于全是自由诗,口语的部分也被"改进"(*Island* 25)了,以致难以区分原作的高下。典故多者由于得参阅注释,往往打断阅读过程,反而显得不自然顺畅,以致原文具有文化联想的典故,在英译里反而可能成为阅读之流的障碍(当然,反过来说,也可多少增进读者对另一文化的了解)。质言之,此处问题在于:若格律与品质在英译里不易显现,那么又应如何为该文选的英文读者挑选、再现呢?

此处所选的诗作表面上按照原书的五个主题且比例相当(每个主题挑选二至三首)。若比对原文,双语读者会发现这些诗作不但内容较佳,而且几乎完全根据严谨的格律。换言之,就《埃仑诗集》中文诗作的标准,这些选诗的内容与形式俱佳。然而,由于缺乏中文原文——或者该说,由于一般读者缺乏阅读中文原文的能力,以及英文选集的限制(虽然劳特在理论上曾谈到多语文美国文学的可能性)——也未谈及翻译策略,《希斯文选》的读者无法得知此一事实,以致减低了这组诗在跨语言、跨文化方面的含义。[45]

这些诗作传达出命运未卜的华人移民强烈的苦难、忧虑、哀戚,有力地呈现/再现了《埃仑诗集》的多项主题。过半数的诗作(13首中的7首)适切地运用典故,显示出作者的文学修养,其余六篇自然流畅。署年"中华民国六年三月十三日"的一篇更把新近建立的中华民国暗自与美利坚合众国对比。文选中几乎一字不易的注释也将选诗互文化、脉络化(intertextualize and contextualize),协助英文读者了解其中的历史、文学、文化联想及微妙之处。

遗憾的是,文选"编辑作业"的疏失造成了一些再现上的困扰,有些甚至造成错误再现,而产生此疏失的原因主要在于对异文化的无知与误解。比方说,中国古人有名、字、号等,诗中引用时不一而足,"子卿"(A30)和"苏武"(A57)便是一例。因此,编译者于《埃仑诗集》中在前篇的注释一开头便说"子卿"是"苏武的别名"("Another name for Su Wu")。在后篇的注释中为了避免重复,依全书的体例简化为"见注30"。然而《希斯文选》对此文化特性认知不足,造成跨文化传扬／再现时的疏失,以致在注解后者"苏武沦胡归有日"("Even though Su Wu was detained among the barbarians, he would one day return home")一句时,开头也是"苏武的别名",使读者不禁纳闷为何"苏武"又是"苏武的别名"。换言之,编辑作业上应将此数字删去,或因为前面已选了 A30,可请读者直接参阅前注(1758 右 n2)。[46]

如果上例可视为添加之罪(sin of commission),那么省略之罪(sin of omission)便出现于 A69 之注。[47]前已述及《埃仑诗集》的编译者对"只听音来策祖鞭"中"祖鞭"一词诠释的独到。A69 处之全注简要如下:"'祖逖之鞭'的缩写(见注 49)"("A contraction of 'the whip of Zu Di' (See note 49)")(134),注 49 则略述了此典故及祖逖在面对"异族"(non-Chinese people)及蛮敌(the barbarian enemy)时的奋发图强(90 n49)。但《希斯文选》的注却只是"'祖逖之鞭'的缩写"寥寥数语,有关祖逖的简介完全不见。这个省略不但使读者(尤其英文读者)不清楚"祖逖之鞭"究竟有何意义,更打消了原文中若干重要主题,如复仇、复国、雪耻及华夏／蛮夷之强烈对比。[48]

另一值得指出的,就是此处再现时表面上的时代错误(anarchronism)及可能具有的意义。除了极少数署年的作品外(《希斯文选》中只有一篇),这些诗作无法系年,作者姓名也不可考,只能笼统地说是 1910 至 1940 年间天使岛上华人移民所撰,简介中也提到这些。但是选文出现时,《希斯文选》依其书体例在各篇之末加上初版年代,以致原先书写、铭刻在墙上直到 1980 年才汇整、正式出版的诗作,在每篇之末(含署年民国的那一篇)都有"1980"的字样。这种再现方式固然遵照该文选的体例,但也允许不同的说法:一种说法就是这会造成读者——尤其未细读简介的读者——的时代错误之感,成为再现上的又一次缺失;另一种说法则是华裔美国人及华裔美国文学在美国历史／文学上一再被边陲化(marginalized),而天使岛上的诗文则是此一铭刻、湮没与再现的实例,用此"重新出土"的年代虽可能造成时代错误之感,但有其特定的历史意义。[49]

因此,就铭刻与再现的意义而言,《希斯文选》在选录此诗集及邀请编选者方面可谓善尽再现/代表之责;而且就劳特重建美国文学计划的脉络,或更大的美国学术界普遍重行考虑美国文学典律的脉络而言,此举具有特殊的意义。然而,任何文选都有与生俱来的限制,如何在有限的篇幅内再现编选者认为具代表性的作家及作品,其中必要的纳入与排除,相关的宣言或暗藏于内的理论甚至政治性……这些都是极复杂的问题。《希斯文选》在呈现/再现天使岛上移民的诗文时,更多了一项复杂的因素:如何以英文文选来重现这些原文是中文的作品,作为华裔美国文学的代表甚至原型文本(proto-text)? 如前文分析,这些文本由墙上而纸上、由中文而中英对照的转移已颇为复杂,那么转移到美国文学典律及文学选集此一繁复脉络中的情况也很复杂。

质言之,《希斯文选》以英文再现天使岛上华人移民木墙铭刻本身就是很大的挑战——对自身再现的挑战及对于传统美国文学典律/选集的挑战。如果说任何文选在再现上由于去脉络化及再脉络化而势必是不忠实的,那么以英文呈现/再现原来的中文之作及其中涉及的翻译则注定更不忠实。如果说"翻译者,反逆者也",那么不妨说"再现者,再显/再限/再陷者也"——在再现的同时,必然彰显其中的若干作品及因素,却也再度受限/陷入先后两个不同脉络之内及之间。若其中又涉及技术上的困难或疏失(当然这些技术因素也可予以深具〔文化〕意义的解读),那么所谓的"忠实再现"就更不乐观了。我们固然不该就此责难,但也不宜漠视其中的疑义、复杂性及特殊意义。

因此,《希斯文选》就再现上确实在其脉络中(此脉络又与其他如美国文学典律的脉络密切相关)达到了"再显"的作用,以《埃仑诗集》作为华裔美国文学甚或整个美国文学的代表之一,此一纳入行为本身对于以往处于边缘、弱势的华裔美国文学尤具意义。若能因而引导更多读者(该文选以作为教科书为取向,读者群主要设定为大学生)阅读原诗集、甚至此一族裔文学,并思索其与(中国和)美国文学与历史的关系,则意义更为重大。至于其"再限"与"再陷"的可能性,也值得省思。

八

以上就天使岛的华人移民在特定的历史机缘(historical contingencies)及时空条件中的文化成品加以分析,并企图在本文的"铭刻"与"再现"中彰显其在三个主要阶段中的"铭刻"与"再现"及各自的特殊意义:天使岛移民营的板壁、中英对照的《埃仑诗集》,以及英文的《希斯文选》。

原先那些不知名的作者虽然在来美国之前多少已知道将面对的异国处境,但身历其境时依然难以泰然处之,必须透过中国文学传统的中介,才能在形式(格律诗、谐仿《陋室铭》或对联)及内容上再现其陷于中/美二者之内及之间的处境,而题诗的动作本身也是明显的文化产物及发抒、抗议、存真/存证的行为。编译者说:"许多诗以铅笔或墨水书写,终被一层层的油漆盖住。然而有些首先以毛笔书写,以后刻入木头中。"(*Heath* II: 1756)这些也可用隐喻的方法来解读:华裔美国文学的书写虽有许多被强势文化层层掩盖,但依然有些以传统方式(如书写及碑文的铭刻,诗文的格律)体现的作品得以穿透重重压制而再(度出)现,成为华裔美国文学及历史的纪念碑。使得此一原先在中国及美国文学/历史上都被漠视的文化成品,却因其夹缝之间的位置而具有独特的意义。而所以能保存至今,正是因为其中的"铭刻"是真正以刀笔雕刻于木墙上,以致更具碑铭的事实及意义。

《埃仑诗集》的编译者身为天使岛移民的后裔,在这些文字被湮没多年之后(营地废弃,多首墙上的诗作被抹去或被时间所湮没),到实地考掘,参考诸种版本,访谈多位遗老,寻找档案、照片,翻译,再以中英文对照的方式将结果公诸于世,可谓另一种意义的再现与铭刻(不但再次出土,而且以双语文、跨文化、跨媒体的方式出现)。经由美国华裔/亚裔社会的努力,天使岛现已成为州立公园,移民营的遗址也成为官方"鲜活的纪念碑"(living monument),以纪念过往在其中生活的人,并使此历史/记忆活生生地留存于现代人的心目中。对许多人而言,此地及其历史、文献/文学也成为真正的"记忆场域"(见照片四)。[50]

《希斯文选》则是在另一脉络中的另一种铭刻与再现。此时的语言已完全是(多位天使岛移民及其后裔归化的)美国的主要语文(英文),方式则是数千页文选中的八页,署年则是1980年,自然衍生了其他的意义与联想。

照片四:天使岛州立公园义工程帝聪在风光明媚的纪念碑前向一群华裔学生解说。程年轻时曾被拘禁于天使岛,后来与其妻担任该岛义工,已逾三千小时。(单德兴摄,1997年8月30日)

总之,就铭刻与再现而言,这些天使岛上的羁留者以刀笔将胸臆中的悲愤或写或刻于木墙上,经过了层层的油漆掩盖及时光的湮漫,在不同时候经由不同有幸获准上岸者的传抄,分别发表(除了余达明手抄的95首出现于1976年外,麦礼谦等人也参考了其他刊本和抄本),但在营地废弃之后多年,此地及相关诗作渐为人们所淡忘。[51]一直到70年代的再发现,重新唤起华裔/亚裔的重视,在有系统的考掘之后,以文字文本及图像文本印刷出版,[52]再于以典律改造为职志的《希斯文选》中占一席之地。由于物质条件、中介工具、历史机缘的不同,其中若有传达不足或误译之处实不足为奇,而在不同文本/文化/历史脉络下产生的新意,更值得重视。

由以上讨论可以看出,就文本及文本性而言,这些诗文涉及范围甚广:最先的墙上题诗、铭刻;不同版本的传抄、出版;《埃仑诗集》所做的版本学"探源、考证、校勘";文章解析一事在校勘时便已涉及,而在翻译及注释时不但是仔细的解析,也要考虑如何以另一种语文再现;在此传播过程中,其中的空间日益开放,其他的文字文本(访谈)与图像文本(照片)也进入其中;将其视为华裔/亚裔美国人的记忆场域和抗拒场域时,族裔、地域、意识形态、甚至性别等因素更介入其中;当在(中国/美国)文学史或文学选集出现时,则又是在不同脉络中的再显/再限/再陷。

余达明于四十四年后重访天使岛,抚今追昔,其中的感受颇似本文标题"忆我埃仑如蜷伏"("I was ashamed to be curled up like a worm on Island"[A40])。此句在本文中可赋予更多的诠释:"忆"是立于当今而回想、恢复过去,以此对抗遗忘及失忆症(forgetting and amnesia),并以此段历史为鉴,警醒地面对现在及未来;[53]"我"固然是作者一己的小我,也可以是当时天使岛过客的集体总称,甚至可扩及整个族裔和弱势团体;"埃仑"不但是特定时空下的地点(locale),也是华裔美国人的记忆场域及抗拒场域;"蜷伏"则显示了当时面对强势团体不得不屈从于非人的待遇。[54]

在索乐思提到的美国历史上的三个记忆场域之前,白人便有所谓的"新世界接触"("New World encounters")了。葛林布雷特(Stephen Greenblatt)指出,在这些接触中白人为了有利可图——对殖民帝国主要是航线的开发、商业的拓展、资源的获取、势力的扩张、文化的宣扬、宗教的传播,对探险者则是成就个人的名誉、权势、地位、财富——以不同的版本来铭刻、再现、流传,乃至征服新世界中的原住民。他以"marvelous possessions"(1991)一词具体而微地捕捉了其中的含义:欧洲白人在所谓发现的时代(the Age of Discovery)先则着迷于新世界的新奇(to be possessed by the marvels),进而要占有这些新奇(to possess these marvels)。如果欧洲白人与新世界接触的经验是"marvelous possessions",那么几个世纪之后的天使岛过客面对的情况更为复杂且较白人弱势得多,[55]或可称为"barbarous possessions":此新世界不但因其"新"而在与中国古老文明相较之下成为野蛮不文,更是为"蛮夷"之人所占领,这些人并以野蛮的方式来占有、管制来自中国的人,而这些中国人冒险前来的目的却是为了进入此"蛮夷之地",进而分占些微的金钱财富,而且在前往美国之前、羁留天使岛期间、离开天使岛(甚至归化美国多年)之后,心中一直悬念着这些"蛮夷之人"可能对他们的掌控以及采取不利的措施。

此特殊经历所造成的结果,一如麦礼谦等在《希斯文选》简介的结语指出:"至于华人,他们在天使岛和排华法案(1943年才废除)下的经验,成为一整代华裔美国人的行为和态度的基础。心理的伤痕——害怕官员,怀疑外来者,政治冷漠——在今日的美国华裔社会依然长久不衰,成为其传统。"(Heath II: 1756)这种说法并无夸大之处,表现在华裔美国文学方面的,如黄玉雪(Jade Snow Wong)一直到1989年为新版《华人五女》(Fifth Chinese Daughter)写序时,才透露出对主流社会的不满,而汤亭亭在1996年的访谈中才敢明说其父汤思德其实是偷渡入美国的,其中的压抑明显易见。[56]因此,就介于中国与美国历史／文学之间的华裔美国文学而言，《埃仑诗集》作为奠基文本表达了相对于中国、尤其美国主流文学／社会的"另类的历史，竞逐的说法，遮掩的声音"("alternative histories, competing accounts, and muffled voices"〔Greenblatt, *New* viii〕)。

在杨碧芳访问的结尾，那位天使岛过客不解地说：

> 天使岛对我的生计并没有不利的影响，却有心理影响。我觉得差人一等。虽然我们没犯罪，却被判定有罪。我先前说过，食物不好，空间也小。反正我们逃不出那座岛，为什么不给我们更多的自由？此外，我们初来此地，即使会游泳，也游不了那么远或知道往何处去。为什么〔活动的范围〕不许我们超过运动场？最糟的是，不许亲戚探访我们。我在船上和移民营里听人说，在美国罪犯有亲戚探访的权利。如果他们允许罪犯这种权利，为什么没抢人、杀人的我们却没有？也许他们认为我们是冒牌儿子 (paper sons) 而视为罪犯，那么那些真正的儿子呢？为什么不让他们的亲戚来探访？从上岸到现在，我一直在想这回事。我现在已经七十岁了，依然不了解为什么他们那样对待我们。(Yung 166)

如果说此人在入境美国五十三年后的 1987 年依然百思不解，那么当时遭到囚禁的华人之悲哀与愤慨更可想见，天使岛诗文中充满了哀戚与愤怒之情也就不足为奇了。这些诗中虽然充斥了不满的情绪，但就像其典故中所提到的中国历史人物，许多人以坚忍度过了横逆，而诗文中的报复之思，大都是一时气愤或宣泄之语。汤亭亭在访谈结论时的说法多少适用于此："中文里有个伦理就是'报导'——或写作——是个满好的'报复'。我们不是以牙还牙，而是写诗。"(汤 221)

今日天使岛上的遗址连同《埃仑诗集》已为美国历史增添了另一个记忆场域。本文在试图将天使岛置于索乐思铺陈的记忆场域（以及进一步的抗拒场域）的脉络时，也以另一种的记忆政治 (politics of memory)、再现政治 (politics of representation) 及历史机缘,以中文具现了另一种铭刻与再现。

本文为"国科会""正文的认知基础"整合型计划之子计划"文本性与文学史:华裔美国文学个案研究"(NSC 84-2411-H-001-001-Q2)。英文初稿承蒙 Stephen Greenblatt, Doris Sommer, Werner Sollors 三位教授提供意见,中文稿承蒙麦礼谦先生提供资料,林英敏和叶维廉(Wai-lim Yip)两位教授及两位匿名审查人提供意见,哈佛燕京学社(Harvard-Yenching Institute)提供协助,谨此致谢。尤其感谢该整合型计划之主持人张汉良教授。

引用资料

朱浤源《华侨名词界定及其应用》,"近代海外华人与侨教研讨会"论文,台北:"中研院"近代史研究所,1998年6月28日,34页。

吴剑雄《海外移民与华人社会》,台北:允晨文化,1993年。

施耐庵《水浒传》,上海:中华书局,1947年重印。

张汉良"1995年度行政院国科会专题计划",1993年。

陈依范《美国华人发展史》(Jack Chen, *The Chinese of America*),殷志鹏、廖慈节合译,香港:三联书店,1984年。

陈烈甫《华侨学与华人学总论》,台北:台湾商务印书馆,1987年。

麦礼谦致笔者函,1995年5月9日。

——《从华侨到华人:二十世纪美国华人社会发展史》,香港:三联书店,1992年。

单德兴《重建美国文学:论课程·进度·议题·文选(劳特个案研究之一)》,《重建美国文学史》,北京:北京大学出版社,2006年,页89—120。

——《重建美国文学:论典律与脉络(劳特个案研究之二)》,《重建美国文学史》,北京:北京大学出版社,2006年,页

121—142。

《异象・意象・异己:解读简德的旧金山老华埠摄影》,《铭刻与再现:华裔美国文学与文化论集》,台北:麦田出版,2000年,页293—331。

汤亭亭《汤亭亭访谈录》,单德兴主访,《再现政治与华裔美国文学》,何文敬、单德兴主编,台北:"中研院"欧美研究所,1996年,页211—221。

黄玉雪《黄玉雪访谈录》,单德兴主访,《中外文学》,24卷10期(1996年3月),页60—78。

Baedeker's California. New Updated ed. New York: Prentice Hall, 1991.

The Berkeley Guides: *The Budget Traveller's Handbook-California with Las Vegas and the Grand Canyon*, 1995. New York: Fodor's Travel Publications, 1994.

Chan, Sucheng (陈素贞). *Asian Americans*: *An Interpretive History*. Boston: Twayne, 1991.

——. "The␣ChiQnese Diaspora". *This Bitter-sweet Soil*: *The Chinese in California Agriculture*, 1860-1910. Berkeley: University of California Press, 1986. 7-31.

——. "Preface". *Entry Denied*: *Exclusion and the Chinese Community in America*, 1882-1943. Ed. Sucheng Chan. Philadelphia: Temple University Press, 1991. vii-xv.

Chen, Jack (陈依范). *The Chinese of America*. San Francisco: Harper & Row, 1980.

Chen, Ta (陈达). "Chinese Migrations, with Special Reference to Labor Conditions". *Bulletin of the U.S. Bureau of Labor Statistics*, No. 340, July 1923.

Cheng, François (程抱一). *Chinese Poetic Writing*. Trans. Donald A. Riggs and Jerome P. Seaton; with an anthology of T'ang

Poetry translated from the Chinese by Jerome P. Seaton. Bloomington: Indiana University Press, 1982.

Dikçtter, Frank. *The Discourse of Race in Modern China*. Stanford: Stanford University Press, 1992.

Fong. "The Most Memorable Event of My Stay in the United States". 1955. Trans. Marlon K. Hom (谭雅伦). *Chinese America: History and Perspectives* (1991): 167-173.

Frodsham, J. D. *An Anthology of Chinese Verse*. Trans. and annotated by J. D. Frodsham with the collaboration of Ch'eng Hsi. Oxford: Oxford University Press, 1967.

Genthe, Arnold. *As I Remember*. New York: John Day, 1936.

——. *Old Chinatown: A Book of Pictures by Arnold Genthe*. With text by Will Irwin. New York: Michell Kennerley, 1913.

Graham, A. C., trans. *Poems of the Late T'ang*. New York: Penguin, 1965.

Greenblatt, Stephen. *Marvelous Possessions: The Wonder of the New World*. Chicago: University of Chicago Press, 1991.

——, ed. *New World Encounters*. Berkeley: University of California Press, 1993.

Hart, Henry H. *Poems of the Hundred Names* (《百姓诗》). Stanford: Stanford University Press, 1954.

Hing, Bill Ong (邓新源). *Making and Remaking Asian America Through Immigration Policy*, 1850-1990. Stanford: Stanford University Press, 1993.

Hom, Marlon K. "Book Review of *Island*". *Amerasia Journal* 8.1 (1981): 133-136.

Huggins, Nathan Irvin. *Revelations: American History, American Myths*. Ed. Brenda Smith Huggins. New York: Oxford University Press, 1995.

Hune, Shirley. "Politics of Chinese Exclusion: Legislative-Executive Conflict 1876-1882". *Chinese Immigrants and American Law*. Ed. and introd. Charles McClain. New York and London: Garland, 1994. 93-115.

Jakobson, Roman. "On Linguistic Aspects of Translation". *Roman Jakobson: Selected Writings. II. Word and Language*. Paris: Mouton, 1971. 260-266.

Jordan, Glenn, and Chris Weedon. *Cultural Politics: Class, Gender, Race and the Postmodern World*. Cambridge, Mass.: Blackwell, 1995.

Kingston, Maxine Hong (汤亭亭). *China Men*. 1980. New York: Vintage, 1989.

——. *The Woman Warrior: Memoirs of a Girlhood Among Ghosts*. 1976. New York: Vintage, 1989.

Krupat, Arnold. Personal correspondence to the author. 1994.

Lai, Him Mark, Genny Lim, and Judy Yung (麦礼谦·林小琴·杨碧芳), eds. *Island: Poetry and History of Chinese Immigrants on Angel Island*, 1910-1940 (《埃仑诗集》). San Francisco: HOC DOI Project, 1980. Seattle: University of Washington Press, 1991.

Lauter, Paul. *Canons and Contexts*. New York: Oxford University Press, 1991.

——. "*The Heath Anthology* and Cultural Boundaries". *English Studies/Culture Studies: Institutionalizing Dissent*. Ed. Isaiah Smithson and Nancy Ruff. Urbana and Chicago: University of Illinois Press, 1994. 180-190.

——, et al., eds. *The Heath Anthology of American Literature*. 1990. 4th ed. 2 vols. Boston: Houghton Mifflin, 2002.

——, ed. *Reconstructing American Literature: Courses, Syllabi,*

Issues. Old Westbury, NY: Feminist Press, 1983.
Li, Victor Hao. "From Qiao (侨) to Qiao (桥)". In Tu 213-220.
Lim, Genny. *Paper Angels and Bitter Cane: Two Plays by Genny Lim*. Honolulu: Kalamaku, 1991.
Ling, Amy (林英敏). E-mails to the author. 18-19 Apr. 1995.
Liu, James J. Y. (刘若愚). *The Art of Chinese Poetry*. Chicago: University of Chicago Press, 1962.
Liu, Wu-chi (柳无忌), and Irving Yucheng Lo (罗郁正), eds. *Sunflower Splendor: Three Thousand Years of Chinese Poetry* (《葵晔集》). New York: Anchor, 1976.
Lowe, Felicia (刘咏嫦), dir. *Carved in Silence*. Videocassette. San Francisco: National Asian American Telecommunication Arts, 1988.
Lutz, Catherine A., and Jane L. Collins. *Reading* National Geographic. Chicago: University of Chicago Press, 1993.
Lyman, Stanford M. "The Chinese Diaspora in America, 1850-1943". *Color, Culture, Civilization: Race and Minority Issues in American Society*. Urbana: University of Illinois Press, 1994. 239-262.
McCunn, Ruthanne Lum. *Chinese American Portraits: Personal Histories 1828-1988*. San Francisco: Chronicle, 1988.
——. *An Illustrated History of the Chinese in America*. San Francisco: Design Enterprises of San Francisco, 1979.
Miller, J. Hillis. "Border Crossings: Translating Theory". *New Starts: Performative Topographies in Literature and Criticism*. Taipei: Institute of European and American Studies, Academia Sinica, 1993. 1-26.
Nelson, Cary. "Always Already Cultural Studies: Academic Conferences and a Manifesto". *English Studies/Culture Studies*:

Institutionalizing Dissent. Ed. Isaiah Smithson and Nancy Ruff. Urbana and Chicago: University of Illinois Press, 1994. 191-205.

Nora, Pierre. "Between Memory and History: *Les Lieux de Memoire*". Trans. Marc Roudebush. *History and Memory in African-American Culture*. Ed. Geneviève Fabre and Robert O'Meally. New York: Oxford University Press, 1994. 284-300.

Pan, Lynn (潘翎). *Sons of the Yellow Emperor: A History of the Chinese Diaspora*. New York: Kodansha International, 1994.

Sollors, Werner. "National Identity and Ethnic Diversity: 'Of Plymouth Rock and Jamestown and Ellis Island'; or, Ethnic Literature and Some Redefinitions of America." *History and Memory in African-American Culture*. Ed. Geneviève Fabre and Robert O'Meally. New York: Oxford University Press, 1994. 92-121.

Tchen, John Kuo Wei (陈国维), ed. *Genthe's Photographs of San Francisco's Old Chinatown*. Photographs by Arnold Genthe; selection and text by John Kuo Wei Tchen. New York: Dover, 1984.

Tu, Wei-ming (杜维明), ed. *The Living Tree: The Changing Meaning of Being Chinese Today*. Stanford: Stanford University Press, 1994.

Wang, Gungwu (王赓武). "Among Non-Chinese". In Tu 127-146.

———. *Community and Nation: Essays on Southeast Asia and the Chinese*. Singapore: Heinemann Educational Books (Asia) Ltd., 1981.

Wang, L. Ling-chi (王灵智). "Roots and the Changing Identity of the Chinese in the United States". Tu 185-212.

——. "The Yee Version of Poems from the Chinese Immigration Station". *Asian American Review* (1976): 117-126.

Wong, Jade Snow (黄玉雪). *Fifth Chinese Daughter*. 1945. Seattle and London: University of Washington Press, 1989.

Wong, Sau-ling Cynthia (黄秀玲). "The Politics and Poetics of Folksong Reading: Literary Portrayals of Life under Exclusion". *Entry Denied: Exclusion and the Chinese Community in America, 1882-1943*. Ed. Sucheng Chan. Philadelphia: Temple University Press, 1991. 246-267.

Yip, Wai-lim (叶维廉). *Diffusion of Distances: Dialogues between Chinese and Western Poetics*. Berkeley: University of California Press, 1993.

Yung, Judy. "Detainment at Angel Island: An Interview with Koon T. Lau". *Chinese America: History and Perspectives* (1991): 157-166.

注 释

[1] 天使岛(Angel Island,即华人移民口中的"烟治埃仑")是旧金山湾内三岛中最美丽者(其余二岛为 Yerba Ruena 和囚禁重犯的 Alcatraz),可搭渡轮前往,现为郊游及野餐胜地。此贝德克(Baedeker)旅游指南并未提及该地现为州立公园及联邦、州立野生动物保护区。此处重点不在资料之周全与否,而在另一个与华裔美国研究有关的事件。以拍摄旧金山老华埠著名的德裔摄影师简德(Arnold Genthe)于 19 世纪末来到旧金山,他在自传《忆往》(*As I Remember*)中说:"就像所有善游的旅人,我带着贝德克旅游指南。"(32)该旅游指南中的一句话("除非有导游陪伴,否则最好不要造访华人区")引起他的好奇,以致不但多次前访,并拍了许多具有异域情趣的照片。如果说旅游指南的作用是指引某些人到某些地方以某些方式观看某些人、事、物,那么一个世纪之后,贝德克旅游指南以类似方式再现与华裔美国人历史密切相关的天使岛。惟此处文字看似客观、平实,着重于历史

的平铺直述和自然美景,无意强调此岛特殊的历史意义。笔者翻阅十多种目前陈列于美国书店的旅游指南中,只有加州大学柏克莱校区和其他加州大学学生合撰者对天使岛有较仔细的描述:"……岛的另一端是'移民站',1910至1940年移民(大部分为亚裔)试图进入美国时拘留于此。绝望的移民写的一些诗至今依然刻在墙上。"(*Berkeley* 73)旅游指南、游记或旅行写作(travel writing)与再现二者的关系本身便是值得深入探讨的问题,《阅读〈美国国家地理杂志〉》(Catherine A. Lutz and Jane L. Collins, *Reading* National Geographic)一书是其中的佳作。此处则希望以并置的方式及全文的讨论,指出类似贝德克旅游指南所隐含的意识形态及其中的政治性(politics),或者该说,表面所呈现的非政治性。

〔2〕 此处根据的是陈素贞(Sucheng Chan)的分期:"1849至1882年是自由移民时期;1882—1943年是排华时期;1943至1965年是特别立法的有限移民时期;1965年迄今为重新移民时期"("Preface"viii)。王灵智的分法也大同小异,把陈之第二、三期合并为第二个时期(排华时期),但其下又以1943年分为二期(L. Ling-chi Wang, "Roots" 190-197)。有关亚裔移民美国的简要情况,可参阅陈素贞《亚裔美国人诠释史》(*Asian Americans: An Interpretive History*)及邓新源《移民政策对于亚裔美国的塑造与再造:1850—1990》(Bill Ong Hing, *Making and Remaking Asian America Through Immigration Policy, 1850-1990*)二书附录的年表(Chan 192-199;Hing 195-197);有关华人移民美国的情况及其在中国海外移民(Chinese emigration)此一脉络的情形,可参阅陈素贞, "The Chinese Diaspora";Lyman, "The Chinese Diaspora in America, 1850-1943";潘翎,《炎黄子孙:华人飘零史》(Lynn Pan, *Sons of the Yellow Emperor: A History of the Chinese Diaspora*)。

〔3〕 刊出的余本编号计有95篇,但其中有一分为二者(如编号3、4应为同一篇的《木屋铭》,此铭详见下文讨论),有数首合为一者(如编号40之前四句为七绝,后四句则为七言但不押韵;编号47宜分为三首同韵的七言绝句……),有一篇是对联(编号95)……余本刊时的特色是没有标点符号,句与句之间全以空格分开,不但较忠于原文,而且保留了更大的诠释空间。《埃仑诗集》(*Island*)的中文部分则加了标点,代表编者对于中文原文的句读及初步诠释。

〔4〕 该书序文第二段便提到三人为天使岛移民之后裔(8)。有关麦礼谦家族如何以假冒文件的身份进入美国及后来在美国的发展,可参阅 McCunn, "The Lai Family, Reclaiming History"(*Chinese* 106-117)。该文提到麦礼谦之父 Bing(原名"麦沃炳",又名"麦炳")冒充 Lai Poon(黎广泮)之子,与其他四百多人为首批拘留于天使岛的移民(其父于1910年1月20日赴该岛,2月7日上岸)。麦礼谦本人则是天使岛移民站历史咨询委员会(Angel Island Immigration Station Historical Advisory Committee)的委员(1974—1978)。

〔5〕 麦礼谦在致笔者的中文书信里说:"在《埃仑诗集》出版的过程,我们作者三人分工如下:我负责历史背景,翻译诗词及加注解;林小琴是诗人及作家,所以她负责修改润色译文的文字;杨碧芳则负责采访,记录及编辑口述历史。"

〔6〕 此词来自陈国维(John Kuo Wei Tchen)对于自己编选的《简德旧金山老华埠摄影集》(*Genthe's Photographs of San Francisco's Old Chinatown*)的说法("Preface")。此重编摄影集之意义详见笔者《异象·意象·异己:解读简德的旧金山老华埠摄影》一文。该文研究的是文字文本和图像文本的张力与互动,19、20世纪之交(1895—1906)德裔摄影师对于充满异国情调的老华埠所投注的东方主义式的白人男性凝视(Orientalist white male gaze at the exotic old Chinatown ghetto),以及大约八十年后以社会历史学家自居的华裔美国学者陈国维的考掘及修订/更正的努力。本文研究的对象在年代上稍晚,且着重于诗文——虽然其中也部分涉及图像文本与文字文本的互动。

〔7〕 亚裔族群意识的觉醒与60年代的民权运动关系密切。非裔美国史学家哈金思(Nathan Irvin Huggins)说:"一直到1960年代末期开始的历史写作和重新诠释这股洪流之前,美国史似乎是白人及其建制的历史。"(125)而王灵智1976年之文提到了当时民间与官方对于天使岛所计划及进行中的活动(123 n6)。

〔8〕 此类比来自索玛(Doris Sommer)的建议。

〔9〕 本文一位匿名审查者建议将欧洲移民进入美国的门槛 Ellis Island 译为"哀离思岛",以期符合当时欧洲移民的心境。其实,该岛名来自其拥有者 Samuel Ellis(卒于1794年),而且欧洲移民在岛上迅速通关的情况远胜于亚洲移民在美其名为"天使岛"上的遭遇。此外,今日

艾理思岛上移民博物馆人力之丰沛、设备之充实，绝非仰赖义工的天使岛移民站所能比拟。

〔10〕 天使岛移民营之设立是为了处理排华法案（the Chinese Exclusion Act, 1882）中所未排除在外的对象，如商人、官员、学生、教师、游客及宣称有美国公民身份者。有关此案成立之政治因素，详见 Hune；其历史背景及对中国移民的影响，详见吴剑雄，页113—187。

〔11〕 因此，刘咏嫦（Felicia Lowe）拍摄的天使岛纪录片的中英文名字就取为《刻壁铭心》(*Carved in Silence*)。麦礼谦则担任此片的顾问（1981—1987）。

〔12〕 中国传统父权社会对于女性的压抑史不绝书，以致女性的声音及书写甚为罕见。此情况也延续到华裔美国社会，天使岛上华人女性声音的湮没就是一个明显的例子：诗文全为男性之作(25)；被访谈的39人中，女性只有8人(9)。有一位女性受访者提到自己曾边写诗、边哭泣，但并未在墙上写诗(136)。女性移民虽然在人数上比男性移民少得多（平时岛上平均男子200—300人，女子30—50人〔16〕），但在诗作上应不致如此不成比例。类似情况后来在华裔美国文学也不少见，如黄玉雪之父因不满中国社会对于女子的压抑而选择留在美国（黄母便是从天使岛入境美国，并在那里被羁留了一段时间〔《黄》69〕），但在女儿有意上大学时却不鼓励；汤亭亭的《女战士》（Maxine Hong Kingston, *The Woman Warrior*）中更多次借家族男性长辈之口道出对女子的歧视，此歧视在她成长过程中造成很大的心理障碍。

〔13〕 审查人之一对于此段论述有两点补充："其一，天使岛诗中的主题，不少充满悲愤，欲向'胡人'雪耻报仇，因此天使岛诗破除了美国历史上中国人为被动、沉默、不会抱怨（uncomplaining）的刻板形象。因为当时的时空环境，华人无法以武力起来暴动，只好像汤亭亭一样，用文字'报仇'。其二，从天使岛诗中不乏中国历史典故，尤其是谐仿（parody）诗，例如《木屋铭》，即谐仿刘禹锡的《陋室铭》，极有创意。这些又破除了美国历史上的另一刻板形象，认为早期的中国移民皆是'目不识丁'的文盲。"

〔14〕 引自张汉良，"1995年度行政院国科会专题计划"。笔者于此文学理论整合型计划中负责子计划"文本性与文学史"，研究成果便是本文。

〔15〕《希斯文选》截至目前已印行四版,本文的讨论主要集中于初版,以显示这些诗作首次出现在具有代表性的美国文学选集的情形,但也提及以后各版对于初版若干错误之修订。

〔16〕刘若愚《中国诗的艺术》(James J. Y. Liu, *The Art of Chinese Poetry*)一书对于中国古典诗的讨论,许多部分都与中诗英译密切相关。下列诸位实际从事中诗英译的学者/译者的讨论,充分印证了中国古典诗英译的困难:Frodsham xxxiii-xxxvi; Graham 13-37; Hart 29-34。程抱一(Cheng 3-95)和叶维廉(Yip 29-62)的深入讨论,更显现其中的复杂及无法克服的难处。由这些人的讨论及实际翻译成果(尤其是综合多人合作成果、号称集三千年中国诗大成的《葵晔集》〔*Sunflower Splendor*〕)可以看出,即使多位译者都希望忠于原作,但英译在形式上与原诗格律实在相去甚远。这点证明了即使置于一些名家的英译中,《埃仑诗集》并不逊色,至于其考掘及文化介入之功更是突出。

〔17〕详见 Miller 之文。编译者下述说法证明了这一点:"有些作品意义含混不情,因为经常包括了广东话的口语表达方式和华裔美国口语。这些如果算是缺点的话,在英译里并不明显,因为借着把中文原文译为英文的**翻译行为,创造出新的文学作品**,这些作品虽然保持了原文的意义,但隐藏了一些缺点。"(25,黑体字为笔者所强调)本身也从事华裔中文作品英译的谭雅伦(Marlon K. Hom)在为《埃仑诗集》所写的书评中,认为编译者采取的直译手法优点是"正确及忠实于原作",但有些部分(如口语)在英译中出现"过度翻译"(over-translated)的现象(135)。然而他紧接着指出,自己"对于翻译的评论绝非批评编译者的佳作,只是反映对于复杂的翻译工作的另一看法"(136)。

〔18〕编译者说:"所有的诗都以旧诗形式撰写。其中大约一半是七言绝句,大约五分之一为七言律诗,其他的包括了六句或八句以上的五言诗或七言诗,也有一些四言诗,七副对联和一篇长的骈文。"(25)由于编者将诗文分为两大部分并各自编号,为方便计,下文在提到各篇作品时以 A、B 分别称之,并附以号码。

〔19〕有数首诗(A4, A14, A55, A65)的英文再现特地添加一行,以便在语意上更易为英文读者接受。

〔20〕 详见陈素贞编《不得入境》(*Entry Denied*)一书,尤其第一至第五章。

〔21〕 如一位笔名 Fong 的人士在文章中提到,他在天使岛期间遇见一人已遭拘留两年,曾三度自杀都被救回(170)。

〔22〕 这五个标题由编者所定,主要考虑是不同语言的读者觉得标题及该项下的选诗是否对应,而不是中英文标题之间是否全然相符。

〔23〕 麦礼谦在致笔者信函中解释说:"据我的记忆,我们初时只挑选了最有代表性,文学水平较高的数十首,打算出版一本小型选集。跟着我们接受朋友的意见,加入历史背景介绍及口述历史资料,充实内容。到最后我们认识到,实际出版这类书籍的机会不多,既然已经费了这么多心血(内容增加了,书的页数及出版费用也自然随着增加),所以就索性再进一步,将其余诗词加入附录提供读者参考。不过我也同意,既然刊印全部诗词,似乎将两部分合并,也言之有理。"由此可见,编译者认为前一大类较具代表性及文学水准,而后来《希斯文选》中的 13 首选诗也都来自前类。

〔24〕 社会学家陈达(Ta Chen)于 1923 年(与天使岛同时)给美国劳工部的报告中,分析了中国人向海外移民的原因,其中的驱策力量为人口增加和天灾(干旱、饥荒),环境力量为地处沿海,心理力量为沿海居民性喜冒险犯难且有商业长才,控制力量则为海外收入较高(5—11)。

〔25〕 此二诗中引用陶朱公时,不涉及其与越王勾践和西施的关系。在此特别要提的是,诗中典故力求精简,只能指涉人物生平中符合写作情景的片段,因而具有高度的选择性与武断性。诠释者不难选用此历史人物其他的生平资料来解构诗作,然而本文意不在此。

〔26〕 这种过客心态也是美国排华者的借口/理由之一。有关"华侨"一词的讨论,可参阅王赓武(Wang Gungwu, *Community* 118-127;"Among" 127-136),王灵智(L. Ling-chi Wang,"Roots"),尤其是朱浤源的讨论;Victor Hao Li 之文借着"侨"与"桥"二同音字,来说明华人在美国由"过客"转变为"居民"的心态,并以担任中美两文化之间的桥梁自许;麦礼谦的专书则从社会史的角度探讨从"华侨"到"华人"的转变(麦,《从》)。

〔27〕 黄秀玲在分析《金山歌集》时(此二册文选 1911 和 1915 年出版于旧

金山华埠,作者不详),也有同样的看法:"'英雄难过美人关'玩弄'美人'和'美国'('美丽的国家')二词。"(Sau-ling C. Wong 265 n11)

〔28〕余本则采用字形相近且地理相关的"埃仑"(L. Ling-chi Wang, "Yee" 119, no. 17)。

〔29〕此方式表面上类似把"伍子胥"去其姓而简称为"子胥",惟"拿破仑"并不姓"拿",其中涉及跨文化的理解、转换、误用、甚至明知故犯等问题。

〔30〕虽然此处引用拿破仑的生平难免有反讽之处,因为他曾两度遭到流放,成为孤岛之囚,第一次得以东山再起,第二次则抑郁以终。此又印证了典故的运用及自我颠覆。

〔31〕最著名且广为人知的藏头诗之一,就是《水浒传》第六十回吴用计赚卢俊义于白壁上的题诗"芦花滩上有扁舟,俊杰黄昏独自游,义到尽头原是命,反躬逃难必无忧"(931)中隐含"芦〔卢〕俊义反"四字。吴用并在第六十一回点破此"四句反诗"(947)。证诸《埃仑诗集》中弥漫的不平、抗争之气,以白人不懂的中文来宣泄心中的愤怒及积怨,并铭刻在囚屋墙上,也称得上是"反诗"了。

〔32〕纪录片《刻壁铭心》中有人回忆说,在拘留营里无所事事,以致失去活力,甚至成天睡觉。

〔33〕第一首为《西江月》:"自幼曾攻经史,长成亦有权谋。恰如猛虎卧荒丘,潜伏爪牙忍受。不幸刺文双颊,那堪配在江州。他年若得报冤雠,血染浔阳江口。"第二首为七绝:"心在山东身在吴,飘蓬江海谩嗟吁。他时若遂凌云志,敢笑黄巢不丈夫。"(第三十八回《浔阳楼宋江吟反诗 梁山泊戴宗传假信》,595)

〔34〕此铭之标题英译为"Inscription About a Wooden Building"。刘禹锡原作《陋室铭》全文如下:"山不在高,有仙则名;水不在深,有龙则灵。斯是陋室,惟吾德馨。苔痕上阶绿,草色入帘青。谈笑有鸿儒,往来无白丁。可以调素琴,阅金经。无丝竹之乱耳,无案牍之劳形。南阳诸葛庐,西蜀子云亭。孔子云:'何陋之有?'"

〔35〕典出《论语·子罕篇》:"子欲居九夷,或曰:'陋,如之何?'子曰:'君子居之,何陋之有?'"

〔36〕《登楼赋》中的名句:"虽信美而非吾土兮,曾何足以少留?"其实王粲依然身处中国,但这些移民则怀着淘金的心态,去国离乡,飘洋

〔37〕 陈素贞编《不得入境》一书便以此照为封面。
〔38〕 根据笔者实地勘察,木屋板壁上写刻了许多文字,但以此照片呈现的诗篇(位于当时的男厕)最为清晰可辨,其他有些已无法辨读,遑论拍照了。然而,此照片已经过暗房处理,比其原貌醒目得多。
〔39〕 许芥昱则把此八诗行解为两首诗,且顺序对调,其英译如下:
Two poems written on the walls of the barracks on Angel Island

From this moment on, we say goodbye to this house,
My fellow countrymen here are rejoicing like me.
Say not that everything is western styled.
Even if it were built with jade, it has turned into a cage.

Several scores of days detained in this wood house.
All because of some inked rules which involved me.
Pity it is that a hero has no way of exercising his power.
He can only wait for the word to whip his horse on a homeward journey.

(McCunn, *Illustrated* 94)

〔40〕 杨碧芳后来为天使岛过客所做的访谈中记载:"他〔白人〕叫这个小孩的名字,接着用中文说:'上岸','恭喜你'。于是每个人都冲上来围住他,帮他收拾行李。我们看着那个小孩走出那道门时,内心五味杂陈。我们羡慕他,心里并想不知何时轮到自己。许多念头流过我们内心。我们都希望能像这个小孩一样离开。"(Yung 162)此情景较接近"各位乡君众欢同"的写照。
〔41〕 有关此文选之幕后故事,参阅劳特《〈希斯文选〉与文化界限》("*The Heath Anthology* and Cultural Boundaries")。有关劳特对于美国文学及典律的修订理论与实践,参阅《重建美国文学》、《典律与脉络》、《希斯文选》中的《致读者》,以及笔者论劳特的二文。文学选集本身便为一文学建制。《埃仑诗集》中的若干诗作得以入选,意味着与其他美国文学选集相较,《希斯文选》在这方面更激进、开放。
〔42〕 1990 年初版的《希斯文选》中选录的华裔作品除了《埃仑诗集》和汤亭亭《女战士》中的《白虎》("White Tigers" in *The Woman Warrior*)外,

尚有父为英裔、母为华裔的水仙花（Sui Sin Far〔Edith Maude Eaton 的笔名〕）以及父为韩裔、母为华裔的宋凯西（Cathy Song，音译）的作品（1994年第二版增加了谭恩美、黄哲伦、任璧莲〔Gish Jen〕，1998年第三版增加了 Lee Li-Young 和宋凯西，2002年第四版则增加了赵健秀〔Frank Chin〕，删去了谭恩美、黄哲伦、宋凯西）。这里涉及族裔认同/认定的问题，例如，何谓"Chineseness"？是血缘的、文化的、历史的、政治的、法律的？由谁依何种方式来认定？是本质论的（essentialist）、建构论的（constructionist）、或策略式本质论的（strategically essentialist）？其复杂单就"Chinese"一词可能的不同翻译便可看出：就人来说，究竟是中国人、华侨、华裔、华籍或华人？就语言来说，究竟是国语、官话、普通话、华文/华语或汉语？其中有无中心？何谓边缘？彼此的关系如何？有关这方面的讨论，可参阅杜维明（Tu Weiming）所编之专书。

〔43〕 应邀为《诺顿美国文学选集》（*The Norton Anthology of American Literature*）第四版编辑美国原住民文本的克鲁帕特在给笔者的信函中，便提到美国主流文学史的分期方式不适用于原住民。而此广为大学使用的著名文选在1994年的第四版依然漠视华裔美国文学的存在，一直到1998年的第五版方不得不承认其地位。

〔44〕 如简德便从东方主义式的角度，哀叹辛亥革命给予旧金山老华埠致命的一击："比〔1906年旧金山〕大火更具催毁力的〔就是〕革命的精神，使得中国共和成为现实，短时间内废除了我们以往希望保留的中国事物……当华人上自领事下至苦力剪掉辫子，作为与他们国家的传统决裂的外在符号时，老华埠死了。"（Genthe, *Old* 208）

〔45〕《希斯文选》此一缺憾希望可由下述的计划弥补。1994年于美国麻萨诸塞州剑桥市创设的朗费罗研究所（The Longfellow Institute），后来附属于哈佛大学英美语文学系，由薛尔（Marc Shell）和索乐思主持，研究重点在于美国境内以英文之外的其他语文所撰写的作品，这些作品以往一向为人所忽略。此研究计划重要成果之一便是与约翰·霍普金斯大学合作，将陆续出版多文化、多语文的《朗费罗美国文学选集》（*The Longfellow Anthology of American Literature*）。此一系列预计出版五十册，包括四十多种语文，主要以双语（英文与非英文之原文）方式呈现，现已出版《多语文美国：跨国、族裔与美国文学的

语言》(*Multilingual America: Transnationalism, Ethnicity, and the Languages of American Literature*, ed. Werner Sollors〔New York: New York University Press, 1998〕)及《美国文学多语文文选:原著与英译读本》(*The Multilingual Anthology of American Literature: A Reader of Original Texts with English Translations*, ed. Marc Shell and Werner Sollors〔New York: New York University Press, 2000〕)。

〔46〕 1994年第二版、1998年第三版及2002年第四版中,此错误依然存在(1963左n1;2008左n1;1962左n1)。

〔47〕 "添加之罪"与"省略之罪"二词常用于翻译的讨论。这里使用它们有意强调跨语文、跨文化的再现不仅限于文字的翻译,更属于广义的翻译。

〔48〕 第二版中已更正(1964 n2)。

〔49〕 第二版中已修改,只在最后一篇之末加上"1910—1940"(1964)。

〔50〕 笔者于1995、1997年两度前往时,都在纪念碑旁遇到天使岛移民站义工程帝聪(Dale Ching)向一群大都为亚裔的中学生解说此地的历史,并带领前往板壁上刻了诗的木楼参观。此义工便曾被扣留此地数月。

〔51〕 距离天使岛移民营关闭大约四十年,谭雅伦便说自己对天使岛的印象一向是个郊游胜地,若非阅读这些诗作,根本不知该地在其族裔历史上的意义。虽然他祖父数次出入天使岛,但一直到去世都没提过一个字,而他岳父也只轻描淡写提过一次(Hom 133-134)。这一方面可能因为他们觉得时过境迁,不必多谈,另一方面却可能因为太过痛苦而不愿回忆或谈论,或担心谈论会招致不必要的困扰。《埃仑诗集》的编者在进行访谈时对此心理影响感受尤深:"大体而言,以往被拘留的人不愿揭露不愉快的往事,宁愿遗忘。只有在我们保证匿名之后,他们才同意为本书接受访问。"(9)后来接受杨碧芳具名访谈的人士是在侄女敦促下,于半个世纪之后重访天使岛(Yung 165)。

〔52〕 此书1980年版权属于天使岛华人拘留者历史计划(the HOC DOI〔History of Chinese Detained on Island〕Project),1991年改由华盛顿大学出版,此一事实也见证了其建制化的过程:由原先民间人士的族裔计划进入学院。

〔53〕 就此而言,(本次会议举行的)1995年全美至少有两个事件值得密切注意:(一)虽然美国宪法并未明定国语,但众议员金(Peter King)于2月21日向国会提交的立法提案"1995年国语法案"(National Language Act of 1995)则要求独尊英语、反对双语;(二)华裔美国空军上尉王永兴(Jim Wang)成为伊拉克上空误击友机案中唯一面临军法起诉者,这种由一人承担全部责任的顶罪方式(scapegoating),和当初美国白人因为内战后的经济衰退而归咎、迫害华人的做法如出一辙——由弱势者承担所有的罪过。王永兴后来虽获判无罪,但他在军中的前途很可能就此断送,而此事件本身便反映了种族歧视。

〔54〕 动物或非人的意象在非裔美国历史及文学中更为常见,白人在将黑人贬为非人/动物之后,就可"名正言顺"、"理直气壮"地尽情剥削而毫不内疚了。

〔55〕 陈烈甫便提到:"华侨向海外移殖发展,纯为私人行动,并没有政府的鼓励与支持,有时且严加禁止,如清代初年,为防沿海居民与海外盗寇及郑成功余孽勾结,扰乱地方,不特严颁海禁,禁止外商来华,并严禁沿海居民出海贸易。这与17至19世纪西欧航海国家——葡、西、荷、英、法等国,有完整一套海外拓殖政策,航海家、将士、官吏、商人与教士齐头前进,首先建立商业据点,进一步向内陆伸展,巧妙运用外交与武力,双管齐下,建立殖民统治权,以开发资源,发展商务,宣扬文化,传播宗教的情形大异其趣。"(5)前文提到的"新世界接触"在这之前,但国家支持海外拓殖的情况则一,而且中国在19世纪也深受西方帝国主义海外扩张之苦。

〔56〕 黄玉雪在新序中提到父亲一直到她大学毕业后一年(1943年)才有资格成为美国公民(ix)。笔者在访谈中,询问汤亭亭有关她父亲入境美国的方式,她回答:"现在父亲已经去世了,我可以告诉你:其实,他是从古巴搭船偷渡到美国的,而且前后不止一次,而是三次;他被移民局警察逮捕两次、遣返两次。对于父亲入境之事,我当然得有合法入境和奇怪入境的许多不同版本,以免移民局官员读了我的书,再次把我父亲连同母亲逮捕、遣送出境。"(汤 217)汤亭亭《金山勇士》(*China Men*)一书出版于1980年,却依然有此顾虑。排华经验在华裔美国人集体记忆中的深刻可见一斑。

想象故国：
华裔美国文学里的中国形象

华裔美国作家由于独特的中美双文化背景，以致在成长过程中无可避免地遭遇到许多来自美国主流社会的歧视与压力，这些成为他们挥之不去的梦魇，也是日后创作中重复出现的主题。因此，身为他们血缘与文化故国的中国，固然提供了其他族裔美国作家所没有的资源，却也造成了他们在面对主流社会时的焦虑与不安。易言之，对华裔美国作家而言，中国往往既是荣耀、资产，也是耻辱、包袱，而他们在创作中也以不同的方式来"想象故国"。

本文分节抽样检视六位华裔美国作家的作品中想象中国的方式：黄玉雪的《华人五女》(Jade Snow Wong, *Fifth Chinese Daughter*, 1945)以第三人称自传的方式描写旧金山华埠女子如何力争上游；雷庭招的《吃一碗茶》(Louis Chu, *Eat a Bowl of Tea*, 1961)以小说的方式生动地呈现纽约华埠社会；汤亭亭的《女战士》及《金山勇士》(Maxine Hong Kingston, *The Woman Warrior* [1976] and *China*

Men〔1980〕)以介于自传和小说之间的写作方式呈现她对于中美文化的态度;谭恩美的《喜福会》(Amy Tan, *The Joy Luck Club*, 1989)表现旧金山四对中国母亲/美国女儿之间的关系;赵健秀的《唐老亚》(Frank Chin, *Donald Duk*, 1991〔依李有成中译名〕)借着梦与回忆来重构华裔美国人的历史;伍慧明的《骨》(Fae Myenne Ng, *Bone*, 1993)则为一个旧金山华埠家庭谱出安魂曲。

在分节讨论上述作品之后,本文拟援引安德森"想象的社群"(Benedict Anderson, "imagined communities")的观念及言语行动理论,以指出:如果民族/国家等观念是"想象的社群",那么这些华裔美国作家主要根据所听或所读的中国相关资讯,再以主流社会的语文(英文)所呈现的中国则可说是"双重想象的故国"(doubly imagined homeland)。然而,这种"想象"却非无关紧要的向壁虚构,而是在作者的成长经验、心路历程、实际生活、文学创作及领受上有着相当具体的践行效应(performative effects)。进言之,对于以往在美国历史和文学史中被消音、灭迹的华裔美国人而言,这些作品提供了具体有力的文本,以填补主流社会各类历史中的空白,来改变/更替美国(文学)史(the altering/alterity of American〔literary〕history),来达到林英敏(Amy Ling)主张的"以书写错误来矫正错误"("righting wrongs by writing wrongs", 158-179),以及李有成所谓的"书写/矫正("writing/righting")美国文学与历史"的目标(186),为美国主流社会提供另类的文学/历史(an alternative literature/history)。

一

黄玉雪(1922—)于1989年为美国华盛顿大学出版社重新印行的《华人五女》一书所撰写的序言中,提到这本四十多年前出版的自传中的一些特色以及读者的反应。她谈到自己在1972年首度中国之旅时忐忑不安的感觉,而且确实也发现当时的反美情绪,但是"自己和夫婿被当成英勇的移民后裔来欢迎……在共产党官员所举行的正式宴会中,我们全然自在(completely at home)"(ix)。她进一步写道:"餐桌的礼仪没有改变;我们父母半个世纪前的训练适用于今天的北京,一如适用于旧金山华埠。我于1972年及今日所到之处,都置身同质性的中国人民中,觉得异乎寻常的舒服(虽然由于我外表不同,而被认出来自海外)。"(ix)

黄玉雪在1945年的原版序中说,这本自传"虽是'第一人称单数'的书,但其中的故事却根据中国习惯而以第三人称写出"。她并以中国传统诗文及家书为例,说明"即使以英文撰写,一本由中国人所写的'我'书,对于受过中国礼教的任何人来说,都是异常地不谦虚"(xiii)。她在新版序言中,再度指出此书的第三人称叙事方式是根据"中国文学形式(反映出文化上对于个人的不重视)"(vii)。因此,就形式而言,作者本人便坦承这部"自我—人生—书写"(即英文"自传"〔auto-bio-graphy〕一词在字源上的意义〔self-life-writing〕)在传主/主角—叙事者—书写者的人称选定上,就已受到中国文学/文化传统与成规的影响。再就内容而言,黄玉雪也如同其他自传作家一样,根据书写当时的自传计划(autobiographical project)拣选、排列、组合"记忆所及中形塑我的人生的重大插曲"(xiii),目的在于"为美国人创造出对于中国文化更佳的了解。这个信条是贯穿我一生工作中许多转折的主题"(vii)。

因此,在黄玉雪写作的1940年代虽然"从未出版过以一位女性华裔美国人的角度"("a female Chinese American perspective",vii)所撰写的作品,但她还是在自传中"仔细记录了一位美国华人女孩的前二十四年"("an American Chinese girl",xiii)。在这两篇相隔四十多年的序言中,从黄玉雪对于自己的称呼由"美国华人女孩"转变为"女性华裔美国人",以及新序中对于美国主流社会较为明显的批评,多少可以看出其自我身份/认同的改变,以及因弱势族裔在美国的地位逐渐提升而比较勇于批评主流社会。

在这部华裔美国女性版的"力争上游"中,黄玉雪以清晰流畅的文笔娓娓道出自己二十四年来的人生故事,如何从旧金山华埠的华人家庭出发,接受父母传统中国式的教养,在家帮忙家务,日夜上学而分别获得美国和华人学校的文凭,自食其力地得到二专的学位,在毕业典礼中代表致词,再到女子学院继续深造,发展出个人的能力、兴趣,在二次大战期间献身工作,并因征文首奖而为新船举行下水典礼,重新发现华埠的种种事情,最后独力创业——在华埠开设陶艺品店并从事写作,以促进中美文化的相互了解为职志。

对于昔日以观光客、外地人/外国人的角度或经由简德(Arnold Genthe)的老华埠摄影来认识旧金山华人世界的人来说,黄玉雪诉说了土生土长的第二代华裔女子的亲身经验及内在世界,提供了对于华埠的修订式版本(revisionary version)。每章之前的插图(由 Kathryn Uhl 所绘)在黄玉雪看来"可靠正确",其与文字文本之间的互动,一并使得此自传成为"仔细的纪录"(xiii)。读者在阅读这部作品之际,不时感受到黄玉雪如何作为旧金山华埠(扩言之,在美国的华人)的代言人,如何在成长及寻求独立的过程中汲取、拣选中美两文化的合用之处,以及如何努力促进两种文化之间的相互沟通与了解。其中,她的中国式教养及认知扮演着决定性的角色。

中国对于黄玉雪的影响,除了原序中提到的漠视个人及自我(在全书中也常提到中国人重视家庭、轻忽个人)之外,正文中也随处可见。如全书开头部分便指出:"一直到五岁,玉雪的世界几乎全是中国式的,因为她的世界就是她的家庭……她所有的一些问题完全与一个中国小女孩行为的适当与否相关。"(2)父亲也说过,小孩在上幼稚园之前要完全接受中国式的教育。父母所教导的主要是"尊敬和秩序",而"教导与鞭打几乎是同义字"(2)。父母亲除了教导传统的中国生活规范之外,也借着说故事、读写中文等方式来传授中国的历史与文化。即使在黄玉雪上美国学校时,不但要帮助家务,还在父母的要求下于夜晚上华人学校。这一切都可看出父母对于中国传承的重视。此外,如中国节庆、婚礼的规矩及生活中的林林总总(如许多来自中国的食物及烹调方式,对于祖先的重视,男尊女卑的观念,中医与中药,中国戏等),也可看出中国文化已深深渗入华埠人士的观念思想、意识形态、生活习惯各方面。而黄玉雪所目睹的外祖母的言行,父亲在重要时刻所讲述的祖父的故事,及全书关键处所穿插的中国谚语等,在在显示了中国思想的深远影响。即使在她与美国人的交往中,她的华人背景也有着相当重大的正面作用。

但是,身为第二代的美国华人,黄玉雪也亲身承受了中国文化的负面影响,她非但不无微词,而且试图匡正。这点除了见于书中所述她本人成长过程中的重要插曲之外,也明显见于她在正文中谈到对于幺弟的教育和新序中谈到对于自己的二子二女的教育,以期弥补她本人成长过程中的缺憾。这些缺憾尤见于她在人生历程中与父母不太相合甚或抵触之处。就这层意义而言,这部自传就是一位美国华裔女子寻求独立的过程,而她的独立与(借助美国的教育和思想方式)重新认知、评估华埠及其所代表的价值可说是一体的两面。

若将此自传当成独立的过程来阅读,则其高潮在于上了社会学之后的黄玉雪开始怀疑:"是否父母虽然于1938年便居住在旧金山,其实并未离开三十年前的中国世界?"(125)她进而鼓起勇气,以理性、平和的口吻向父母转述社会学老师的话:子女不是父母的财产,而是有独立思想的个人,应该得到尊重。在这篇个人的"独立宣言"之后,她以具体的行动走出自己的路,在白人主流社会中努力工作、表现杰出,为家族增光,因而得到家人的肯定。而在这一连串杰出表现之后的主要动机,就是回应别人对于华裔女子的轻蔑,例如:小时候一白人男孩对着她喊:"Chinky, Chinky, Chinaman"(68);学校就业辅导处人员对华人的轻视(188—189);工作场所的男主管从"经济观点"对于女子的歧视(234)。值得注意的是,她在尚未完全独自创业之前,就回过头来"重新发现华埠"("Rediscovering Chinatown",第二十四章的标题),肯定中华文化。因此,这种既渴盼(longing for)又疏离(distancing from)的矛盾,正是黄玉雪面对中国文化的心态。

然而,若将黄玉雪笔下所呈现的旧金山华埠当成当时的通貌也很值得商榷。因为,从她的文字叙述可以看出,当时已有不少同一代的华裔子弟不会写中文,女子不接受高等教育,而在全书最后一页特地引用父亲的话,明白道出他当初决定定居美国是因为对于中国社会中的妇女地位觉得可耻,"在美国这里,基督教观念允许女人自由和个性。我希望我的女儿有这个基督徒的机会"(246)。这里再次强调其家庭除了受到儒家思想的影响外,基督教的影响也极为深远,甚至决定了全家在美国的去留。其实,基督教的色彩以及此西方信仰对于黄家的精神支持在全书经常可见。而其父担任教堂的司库和其母定期上教堂作礼拜(73),也可看出黄家与华埠一般人士不同。因此,即使对黄玉雪来说代表着中国文化传统的父母,其与故国文化之间实已存在着相当的距离。虽然她父母在生活及教养子女上仍沿用传统的中国方式(包括鞭打),但在许多方面已不再囿限于传统华埠社会的故步自封(如父亲热心公益,为教会及社区出力)。文中数次强调对其家庭的主要思想影响来自于儒家思想与基督教,即是明证。

宗教方面的差异之外,另一重大差异就是相对于以单身汉为主的贫苦华埠社会,黄玉雪的家庭拥有小型成衣工厂及八、九个小孩,的确是个异数。所以,这个在华埠土生土长的女子的自述,所再现的是在优越条件下所培育出的华裔女子,与当时华埠社会的一般情形差距很大。这说明了为什么结合了儒家思想和基督教信仰的父母不坚决反对(但也不鼓励)女儿上大学——因为他们不迫切需要女儿赚钱贴补家用,只求她的进修不构成家里的经济负担。就是因为这个有利的经济条件,使得有心上进的黄玉雪能接受高等教育,以致在许多方面比一般华人更容易在美国社会出人头地。

由于此书宣扬力求上进的美国模范弱势族裔(model minority),并由生于斯、长于斯的华人女子以理性、平和的态度来叙述华裔社会的特色,肯定美国主流社会所给予的机会,所以出版后黄玉雪应美国政府之邀访问亚洲各国,以促进彼此的了解。此一实例印证了美国主流社会,尤其官方,对此一弱势族裔自传的回应。这也正是黄玉雪自许的终身职志:增进中美文化之间的沟通与了解。由于在她之前"从未出版过以一位女性华裔美国人的角度"(vii)所写的作品,所以《华人五女》提供了另一族裔的文本,多少弥补了美国社会及历史认知的空白。而在前后相隔近半个世纪的两篇序言中,黄玉雪的自称由"美国华人女孩"转变成"女性华裔美国人",此一自我重新命名也表示她已融入了美国社会。

二

黄玉雪所描述的大致是1920至1940年代的旧金山华埠家庭(其父母于本世纪初便到美国,但因种族歧视之故,其父直到1943年才得以正式归化为美国公民〔ix〕),以出生于美国的华裔女性的自传方式,呈现出作为美国模范弱势族裔的华裔美国人。雷庭招(1915—1970)出生于中国广东台山,在美国完成中学教育,并取得学士及硕士学位。他的《吃一碗茶》则以长篇小说的形式来呈现1940年代末、1950年代初的纽约华埠(封面便写道此书是"一部纽约华埠的长篇小说")。虽然小说中的男女主角最后远赴西岸的旧金山华埠,并寻得各方面的新生(脱离父亲掌控、生子、得到新的工作、新的公寓、新的夫妻关系、新的朋友、"重振雄风"，然而还是未能脱离华人社会)，但故事中主要描写的还是纽约华埠的单身汉社会。因此，就文类及内容而言，与《华人五女》形成强烈的对比。而且，就因为真实呈现华埠单身汉社会的粗俗语言，以致在出版后遭人批评，甚至为一些图书馆所拒绝采购。然而，陈耀光（Jeffery Paul Chan）在为1979年版的《吃一碗茶》所写的序言中，却盛赞此书的语言，认为成功地运用英文来传达广东四邑的方言。陈序中也指名批判了包含黄玉雪在内的一些作家，认为他们屈从于美国读者大众的"接受模式……雷庭招是拒绝这种接受的第一位华裔美国作家"(3—4)。

相对于黄玉雪以自己的生命历程为主轴所呈现的旧金山华埠，平日献身于社会工作的雷庭招在毕生唯一的长篇小说中，以惊人的写实手法展现了纽约华埠特殊的多样性。从小说中我们可以看到，这个以单身汉为主的华人社会，大都从事餐饮业及洗衣业，生活圈子狭窄。除了一些全家团聚的幸运儿之外(这些人或与妻子同时赴美，或返回中国结婚后偕妻子赴美)，其他人或未婚，或只身在美，把妻子留在中国（除了一位之外，其他的太太都想到美国而未果），因此闲暇时间大都花在访友、看（华文）报、打麻将、饮茶、聊天、看戏、赌马、嫖妓上。就是因为处于同质性很高的封闭社群中，所以任何有关社群成员的消息传得特别快。而传统中国文化中的一些特色——如重男轻女，爱面子，重视宗亲，讲究义气等——也由于此一社群的封闭性而保存下来。

故事中的主角王宾来是在餐厅工作的"金山客"，父亲王华基在纽约华埠开麻将铺，母亲远在广东故乡。二十四岁的宾来奉父命返回广东完婚，对象是其父在美多年老友李光的十八岁女儿李美爱。两位父亲先商量个大概之后，便分别写信告知在故乡的妻子，由善尽父职的王华基资助儿子返乡。双方相亲中意后，不日便迎娶。男方返乡结婚的主要原因是王华基认为现在的美国女子靠不住，而华裔的"竹心女"也太美国化了，欠缺中国传统女子的美德。女方之所以欣然同意,一方面因为广东该地区一向以把女儿嫁给金山客并赴美国为荣(两位父亲就是典型的金山客),另一方面也由于宾来生得英俊且在美国有正当职业。婚后小两口度过了短暂的甜蜜时光。但在投宿香港准备搭机返美时,王宾来却因年少时的荒唐而性无能,返回纽约华埠后的一两年间也只行房一次。结果,娇妻给具"桃花运"及勾搭前科的男子周阿宋有机可乘,流言传遍华埠。大失面子的王华基得知后以利刃截断阿宋左耳。在王氏宗亲会和平安堂的出面仲裁下,阿宋向美国警方撤回告诉并被逐出纽约华埠五年。事后,王华基无颜待在华埠,转赴芝加哥;李光赴沙加缅度;宾来与美爱赴旧金山,展开新生。

《吃一碗茶》生动地呈现了华埠错综复杂的家庭、亲属、社会关系。就家庭关系而言,父亲有责任照顾子女、为子女寻找合适的对象(遵循"男大当婚,女大当嫁"的古训),子女则回报以孝顺。最明显的例子当然就是王华基事先与好友及妻子商议,并资助宾来旅费返乡相亲、结婚,而宾来的婚事则大抵依循传统"父母之命,媒妁之言"的模式。在媳妇给儿子"戴绿帽"的流言四起时,王华基觉得自己必须挺身而出,为儿子讨回公道、为家族争回面子、为社会伸张正义,即使诉诸暴力、牺牲自己也在所不惜。

华埠的亲属关系,则清楚地表现在王氏父子两代身上。宾来在堂兄的餐厅帮忙,堂兄给他工作机会,可说两蒙其利。堂嫂得知美爱怀孕时热心馈赠补品,听到传言后转而对美爱不屑一顾,即使因公公出面而勉强相见,却也冷言冷语,生动地表现出妯娌之间的关系。全书中最活灵活现的角色大概就属王华基的堂兄王竹亭了。他不但是王氏宗亲会会长,也是平安堂全美堂主,在华人社会素享盛誉,长袖善舞,几十年来为人排难解纷无数。美爱的谣言是他先听说之后再提醒堂弟王华基留意的,而王华基割耳事件也由他运用各种关系,透过宗亲会和平安堂出面摆平。结果割人耳朵、畏罪潜逃的王华基没事,一向声誉不佳且缺少同姓支持、势单力薄的平安堂分子周阿宋,则被迫接受仲裁的决议:向美国警方撤回告诉并离开华埠。而王竹亭在处理此事件时的种种灵活手腕,一言以蔽之,就是利用别人卖他面子的方式来达到自己的目的——照顾宗亲,维持家族声誉、华埠秩序于不坠。

至于朋友之间的关系则不一而足:有王华基与李光这种因多年友谊而结成的亲家;有王华基曾照顾过的米基,是他伤人之后投靠的对象;有经常到王华基麻将铺里打牌、聊天、满口脏话的人(包括书中勾搭友人媳妇的恶棍周阿宋);有王宾来的多年单身室友陈云,就是他带领宾来到纽约嫖妓,并把公寓让给新婚的宾来夫妇居住,也是宾来认为唯一能吐露心声的人(即使如此的密友也对"朋友妻"美爱存有非分之想,心中反复思索着"肥水不落外人田"及"男女授受不亲"的古训)。[1]

因此,就人际关系而言,华埠社会多少依然维持着中国传统类似父子及家族有亲,夫妇有情、有别(男主外、女主内),朋友有义,长幼有序的伦常。凡违反这些原则的事件都会造成个人和家族颜面的丧失,以及华埠社会秩序的紊乱。换言之,中国除了是金山客找寻"理想的"传统式妻子的故乡之外,还提供了家庭、亲属、社会、人际等方面的为人处事之道,使华埠社会的成员有个依循的标准。就这方面而言,纽约华埠虽然有其落后的一面(如故步自封,轻忽美国法治,讲求私了),但也对置身其中的华人提供了一些独特的保护方式。即使宾来夫妇后来远走美国西岸,开启自己的新生,但以他们的能力及背景还是得待在华埠讨生活。或许要等到他们的儿子国明那一代,才会有心、有能力融入美国社会。

即使《吃一碗茶》中所呈现的纽约华埠社会似乎自成一体,但其中也不乏自我消解的成分。首先,由长辈对于竹心子与竹心女的批评以及类似"现在的女孩子不可靠"这类说法,可以看出在老一辈的眼中,美好的昔日已不复存在。讽刺的是,连千辛万苦、万里迢迢从故乡迎娶、从小就想嫁给金山客的美爱(且为金山客李光之女)都不可靠了。虽然宾来、美爱夫妇在旧金山恢复了圆满的家庭生活,但"故乡女子可靠"的说法已不攻自破了。[2]其次,传统的重男轻女观念也未必那么稳固了。书中的角色虽有"女儿到头来总是别人家的媳妇"以及男孩子可以传宗接代的想法,但是李光只有独生女美爱的事实似乎并未在他心中造成太大的困扰,而宾来和美爱对于生男生女也不觉得有太大的差别(虽然后来生下的是男孩),甚至连生下来的究竟是宾来或阿宋的骨肉也不在意。

在《吃一碗茶》中最重要的象征当然就是那一碗中药苦茶了。黄玉雪在《华人五女》中曾专章描述中国的草药,不但简要地解释其原理,提到也有白人来看中医、抓药,并说自己数年的痼疾在吃了一帖十八味的中药后,几天内就"消火祛风",完全痊愈了(226)。黄玉雪以《和春堂》("The Sanctum of Harmonious Spring")一章接续《重新发现华埠》,用亲身体验来印证传统中国事物的妙用。此处宾来的性无能也是在服用了几周的中药之后得到改善,全书就在重振雄风声中结束。雷庭招如此安排而且以此作为书名自有其用意。对于这种安排,陈耀光有如下的评语:"吃一碗茶是中国良药。如果宾来要重获雄风,如果移民先驱为了要使在美国立足所做的牺牲不致白费,那么一个时常怀有敌意的社会所配给他们的处方就不得不吞下。"(5)

陈耀光这个70年代末期的说法着重于弱势族裔的不利地位及面对强势团体的因应之道,自然有其时空因素。黄玉雪在1989年版《华人五女》的序中指出,"静默的演进"已经造成美国社会的若干改变,但是"反抗种族偏见的战斗尚未结束"(xi)。对于现今的美国主流社会而言,《吃一碗茶》则具有另一层重大意义。我们不妨套用陈耀光的句法来说:如果主张人生而平等的美国开国元勋为了要使在这块土地建设新乐园所做的努力不致白费,那么雷庭招所提供的那一碗药茶虽然可能苦涩(证诸此书问世之后所遭到的冷落及恶评,甚至到今日讨论的文章仍不多见),但美国社会却"不得不吞下"。

三

如前所述,黄玉雪以第三人称撰写旧金山华埠女子的自传,雷庭招以全知观点撰写纽约华埠社会的长篇小说;相反的,汤亭亭(1940—)的《女战士》和《金山勇士》对于读者的挑战之一就是文类的问题,而这也是早期批评家争论的重点:此二书(尤其是《女战士》)到底是自传还是小说/虚构(fiction)? 一般而言,二书介于自传与小说之间,可说是在黄玉雪的自传和雷庭招的小说之间/之外另辟蹊径。二书所描述作者成长过程中意义重大的事件,率皆与其文化认同相关,个中作者想象中国的方式当然关系重大,而此关系以出诸互文(intertexts)的方式则更为凸显。[3]

其实,《女战士》和《金山勇士》的命名和书名的中译本身就大有文章:如"女战士"所指涉的花木兰,及这位奇女子对于成长中的汤亭亭的作用;"金山勇士"的英文名称"China Men",以另铸新词的方式如实地面对美国社会对于华裔人士在历史上的轻视(此轻视具现于"Chinamen"一词),并以一方图章肯定、表彰这些"勇士"远渡重洋、垦殖"金山"的贡献。[4]而两本书中所使用的中文字及中文互文作用更是重大。其中,有些是小到一个字的运用,如《女战士》中根据中文的"报"字大作文章,特意把"报导"和"报复"混为一谈,而成为借着文字"'报'导罪行"来达到"'报'复目的",亦即,"以报导来报复"("The reporting is the vengeance", 53)。又如,书中提到中国古代妇女自称为"奴"("slave", 47),并说由此可见身处重男轻女的中国父权社会中女子的地位与"奴隶"无异。凡此种种虽不免有夸大、曲解之嫌,却可看出作者别出心裁之处。[5]当它们置于全书脉络时,更发挥了原先在中文里意想不到的效果。

至于较长的互文方面,如《金山勇士》中运用了《镜花缘》、"杜子春"、屈原的故事以及类似《聊斋志异》的鬼故事,不但显示作者对于中国文学并不陌生(虽然其中也发生了把《镜花缘》女儿国里林之洋的故事套到唐敖身上的情形),更重要的是作者借着改写这些故事来强调男女间的不平等关系、流放主题以及张敬珏(King-Kok Cheung)所谓的"强制性的静默"("imposed silence","'Don't'")。换言之,作者在运用旧故事的同时并赋予新意,拓展甚或多少颠覆了原来的故事。在汤亭亭更明显描述自我成长过程的《女战士》中,《白虎》("White Tigers")一章据用花木兰的故事,除了描写这位奇女子的特立独行、骁勇善战外,并借此达到作者特定的叙事目的(即上述的"以报导来报复");而《胡笳十八拍》("A Song for a Barbarian Reed Pipe")一章则据用蔡琰的故事,用来呈现流放、压抑、沉默的处境,以及以语言文字打破沉默、超越困境的努力,并在其中寻求建立自我,进而与母亲英兰(Brave Orchid)合说一个故事。[6]

因此,汤亭亭于《女战士》中活用中国历史上女战士花木兰和女诗人蔡琰的故事,一前一后、一武一文地表明了自己这位"女战士—说故事者/讲古者"如何游移/游离于中美文化、社会规范之间。她所面对的不仅是重男轻女的中国传统,也面对了美国白人男性主流社会。换言之,身为华裔美国女子的汤亭亭,面对的是来自两个文化霸权的性别歧视和种族歧视。因此,书名副标题"一个女孩在群鬼间的生活忆往"("Memoirs of a Girlhood Among Ghosts")中的"鬼"字,除了文中所明指的各式各样、各行各业的美国"鬼"(洋鬼子)之外,也暗指自己家族所代表的传统价值观的阴魂不散的中国"鬼"。这种游移/游离状态具现了她身为华裔美国女子的处境,以及在一连串事件中摸索、建立自我的努力。

由上述可见,这两本书可谓是汤亭亭的"发愤之作":由于受到中美文化的双重压力,使得华裔美国女子处于双重边陲化的弱势地位,反而激发她积极突破困境、建立自我。最显著的例子之一就是,中国传统重男轻女的观念,使得女子一方面没有家庭及社会地位(家中男性长辈"女子无用"的论调使幼时的汤亭亭深受困扰),另一方面却又得特别注意贞操,因此《女战士》全书一开始就是母亲的"不许说",并诉说无名姑姑在姑丈赴美工作后受诱惑被迫怀孕、生产,有辱门楣以致带着婴儿投井自杀的故事,以为年届青春的女儿之戒。结果母亲这个禁令非但没有达到预期的效果,反倒激发了汤亭亭创作的动机、提供了她书写的素材。这也正是张敬珏所谓的"静默激发出来的回应"("provocative silence", *Articulate* 23-25,74-125)。这种静默不但发生在汤亭亭个人及家人身上,也扩及华裔美国人身上,并激发作家挑战此静默。

因此,张敬珏在讨论《金山勇士》时指出:"《金山勇士》中父亲的沉默寡言激发叙事者创造他的生平;同样的,白人美国史避而不谈中国佬,也促使她从手头零散的资料中推测,而重新建构出已散佚的事物。"(张,《说》26)张敬珏在文中进一步引用傅柯"对抗记忆"(Michel Foucault,"counter-memory")的观念,认为有别于为"传统的历史"所用的那种记忆,或被官方所接受、铭刻、批准的连续性的历史与知识,对抗记忆提供了一种"替代式的诉说模式"(26)。扩而言之,这种观点可用来抗衡美国历史对于华人的有意抹杀,也可用来挑战美国文学史以往对于华裔文本的漠视。

前面说过,这种强制性的静默激发了汤亭亭以文字为个人、家族、族裔立传,而她立传的主要方式则是借由母亲拿手的"说故事"(talk-story)。汤亭亭不论在这两部自传性作品或其他地方,都一再提到"说故事"对她的重大意义。"说故事"对汤亭亭来说,可分为被动与主动两个层面。就被动的层面而言,她是听别人说故事的人,或接收故事的人。这些主要是中国故事,其中除了来自中国经典文学之外,许多来自母亲的口述(或是母亲个人的故事,或是家族成员的故事,或是转述的中国民间传说及历史故事)。最特别的则是鲁滨逊的故事,她幼时以为是中国故事,一直到上学后才知道原著是英国文学作品。

就主动的层面而言,她的写作策略也仿照说故事的方式,结合了传说、神话、历史、文学、民间故事、口述文本与书写文本,以致真实与虚构混杂,呈现出多音复声的文本,挑战自己所面对的双重压制:"说故事让她能够交织口述传统与文学传统,容纳多重叙事和角度,扯裂中国人和美国白人的权威。"(张,《说》27)所以,汤亭亭以这种方式保持了英文"作者"(author)一词的双重意义:既是"扩大者",也是"原创者"——作者重述、再写、编辑、甚至窜改所得来的故事,再将其回馈给所属的群体。汤亭亭的特殊之处就在于回馈的同时,以其"女性主义式和族群的感性"("feminist and ethnic sensibilities", Cheung, *Articulate* 125)批判了过去的迫害者。

质言之,汤亭亭由对抗记忆出发,而发展出个人、家族及族裔的对抗叙事(counter-narrative),以对抗叙事来体现对抗记忆,最具体的成果当然就是《女战士》和《金山勇士》。身为"发愤之作"的这两部自传性作品,由于特殊的写作手法及内容,以致能借由与母亲合说/合写故事,达到"以报导来报复"的目的。尤其借由其中所传述/转述的想象的中国,传达了鲜明的异域色彩(exoticism),使得其作品不但畅销于文学市场,而且在学术圈也得到重视。讲授她作品的学科包括了文学系、美国研究、人类学、民族学、历史、妇女研究、黑人研究等。张敬珏在接受笔者访谈时指出:"汤亭亭的《女战士》是美国大学校园里当代还活着的美国作家的作品中最常被采用做教材的。"(《张》105)她的作品被纳入新编的美国文学史及文学选集,成为华裔美国文学的重要代表,为对抗记忆和对抗叙事做见证,达到了"以报导来报复"

的目的。

四

相较之下,谭恩美(1952—)是后起之秀,自1989年发表第一部长篇小说《喜福会》以来,便深受各方瞩目。《喜福会》一出版就跃居《纽约时报》畅销书排行榜三十七周之久,对于刚出道的作家而言,这种情形确属罕见。这部长篇小说继而被改编成配有插图的儿童文学、电影,成为不同呈现方式的文化成品。这种特殊的"谭恩美现象"值得纳入更宽广的文化研究范畴内讨论,以便"读出"及"读入"更多不同的意义。[7]

谭恩美于1989年《喜福会》出版时,曾以"在美国文学中寻找一个声音"("Finding a Voice in American Literature")为题巡回演讲。对于当时前景不明的谭恩美而言,这虽是美国出版业行销的例行方式之一,但多少也表现了她在美国文学中寻求某种定位的自我期许。而从她的现身说法可以看出,她对身为华裔美国女作家的若干见解。其中主要的就是,在加州奥克兰的华人移民家庭中长大的谭恩美,父亲是浸信会牧师,母亲信奉佛教,因此她"一直觉得自己横跨两个文化、两种宗教教养",而这种跨文化的特色正显现在她的作品中。

该书以类似《十日谈》(*Decameron*)、《坎特伯里故事集》(*Canterbury Tales*)的叙事结构,透过七个叙事者(三个中国母亲和四个美国女儿)来诉说以麻将搭子"喜福会"为中心的十六个环环相扣、层层相迭的故事。在乍看如同十六个短篇小说合集的表象下,精巧地建构出四对中国母亲/美国女儿:李宿愿/吴菁妹,苏安美/若丝·苏·约旦,江灵多/未伏里·江,莹影·圣克烈/利娜·圣克烈之间错综复杂的关系。除了吴菁妹因为继承已逝的母亲成为喜福会的成员而担任四篇故事的叙事者外,其余六人每人各担任两篇故事的叙事者。

此十六篇故事又分为四组,首尾两组《千里鹅毛》("Feathers from a Thousand *Li* Away")和《西王母》("Queen Mother of the Western Skies")由三位中国母亲及继承母亲的吴菁妹来诉说,中间两组《二十六道鬼门关》("The Twenty-six Malignant Gates")和《美国式翻译》("American Translation")则由包含吴菁妹在内的四位美国女儿来诉说。因此,中间两组女儿的叙事被首尾两组母亲或继承母亲的吴菁妹的故事所包;而第一篇及最后一篇故事又由兼扮母女双重角色的吴菁妹所叙述。四组之前各有如同前奏或过门般以斜体排印的短文开启,而这些短文又与该组的四个故事相关:《千里鹅毛》诉说移民母亲的心愿/宿愿;《二十六道鬼门关》和《美国式翻译》表现母女之间观念、感情的冲突;《西王母》则以婆婆对外孙女婴的说话,希望借由外孙女来教导女儿以往曾教过的相同课题,这使得三代之间的关系成一循环。以这种多重叙事声音(multiple narrative voices)来建构母女之间的关系,在华裔美国文学中尚属首见。也就是这种"各说各话"的结构,允许作者更能充分地呈现出中国母亲与美国女儿两代之间纠葛不清的矛盾(ambivalence)。

一如其他的华裔美国文学作品,《喜福会》中有关中国的部分大抵表现在老一辈的际遇、思想观念、言行举止以及他们对于子女的期望与教养上。因此,在有关中国母亲的呈现方面,或透过她们自己诉说的故事(就李宿愿而言,是透过女儿吴菁妹的回忆及诉说),或透过女儿口中的叙述。这些故事或叙述最引人瞩目的就是其所包含的异国风味,而这又主要呈现于第一、四组的八个故事中:吴菁妹转述母亲在对日抗战期间如何于桂林组成喜福会,以及在逃往重庆途中因体力不支只得抛下双胞胎女儿的情形;苏安美诉说孀居的生母如何被骗失身、改嫁,遭家人羞辱,割股疗亲,后来服毒身亡;两岁就订亲的江灵多诉说在夫家如何遭受折磨,如何利用老人家的迷信得以脱离夫家获致新生,前往美国,结婚生子;莹影诉说于中秋夜游太湖落水,不幸的婚姻,认识后来的美国先生的经过。

透过这些母亲所诉说的(在)中国(时候的)故事,使读者深深感受到另一个时空——空间在中国,时间贯串数代——里的中国女子的遭遇,尤其在传统父权社会下女子所蒙受的种种不平等待遇,以及她们面对这些遭遇时的自处之道。然而,她们从不幸的经验中所得到的人生领会,在面对美国出生、长大的子女时,却显得格格不入。对于在美国成长的子女来说,来自中国的母亲所代表的往往是古老、神秘、迷信、落伍。她们对于子女的关爱是毋庸置疑的,但表达关爱的方式却时常令子女难以接受,尤其一些旧式的中国想法及风俗习惯更是莫名其妙,以致母女之间的冲突时有所闻,甚或造成双方的困扰及伤害。而这些母亲由于望女成凤,也惯于在自己和别人的女儿之间比高下,造成一些不必要的摩擦。这些都可在第二、三组由美国女儿所叙述的故事中明显看出。

然而,母女之间的关爱以及在海外相濡以沫的中国母亲之间的感情,终能超越这些摩擦、冲突与矛盾。所以,全书的结构以喜福会的阿姨们义助吴菁妹旅费访问中国大陆,以期为已逝的成员李宿愿完成找到战乱中抛弃的两位女儿的多年愿望为始,以吴菁妹见到在大陆的两位同母异父姊姊为终。而在三位女儿的合照中,使得母女两代、中美双方合而为一,完成了母亲的"宿愿",平息了母亲的"宿怨":"〔拍立得相片〕灰绿色的表面转为我们三人鲜明的形影,霎时间变得犀利而且深刻。虽然我们口中不说,我明白我们都看得出:我们一道儿,看起来就像我们的母亲。她一样的眼睛,她一样的嘴巴,惊愕地张大了嘴瞧,好不容易,她宿愿成真。"(288/中译318)

谭恩美在许多场合中提到《喜福会》的肇因是其母重病之后,谭恩美反省自己对于母亲的生平究竟记得多少、认识多少。因此,她的创作动机可说是为了保存记忆——对于母亲的记忆,以及与母亲密切相关的对于中国的记忆。而她于"在美国文学中寻找一个声音"的演讲中也说:这本书中的感情是自传式的,而细节则是虚构的。同时,她在演讲中所提到的母亲生平及"母亲以她的恐惧、懊悔、希望来教养我",在在让人觉得该书主要的叙事者吴菁妹在许多方面就是作者的化身,而作者透过自传式的感情和虚构的细节编织出这部记忆之作。所以,全书扉页的题辞(中译本未译出)也就别具深意了:

> 献给我的母亲　　　　　　To my mother
> 以及她的母亲的记忆　　　and the memory of her mother
>
> 你有一次问我　　　　　　You asked me once
> 我会记得什么。　　　　　what I would remember.
>
> 这个,以及更多。　　　　　This, and much more.

这部保存记忆之作印证了她在这篇早期演讲中所提到的记忆对她的意义——如自称具有强烈的记忆之感;记忆不是恰巧记住,而是重活、重构(reliving, reconstructing);记忆可能是故事、工具或自我折磨。此外,置于华裔美国文学的脉络中,这些有关记忆的说法出现在初试啼声者寻求在美国文学中定位的此篇演讲里,也暗示了记忆在华裔美国文学中的作用,以及在记忆的作用下所可能产生的华裔美国文学与主流的美国文学颉颃、互补的效应。

五

然而在市场及学术界走红的汤亭亭和谭恩美,却遭到赵建秀(1940—　)的严词批评。他在《大唉咿!华裔与日裔美国文学选集》(The Big Aiiieeeee! An Anthology of Chinese American and Japanese American Literature)一书的九十二页长序《真假亚裔美国作家盍兴乎来》("Come All Ye Asian American Writers of the Real and the Fake"〔依李有成中译名〕)中,特地把《木兰诗二首》以中英对照的方式排印,痛斥汤亭亭为了投美国白人主流社会之所好而不惜窜改中国文学作品。他对谭恩美及剧作家黄哲伦(David Henry Hwang)也有类似的批评。赵健秀进一步主张以《水浒传》、《三国演义》之类的中国古典小说来建立中国文学的英雄传统,并以此作为华裔美国文学——扩大来说,亚裔美国文学——的重要资源。[8]

赵健秀在1991年的长篇小说《唐老亚》中,就把《水浒传》及英雄人物关公、岳飞等写入书中,为自己的主张现身说法。主角唐老亚,年方十二,住在旧金山的华埠,父亲 King Duk 是中国餐馆的老板及名厨,母亲是父亲在家庭及事业上的帮手,唐老亚上有两位孪生姊姊。与他同名的伯父则是粤剧名角。故事开始时,唐老亚讨厌自己的名字,因为它使人立刻联想到迪士尼的唐老鸭(Donald Duck);他也讨厌所有与中国有关的事物,却喜欢梦想自己成为踢踏舞星。家人则喜欢做模型飞机,几年来都把做好的模型飞机画上人形,并依《水浒传》梁山泊一百零八位人物命名,准备元宵节时拿到天使岛(当初华人赴美时遭到拘留的岛屿)上放飞并焚毁。故事开始没多久,他在除夕夜把悬挂于客厅天花板上伯父所做的"黑旋风李逵"偷偷取下,拿到屋顶去放,结果焚毁,于是心中一直害怕父亲发现。在向父亲吐露实情之后,父亲要他补造一架同型的飞机。

全书以幽默的笔触描写唐老亚的心情,尤其强调他的认同问题。身为第五代华人的他(25),高祖父是建筑跨美国大陆的铁路工人,祖父喜欢当美国人,父亲则偏好中国事物,甚至曾偷偷溜回广东学粤剧,颇有天分,返回美国后担任火车副司机员,后来从事餐饮业。唐老亚的孪生姊姊似乎没有认同的问题,但唐老亚一直厌恶所有与中国有关的事物,尤其中国的传统节庆。然而在旧金山华埠,他却不得不与家人一起以复古的方式迎接中国的农历新年。

全书与他认同最相关的地方之一就是有关梦、遗忘(或抹杀)与记忆的部分,而这又与他想象中国的方式息息相关。就在唐老亚毁了"黑旋风"的那个除夕夜,率领粤剧团来访的伯父告诉唐老亚,他们本与黑旋风李逵同姓,但因身为铁路华工的高祖父使用 Duk 姓人士的文件,所以后代就沿用此姓。[9]在修筑从加州沙加缅度往东的中央太平洋铁路时,华人克服各种天然险阻,甚至创下一天铺设十英里一千两百英尺的世界纪录,击败了从东向西的爱尔兰工人。但是,在铁路接通典礼的照片中却只见到白人,在正史中也只记录了八名与华人一块工作的爱尔兰人的姓名——劳苦功高的华人被完全抹杀了。[10]而在父亲的一本藏书以及唐老亚从图书馆借来的书中,便有铁路华工平日工作的照片。就是这种白人历史上的遗忘,使唐老亚心生不平,在梦中重构华人建筑铁路的历史。在多次类似连续剧的梦境中,他参与了华人修筑跨美国大陆铁路的过程,并与手边搜集到的资料比对,在课堂中当众修正老师的一偏之见。更重要的是,唐老亚在"重铺/转达"("re[-]lay")这段美国铁路史时,修订了自己以往对于有关中国事物的鄙视,建立了对于华裔美国传承的认同。

在唐老亚的启蒙过程中,父亲于数个关键时刻所说的话有着重大的催化效用。就在大年初一上街时,父亲一针见血地指出唐老亚和一些华人的问题。在父亲眼中,新近来自中南半岛的移民并未抛弃他们所经历的各种入侵的文化,以致能以"累积"的方式成长,适应所到的各个处境,非但没有失去自己的认同,反而扩大了认同的范围。眼前的实例就是:因为他们的到来,重振了近十年来华埠的中国农历春节。杜金此番说法可说是对唐老亚的当头棒喝,虽然此刻的儿子尚未能领悟:要成为美国人并不是非得抛弃华裔身份不可。父亲智者的角色也出现在其他地方。

在唐老亚对于美国正史抹杀华人的贡献而百思不解、忿忿不平时,父亲明告他"历史是战争,不是运动"(123),紧接着以孔子的智慧告诉儿子有关天命的定义(与白人老师欧洲君权神授式的解说完全不同),并指出:"诗就是策略。"(125)在这里,历史成为战争,成王败寇是顺理成章的事,写历史就是诠释权的争夺战/争霸战,不要也不能仰赖别人的善意,而必须主动争取——"华人自己不写,就莫怪白人不写。"(123)而在说明以"诗"为策略时,父亲也举周游列国的孔子和自己在美国开餐馆为例,要以对方容易接受的修辞加以包装甚或伪装,让别人乐于接受、吞服,在不知不觉中潜伏其内,达到铭刻甚至颠覆的作用及目的。这里的"诗"可作为文学或修辞的代名词,而诗、史二者紧密结合。此外,父亲指出,在面对主流社会时,也可运用其长处以达到自己的目的。这也是后来警员说料想不到华人会运用媒体宣传时,父亲回以自己曾善加利用美国"开放社会的策略"(The Open Society Strategy),而使得餐厅生意兴旺。总之,华裔美国人必须以诗/文学/修辞的方式主动、积极介入,运用主流社会所提供的各种资源,潜伏、渗透入大众的意识中,而在历史上留下自己的刻痕。

唐老亚在小说开始时厌恶有关华人的一切事物,其严重的程度甚至使父亲怀疑他有毛病,但他在不得不接触及无法逃避中逐渐改变了自己的看法。此书独特之处在于作者安排唐老亚以梦境来矫正自己的偏见,填补自己见解上的疏漏。有趣的是,他在梦境中的事物有些可以得到事实的证明,所以是"梦想成真"(甚至有些是与白人小朋友所做的梦相同),但也有些(如修筑铁路的华人关姓工头)并没有史实可以佐证。然而由于前项的"梦想成真"或"异床同梦",使人相当程度地相信唐老亚那些没有史实以资佐证的梦想也可能是真实的。果真如此,那么他梦境中有关建筑铁路的细部描写以及关工头的迷人风采,虽然不见于美国正史,但在唐老亚的梦境中却成真了。而关公和《水浒传》中的角色,不但在华埠社会日常生活中扮演着重要的角色(诸如到处可见各式各样的关公像),而且也在唐老亚的梦境中栩栩如生地显现——甚至那位英雄式的华人工头就姓关。

质言之,对唐老亚来说,这是一项个人的筑梦工程——或更精确地说,建筑"华工建筑铁路工程"的工程——以及使梦想落实、想象成真的过程;对华裔美国史来说,这是以梦来弥补美国历史的空白及缝隙,以补偿美国白人历史对华人有意的抹杀及可悲的缺憾。在这个梦想及重建记忆的过程中,中国古典小说的英雄传统发挥了重大的作用。借由中国小说里的英雄人物,弥补了故事开始时唐老亚个人、家族、族裔的欠缺。其次,就华裔美国历史或文学史而言,更重要的是赵健秀借重华人文化传统,以书写的方式弥补过往以美国白人主流社会的观点所撰写的历史之不足,以及与之相关的美国文学史的缺憾。作者以这种实际写小说的行为来创始/创史(inaugurating/making histories),不但以实践来印证自己所提倡的理论,而且为(华裔)美国文学史增添了一部新的力作,并企图多少致力于改变/更替美国的历史与未来。

六

我从卡马洛低矮的车座往街道上看,看见商店招牌上蜘蛛般的字体,装饰好的街灯如宝塔般的顶端,那些搭配古怪的颜色:红配绿,绿配水蓝,黄配粉红。

往外看,我心想,原来这就是从那些黯暗的灰狗巴士里所看到的华埠面貌;缓慢的景观,奇怪的色彩组合,狭窄的街道,这就是观光客来看的。我心里有些明白,因为我知道,不管人们看到什么,不管他们如何近观细看,我们内部的故事是完全不同的一回事。(《骨》144—145)

出生于旧金山华埠的伍慧明,在1993年出版的长篇小说

《骨》中，借由叙事者傅莱拉（Leila Fu）首次以陌生化了的眼光来看自己生于斯、长于斯的华埠，体悟并肯定其中存在着有别于观光客眼里的故事——后者正是本书封面设计所用的德裔摄影师简德于本世纪初前后来此地摄影时的心态。这部长篇小说主要以两代（父母与三位同母异父的女儿）之间错综复杂的关系，来描写彼此对于旧金山华埠不同反应的"内部的故事"（"inside story", 145）。因为是"内部的"，所以必须由生于斯、长于斯的作者来书写（她连英文文学的学士学位都是在附近的加州大学柏克莱校区取得的）；因为是"故事"，所以作者可以借此建立起家族史以及由此所具体呈现的华裔美国人的历史。这也正如同故事里借着叙事者口中所说出的："我们〔三位女儿〕对于故国所知甚少。我们重复列祖和叔伯的名字，但是他们对我们来说一向是陌生人。家庭存在只因为某人有个故事，而知道故事使我们连接上一个历史。"（36）这"一个"历史（〔"a history"〕，而非"固定、单一的历史"〔"the history"〕，更非总体化、抽象化了的历史〔"History"〕）贯穿数代，至今依然深深影响着家庭中的各个成员，使他们不得安宁——除非将逝者的遗骨（以及对在世者的心理所产生的阴影）安置妥当。同样地，伍慧明借着描写旧金山华埠的一个家庭的故事，把他们连接上"一个"历史，而这个家族史不但反映了华裔美国史的"一个"版本，也反映了"一个"美国历史。

　　伍慧明坦承华埠单身汉社会和早一代的华裔移民对她写作的结构与内容影响深远。老一辈的华人心里觉得自己在美国只是过客，将来总是要落叶归根、返回中国的，就算生前不能如愿，死后的遗骨无论如何得想办法安葬故里——不管由子女或宗亲、同乡运回故乡。她回忆道："许多这些老人家在生命尽头时发现自己孤单单的。从很早开始，我就感受到他们不能返家的遗憾。在他们心中，工作和家庭是两个完全不同的世界：美国是工作的地方；中国是生活、真正生活的地方。他们所说的每个故事都是这么开始的:'在中国老家……'或'当我们回到中国'……当我走出华埠时,经常遭人笑骂:'回去中国。''回去'(to go back)这个字眼的重复以及何处是家这个问题,给了我回溯的小说结构的主意。"[11]

因此,就全书的结构而言,故事开始时悲剧已经发生了——次女安娜跳楼自杀——而故事中的主要事件就是安娜的自寻短见对全家人所造成的震撼与冲击。家里人人为此不幸事件自责及互责,尤其父母亲更是如此:对经常出海的父亲来说,钟爱的亲生女儿遭此厄运是由于先人的遗骨未能安葬所致;对当缝衣女工的母亲来说,则是自己的不安于室所致。在这种纵横纠葛的情况下,叙事者莱拉试图理出整个事件的来龙去脉,找出合理的解释,为死者安魂,为生者安心,为自己找寻一条出路。

其次就内容而言,伍慧明的华裔美国人背景对此书也发挥了重大的作用。伍慧明将此书献给淘金时代快结束时来到美国的曾祖父"阿山"(Ah Sam):"他留给我们一片指甲般大小的金屑。他的骨骸留在这个国家。我父亲问他要不要把他的骨骸送回中国时,他说不必了。"曾祖父的遗命固然可能是因为体恤子孙生活的艰辛,不愿增加他们经济上和心理上的负担,但就另一层意义而言,也表明了他的心态——这种心态,套用麦礼谦的话来说,就是"从华侨到华人","从'落叶归根'到'落地生根'"。

这一点对于《骨》的主题具有重大的意义。相对于"回去"故国的,则是"逃避与定居"。对于叙事者莱拉的继父来说,虽然他时时出海讨生,并以此逃避(尤其是家庭)生活中的诸多不顺,但毕竟还是有个旧金山华埠的家庭与社会等着他的归来。即使他的家庭无法让他得到全然的安憩,至少华人社会可以提供他暂时的栖身之地,将养生息之后才回家或再度出海。母亲则在华埠有着自己的工作与家庭,即使家中遭逢不幸,但她的家就在旧金山华埠。

相反的,对于三位同母异父的女儿来说,这却是个"离开华埠"的故事:次女安娜的方式最为激烈,以跳楼自杀完全摆脱了华埠家庭、世界对她的系绊;三女妮娜"逃往"纽约,先后担任空中小姐及带队前往中国的导游(另一种方式的"回去"故国以及"回来"美国);长女莱拉(生父是个花花公子,现在澳洲"淘金")则因感情的牵挂,留在当地学校担任辅导人员,以便协助继父及生母安顿遗骨,之后在母亲的首肯下与新婚夫婿离开华埠,追求新生。然而,莱拉与妮娜虽然离开了华埠,却依然定居美国,而安娜的遗骨也是安置于这块土地。

伍慧明与黄玉雪、汤亭亭、谭恩美都受过双语的训练,在作品中有时也用上一些与中文相关的文字游戏。由伍慧明对其中文书名以及英文创作的说法,可以看出这两种语文对她的效用。伍慧明说,老一辈认为年轻人会把所学到的中文还给老师。话虽如此,她却愿意说:"我仍能背诵一些中文诗,而中文对我的作品是个重大的影响。"这一点从她对于书名"骨"字的诠释可以清楚看出。在本文所讨论的作家中,没有一位对于自己的书名有着如此明确的解释。根据她的说法,"骨"就字形而言,就如"一个人形,一个骨架的意象",而且与中文的"背"(back)字相似。这种说法(配上她请人用毛笔所写的"骨"字)不但强调了中文的象形特色,也暗暗连结上英文中的"回去"。就字义而言,她别出心裁地把"骨"加入中国的五行(相当物质化的认知方式)中,以强调"人类精神的恒久素质"。就字音而言,她则说:"'骨'在我的方言中听起来就像英文的'好'〔good〕字。我想象老人家点着头,甚至可能说声'够好'。"换言之,她以自己多少能保持中文传统为荣,并企求华人长辈的认可。

伍慧明对于中文书名的诠释显然是运用中英文所玩弄的多重文字游戏,绝非单独使用中文或英文所能奏效的,而读者也不能以纯粹的中文或英文来要求作者。伍慧明的文字游戏固然有其特定的意义,但更重要的可能是她以这个具体的例证来说明"中文对我的作品是个重大的影响",并进一步以这个双文化的混杂现象(bicultural hybridity)具体而微地呈现华裔美国人的身份及文化认同。而这又应该进一步与她对英文的看法并论:"我以英文——对我曾祖父来说是个外国语——来写《骨》,是因为以这个语文来创建一个家(to create a home in this language),能让我对于曾祖父的记忆、对于他那一代的人找个安息之地。"换言之,伍慧明以曾祖父遗骨安葬之地的美国的语文——也是身为第四代华裔美国人的她所运用自如的语文——来书写,并以此语文(英文)为自己的记忆寻觅"一个家"、"安息之地"。

因此,本书可说是以文字谱成的安魂曲:为故事中两代死者的遗骨找到安息之所,让他们入土为安(让"安娜"可以"安哪");让故事中的生者在理清头绪、打开心结后,得以安心面对过去、现在与未来;对于伍慧明的家族而言,是使曾祖父安眠于美国(这说明了为什么伍慧明将"此书献给 Ah Sam,这是我曾祖父死时的名字;这是〔人家〕给他取的英文名字");而且,除了作者明白宣示要扩及"他〔曾祖父〕那一代的人"之外,也可顺理成章地扩及华裔美国人。我们可以套用伍慧明的话来说,借着书写这个故事"使我们连接上一个历史",而这个历史的遗骨,除非生者——包含华裔美国人和一般美国人——"回去"理出头绪,否则死者不得安魂,生者不得安宁。

七

我们若将华裔美国文学加以历史化(historicize)、脉络化(contextualize),便可发现受到 1960 年代美国政治、社会运动洗礼的人士,于 1980、1990 年代在政治、社会及学院内逐渐得势,因而出现了一些社会的改革,以及对于美国文学(史)和文学典律的重新定义与重新建构。而 60 年代对于种族平等的诉求自然成为文学研究者强调的对象。随之而来的便是对于美国弱势族裔文学的重新评价。华裔美国文学在前辈作家的苦心经营下,一则受到整个大环境的影响,再则出现了一些杰出又畅销的作家,加以新作家纷纷冒现,似乎有风起云涌之势,在美国的文学市场和学术界都受到重视。

上文所讨论的作家,虽然前后年代有别,但各自以其作品为华裔美国人这个弱势族群做见证,以主流社会的文字书写,以相对化(relativize)的方式提出不同于以往主流的美国(文学)史。换言之,相对于以往的美国文学、历史,他们的作品展现了另类的书写方式及文本,形成对抗叙事,具现了傅柯所谓的"对抗记忆",与主流的记忆、知识与历史颉颃。[12]在这些华裔美国作家提出对抗叙事及对抗记忆时,中国提供了他们很重要的资源。故国对他们而言,虽然在幼时可能只是耳闻,但其影响甚或宰制却非同小可。而且,在他们成年之后访问中国时,往往有一种"回去/回来"的感觉。前文提到,黄玉雪在首次访问中国时,赫然发现父母亲半个世纪前在旧金山华埠所教给她的种种规矩今日于遥远的中国依然适用,因而产生特别亲切的感受。谭恩美、伍慧明也有类似的反应,而汤亭亭甚至发觉自己在作品中的虚构居然找得到完全相应的实物。

安德森在《想象的社群》一书中主张所谓的民族/国家都是"想象的",原因在于"即使是最小的民族/国家,其成员之间大多既不熟悉,也从未谋面,甚至也没听说过对方,但在每个人心目中却存在着彼此团聚交会的景象。……民族/国家一向被认为是一个深挚、平等的同志的结合。就是这种兄弟之爱终使得过去两百年来,千百万人愿意为此狭隘的想象前仆后继,死而后已"(6)。安德森的用意之一在于强调这类社群的虚构性或(可能更重要的)建构性,当然值得吾人深思。然而其中的复杂性可能并非"想象"一词所能概括,或者该说,我们宜深究"想象"一词的复杂性及其可能产生的效应,因为"想象"可以是虚无缥缈、不着边际的,但也可以是很强而有力的,决定个人及社群的生活与思想形式,甚至产生生死以之的作用。若以言语行动理论来说,语言文字是可以导致行动、具有创始功能、会产生结果的。那么,以语言为媒介的想象,以及由此想象所产生的文本,自然有其践行效应。以上的几位华裔美国作家,不管是经由口述或书写的故事/历史所获致的想象的中国,对于他们的实际生活及创作都产生很直接且具体的作用,并促使他们进而以自己的方式来想象故国,所创造出的文本呈现了受中国影响的华裔美国社会,提出了相对于美国主流社会的叙事、记忆与历史。总之,他们受到"中国想象"所书写的"想象中国"的文本,产生了创始/创史的功能。

因此,在华裔美国文学研究中,很重要的一环就是书写(或文本性)与文学/历史的关系。前者如这些作家如何把听来或读来的(中国)故事转而以主流社会的文字(英文)表现出来;后者如长久以来在美国历史(含文学史)上被消音、灭迹的华裔美国人,如何借着书写来争回其声音与地位。而这些又表现在若干环环相扣的问题上,例如:华裔美国作家如何以英文表现具有族裔特色的历史/故事;他们如何以英文来呈现自己游移/游离于(现实的)美国与(想象的)中国之间的处境;这种文学表现如何在美国的文学市场及学术界中得到承认,而进入美国大众文化、文学典律及文学史;华裔美国文学与(美国国内外的)其他弱势文学有何异同,可能如何彼此串连、声援;华裔美国文学在目前盛行的重写美国文学史的运动中,占有何种特殊地位;华裔美国文学与以汉文为主流的中国文学(史)或华文文学(史)之间可能存在着何种关系……凡此种种都值得深入思索与观察。

引用资料

史书美《放逐与互涉:汤亭亭之〈中国男子〉》,《中外文学》,20卷1期(1991年6月),页151—164。

李有成《裴克与非裔美国表现文化的考掘》,《第三届美国文学与思想研讨会论文选集:文学篇》,单德兴主编,台北:"中研院"欧美研究所,1993年,页183—201。

林茂竹《唐人街牛仔的认同危机》,《美国研究论文集》,台北:师大书苑,1989年,页259—285。

张敬珏《张敬珏访谈录》,单德兴主访,《中外文学》,21卷9期(1993年2月),页93—106。

单德兴译:《说故事:汤亭亭〈金山勇士〉中的对抗记忆》(Talk-Story: Counter-Memory in Maxine Hong Kingston's *China Men*),《文化属性与华裔美国文学》,单德兴、何文敬主编,台北:"中研院"欧美研究所,1994年,页25—38。

麦礼谦《从华侨到华人——二十世纪美国华人社会发展史》,香港:三联书店,1992年。

单德兴《说故事与弱势自我之建构:汤亭亭与席尔柯的故事》,《铭刻与再现:华裔美国文学与文化论集》,台北:麦田出版,2000年,页125—155。

谭恩美著、于人瑞译:《喜福会》,台北:联经出版事业有限公司,1990年。

Anderson, Benedict. *Imagined Communities: Reflections on the Origin and Spread of Nationalism*. Rev. ed. London and New York: Verso, 1991.

Chan, Jeffery Paul (陈耀光). "Introduction to the 1979 Edition." Louis Chu, *Eat a Bowl of Tea*. Rpt. Seattle: University of Washington Press, 1979. 1-5.

Cheung, King-Kok (张敬珏). *Articulate Silences: Hisaye Yamamoto, Maxine Hong Kingston, Joy Kogawa*. Ithaca and London: Cornell University Press, 1993.

——. "'Don't Tell': Imposed Silences in *The Color Purple and The Woman Warrior*." PMLA 103.2 (1988): 162-174.

Chin, Frank (赵健秀). "Come All Ye Asian American Writers of the

Real and the Fake". *The Big Aiiieeeee! An Anthology of Chinese American and Japanese American Literature*. Ed. Jeffery Paul Chan et al. New York: Meridian, 1991. 1-92.

——. *Donald Duk*. Minneapolis: Coffee House, 1991.

Chu, Louis (雷庭招). *Eat a Bowl of Tea*. 1961. Seattle: University of Washington Press, 1979.

Foucault, Michel. *Language, Counter-memory, Practice: Selected Essays and Interviews*. Ed. Donald F. Bouchard. Trans. Donald F. Bouchard and Sherry Simon. Ithaca: Cornell University Press, 1977.

Kingston, Maxine Hong (汤亭亭). *China Men*. 1980. New York: Vintage, 1989.

——. *The Woman Warrior: Memoirs of a Girlhood Among Ghosts*. 1976. New York: Vintage, 1989.

Ling, Amy (林英敏). *Between Worlds: Women Writers of Chinese Ancestry*. New York: Pergamon, 1990.

Ng, Fae Myenne (伍慧明). *Bone*. New York: Hyperion, 1993.

Rushdie, Salman. "Imaginary Homelands." *Imaginary Homelands: Essays and Criticism* 1981-1991. London: Granta, 1991. 9-21.

Tan, Amy (谭恩美). "Finding a Voice in American Literature". South Coast Community Church Auditorium, Irvine, CA, USA. 24 Oct. 1989.

——. *The Joy Luck Club*. New York: Putnam, 1989.

Wong, Jade Snow (黄玉雪). *Fifth Chinese Daughter*. 1945. Seattle and London: University of Washington Press, 1989.

注　释

〔1〕 书中不时出现的"子曰"与中国谚语,具体而微地透露出传统的中国

想法及其在华裔美国社会中的作用。此一特色不但出现于上文讨论的《华人五女》中,在其他华裔美国作品中也屡见不鲜。

〔2〕 陈耀光认为美爱的通奸是对男性沙文主义的报复(5)。与美爱际遇相反的悲惨例子则是汤亭亭笔下的无名女(No Name Woman)的故事:汤的姑丈远赴美国工作,而姑姑在家怀孕,在遭辱后带着婴儿投井自尽(*Woman* 3-16)。汤母告诉她这个故事的主要目的,就是训诫年届青春的亭亭要小心谨慎,并要求女儿不要将此故事告诉任何人。但这反而激发了作者写作的决心。有关这一点的讨论,详见下文。

〔3〕 史书美便曾以《金山勇士》为例,讨论其中"放逐(Exile)与文学作品之互涉(Intertextuality)的关系,以便定义华裔美国作家之放逐式想象(Exilic imagination)之特点与本质"(151),可供参考。

〔4〕 有关此二书的英文书名及中译所具有的丰富意涵,详见笔者《说故事与弱势自我之建构》一文注2及注3。

〔5〕 证诸中文里许多不好的字眼都带有"女"字旁,以及骂人时经常辱及对方之女性尊长,恐怕这种性别歧视早已铭刻入语言文字里,而且根深蒂固了。

〔6〕 对于华人或熟悉中国文学的读者而言,其母之名"英兰"与"'英'勇的花木'兰'"之关系是显而易见的。而其母在面对中国及美国的恶劣环境时的英勇,多少也为汤亭亭提供了角色模范(role model)。

〔7〕 本文所引用《喜福会》的人名及文字,系根据于人瑞的中译本。

〔8〕 此一主张和他早年刻意与中国及亚洲文化划清界线的做法可谓南辕北辙。有关赵健秀早年的认同危机,可参阅林茂竹的专文。

〔9〕 这种伪造、冒用文件以求进入并居留美国的情况,在华裔美国移民史上屡见不鲜,一般称为"paper son"。下文要讨论的《骨》中叙事者的继父梁立昂(Leon Leong)当初就是花了五千美元并承诺在梁姓人士去世后把他遗体送回中国,才得以冒充其子混入美国的(50,57)。

〔10〕 汤亭亭对于白人漠视华人建设美国的贡献也深表不满,在《金山勇士》中同样提到了华裔铁路工人的功劳被抹杀的史实(145—146)。

〔11〕 本文撰写时,有关此书的讨论仅见于报章杂志的书评,文中所引用的资料系由伍慧明本人提供,谨此致谢。

〔12〕 就本文而言,鲁西迪在《想象的故国》(Salman Rushdie, "Imaginary

Homelands")一文中的下述观点关系尤其密切。首先,就是鲁西迪所提及类似他这样流落异域的作家的认同问题,以及其既左右逢源又左支右绌的处境:"我们的认同既是复数的又是片面的。有时我们觉得自己横跨两个文化;有时我们又两头落空。"(15)本文所讨论的华裔美国作家,对于这种双文化的处境或困境感受特别深刻,而鲁西迪在文章中也特别提到了汤亭亭(15)。其次,鲁西迪指出,我们对过去都会有一种失落感,而"离开国家和离开语言的作家可能更强烈感受到这种失落"(12)。而前文讨论的居留在美国世代不等、以英语为创作媒介的华裔美国作家,也深切体认到这一种失落感。再次,鲁西迪引用昆德拉(Milan Kundera)的话说,要以"记忆来对抗遗忘"("the struggle of memory against forgetting"),并以包括"记忆的小说"("the novel of memory")在内的"另类艺术现实"("the alternative realities of art")来对抗"官方的真理"("State truth",14),这点不但和傅柯的论点若合符节,更是本文的主旨。

书写亚裔美国文学史：
赵健秀的个案研究

华人过客(Chinese Sojourner)的迷思、怯懦、被动、女性化的华仔(Chinaman)之刻板印象，已经成为美国白人男性传奇中珍贵的部分，以致美国不会轻易放弃。今天有关我们的所有写作，几乎全都揭示了我们这个种族对于美国真正的种族歧视的价值(racist value)，在于成为白人的左右手，用以迎头打击黑人和其他"较未同化"的种族。

——Chin,"Confessions"69

我从父母、学校、历史书、收音机、电影、电视、报纸、杂志所学到的每件事，都说亚裔美国人太过被动、娘娘腔、"亚洲"，以致没有表达自我和写作的冲动。

——Chin,"Afterward"16

……我们期盼亚裔美国作家在刻画亚洲和亚洲人/亚裔时，能明辨真伪(the real and the fake)。

——Chin,"Come"9

写作即战斗。人生即战争。兵法家曰：文字乃不祥之器。写作乃大事。未尽研习之分而以写作从事战斗,不可不察。

——Chin, "Rendezvous"291

一

在华裔/亚裔美国文学与论述的领域里,赵健秀(Frank Chin, 1940—)无疑是个极重要且具争议性的角色。他在文学创作上有多方面的表现:短篇小说于1960年代起陆续发表;剧本《鸡笼华仔》(*The Chickencoop Chinaman*)和《龙年》(*The Year of the Dragon*)分别于1972及1974年搬上纽约舞台,受人瞩目,前者且为在美国正式演出的首部亚裔美国剧本。其文学创作多年不懈,1990年代转向长篇小说,写出《唐老亚》(*Donald Duk*, 1991〔依李有成中译名〕)和《甘卡丁公路》(*Gunga Din Highway*, 1994),创作力之持久与旺盛于亚裔美国文学中可谓首屈一指。

此外,亚裔美国文学传统一直是赵健秀的重大关怀与建树。在这方面他主要透过成立组织("亚裔美国综合资源计划"〔"Combined Asian American Resources Projects",简称"CARP"〕)、搜集资料、合编文选、撰文等方式,来表达见解并发挥影响。他与陈耀光、稻田、徐忠雄四人于1974年编选出版的《唉咿!亚裔美国作家选集》(Frank Chin, Jeffery Paul Chan, Lawson Fusao Inada, Shawn Hsu Wong, *Aiiieeeee! An Anthology of Asian-American Writers*)虽然不是第一部亚裔美国文学选集,但前言、长序及选文发挥了很大的宣示效用。[1]因此,麦唐娜(Dorothy Ritsuko McDonald)在一篇早期讨论赵健秀的重要论文中推崇此前言之历史性意义:"其实,《唉咿!》的前言与绪论堪与艾默生的《美国学人》(Ralph Waldo Emerson, "The American Scholar")比拟。艾默生之文写于我国历史的关键时刻,当时共和初缔,虽已具有政治自由,但依然挣扎于英国的文化宰制下。同样的,《唉咿!》是知识和语言的独立宣言,肯定亚裔美国人的成年/男子气概(manhood)。"(xix)

赵健秀等在1980年代之初也自豪地指出,"这些年来,它〔《哎呀!》〕依然是有关华裔美国和日裔美国文学的决定性批评之作(the definitive critical work)"("Introduction"1982:227)。

这篇在亚裔美国文学史上具有重大历史意义的文献,于1982年收入裴克为美国现代语文学会(The Modern Language Association of America)主编的《三种美国文学》(Houston A. Baker, Jr., Three American Literatures)中,并与麦唐娜讨论赵健秀之文一起代表华裔及日裔美国文学。[2]这表示了学院建制在1970、1980年代之交对于亚裔美国文学的初步承认,同时也肯定了其中赵健秀个人的剧作及文学理念所具有的意义。1991年四人再度合编出版的《大哎呀! 华裔与日裔美国文学选集》(The Big Aiiieeeee! An Anthology of Chinese American and Japanese American Literature),显现了在另一时空脉络下对于目前占亚裔美国文学大宗的华裔及日裔美国文学的看法,以及确立此一族裔文学传统的"雄心"。[3]

因此,不管就文学创作、文选编辑、史观及传统的建构,赵健秀在华裔/亚裔美国文学与论述的领域中都具有独特的地位。[4]对于身兼作家/编辑/文学史建构者的赵健秀而言,这三方面更是息息相关。不同阶段的他在三方面都有突出的表现(有时有所出入,甚至矛盾),[5]然而一以贯之的则是长久以来对于(相对于美国白人主流文化的)亚裔美国文学/历史的关切、甚至执念。其中涉及的主要就是认同(identity)的问题:他个人的自我认同、文化认同,以及由此投射于文学创作、文选编辑、文学/历史建构的情形。《五十年来》一文中的说法可为明证:"在某个时刻,弱势族裔作家被问到他为谁写作,在回答那个问题时,必须决定他是谁。"(20)[6]本文拟分析这位重要作家、族裔文学编辑、弱势文学理论及文学史建构者对于华裔/亚裔美国文学的看法,观察其在不同时空中的表现及意义。为了对照起见,将涉及对亚裔美国文学具有宣示意义的两部选集的长文,探讨二者之异同、连续/断裂之处,或用笔者以往讨论美国文学史时的用语"反动/重演"("re[-]acting"),以彰显赵健秀企图借着文选的编辑为亚裔美国文学建立传统、确定史观的努力,以及在不同时空下的转变与不变的关怀。[7]

二

《唉咿!》的前言与绪论是早期有关华裔/亚裔美国文学的重要宣言,虽由四人署名,但比对赵健秀的其他文章,可看出他的分量很吃重。[8]至于《大唉咿!》则除了六页由四人署名的序言外,紧接的九十二页长文《真假亚裔美国作家盍兴乎来》("Come All Ye Asian American Writers of the Real and the Fake"〔依李有成中译名〕)更是由赵健秀单独执笔。至于二文发表前后二十年间,赵健秀也以不同的文体独撰或合写相关的文字(其合撰者仅限于数篇评论)。

亚裔美国文学的处境一向极为弱势。正因为如此,更显示了《唉咿!》文集的开创性意义,前言与绪论透露出的强烈历史感及抗争意识允为特色。这种历史感以论述及文选的方式表达,且为其前后的创作及相关论述立下基调,若干关键性理念与字眼反复出现。

综言之,赵健秀反抗的对象就是造成历史不公现象的美国白人主流社会,以及接纳、内化、臣服于此价值观的人士——尤其以往享誉且被视为亚裔美国作家的代表性人物,最明显的就是女作家黄玉雪(Jade Snow Wong)和她所代表的创作类型。[9]在赵健秀眼中,美国主流社会服膺于白人至上论(White Supremacy)的价值观,而白人为了保有既得利益,势必致力于维持现有秩序,利用各种政治及文化建制,压抑非我族类的其他肤色人种,抹杀其历史、文化,以种种刻板印象(stereotypes)来形塑亚裔人士,不但便于驾驭、收编,甚至造成亚裔与其他弱势族裔的对立,表现在外的便是所谓的"种族歧视之爱"。过往虽有少数以英文写作的美国亚裔人士能突破此框架,但大体说来仍囿限其中,有些不知自己的处境,甚至以迎合白人为荣。赵健秀及其同志为了对抗此一宰制情况,特意着重于有族裔特色的文学/历史,强调其所谓的亚裔美国感性(Asian American sensibility),并拈出"唉咿"一词,具体而微地统摄长期压抑下的痛苦、愤怒与呐喊。下文试析论之。

赵健秀提出的首要观念就是抑/逸/异史(suppressed/elusive/alternative history)与异类(alien)的问题。亚裔人士到美国已有一个多世纪,但由于白人的有意鄙视,并漠视他们的历史(遑论涉及族裔自我表达的文学史),以致此一族裔并未在美国的历史与文学上得到公允的呈现。亚裔虽然在美国已达七代之久(赵健秀本人则是第五代美国华人),但由于肤色及在社会中的弱势地位,一直被视为非我族类的异己,如1882年的排华法案便是美国移民史上第一个以特定族裔为排斥对象的法案,而1910年成立的天使岛移民站中所拘留的主要也是华裔人士。对于亚裔人士的不平等待遇所运用的意识形态国家机器(ideological state apparatus)还包括了教育、出版(Aiiieeeee! 12)及大众文化(如电影中的陈查礼〔Charlie Chan〕、傅满洲〔Fu Manchu〕〔Chin et al., "Introduction"1991: xiii〕)。[10]这些对于亚裔(尤其华裔)的歧视,正是他们苦难的渊源和奋战的对象。赵健秀这些实际从事创作的人士选择的途径就是从文学入手。因此,《五十年来》一文开宗明义指出:"在一百四十年的亚裔美国历史中,美国出生的华裔、日裔、菲裔作家出版的小说及诗作不到十本。这个事实暗示在六代的亚裔美国人中,没有文学或艺术的自我表达的冲动。真相则是自19世纪以来亚裔美国人便严肃地写作,而且写得很好。"(3)这里指出以往对于亚裔美国文学的误解,紧接着也指出如水仙花(Sui Sin Far〔Edith Maude Eaton的笔名〕)等人作品中所表现的亚裔美国感性。

相对于历史上的长期湮没、失音及漠视,赵健秀等人在此篇绪论、整部文选乃至后来的《大唉咿!》中所做的就是勾沉的工夫,把以往被湮没的作家及作品重新考掘出土,赋予应得的地位,并进一步建立亚裔美国文学传统。正如他在《前言》末尾所宣示:"许多已经永远遗失了。但是从我们自七个世代中恢复的几十年写作中,显然我们有许多优美、愤怒、痛苦的人生要展现。我们知道如何去展现。我们在炫耀。如果读者感到震惊,那是因为他自己对亚裔美国无知。我们不是初来此地。唉咿!!"(*Aiiieeeee*! xx)

与历史密切相关的就是文学、感性、刻板印象。赵健秀经常在不同场合论及四者之间的关系,而以下列说法最属扼要:"在我能谈论我们的文学之前,我得解释我们的感性。在我能解释我们的感性之前,我得让他们熟悉我们的历史。在我能让他们熟悉我们的历史之前,我得打消他们系统中所怀有的刻板印象,这些刻板印象就像对于黄种人真相的抗体。在我能打消刻板印象之前,我得让他们相信他们对黄种人怀有刻板印象。"("Afterward"14)此四者彼此相关、互为因果:由认知刻板印象之存在并加以摧毁,到真实历史的确立,到建立真正的感性,再到讨论文学甚至文学传统的存在。四者之间真正的运作情况可能更为错综复杂——甚至可能在批判刻板印象时,反而更强化了刻板印象。赵健秀往往在不同场合从不同角度切入,但基本关怀则确定而明显。

一般说来,赵健秀等界定亚裔美国感性的企图是个近来的现象,而其文学则是"正在冒现的感性的文学"("literature of an emerging sensibility"),没有既定标准可循,必须"自我衍生,大胆创造自己的判准"(*Aiiieeeee*! 20)。以这种感性来检视以往的亚裔美国文学作品,便会发现由于美国主流社会的种族歧视,亚裔作家的处境极为复杂且艰困。首先,亚裔人士是相对于白人的弱势团体、非我族类的异己。白人社会透过各种方式,尤其通俗文化,如电影中陈查礼、傅满洲等悖离现实的负面形象,把华裔男性呈现得阴阳怪气,而美国历史因素使得许多华人从事为人轻贱的洗衣及餐饮业,更显得失去男子气概。其次,白人团体时常将亚裔塑造成逆来顺受、安分守己、循规蹈矩的模范弱势族裔(model minority),不但以此与强势的白人社会相对,并使得亚裔与其他弱势族裔之间产生对立。前已述及,赵健秀等多年来便以"种族歧视之爱"和"种族歧视之恨"来刻画这种现象,并说在这种形象下的亚裔男子有如"黄皮肤的汤姆叔叔"("yellow Uncle Tom")。

就亚裔美国社会本身而言,赵健秀认为许多人士及作家接受了白人的价值观,以致日常生活及作品中呈现的并非真实的亚裔美国感性,甚至成为传播白人观点的工具。所以对他来说最重要的工作就是明辨真伪。这种真伪之辨二十多年来反复出现于他的评论及创作中,可说到了无处不在、念兹在兹的地步。他在早期作品里便曾历数较具代表性的五位华裔美国作家及作品——黄玉雪、李金兰(Virginia Lee)、刘裔昌(Pardee Lowe)、宋李瑞芳(Betty Lee Sung)、张粲芳——认为只有张粲芳一人称得上忠于亚裔美国感性,其他四人都接受了白人的价值观。赵健秀特别肯定《吃一碗茶》的华裔作者雷庭招(Louis Chu, *Eat a Bowl of Tea*)和《顽劣小子》的日裔作者冈田(John Okada, *No-No Boy*)。他对于二人作品中表现的亚裔美国的特殊语言、感性、社会真相极为肯定,为以往遭到漠视的他们重新评价,在文选中选录二人作品,不但在《唉咻!》的扉页中将此书献给二人在天之灵,也把自己的剧作《龙年》献给二人,崇敬之情溢于言表。凡此种种显示自1970年代之初,赵健秀等人便对亚裔美国社会具有强烈的历史感,并定出有异于一般的亚裔文学艺术判准。此特色延续不已,在以明辨真伪最著名的《真假亚裔美国作家》一文中,对于晚近风行的汤亭亭(Maxine Hong Kingston)、谭恩美(Amy Tan)、黄哲伦(David Henry Hwang)等人更是口诛笔伐,选集也将这些一般人心目中著名的华裔/亚裔美国作家排除在外。1993年的短文《有约》中批判的对象增加了李健孙（Gus Lee〔"Rendezvous"295〕），在短短的七页之内"真伪"二字至少同时出现五次，执念之深可见一斑。[11]

正因为是抑/逸/异史，故得勾沉、平反；也正因为其中掺杂了伪史、虚假之作，故得辨真伪、分彼此、明敌我，以免被蒙骗、出卖、击败。反制之道就在于发声、现身，标明真正的亚裔美国感性及文学作品，破伪显真。这些都出现于赵健秀所从事的文学创作、评论及文学编辑。就文学创作而言，赵健秀经常透过作品中的人物，间接表达对于某些人物的臧否及事物的评价，有时为了明确表达意念，不惜危及作品的艺术性（如《唐老亚》中借主人翁的父亲之口明白道出："如果我们不写我们的历史，为何他们〔白人〕就该写？"〔123〕"历史是战争，不是运动。"〔123〕"诗〔文学〕就是策略。"〔125〕[12]）

在评论和编辑中，赵健秀更直截了当表达自己的理念，其中主要涉及语言、风格、文化、文类、敌我意识及战斗态度等。就语言而言，赵健秀标榜的是能够准确传达亚裔美国感性的亚裔式美国英文，而不着重英文语法的纯正、标准。如雷庭招的《吃一碗茶》表现出华埠单身汉社会（Chinatown bachelor society）特色的文字风格（何文敬 90, 97—98），虽然曾使作者遭致批评、作品遭到埋没，但赵健秀屡屡在评论中为他平反，推崇此作品借由特殊的语言风格表达出族裔特色。他的同志陈耀光在《吃一碗茶》1979 年再版序也提到："雷的作品展现的是非基督教的华裔美国社会，以一致的语言和感性，正确、生动地刻画了华裔美国人的生活和时代，无疑是前无古人，也可能后无来者的。"（1）此外，赵健秀更在多篇文章中反复提到名作家萨洛扬（William Saroyan）挑剔日裔作家森敏雄（Toshio Mori）的英文。在他看来，萨洛扬出于对亚裔作家的偏见，未能将森敏雄视为以语言表露特殊风格及文化内涵的作家，而只在英文文法的枝微末节上斤斤计较,甚至说出"任何英文老师都会因其文法而把他当掉"的话("Rendezvous"291)。但在赵健秀心目中,森敏雄笔下的"英文是第三语言:日裔美国英文",其实是"一种文学语言,一种充满日本民间文学的象征、节奏、风味的文学洋泾浜(literary pidgin),而不只是对于安德生(Sherwood Anderson)的东施效颦"("Rendezvous"291)。他对亚裔美国文学作品的语言观大抵如此。在他自己的创作中,尤其是剧本,角色的道白掺杂了一般英文、黑人英文、华人英文、广东话、北平话……生动地呈现出语言与文化的混杂(hybridity)现象。

从文类的角度来看,赵健秀指出以往的华裔文学作品大都为自传类,但自传却不是东方文学的传统,而是西方,尤其是基督教的传统。[13]赵健秀在早期的评论中(如《五十年来》)依稀指出这点,后来在《大唉咿!》的序言和《真假亚裔美国作家》一文对此观点加以引申,非但明指美国白人文化的"基督教社会达尔文主义的偏见"("Christian social Darwinist bias", xiii),并用极强烈的口吻加以指责,认为流风所及使得真伪莫辨,"在白人感性中刻板印象完全取代了历史"("Introduction"1991: xiii)。在他心目中那些受到感染而写出虚伪、造假之作的亚裔美国作家,大都受到所谓的"双重人格"("dual personality")之害,以致游走于美、亚二者之间,无法找到安身立命之处,其作品有意无意间迎合白人社会。[14]冈田的《顽劣小子》之可贵,在于作者勇于建立自我认同,坚持亚裔美国人的身份,英文标题中的两个"不"字是同时向美国主流社会和亚洲社会所发出的。

为了坚持自我的身份,对抗两边主流社会的强力推挤、拉扯,就得分清彼此、敌我。这种敌我意识的强调、战斗意志的倡导,如"人生即战争"("Life is war")、"写作即战斗"("Writing is fighting")的说法及主题,多次在他的评论及创作中出现。即使在长篇小说《唐老亚》中,也甘冒说教之嫌而透过唐老亚之父那种类似智慧老者(Wise Old Man)的角色,说出一大篇道理(123)。

既然"人生即战争"、"写作即战斗",那么用上兵法也就理所当然、甚至必然了。赵健秀在评论及创作中,多次提到或援引《孙子兵法》,挪用固有的亚洲(主要是中国)文化资源来对抗白人主流社会及其同路人。

三

坚持亚裔美国感性,反抗白人种族歧视,抨击刻板印象,标举独特的语言、风格、文化,反对基督教自传文类,倡导敌我意识及战斗态度……这些不但是赵健秀在评论中一贯强调的主题,也是在编辑文选和从事创作时试图体现的。因此,赵健秀的重大贡献在于透过评论(文学史式的宣告以及大破大立式的言论)、编辑文选及现身说法的创作,来宣扬亚裔美国文学的理念,以具体的主张与行动来勾沉、平反,以期建立相对于美国与亚洲两个主流社会的独特的亚裔美国文学、历史与文化。他多年的努力与坚持,配合外在环境的变迁,终致在美国(族裔)文学(史)中成一家之言,但也由于严词批评并排斥若干公认的亚裔美国文学代表性人物,使得其主张颇具争议性。

然而,即使在赵健秀的长期关怀中,也有因时、因地制宜之转变,此种转变显见于亚裔美国文学传统的建立。张敬珏在比较70年代的《唉咿!》和90年代的《大唉咿!》时指出,对于亚洲人和亚裔美国人的关系,前书主张断绝(disconnect),后书主张联系(connect)。张敬珏认为在70年代主张断绝的原因有六:亚裔美国人的多样化、视亚裔为异己的宰制观感、对东方主义式的(Orientalist)刻板印象的反动、"模范弱势族裔"形象的内化、女性主义与文化民族主义的互不相容、主流教育;而在90年代主张联系的原因有四:文化自尊、心理福祉(psychological well-being)、家庭联系和社群团结、自主或自决(Cheung, "Asian")。这些改变对于原先熟悉赵健秀主张的人士可能有些突兀。其实,这些正可视为他在坚持亚裔美国感性、建立亚裔美国文学传统的基本原则下，可以为了顺应不同情境的需要而改变做法。换言之，为了达到既定的目标，策略是可以改变的，这正符合赵健秀一再推崇的《孙子兵法》中对于"变"的强调。促成如此转变的背景在于，经过60年代民权运动洗礼后的美国社会更趋多元化，多元文化(multiculturalism)的呼声四起，使得此一大环境更容易接纳较具族裔色彩的主张。

更让一般人觉得难以接受的，则是他对于享有盛名的亚裔美国女作家（如黄玉雪、汤亭亭、谭恩美）的厉词批评。他之所以对这些人有如此激烈的反应，原因就在于前述的弱势/强势之关系及真伪之辨。他认为这些人为了迎合白人社会的口味而扭曲、出卖自己族裔的形象，如把华人社会描绘成重男轻女的恨女人(misogyny)文化，使得原本已饱受刻板印象之苦的华人（男子）形象雪上加霜。为此，他在自己最长的一篇评论《真假亚裔美国作家》里，苦心积虑地企图根据中国古典文学里的《三国演义》、《水浒传》、《西游记》，建立亚裔美国文学的英雄传统，恢复亚裔美国人的男子气概，扭转长久以来的恶劣形象。在反驳那些女作家时，他的手法不一而足。在《唉咿！》的前言中拿黄玉雪的名字开玩笑（"Wong's snow job"〔黄的虚伪之作〕〔xix〕）。为了证明他的论点，曾以谐仿(parody)汤亭亭《女战士》的方式为自己的短篇小说集作跋，以扮装的"圣女贞德"为题材，逼使白人读者在实际阅读经验中去体会坚持真确的亚裔美国人士在看到花木兰被改头换面时的感受。[15]无怪乎李磊伟说："争议(polemic)或谐仿是赵的两个主要文学策略，他以此种语言形式向霸权式的权力运作宣战。"(Li, "Formation" 215)为了划清界线，赵健秀一向拒绝别人把他和"作伪的"作家收入同一文选中。[16]

为了进一步印证投白人所好的作家在写作时扭曲自己族裔的形象，他在《真假亚裔美国作家》一文特地以中英对照的方式呈现《木兰辞》，证明汤亭亭窜改原文，以期借此建立自己说法的道地(authenticity)与权威(authority)。[17]这种手法表面上看来相当具有说服力。然而,赵健秀对于原诗的若干误解及误译,削减了其真确性与权威(单,《追寻认同》159 n2)。其次,作家的创作自由必须加以尊重与维护,不宜因为与自己的认定和信念不同便排斥、甚至大加挞伐。更何况其中又涉及各人对于真确性的不同看法,如黄玉雪的《华人五女》便自认所呈现的华埠是真确的,而且还有图片为证(《黄》63)。因此,这里便涉及谁的道地、由何而来、为谁而设、其判准如何……诸如此类的复杂问题。

此外,这种本质论的论证方式也有待商榷,而且往往是双刃之剑,我们可用"以子之矛攻子之盾"的方式,来质疑其道地及权威。此处以赵健秀最常引证的中国兵法家孙子为例。前已谈及,他在多处引用孙子,并以其印证自己的作为。然而,赵健秀在谈论孙子其人其书时,说孙子是假名,意指"grandson",十三篇内含秘密讯息("This"111),这种说法启人疑窦。他在短篇小说《赠敌美色以迷之,玉帛以惑之》("Give the Enemy Sweet Sissies and Women to Infatuate Him, and Jades and Silks to Blind Him with Greed", *Chinaman Pacific* 92-108)中,指称此句来自孙子("Grandson"[105],此处可能有意戏耍)。然而,细察《孙子兵法》十三篇,找不到类似的文句,个中原因可能是与其他兵法混淆,或版本有异(中文版本不同或英译不忠实),甚至根本是赵健秀想当然地变造、伪托孙子之作。[18]

更明显的例子是《有约》短短一文中有五处引用孙子之言,并用斜体字以示强调,然而只有最后两个简短的引文确实来自孙子:"故上兵伐谋"(*Thus, what is of supreme importance in war is to attack the enemy's strategy*);"是故百战百胜,非善之善者也。不战而屈人之兵,善之善者也"(*For to win one hundred victories in one hundred battles is not the acme of skill. To subdue the enemy without fighting is the acme of skill*)("Rendezvous"297;《孙子兵法》第三篇《谋攻篇》)。[19]其他三处较长的

引文都把《孙子兵法》第一篇《始计篇》中所论的"兵"和"说故事(者)"等同,因而《孙子兵法》开宗明义第一句:"'兵'者,国之大事,死生之地,存亡之道,不可不察也"变成了:"*Storytelling is a matter of vital importance to being; the difference between life or death; the way to survival or extinction. Therefore, study it. Study it hard.*"("Rendezvous"294)[20]赵健秀的译文/误译会使不明就理的人以为孙子(此处用上了正式的"Strategist"一词,别处有时戏用"Grandson"一词)谈的不是兵法,而是说故事的重要性及方法;使得文韬武略的孙子,摇身一变成为类似亚里士多德般《诗学》(Aristotle, *Poetics*)的著述者。有鉴于孙子对于赵健秀的"人生即战争"、"写作即战斗"的启发,引用孙子固然可以增加表面上的说服力,以及赵健秀以理想的说故事者自许之举(相对于另一位以"说故事"〔talk-story〕者自居的汤亭亭),但对于"身为兵法家"的孙子略有所知的人,却可能会有不同的反应:一种是同情式地理解原文并思索此处创作性扭曲/叛逆(creative distortion/treason)的用意及作用何在,甚至欣赏赵健秀的挪用;一种就是批判式地察知此扭曲/叛逆,认为赵健秀不忠于原文,因而减低其说服力。然而,若将赵健秀对于道地以及真伪之辨的要求应用于此,他自己也难免于扭曲、作伪之嫌。

赵健秀之所以用上孙子,不仅因为孙子提供了抗争的理论及策略,而且可用来打破美国社会对于亚裔男子温顺驯良的刻板印象。同理,赵健秀的另一抗争策略,则是借助中国文学中的英雄形象来建立亚裔美国文学传统。这种取向在以往的论述便见端倪,而在《真假亚裔美国作家》中确立。在此文中,他花了很长的篇幅,甚至采用中国章回小说《水浒传》里有关林冲的六张插图,来协助建立其所谓的亚裔美国文学传统。作为一种抗争策略,此举非但有其渊源,也发挥了特定效用,对于建立亚裔美国文学传统不但别出心裁、成一家之言,也对抗了亚裔男性缺乏男子气概之讥。

然而这种做法也有值得商榷之处。首先,赵健秀一方面自早期便强调亚裔美国人的多样化及歧异性,另一方面又企图建立以中国文学里的特定传统为中心的亚裔美国文学传统——亦即前文提及李有成所谓的"赵健秀式的中国英雄主义"(《唐》122)。这种单一化、同质化的尝试与上述多样化的主张彼此冲突。[21]再就中国文学传统而言,小说史上的分类已有多种,也允许不同的分类方式。分类之方式本已因立场、观点之不同而见仁见智,赵健秀的建构是为了适应特殊需求,更有其局限。将此具有相当局限性的建构扩及其他领域,并据以建立特殊的(美国族裔)文学史观,这种做法实难逃本质化(essentializing)及总体化(totalizing)之陷阱。其次,赵健秀的立场鲜明,且对若干享有盛名的华裔(尤其女性)作家颇多恶评。如果说赵健秀可以有他个人版本的中国英雄主义,那些经常在作品中质疑、抨击中华传统文化重男轻女观念的女性作家,如汤亭亭,何尝不能有其版本的"中国文学的女性主义传统,或女性主义的中国文学传统"(单,《追寻认同》166)? 此外,证诸《水浒传》、《三国演义》、《西游记》中对于女性的扭曲与漠视,赵健秀由此建构出的英雄主义传统,很可能更坐实了其性别歧视及仇视女性的批评。[22]

四

这里也涉及文学史的写作。从事文学史理论及实务多年的柏金思(David Perkins)专书的标题就是《文学史可能吗?》(*Is Literary History Possible?*)。在仔细研究多部西洋文学史的专著之后,他的心得是:文学史虽不可能,却属必要;虽无法撰写令人信服的文学史,但必须阅读文学史(Perkins 17, 175-186)。我们在探讨华裔/亚裔美国文学史时也有类似的看法,赵健秀的个案研究提供了我们具体的实例。换言之,如果目标是要写出一部客观公平、周延翔实、毫无偏见的文学史,实属不可能,因为撰写者早已置身于特定的时空,受限于其历史背景、意识形态、价值判断等。然而或许正因为如此,更显示出文学史的多元化及建构性——不同时代的不同人若有机会都可针对特殊的对象与需求建构出一己版本的文学史。如此说来,赵健秀所建构的文学史的"优点"或"缺点",反倒成为"特点"了。

其次,就族裔文学史而言,所谓的"族裔感性"("ethnic sensibility")与认同相似,不但本身极为复杂,也有其建构性/虚构性。而族裔文学史也涉及与主流社会、原先族裔及其他族裔的关系。关于这一点,亚洲中心论(Asiacentrism)虽有其作用,但也只是阶段性的工具与做法:"发展一种亚洲中心论的典范,来批判在亚裔美国研究中理论建构的宰制式欧洲中心论。然而,我们并不假装亚洲中心的典范作为一种认识论,能垄断真理或宣告普遍的效力"(Paul Wong et al. 145)。这种主张对于赵健秀晚近有关亚裔美国文学史的建构有相当的警示作用。此外,王灵智(L. Lin-chi Wang)剖析华裔美国社会所面对的"双重宰制的结构"("the structure of dual domination"),并发展出一套有关研究美国华人的典范:"在这种新典范之下,华裔美国社会中,种族排外或压迫和域外宰制汇合并互动,建立一种恒久的双重宰制结构,并创造出自己的内在动态和独特建制。"(163)要挣脱这种双重宰制就必须建立新意识、新认同。王灵智认为这种"解放的奋斗于1960年代末期非裔美国民权运动的影响下开始"(163),并略述了华裔美国社会的情形(163—165)。他认为这种新运动提供了包括赵健秀在内的"华裔美国艺术家和作家观点、灵感、空间"(165)。然而,笔者必须指出,这些华裔美国人士(尤其是赵健秀)本身的努力,也为此一运动推波助澜,在新意识及新认同的建立上发挥了很大的作用——即使这些华裔人士之间存在着不少歧见与冲突。

王灵智进一步指出,这种双重宰制的结构是一直变动不居的(163)。其实,对于认同的虚构性及情境的变动不居,赵健秀也有所体会。他早在《鸡笼华仔》中便借着谭林(Tam Lum)之口道出:"中国佬是创造出来的,不是生出来的。"(6,8)《有约》中则认为连美国本身都是变动不居、混杂多样的。在文中他把美国比喻成道路、驿站、市场,每个人都是移民,而"美国文化不是一个固定的文化。没有单一的美国文化。我们所称的美国文化就像美国英文一样,是个洋泾滨的市场文化(a pidgin marketplace culture)"(291—292)。[23]换言之,正如《孙子兵法》所主张的"变",面对不同情境,为了达到目标,必须有变通的策略。赵健秀的具体作为,尤其对比相隔近二十年的《五十年来》、《真假》二文及二选集,见证/印证了这种说法。

笔者曾以"反动/重演"来说明不同世代所书写的美国文学史之间的关系:

> 就整个美国文学史论述的脉络来看,也许"里石"(milestone)的比喻较"纪念碑"(monument)更能表现出动态、过程的意义。也就是说,整个文学史论述就像个旅程,每一代的文学史著作就像里石(其中有些里石在某种因缘聚合下暂具纪念碑的架式),标示着一代代的著述者对文学传统的接受、反省、诠评,同时自己也成为当代及后代接受、反省、诠评的对象。在断与续,变与常,异与同之间,一代代进行着"反动/重演"的"历史/故事"(re[-]acting[hi-]story)。(单,《反动与重演》,页30)

该文虽以20世纪的美国文学史为例,但多少可推衍到其他情况。族裔文学的出发点基本上是对于主流文学史的反动。而赵健秀版的华裔/亚裔文学又存在着对于以往族裔文学传统的不满、焦虑与反动。然而在建构自己的文学(史)观及编选具体的文选时,却依然不得不(甚或乐于)重演主流势力纳入/排除的权力运作,甚至旗帜鲜明地对于同一族裔内的异己进行清算/清除,以巩固、传扬一己的文学史观。此理甚为明显。然而,在不同情境下,也会成为自己及他人反动与重演的对象。

总之,赵健秀多年来的创作、论述、编辑,以抗争者的姿态批打美国白人主流社会及其同路人,试图勾沉史、辨真伪,建构出具有亚裔美国感性的亚裔美国文学传统,在不同的情境下有其一贯的主张,但也有权宜之计的改变,其策略容或有偏激之处,但对长期处于弱势的族裔的代言人来说,非但情有可原,而且在特定时空下也有一定的作用及贡献。在我们以自己的时空环境和立场解析甚至解构其论点、批评其道地与权威、理解其限制与历史背景的同时,必须肯定他的努力与效用,更宜警觉于自己的限制及可能自认的道地与权威,避免落入类似亚洲中心论或中华中心论(Sinocentrism)的陷阱及心态,并与他一样适应变迁且接受众议。[24]

引用资料

何文敬《延续与断裂:朱路易〈吃一碗茶〉里的文化属性》,《文化属性与华裔美国文学》,单德兴、何文敬主编,台北:"中研院"欧美研究所,1994年,页89—113。

李有成《〈唐老亚〉中的记忆政治》,《文化属性与华裔美国文学》,单德兴、何文敬主编,台北:"中研院"欧美研究所,1994年,页115—132。

——《陈查礼的幽灵:〈甘卡丁公路〉中的再现问题》,《再现政治与华裔美国文学》,台北:"中研院"欧美研究所,1996年,页161—183。

——《赵健秀的文学男性主义:寻找一个属于华裔美国文学的传统》,"创造传统与华裔美国文学研讨会"论文,台北:"中研院"欧美研究所,1997年4月11日,20页。

林茂竹《唐人街牛仔的认同危机》,《美国研究论文集》,台北:师大书苑,1989年,页259—285。

张小虹《杂种猴子:解/构族裔本源与文化传承》,《文化属性与华裔美国文学》,单德兴、何文敬主编,台北:"中研院"欧美研究所,1994年,页39—60。

张琼惠《谁怕赵健秀?谈华美作家赵健秀的女性观》,《女性主义与中国文学》,钟慧玲主编,台北:里仁书局,1997年,页457—477。

黄玉雪《黄玉雪访谈录》,单德兴主访,《中外文学》,24卷10期(1996年3月),页60—78。

单德兴《反动与重演:论20世纪的三部美国文学史》,《重建美国文学史》,北京:北京大学出版社,2006年,页3—48。

《追寻认同:汤亭亭的个案研究》,《铭刻与再现:华裔美国文学与文化论集》,台北:麦田出版,2000年,页157—180。

《创造传统:文学选集与华裔美国文学(1972—1996)》,《重建美国文学史》,北京:北京大学出版社,2006年,页305—341。

孙　子《十一家注孙子》,曹操等注、郭化若译,台北:里仁书局,1982年。

《孙子兵法》(中英对照本),郑麐英译、罗顺德编,台北:黎明文化事业股份有限公司,1991年。

Baker, Houston A., Jr. Letter to the author. 28 Sept. 1994.

——, ed. *Three American Literatures: Essays in Chicano, Native American, and Asian-American Literature for Teachers of American Literature*. New York: MLA, 1982.

Chan, Jeffery Paul (陈耀光). E-mail to the author. 12 Oct. 1995.

——. "Introduction to the 1979 Edition". Louis Chu, *Eat a Bowl of Tea*. Rpt. Seattle: University of Washington Press, 1979. 1-5.

Cheung, King-Kok (张敬珏). *Articulate Silences: Hisaye Yamamoto, Maxine Hong Kingston, Joy Kogawa*. Ithaca and London: Cornell University Press, 1993.

——. "Asian and Asian American: To Connect or Disconnect?" Lecture at National Taiwan University, Taipei. 25 Feb. 1993.
—— "The Woman Warrior versus The Chinaman Pacific: Must a Chinese American Critic Choose between Feminism and Heroism?" *Conflict in Feminism*. Ed. Marianne Hirsch and Evelyn Fox Keller. New York: Routledge, 1990. 234-251.

Chin, Frank (赵健秀). "Afterward". *MELUS* 3.2 (1976): 13-17.
——. *The Chickencoop Chinaman and The Year of the Dragon*. Seattle: University of Washington Press, 1981.
——. *The Chinaman Pacific & Frisco R. R. Co*. Minneapolis: Coffee House, 1988.
——. "Come All Ye Asian American Writers of the Real and the Fake". *The Big Aiiieeeee! An Anthology of Chinese American and Japanese American Literature*. Ed. Jeffery Paul Chan et al. New York: Meridian, 1991. 1-92.
——. "Confessions of the Chinatown Cowboy". *Bulletin of Concerned Asian Scholars* 4.3 (1972): 58-70.
——. *Donald Duk*. Minneapolis: Coffee House, 1991.
——. *Gunga Din Highway*. Minneapolis: Coffee House, 1994.
——. "Interview: Roland Winters." *Amerasia Journal* 2 (Fall 1973):1-19.
——. "Rendezvous." *Conjunctions* 21 (1993): 291-302.
——. "This Is Not An Autobiography". *Genre* 18 (1985): 109-130.
——. "Who's Afraid of Frank Chin, or Is It Ching?" *Bridge* 27 (1972): 29-34.

Chin, Frank, et al., eds. *Aiiieeeee! An Anthology of Asian-American Writers*. 1974. New York: Mentor, 1991.
——, et al. "Introduction". *The Big Aiiieeeee! An Anthology of Chinese American and Japanese American Literature*. Ed.

Jeffery Paul Chan et al. New York: Meridian, 1991. xi-xvi.

———, et al. "An Introduction to Chinese-American and Japanese-American Literatures". In Baker, *Three American Literatures* 197-228.

———, and Jeffery Paul Chan. "Racist Love". *Seeing through Shuck*. Ed. Richard Kostelanetz. New York: Ballantine, 1972. 65-79.

Chu, Louis (雷庭招). *Eat a Bowl of Tea*. 1961. Seattle: University of Washington Press, 1979.

Hagedorn, Jessica, ed. *Charlie Chan Is Dead: An Anthology of Contemporary Asian American Fiction*. New York: Penguin, 1993.

Hsu, Kai-yu (许芥昱), and Helen Palubinskas, eds. *Asian-American Authors*. Boston: Houghton Mifflin, 1972.

Kim, Elaine H. (金惠经). *Asian American Literature: An Introduction to the Writings and Their Social Context*. Philadelphia: Temple University Press, 1982.

Li, David Leiwei (李磊伟). "The Formation of Frank Chin and Formations of Chinese American Literature". *Asian Americans: Comparative and Global Perspectives*. Ed. Shirley Hune et al. Pullman, WA: Washington State University Press, 1991. 211-223.

———. "The Production of Chinese American Tradition: Displacing American Orientalist Discourse". *Reading the Literatures of Asian America*. Ed. Shirley Geok-lin Lim (林玉玲) and Amy Ling (林英敏). Philadelphia: Temple University Press, 1992. 319-331.

Lim, Shirley Geok-lin, and Amy Ling. "Introduction". *Reading the Literatures of Asian America*. Ed. Shirley Geok-lin Lim and

Amy Ling. Philadelphia: Temple University Press, 1992. 3-9.
Ling, Amy. *Between Worlds: Women Writers of Chinese Ancestry*. New York: Pergamon, 1990.
McDonald, Dorothy Ritsuko. "Introduction". *The Chickencoop Chinaman and The Year of the Dragon*. By Frank Chin. Seattle: University of Washington Press, 1981. ix-xxix.
Perkins, David. *Is Literary History Possible?* Baltimore and London: Johns Hopkins University Press, 1992.
Wand, David Hsin-Fu (王燊甫), ed. *Asian-American Heritage: An Anthology of Prose and Poetry*. New York: Washington Square, 1974.
Wang, L. Ling-chi (王灵智). "The Structure of Dual Domination: Toward a Paradigm for the Study of the Chinese Diaspora in the United States". *Amerasia Journal* 21.1-2 (1995): 149-169.
Wong, Paul, Meera Manvi, and Takeo Hirota Wong. "Asiacentrism and Asian American Studies?" *Amerasia Journal* 21.1-2 (1995): 137-147.
Wong, Sau-ling Cynthia (黄秀玲). *Reading Asian American Literature: From Necessity to Extravagance*. Princeton: Princeton University Press, 1993.
——. "'Sugar Sisterhood': Situating the Amy Tan Phenomenon". *The Ethnic Canon: Histories, Institutions, Interventions*. Ed. David Palumbo-Liu. Minneapolis and London: University of Minnesota Press, 1995. 174-210.
Wong, Shawn Hsu (徐忠雄), ed. *Asian American Literature: A Brief Introduction and Anthology*. New York: HarperCollins, 1996.

注　释

〔1〕许芥昱与巴露宾丝卡丝二人合编的《亚美作家》(Kai-yu Hsu and Helen Palubinskas, *Asian-American Authors*)于 1972 年出版,开亚裔美国文学选集之先河,其中选了赵健秀的作品。王燊甫编辑的《亚裔美国传统：诗文选集》(David Hsin-Fu Wand, *Asian-American Heritage: An Anthology of Prose and Poetry*)虽与《唉咿!》同年出版,但序言中引述了赵健秀等四人署名于 1972 年先行发表的《唉咿！亚裔美国作品之序》("Aiiieeeee! An Introduction to Asian-American Writing"),并将他们归类为"一直在寻求族裔认同的好战派青年(the militant young),以稻田和赵健秀为典型,另一类则为政治上的温和派,如金理查(Richard E. Kim,音译)、张粲芳(Diana Chang)"(7—9)。此序出现于《唉咿!》一书时,《前言》("Preface",署年为 1973 年)与绪论被目录隔开,绪论且加上了标题《五十年来我们的完整声音》("Introduction: Fifty Years of Our Whole Voice")。前后两个版本论点相同,文字也大同小异(后者增加了一些史实及较细致的分析,并删去少许措词强烈的字句),最大不同之处在于后者的绪论增加了十八页的菲裔美国文学导论,由另外三人署名(Oscar Penaranda, Serafin Syquia, Sam Tagatac),为前后两个版本《前言》的第一句("亚裔美国人不是一个民族,而是数个——华裔美国人、日裔美国人和菲裔美国人"〔*Aiiieeeee*! ix〕)做了最好的佐证。然而,此处虽然承认了亚裔美国人的多族裔现象,但和许芥昱所合编的文选一样,仅限于三个族裔,不像王燊甫的文选还收入了韩裔和玻里尼西亚(夏威夷和萨摩亚)的口头诗(oral poetry)英译。匿名的审查人之一指出,将"Aiiieeeee""译成'唉咿'虽音近原文,但中文却无此词语,不如译成'哎哟!'或'唉呀!'较传神"。本文之所以采用"唉咿"一词,除了因为发音较接近原文(此为彭镜禧教授之见)之外,并以此表示华裔美国文学与中文已有出入,具有其特殊语汇。

〔2〕该 1982 年版本的标题为"华裔美国与日裔美国文学导论"("An Introduction to Chinese-American and Japanese-American Literatures"),此处"文学"一词使用复数形,有异于《唉咿!》及《大唉咿!》二书。与此文的 1972 及 1974 年两个版本相比,1982 年版把前言与绪论合为一篇,文字上与 1974 年版雷同,结构上则如 1972 年版删去有关菲裔美国文

学的部分(因原先三位撰稿人涉嫌抄袭[Chan, E-mail 1995]——1991年的良师版[Mentor Edition]的《唉咿!》则代以索伯格[S. E. Solberg]所撰的《菲裔美国文学绪论》["An Introduction to Filipino American Literature"], 39—58)。裴克在致笔者函中提到,原拟讨论五个族裔,后因诸多因素只能呈现其中三个:墨裔、亚裔、原住民(未克呈现的是波多黎各裔及非裔)。原先邀约华裔的王燊甫撰写一篇,因其自杀作罢。此书编辑费时五年,过程复杂。裴克说:"我认为编辑此书的经验在许多方面反映了1970年代美国族裔文学复兴运动(ethnic literary revivalism)当时的兴奋,以及混淆、完全的不定。"(Letter 1994)

〔3〕 赵健秀等在1982年版文章的附记中指出,现代语文学会要求他们根据1974年之文加以修订并更新资料,但因资料太多以致由原先的五十年扩大为一百五十年、由专文扩大为专书,原拟于1982年由出版《唉咿!》的豪渥大学出版社(Howard University Press)印行,书名为《大唉咿!华裔与日裔美国文学中的历史》(*The Big Aiiieeeee! Chinese-American and Japanese-American History in Literature*)。却因故延到1991年才由另一出版社印行,书名则由"文学中的历史"改为"文学选集"。

〔4〕 匿名审查人之一建议:"有关文学史的部分,文中叙述赵健秀以文学创作及文选编辑显露其为亚裔文学史建立传统的雄心。是否可以就历史的演进、典律理论的发展等为分析大纲,就文选编辑的原则、收纳的标准、编撰用意等方面,比较各亚裔文学选集之间、亚裔文学选集与其他弱势文学选集之间、及亚裔文学选集与美国主流文学选集的异同之处,借以从更大的范畴检讨亚裔文学发展史。"兹事体大,实非本文篇幅所能处理。本书《创造传统:文学选集与华裔美国文学(1972—1996)》一文多少为对此建议的回应。

〔5〕 李磊伟(David Leiwei Li)便指出"赵健秀的华裔美国文化计划随着变迁的社会和文化脉络而演化"("Formation"218),并以历史化的方式加以解释(222 n1)。

〔6〕 早在许芥昱合编的文选中,对于赵健秀的介绍就凸显了其特殊的认同。赵健秀在多篇文章及创作中也触及这一点,详见林茂竹的专文讨论。

〔7〕 张敬珏1993年的演讲"亚洲人与亚裔美国人:联系或断绝?"(King-

Kok Cheung, "Asian and Asian American: To Connect or Disconnect?")主要针对此二选集的长文加以讨论。本文则试图从赵健秀的个案研究指出,亚裔美国作家这种二者之间的处境(in-between status)错综复杂,并非单纯的二选一(either/or)或(赵健秀等早期主张的)二者皆非(neither/nor)所能概括,更可能是为了因应不同情境而呈现时断时续、断中有续、续中有断、既断又续、既续又断……这种类似不断流转的过程,或如张小虹在另一场合所指出的:"华裔美国人'杂的策略'不仅指向'中'中有'美'、'美'中有'中'、'中'也杂、'美'也杂,对纯种世系血源与纯种文化传承的否定论。"(46)

[8] 陈耀光在给笔者的电子邮件中指出,他与赵健秀于1972年合撰《种族歧视之爱》("Racist Love")。后来才找另二人加入编辑群,并根据前文写出《唉咿!》的前言和绪论(Chan, E-mail 1995)。"种族歧视之爱"一词相对于美国白人对其他非亚裔的美国弱势族裔的"种族歧视之恨"("racist hate"),反复出现于多篇文章中,1993年的《有约》("Rendezvous")一文依然出现(293)。

[9] 张敬珏则认为这种说法过于简化:"把华裔美国人'顺服的'特色完全归诸白人的种族歧视或基督教,是小看了广东文化的复杂性和丰富的矛盾,以及早期移民必备的弹性和适应性。"(Cheung, Articulate 7n)

[10] 赵健秀始终对于陈查礼和傅满洲耿耿于怀,认为二者表面上一善一恶,实则这种区别是"肤浅的",二者是"相同的迷思存在的幻象(visions of the same mythic being),是白人基督徒种族绮梦的潜意识领域酝酿出来的"("Confessions"66)。对这种华人负面形象的批评,在他的评论及创作中到处可见。他曾访谈并当面质疑饰演陈查礼的温特思(Roland Winters〔"Interview"〕)。他以陈查礼作为创作主题及批判对象的,明显见于短篇小说《陈的儿子们》("The Sons of Chan")及长篇小说《甘卡丁公路》。关于后者的讨论,详见李有成《陈查礼的幽灵:〈甘卡丁公路〉中的再现问题》。

[11] 由于赵健秀所批判的对象中许多为华裔女作家,而且有时用上很情绪性的恶毒字眼,所以这种争执经常被视为华裔文学中的性别之战,而他也被视为"华美文学界中最具代表性的大男人主义者"(张琼惠457)。然而,李有成指出,由于赵所赞誉的作家中包括女性,

所批判的作家中包括男性,因此"对赵健秀而言,道地政治(politics of authenticity,而非性别政治〔gender politics〕)无疑是区分人我,判定真假最重要、也是最根本的界定工具"(《赵》10—11)。

[12] 黄秀玲也指出:"赵健秀长期歇笔之后,在《唐老亚》中回到铁路神话时,由说教的意图主宰了。"(Sau-ling C. Wong, *Reading* 153)

[13] 匿名审查人之一正确指出,"事实上中国传统中也有自传文类,见 Pei-yi Wu, *Confucian Progress: Autobiographical Writings in Traditional China*."

[14] 他对于双重人格的批判屡屡出现,有关讨论见林茂竹,页265。

[15] 有趣的是,汤亭亭也以《猴行者:他的伪书》(*Tripmaster Monkey: His Fake Book*)回报赵健秀对于"伪"的看法,书中成长于60年代美国加州的男主角阿辛(Wittman Ah Sing)活脱脱是赵健秀的翻版。赵健秀在《甘卡丁公路》中则以重写中华文化、"创造白人可以接受的中华文化"(261)的潘朵拉(Pandora Toy)影射汤亭亭。黄玉雪在接受笔者访谈时,曾这么提到自己如何回应来自华裔美国男作家的抨击:"汤亭亭和我有个笑话。所有对我们的批评大都来自华裔美国男作家——像赵健秀、徐忠雄等等。但我们总是说:那些男人参加作家会议没有一次不谈论到我们。他们总是得谈论到我们。行了吧?"(《黄》78)金惠经(Elaine H. Kim)认为赵健秀与汤亭亭尽管表面上不合,但也有相近之处(199)。张敬珏对于二人之间的冲突多少觉得不安与取决不下(Cheung, "Woman")。李磊伟则认为二人在创作中各自以不同方式回应宰制的美国社会,取代美国的东方主义式论述,并创造华裔美国传统(Li, "Formation")。这种族裔内部的争议,适足以证明外人眼中的族裔同质性(ethnic homogeneity)只是假象,其实族裔内部存在着错综复杂的关系与张力。正如赵健秀早年的一篇文章便指出:"所有的华人都一样,那种说法是种族偏见者所提出的训诫。"("Who" 30)

[16] 例如,海吉朵恩(Jessica Hagedorn)便提到赵健秀拒绝被收入她所编的文集(xxvi)。然而,在徐忠雄近年所编的文选中,不但同时收录了赵健秀和汤亭亭,而且两人紧邻,就多年来立场坚定、鲜明的赵和徐而言,不可不说是异数,其中可能涉及赵与徐二人角色的转变(如徐为该书唯一主编)、立场的软化以及人情因素(赵与徐为多年同志)。

[17] 李有成便指出,赵健秀1991年的长文"即是企图以真实性〔道地〕政治(the politics of authenticity)来质疑白人对华裔美国人的种族刻板印象,尽管全文充满文化与经验本质主义,但这是赵健秀作为弱势族裔作家一向坚持的论述策略,是他在重建华裔美国人的正面形象时所仰赖的重要指涉框架……'赵健秀式的中国英雄主义',差可笼统描述赵健秀整个论述计划的意识形态基础"(《陈》167—168)。

[18] 《孙子兵法》与此句勉强相近的句子是:"故善动敌者,形之,敌必从之;予之,敌必取之;以利动之,以卒待之。"(第五篇《兵势篇》)

[19] 第二句翻译的准确度较无疑义,至于第一句的翻译则见仁见智。《十一家注孙子》中大都采用类似"制敌机先"、"攻敌人之始谋"之说法(35—36),但也有少数人采用"以智谋取胜"之说法(36)。郑麐之译文"The highest form of generalship is to conquer the enemy by strategy"(99)采取的是后者(与郭化若的白话翻译相同〔41〕);赵健秀的引文则倾向于后者,但并未强调制敌机先之意。笔者此处无意苛求"完全正确的翻译",因实为不可能达到之迷思(myth)。然而,若自认掌握真意,以此批驳甚至大力"伐异",除非出自策略性或计谋性的运用,否则这种认定及做法值得商榷。

[20] 另两句如下:"故经之以五事,校之以计,而索其情。一曰道,二曰天,三曰地,四曰将,五曰法。"(译为"*Study storytelling in terms of the five fundamental factors: (1) the Tao; (2) weather; (3) terrain; (4) command; (5) regulation.*"〔"Rendezvous"295〕)"主孰有道?将孰有能?天地孰得?法令孰行?兵众孰强?士卒孰练?赏罚孰明?吾以此知胜负矣。"(译为"*Which storyteller has the tao? Which storyteller has the greater ability? Which storyteller has the advantages of climate and terrain? Which storyteller follows the regulations and obeys the orders of the stories more strictly? Which storyteller has superior knowledge and strength? Which storyteller is better trained? Which storyteller is more strict and impartial in meting out embellishments and abridgements? On the basis of this comparison I know which storyteller will live and which will die.*"〔"Rendezvous"296〕)

[21] 晚近亚裔美国人的多元化已是有目共睹的现象,赵本人也有此体认,但他在此处的主张予人走回头路的印象。

〔22〕 黄秀玲便指出:"在《唉呷!》那篇影响深远的绪论中,亚裔美国女作家在数量上的优势被明确地斥为象征文学遭到白人社会的去势,而在其续集中,现在还活着的华裔美国女作家无一人入选。"(Sau-ling C. Wong,"Sugar"79)

〔23〕 同理,亚裔美国人的认同也一直在改变、形塑、复杂化中。这点由赵健秀等人把《大唉呷!》的副标题取为"华裔与日裔美国文学选集"便可看出,90年代的亚裔美国文学已比70年代复杂得多,而必须在标题上有所限定。正如林玉玲(Shirley Geok-lin Lim)和林英敏(Amy Ling)所说的:"亚裔美国人的认同本身是异质性的、多国家的、多种族的、多文化的——是竞逐的场域,是变动、不稳、不连续的边界,其限制一直遭到改变。"(Lim and Ling 6)其实,更深一层来看,由于各文化与各族裔的频繁互动,即使"华裔"、"日裔"也已是异质性、多文化了。

〔24〕 林英敏对于赵健秀所扮演的角色有相当持平的看法:"身为《唉呷!》编辑之一……赵健秀协助恢复了以往失落、被忽略的亚裔美国作家。然而,身为批评家,他对于什么构成'道地的'亚裔美国人感性和声音的定义既狭隘又变换不定,以致有损他的判断。"(149)就身为作家的赵健秀而言,金惠经对他的早年之作有如下的评论:"赵健秀对死亡与衰败的执念,他的性别歧视、愤世嫉俗和疏离感,使他创作出来的主角无法克服种族歧视对于华裔美国男人的破坏效果。"(Kim 189)至于后来《唐老亚》中的说教意味和《甘卡丁公路》中的看法,已如前述。

创造传统：
文学选集与华裔美国文学
(1972—1996)

一

自1980年代末期起,亚裔尤其华裔美国作家纷纷冒起,一时之间美国仿佛到处都是华裔/亚裔作家,这种现象对于美国文学与研究的版图重划具有重大意义。华裔/亚裔美国文学与文化现象时而令人侧目,时而被视为理所当然。如果说华人在美国物质建设上的贡献以及社会、政治地位已逐渐获得承认,那么在文学及文化表现上认有美国(claiming America)、争回过去(reclaiming the past)、面对现在(facing the present)、策划未来(projecting the future)等的努力则扮演着推波助澜的角色。

若以社会—历史的角度(social-historical perspective)来看,这些文学与文化的新兴现象实非偶然,华裔/亚裔美国文学能有当今的地位也绝非幸致,而是文学与文化工作者多年荜路蓝缕、辛勤努力所致。对于华裔/亚裔美国文学(史)稍有涉猎的人士普遍承认,华裔/亚裔美国文学能获得今日的地位和声势,文学选集(literary anthologies)关系重大。回顾起来,如果没有这些文学选集,很难想象今天的华裔/亚裔美国文学会是何种景象。质言之,在创造与呈现华裔/亚裔美国文学传统时,文学选集有着举足轻重的分量。从1972年第一部亚裔美国文学选集问世迄今已有三分之一世纪,文选的影响力及重要性也有目共睹,然而相关的讨论却甚少,因此本文试图从文学选集的角度切入,探究文学选集与创造华裔/亚裔美国文学传统的关系。

霍布斯邦对于"创造的传统"(Eric Hobsbawm, "invented tradition")的阐发有助于我们思索华裔/亚裔美国文学传统此一议题:

> 外表看来古老或宣称古老的"传统"经常起源很晚近,有时则是创造出来的。……
>
> "创造的传统"意味着一套做法,这套做法在正常情形下受制于有意无意间所接受的规则,具有一种仪式或象征的性质;这套做法借着重复以求教导某些行为的价值和规范,而这种重复自动暗示了延续过去。其实,只要有可能,这套做法在正常情形下都尝试延续一个适合的、具有历史意义的过去。(1)[1]

在华裔美国文学中,文学选集不但延续"具有历史意义的过去",而且也形成一传统。此传统不仅寻求与主流的美国文学并立、争鸣,并在不同的亚裔之间,甚至同为华裔之内,都有彼此支援及排斥的动作。

其实,在主流的美国文学史中,不同时代的人士根据不同的立场、需要与标准而建构出不同的文学史,这种现象屡见不鲜(见本书《反动与重演》一文)。美国文学史家汤金丝(Jane Tompkins)深入探讨美国文学史、文学典律及文学价值的变迁之后,对于文学选集有如下的说法:"文学选集和历史现象……之间的关系显示'文学的'价值判断并不单凭文学的考量,因为'什么是文学的'这个观念被流变的历史条件所定义,并栖身其中。"(194—195)然而,历史背景对于文学所产生的作用并非单向的,而是互为因果的:"在文学选集中所再现的美国文学本身,影响人们了解自己生活的方式,因而必须为定义历史条件而负责。因此,如果文学价值判断回应变迁的历史条件,反之亦然。"(195)她进一步说:"……选集的证据显示,非但艺术作品不是根据任何不变的标准所选择,而且它们的本质也一直根据得势的描述与评价系统而改变。即使'相同的'文本在一部部文集中一直出现,其实根本已经不是相同的文本了。"(196)[2]

以重建美国文学为志业的劳特(Paul Lauter)对于美国文学史及文学选集有深入的研究,并主编《希斯美国文学选集》(*The Heath Anthology of American Literature*, 1990)。[3]他在《典律与脉络》中的两项观察,对于美国文学、创造传统、新文化史、弱势团体、权力关系都有相当的启发:

> 美国文学选集的繁衍始于20世纪,是高等教育普及的产物。尤其文选反映了美国文学直到一次世界大战后才成为学术研究的合法题材。美国文学课程在19世纪最后十年之前很少在学校讲授;直到本世纪初之后,课堂的文选和美国文学文本才开始出现。当时有教养的人士的主要观点就是:美国文学是英国文学的一支——而且是不稳的一支。(27)

> 我相信,新文化史的创造是建设"从边缘所看到的世界观"这个更大过程的一部分,是"把边缘转变为中心"必要的先决条件。那个过程是有色人种作家以及白人女性、工人阶级作家长久参与的,以回应自"美国"文化打从开始就急切地要为自己和其他一样在历史上被消音的人说话。随之而来的则是定义自己特殊的声音、创造自己的艺术形式和批评论述、发展自己的建制以及自己文化工作的焦点。不同的地方、杂志、出版社、文选在某些重大的文化运动中都具有中

心的地位。然而其中的议题与其说是"地方",不如说是权力:定义文化形式和价值的权力。(53)

以上的见解虽然主要以美国文学为观照的对象,但许多也适用于华裔美国文学的探讨;尤其作为多年遭到主流文学排挤的美国弱势族裔文学,对于上述说法有着更深沉的感受。

此外,巴妮(Michelle Marie Pagni)对于文学选集的探讨虽然集中在一般的美国文学,尤其短篇小说选集,但其中若干论点也可用来说明华裔美国文学选集的情况。巴妮开宗明义指出:

> 利用文学选集来决定美国文学典律的地位,这看来完全合乎逻辑:因为选集是从数量多得多的美国文学文本中挑拣出的选文,所以呈现了一种典律。文选与典律研究直到晚近才连接起来,这现象部分是选集演化的结果。其实,直到 60 和 70 年代学者才能以选集来探究有关典律性(canonicity)的议题,因为拣选来自不同族裔、种族、性别的作者的作品,当前这种拣选多样化的选文倾向,是相当新的做法。一直到女性主义和族裔批评家开始痛斥文选没有选纳内容更宽广的作者和文本之前,以往的选集经常包括的是少数集中的目录,丝毫不考虑这种方式传达出的美国文学的偏颇描述。(1—2)

就上述情况观之,华裔美国文学选集具有特殊意义:首先,单就文选的意义而言,不同的华裔/亚裔美国文学选集各有其代表性;其次,就美国文学典律的脉络或美国文学选集两个多世纪以来的演化而言(巴妮以 1793 年为第一本美国文学选集问世之年),此一代表性以往却被排除在美国主流之外,而这些选集自 1970 年代初期开始出现,一方面反映了当时的社会—政治—文化情境,另一方面其族裔文学的特色也印证了汤金丝有关文学与历史互动的说法,进言之,这些文学选集隶属并协助形塑了另类传统(alternative traditions);[4]再次,另类传统与原先主流的强势典律之间当然存在着权力关系,而且即使在亚裔美国文学中这种权力关系依然存在——华裔文学在亚裔文学中占有优势,因而在美国文学的整体范畴看来属于弱势中的强势;最后,华裔/亚裔美国文学传统中又涉及认知、立场、路线及性别之争,这些在赵健秀等主编的选集最为明显。

本文检视现存的华裔/亚裔美国文学选集,试图观察其中若干倾向及在"创造传统"上可能具有的意义。[5]至于各选集中序言与选文的互动关系,涉及的不仅是个别文本的诠释,尚且包括同一文本在不同选集的脉络中所彰显的不同意义,情况极为复杂,只宜用个案的方式探讨,并非本文关注的重点。[6]

二

大体说来,1970年代前半是亚裔美国文学选集的草创期,这段期间出现的选集具有探勘甚至宣言的性质:以往主流文学典律漠视此一族裔文学,而60年代的民权运动唤起了族裔与平权的意识,亚裔人士尤其受到非裔人士运动的鼓舞与激励,因而试图探勘亚裔在文学及文化方面的表现,宣告亚裔美国文学的存在及特殊意义。这些选集虽然收纳了其他亚洲族裔的文学作品,但由于历史因素,基本上仍以华裔、日裔、菲裔美国文学为大宗。换言之,1970年代前半是亚裔美国文学的滥觞及宣言期,在这段期间华裔/亚裔美国文学选集初次以另类的方式出现,试探在这个领域的可能性。[7]正如黄秀玲(Sau-ling Cynthia Wong)在一篇综论华裔美国文学的文章中所观察的:

> 60年代的那一代亚裔美国活跃分子把注意力转向文学时,他们的兴趣不是抽象的或学术的。在这段人口、社会、政治剧变的时期,他们看到建立亚裔美国文化传统,连同随之而来对于英美典律的挑战,是这个团体在追求在这个国家里正当地位,此一更大奋斗中不可或缺的一部分。首批的文选编者中,许多都是华人:许芥昱(Kai-yu

Hsu, 1972),王燊甫(David Hsin-Fu Wand, 1974),尤其赵健秀、陈耀光、徐忠雄和日裔美国诗人稻田在他们的地标文集《唉咿！亚裔美国作家选集》(Frank Chin, Jeffery Paul Chan, Shawn Hsu Wong, Lawson Fusao Inada, Aiiieeeee! *An Anthology of Asian-American Writers*, 1974)中,为亚裔美国文学缔造了宣言。(40)

就时序而言,当然以1970年代前半出版的三部亚裔美国文学选集最具肇始及创新的意义,其中华裔人士扮演了重要角色(这三部选集的七位编者中,五位是华裔)。底下先讨论草创期的三部文学选集及其所代表的意义。

亚裔美国文学选集以许芥昱与巴露宾丝卡丝(Helen Palubinskas)于1972年合编出版的《亚美作家》(*Asian-American Authors*)开风气之先,根据该书的编者简介,许芥昱出身于中国的清华大学,巴露宾丝卡丝则在台北的政治大学研习过中文,换言之,两人都有中文的背景(全书封面也用上"亚美"两个汉字和许芥昱的图章)。其实,许芥昱本人为著名的汉学家,对于近代及当代中国文学也颇有研究,并积极译介给英文世界。

与所谓文学的源始(origin)相比,文选出版的最早年代容易断定得多,然而其中也不乏复杂的因素与面向。第一,此部文选其实是四部美国族裔作家系列中的第三部(其他为非裔美国作家、美国〔原住民〕印第安作家和墨裔美国作家〔Afro-American Authors, American Indian Authors, Mexican-American Authors〕),因此它与当时主流文学及其他族裔文学之间的关系值得玩味。[8] 第二,先有文学才有文选或评论,而选集为了证明本身的正当性甚至权威性,多少都会说明编辑原则或遴选标准,并与选录的文本相互参照及印证,甚至宣告一种开始。第三便是作为第一本亚裔作家选集的"开始"(beginnings),而非源始的意义——此处借用的是萨依德(Edward W. Said)对于单一的、神圣的源始的质疑,以及"开始"本身所具有的创造性意义。[9]

此书的编排显示若干特征。这部选集名为亚裔美国作家，收入的依序为华裔(八位)、日裔(五位)、菲裔(九位)三个族裔作家的作品。全书编排方式为总序之后划分三个族裔，各族裔项下首先是有关该族裔文学的简介，其次为该族裔在美国的简要历史年表，接着是个别作家的生平及作品，最后则列出一至三个问题以供讨论。

作为第一本选集所面对的就是主流文学以及陌生读者，这种开疆辟土的情况比主流的文学选集更肩负了介绍及"教育"的作用，因此全书的编排方式透露出下列几重意义。首要的就是肯定亚裔美国文学的存在及意义，并以选集的方式推介编者认为具有代表性的作家及作品，借此展现族裔文学的特色。与族裔文学密切相关的就是其在美国历史上的遭遇，因而强调历史机缘(historical contingencies)的阐释，甚至在说明族裔文学特色之后附以历史年表，以利读者体认族裔文学及其社会—历史的关系和意义。[10]此外，编者体认到亚裔其实又细分为许多不同语言、文化的族裔，亦即亚裔的内在复杂性，因而采取各自介绍的方式，连最易合并的历史年表也分列。此选集与后来选集最大不同之处在于明显的教学作用：每篇选文之后列出一至三个问题供讨论之用。这点显示了在推出前所未有的亚裔美国文学选集时，是以教学需要为主要诉求，而课堂也就成为提振族裔意识的场域(the site for ethnic consciousness-raising)。

此选集与华裔的关联除了两位编者都有中文背景之外，绪论一开始就提出两位华裔作家赵健秀和李金兰(Virginia Lee)对于认同的不同见解：赵坚持要问"你的认同何在？"("Where is your identity?"[1])而李则自称"没有认同的挂念"("I have no identity hang-ups"[2])。编者以此对比引出认同的议题，认为族裔意识对于亚裔美国人意义重大(3—4)，并提出亚裔作家对于刻板印象的批评(5)，由此可见在亚裔文学选集伊始，认同便是主要议题，其重要性至今未休。

文集中选录的八位华裔作家依序为刘裔昌(Pardee Lowe)、黄玉雪(Jade Snow Wong)、李金兰、赵健秀、张粲芳(Diana Chang)、陈耀光、徐忠雄、梁志英(Russell C. Leong)。性别比例为三女五男,尚称允当。年代横跨半个世纪:刘生于1905年,黄生于1922年,李生于1923年,张生于1934年,赵生于1940年,陈生于1942年,徐生于1949年,梁生于1950年。内容则有自传(刘、黄)、长篇小说摘录(李、张)、短篇小说(赵、陈)、诗(徐、梁),囊括重要文类。今天看来,这些作家具有一定的代表性,几位年轻男作家后来在创作及编辑等方面也有突出表现,证明主编的眼光准确。[11]

就"开始"的意义而言,本选集出版之前亚裔美国文学早已存在,但都以个别作家、单人匹马的方式零星出现,从未冠以"亚裔"的集体名称(umbrella term),因此《亚美作家》是首次以集体方式标示亚裔文学的存在,并与原住民、非裔、西裔同时出现在美国文学的版图。此举一方面回应当时的历史情境,也反过来促进亚裔族裔意识的提升。至于许芥昱与赵健秀等人之间的关系则是一桩有待深究的公案。[12]

两年后由王燊甫主编的《亚裔美国传统:诗文选集》(Asian-American Heritage: An Anthology of Prose and Poetry)不但肯定亚裔美国文学与美国文学/美国研究的关系,并把眼光扩及与第三世界的关系和置于世界文学版图的可能性。前言开宗明义指出了编者的希望与信念:"希望本文选将是处理在美国写作的第三世界作家系列的开始。我相信不彻底检视在美国传统中这些不同文学传承的注入与互动,则无法有系统且平衡地研究美国文学或美国研究。"(xi)绪论中也数度提到亚裔美国文学与第三世界文学的关联,以及此一关联在重新省视美国文学/美国研究时的意义。此外,王燊甫更企图把这些作品摆入世界文学的地图上,指称这些作品在世界文学中也能找到共鸣(9)。

编者在定义亚裔美国文学时着重的还是认同"什么是亚裔

美国人"(What is an Asian-American？2)以及语言的问题(3)，并且也如许芥昱般把亚裔作家依认同的方式分为两类，认为"今日最好的亚裔美国文学来自两个团体：一为好战的年轻人，一直寻求族裔认同，以稻田和赵健秀为代表；一为政治上的温和派，如金理查(Richrad E. Kim，韩裔，音译)和张粲芳"(7)。此文选"根据祖先及先人的地理位置来归类亚裔美国人"(5)，在语文上则限于英文原作，而不纳入亚裔作品的英译，"以期本文选能成为亚裔美国人以英文写作的原创作品的文集"(6)。吊诡的事却发生在本文选的最大特色上：族裔的代表更为宽广，不但包括华裔、日裔、韩裔等，还包括玻里尼西亚口述文学(Polynesian oral literature)，并有专节讨论(9—13)。尽管此一口述文学有数重之隔("传教士首先音译这些口头诗歌，人类学家设法辨识其意义，最后当代美国诗人着迷于其作为诗歌的可能性，将其译成英文"〔286〕)，而且这些"诗歌"其实都是代代口耳相传、仪式表演的一部分(12—13)，编者却宁可冒丧失原先情境之险以及多重诠译之隔依然纳入，所采取的则是地理上的理由："它之所以属于亚裔美国文学，是因为夏威夷人和萨摩亚人是第五十州的美国人，而在地理上是东南亚的一部分。"(13，也见 11)[13]根据书前的编者简介，译者之一的"当代美国诗人"David Rafael Wang（12，286)，正是编者王燊甫本人。全书编排方式为诗、文分列：诗歌下分英文诗作和口述文学英译，散文则下分小说和论述。

相较于美国主流文学，亚裔美国文学已属弱势；相较于白纸黑字的亚裔美国文学，玻里尼西亚口述文学更属弱势。编者指出"语言与文化障碍……致使美国文学忽略亚裔美国人"(21)，而此选集在为亚裔美国文学树立传统(编者对于亚裔美国人的历史与文学有相当的回顾)、开拓空间的同时，更试图凸显因"语言、教育、经济因素"受到障碍(13)而被"美国课程忽略"(15)、"尚未受到全国注意"(22)的玻里尼西亚口述文学，为其打造空间。编者对于自己的努力却只能期待："然而，夏威夷和萨摩亚

口述文学能否得到长久以来应有的认识则有待观察。"(23)

一般说来,在讨论美国文学时,美国大陆之外的夏威夷往往成为"化外之地",而在讨论亚裔美国文学时,也有相同的情况。王燊甫早在1970年代为亚裔美国文学创造传统时,便重视夏威夷及萨摩亚的口述传统,这固然是个人兴趣使然,但他也提出了理由(虽然这个理由与不纳入其他亚裔作品英译的理由相左)。在美国文学和亚裔美国文学的脉络中,这种对于玻里尼西亚原住民口述传统的重视为当时所仅见,可惜虽开风气之先,却后继无人,直到近来亚洲新移民的兴起以及亚裔美国研究/文学的地位更为确定后,太平洋岛民的文学与文化表现才逐渐受到注意。就此而言,这本选集的远见/先见值得肯定。

或许由于台湾移民的背景,王燊甫提到边缘人的角色与苦楚(9, 126, 216),双重认同的情形(125, 130),也着重亚裔美国文学与美国和东方两种文化的关系(特别提到中、日、韩共有的儒、道、释三家的传承〔5〕),以及其与第三世界运动和世界文学的关系(文选中提到法农〔Frantz Fanon, 22〕和殖民主义〔12, 127〕以及第三世界意识和对于美国境内其他被压迫的弱势团体的关切〔130〕)。选文中也收录了来自台湾的女作家钟玲的诗作。美国黑人民权运动对于黑权(Black Power)的诉求,使编者重视黄权(Yellow Power〔22, 132〕)。《亚裔美国传统:诗文选集》就是由上述多重因素交织而成。

就"宣言"的性质而言,最重要的亚裔美国文选则非《唉咿!亚裔美国作家选集》莫属。此书出版的年份虽然比第一部文选晚了两年,而且选录的作家也有若干雷同,但《前言》和《绪论:五十年来我们的完整声音》("Introduction: Fifty Years of Our Whole Voice",下分"华裔及日裔美国文学"和"菲裔美国文学"两部分)却是第一篇以大声疾呼的方式明确"宣告"亚裔美国文学的存在及意义。麦唐娜(Dorothy Ritsuko McDonald)在早期讨论赵健秀的一篇重要论文中推崇此选集前言与绪论的历史性意义:"其实,《唉咿!》的前言和绪论堪与艾默生的《美国学人》(Ralph Waldo Emerson,"The American Scholar")比拟。艾默生之文写于我国历史的关键时刻,当时共和初缔,虽已具有政治自由,但依然挣扎于英国的文化宰制下。同样的,《唉咿!》是知识和语言的独立宣言,肯定亚裔美国人的成年/男子气概(manhood)。"(xix)今天看来,麦唐娜的说法实非过誉,而且把"亚裔美国/美国"来比拟当年"美国/英国"的文化关系则更有深意。[14]

本书所编选的作家限于华裔、日裔及菲裔,[15]但并未依族裔或文类的方式编列,而是依姓氏的字母顺序。入选的十四位作家中,有五位日裔(三位女性),三位菲裔,六位华裔(依序为陈耀光、张粲芳、赵健秀、雷庭招〔Louis Chu〕、林华里〔Wallace Lin,音译〕、徐忠雄)。文类则涵盖诗、剧本、自传、短篇小说、长篇小说摘录,可谓相当完备。书中指出到当时为止亚裔美国人出版的小说和诗作不到十本,反映出亚裔美国文学不受重视。此书特地献给具有亚裔美国文学特色、遭主流贬抑的前辈作家雷庭招与冈田(John Okada),肯定他们作品(《吃一碗茶》〔*Eat a Bowl of Tea*, 1961〕和《顽劣小子》〔*No-No Boy*, 1957〕)所呈现的亚裔美国语言、感性、现实。对于受到主流社会肯定的亚裔美国作家,尤其一些所谓造假的书,则不以为然(xiv-xvi)。

全书最引人瞩目/侧目的就是奇异的书名 *Aiiieeeee*!以及封面张口呐喊的面孔。基本上,全书抗议以往亚裔美国人所蒙受的不平等待遇,历史遭到湮没,为了对抗主流美国社会的漠视而特意着重亚裔的文学与历史,强调亚裔美国感性(Asian American sensibility),并拈出"唉咿"一词具体而微地统摄长期压抑下的痛苦、愤怒、呐喊。因此,《前言》开头便对此词有如下的说明:"国裔美国,长久以来被忽视、强力排除于以创造的方式参与美国文化之外,因而受伤、悲哀、愤怒、诅咒、惊愕,而这就是他的唉咿!!!这不只是哀鸣、大喊或尖叫。这是五十年来我们的完整声音。"(x)文末重申:"许多已经永远遗失了。但是从我们自七个世代中恢复的几十年写作中，显然我们有许多优美、愤怒、痛苦的人生要展现。我们知道如何展现。我们在炫耀。如果读者感到震惊，那是因为他自己对亚裔美国无知。我们不是初来此地。唉咿！！"(xx)

对于早先透过成立组织"亚裔美国综合资源计划"以搜集资料、宣扬理念、发挥影响的赵健秀等人而言，将资料合编成文选并撰文推介是很自然的事。[16]这几位编者都在美国出生、成长，且受到60年代民权运动的洗礼，他们的立场对于前两本由许芥昱和王燊甫编选的亚裔美国文学选集产生了重要的定位作用，如因为立场的激进而被王燊甫描述为"好战派青年"(the militant young〔7〕)。以今日的眼光来看，选录的华裔作家具有相当的时代意义，也明确表现了编选者的立场及品味。此选集最重大的意义在于前言与绪论所宣告的坚定立场及鲜明旗帜，以及在此脉络中所凸显的选文特色——套用汤金丝的话，即使相同的作家或文本，在同属亚裔美国文学的范畴内，也因个别文选的立场及编选标准不同，而已经不是相同的作家或文本了。

此篇宣言虽然于1972年便先行在杂志发表，[17]却是在与具体的选文配合出版的情况下才充分发挥"地标"的效用。在此激进的文选及"矫枉必须过正"的宣言之后，亚裔美国文学的存在已告底定，后来者一方面不用那么艰辛地披荆斩棘、开疆辟土，另一方面却也大抵只能在此范畴内各尽所能地打造或拓展自己的空间。

三

前三选集属于较有历史性意义的草创期，当时混沌未开、前途未卜，编者面对的是主流社会的冷漠、轻蔑、怀疑、甚至敌视，故上文分而述之，以显现开拓者在面对恶劣环境时各自致力于探索亚裔美国文学的种种可能性。这些文选不仅具体展现他们的史识、品味、对策、努力、摸索与成就,也为后来者提供相当的基础。待《唉咿!》一出,便呐喊出一片新天地,其历史性意义可由上文所引后来文选编者的话明显看出。

自从《唉咿!》之后,尤其80年代末期以来,亚裔美国文学由于作家和作品辈出,在学院及市场的地位都毋庸置疑,内在的不同声音相继浮现,这在后来与华裔/亚裔美国文学相关的选集中可以看出。本文为了讨论方便,将这些文学选集依年代排序,并大抵分为几个类别,但由于亚裔美国文学的繁复多样,所以不同类别之间并不完全相互排斥。

就年代分布而言,在80年代起至1996年出版的十九本选集中,两本出版于80年代初期,三本出版于80年代末期,其余都出版于90年代,尤以1993年的六本最为盛况空前。[18]这些具体数字反映华裔/亚裔美国文学在文化生产(cultural production)及市场上的情况,也符合此族裔文学在重建美国文学及重写美国文学史的运动中所具有的地位。

这些选集最突出的特色就是以族裔为诉求重点,多以"开始"的方式来呈现,不论在文学、历史,或是编选的方式及内容,都强调以往被迫消声、匿迹,如今则要发声、现身,打破禁锢,或宣告自己的认同,或描写位于两种文化与世界之间的处境,或诉说族裔因素所造成的苦楚,或反抗主流社会所制造的刻板印象与迫害,因而标题中出现类似"异议"、"打破沉寂"、"世界之间"、"落户安家"……不但不足为奇,甚至理所当然。更有趣的是许多序言中的自传成分,这是主流文学选集以所谓"美学标准"来拣选文本时所罕见的。我们甚至可以说,族裔文学选集的序言作为一种次文类有若干特色,其中之一就是自传的成分,其他则主要是宣言的性质——或者套用萨依德的话来说,便是"开始"的意图与方法。然而,为什么在弱势族裔文学选集的序言中会出现如此多的自传成分?

由于以往亚裔美国文学受到忽略,不但学校不教,而且作品难以出版,少数出版的作品也已绝版,在这种不利的情况下,有兴趣的读者只有靠自我摸索以及同好的相互鼓励、提供资讯、互通有无,甚而致力于考掘、出版,把自己的喜爱与成果公诸同好。这些文选编者所以被出版社委以编选之责,主要是因为在该族裔文学的发展、形塑及创立传统的过程中,他们不是手执特定文艺尺寸来丈量、挑选的旁观者,而是主动参与、建构此一传统的奠基者或代表性人士。他们的参与方式早先是以读者的身份,后来往往成为创作者,甚至有相当高的比例是以学院派的身份介入——他们的学院身份主要由于在此一领域的多年投入及具体成绩,有些讲授亚裔美国研究/文学,有些教导文艺创作。简言之,出版社委以编选之责,根据的是他们的资历所赋予的凭证(credential),而他们在序言中也常以参与者的身份及立场,来见证此一族裔文学的发展,以及自己在其中的遭遇与角色,使得序言本身增添了个人的兴味和历史的意义。[19]

就文类观之,计有诗集五本(4, 5, 6, 13, 16),戏剧三本(9, 17, 18),小说两本(10, 14),明确标为小品文者一本(20),其余为综合类。[20]一般说来,华裔/亚裔美国文学在市场上的表现以小说较引人瞩目,诗与戏剧的读者相对较少(除非如黄哲伦《蝴蝶君》〔David Henry Hwang, M. Butterfly〕般的得奖之作),因此以选集的方式呈现诗与戏剧,除了可以精选佳作之外,也运用集体的方式吸引读者,提供一窥亚裔诗作与剧作的多样性的机会。

由这几部诗选可以看出,他们心目中的美国应该是多元化的,他们表达出对于传统美国文学的不满,甚至对于亚裔美国文学本身的表现也有不满之处,同时都以具体的方式投入其中。布鲁却克(Joseph Bruchac)为主编《打破沉寂》(Breaking Silence)所写的序言虽短,但肯定美国是个多样化的社会,或者套用他的话说,是"国中有国"("a nation of many nations", xiii),然而在文学上却未有如实的呈现。他的选集包括了美国和加拿大的五十位诗人,认为这些诗人"丰富了他们的国度和世界的文学与生命,以新诗歌的肯定打破沉寂和刻板印象"(xv)。[21]

其实,其他几部诗选,甚至整个亚裔美国文学,都期盼在打破沉寂和刻板印象上具有积极的作用。本乡为《同舟一命》(*The Open Boat*)所写的绪论触及许多议题,对于亚裔美国文学也有所反省,从后殖民的观点出发,强调认同与种族、文化的关系(xix),自述投入族裔觉知与文化行动主义(xxi),着重另类传统(xxii)、另类真相(xxiv)以及"我们亚裔的漂泊离散,离散的历史,拼凑的文化"(xxiii)。他并对亚裔美国文学传统中的阳刚作风及党同伐异现象不以为然,认为是法西斯及基本教义派的做法,而冀望维持自由、多元的氛围,以及文学在反宰制、表达异议的真相之作用(xxxv-xxxvii)。

或许由于第一代移民的身份,使王灵智和赵毅衡在《华裔美国诗选》(*Chinese American Poetry: An Anthology*)的序言中尤其着重与中国文化的关系。他们肯定华裔美国诗歌是亚裔美国文学及美国族裔文学的一部分(xv-xvi),但更强调与中国、美国诗歌传统的关系(xvii,他们甚至说,"几乎没有任何华裔美国诗人能忽略中国诗歌传统"[xxv]),并进一步指出中国古典诗对于美国现代诗的影响已成定论(xxviii)。在强调华裔美国诗歌风格及主题的繁复多样的同时,他们也重视其在美国现代诗中的定位,以及对于中国文化既迎又拒时所产生的独特张力(xxviii)。

华裔历史学家陈素贞(Sucheng Chan)在《华裔美国诗选》的简短前言中提到,由于当时中国政局动乱及20世纪初旧金山大地震和大火,使得华人相关史料甚少,因此华人的文学创作更增添了与历史互补的作用:"他们想象力的产物经常必须用来为历史学家和社会学家建构出来的骨架赋予血肉。"(xiii)麦礼谦等人所编的《埃仑诗集》(Him Mark Lai et al., *Island*)和谭雅伦所编的《金山歌集》(Marlon K. Hom, *Songs of Gold Mountain*)便是文史合一的最佳写照。这两部作品都以中英双语的方式呈现20世纪初中国移民初抵金山的情形,原作以中国古典诗歌或广东歌谣的形式,书写飘洋过海而来的移民的辛酸,有些更是不得其门而入。麦礼谦等人和谭雅伦考掘出这些湮没之作,译成英文,以中英对照的方式呈现,附加英文绪论及注释,为华人的文学与历史的密切关系做见证,以跨语言、跨文化的角度,扩大了华裔美国文学的语言观(不必限定于英文)、文化观(不必排除中国诗歌传统〔甚至形式〕)、历史观(华人在文学上的抗议及呐喊不限于60年代以降),可谓现存华裔/亚裔美国文学中最兼具文学及历史意义者。[22]

至于三部戏剧选集都由女性编辑,其中并存在着相当密切的互动关系。[23]就相同处观之:三人都强调亚裔美国文化的多样性,休丝敦甚至指称自己是"三文化、双国度、三种族的混合,也是艺术家和学院人士的混合"(3);三人都不满主流文化对于亚裔的扭曲及刻板印象,希望能致力于更开放、多元化的美国社会,其中两人更提到当今的世界其实已是地球村了(Berson xi; Houston xiii);三人对于亚裔剧场的迟迟出现也都予以历史—社会的回顾与解说。三人各自对于亚裔美国戏剧的认知由书名便可看出:《世界之间:当代亚裔美国剧本》(*Between Worlds*: *Contemporary Asian-American Plays*)的编者柏森着眼于作品中所呈现处于两个世界之间的困境,所选的六位剧作家(四男二女,其中三位华裔都是男性)在自述及作品中都触及双重认同的问题;《不绝如缕:亚裔美国女剧作家选集》(*Unbroken Thread*: *An Anthology of Plays by Asian American Women*)的编者乌诺所选的作品依题材的年代顺序排列,借此展现女作家如何透过剧作来反映时代及感受,共同主题则是"孤独与禁锢"(1);《生活的政治:亚裔美国女作家的四个剧本》(*The Politics of Life*: *Four Plays by Asian American Women*)的编者休丝敦则企图在选集中呈现人生中的政治与权力关系以及社会—政治现实,对她来说"为美国剧场写作的有色人种女子的共同之处,就是无能区分生活的政治和一己的族裔—文化认同与性别"(24)。[24]

休丝敦的绪论对于亚裔美国女性剧作有多面向的探讨,其中很重要的就是对于有色人种—女性—作家的处境的看法。对她而言,女性主义就是"自我强化、自我定义和自我决定"("self-empowerment, self-definition, and self-determination", 12)。[25]休丝敦下述的说法标示了弱势族裔女作家的艰难处境:"人生的政治挑战着我们,要我们游走于欧美父权棱堡的内部与周围,在种族歧视、性别歧视、反女性主义侵蚀的成分中,以清澄、想象、诚实、正直、决心来处理我们的生活和与之俱来的愤怒。"(2)这个说法也可用来描述包含本书在内、书名明确标示为女性作品的四本选集(8, 10, 17, 18)。这些选集的编者清一色是女性,其中《禁锢的编织》(*The Forbidden Stitch*)编者之一对于该书的双重目标的说法,简明扼要地道出了女性编者对于女性文选的期望:"发现新声音和计划使它们逃脱湮没无闻的命运。"(13)换言之,亚裔女性作家受到的是种族与性别的双重宰制,这固然赋予她们作品特殊的关怀与内容,也使其写作成为发声、现形,反抗双重宰制的利器,而女性编者则运用机会加以协助。

休丝敦的另一个观点就是不满于人们在定义亚裔美国经验时忽略了太平洋岛民的美国人等(19),这点重拾1974年王燊甫在选集中对于玻里尼西亚的重视。这些选集中标明地域者计有一本(7),就是夏威夷的华人作品。书名所用的"Paké"一词原为对华人的蔑称,却成为带有特色的形容之词,这和汤亭亭把原来对于华人的蔑称"Chinamen"转化为具推崇意味的"China Men",有异曲同工之妙。相对于美国大陆,夏威夷华人在写作中展现太平洋岛民的历史及文学特色。序言中更说明了夏威夷的知识分子(主要是大学教授与大学生)以及文学刊物所扮演的重要角色(此选集便是该地重要文学期刊《竹脊》〔*Bamboo Ridge*〕的合刊集)。

至于特别标明主题者则有三本(15, 20, 21):《亚裔美国人的成长》(*Growing Up Asian American*)为自19世纪末至1990年代的三十二位作家描写在美国的成长过程;《在西人的眼光下》(*Under Western Eyes*)是以自述的方式面对社会与政治议题;《亚裔美国情色飨宴》(*On a Bed of Rice: An Asian American Erotic Feast*)则搜罗亚裔作家对于情欲的书写。同样的,三者在序言或内容上都着重于族裔与主题的关系。梁志英为后者所写的前言强调性与种族的密切关系,但以往亚裔美国书写都回避这个主题,如今"把种族从偏见和歧视的压抑释放出来时,我们开展出新的愉悦,并再度拥抱我们的性态(sexuality)"(xxx)。

就族裔观之,题目标明为华裔者计有五本(4,6,7,11,13),其中除了《大嗨咿!》一书四位编者中有一位日裔的稻田之外,其余十一位编者都是华裔,从第一代的王灵智、第二代的麦礼谦、到第五代的赵健秀都有。在80年代起出版的十九本选集中,编者或编者之一为华裔者计有十本(4,6,7,8,11,12,13,15,19,22),刚好超过半数(若加上70年代的三本,比例更高)。性别上则女多于男,尤其女性作品的编者清一色为女性。[26]

四

从以上分析大抵可以看出几个趋势。首先就是由于社会—政治—历史的环境因素,以及长久以来受到的歧视与偏见,使得美国的弱势族裔文学特别以族裔为出发点,强调族裔的经验与特色,以此来挑战美国主流文学。然而,华裔/亚裔与美国主流文学的关系错综复杂,不是单纯的对抗或同化便可说明,这又与他们的认同以及所采取的策略有关,甚至同一位作者/编者在不同情况下会采取不同的因应措施。[27]

其次,族裔因素的考量固然是这些选集的出发点,但非仅此而已(be-all and end-all),往往结合了其他目标。析言之,身为弱势族裔文学选集的首要作用是唤起人们承认其存在与意义,这也是为何前三部选集具有重大的历史性意义。但是存在受到肯定之后,甚至在呼吁承认其存在之同时,许多编者也把眼光放在与其他弱势族裔文学的关系(在这一点黑权运动〔Black Power Movement〕及非裔美国文学提供了很大的启发与助力),与主流文学的互动,与原先文化传统的关系(如王灵智与赵毅衡的序言以及《大唉咿!》)上,有些编者更提到与第三世界以及世界文学的关系或者在当今这个地球村的定位(如王桀甫)。

与此相关的就是与殖民主义(colonialism)及漂泊离散(diaspora)的关系,这里涉及了向外殖民(如亚裔移民美国许多是因为历史情境下的内忧〔国内政治混乱、民不聊生〕外患〔欧美帝国主义与殖民主义〕)和内部殖民(internal colonization,白人主流社会对于亚裔在法令、制度及社会各方面的箝制)。如此的恶劣环境往往使得第一代移民为生计操劳,要到第二代情况改善之后才普遍产生以英文创作的作家,来表达族裔的遭遇与心声。本乡和海吉朵恩在1993年的选集中不约而同地指出了后殖民主义(postcolonialism),此观点对于思索亚裔美国文学提供不少有利的视角。[28]

主流社会经常以刻板印象来观看弱势族裔,并将之单一化,认为同一族裔之人必然见解一致。其实不然。因此,上述文选虽然都以族裔为共同诉求,但认知与策略时有不同,或可称为同中有异的路线之争。这点早在1974年就出现于王桀甫对好战派的说法以及赵健秀等人的《唉咿!》宣言中,后来最明显见于赵健秀和汤亭亭的交恶。文学选集的编辑在序言中阐扬自己的理念时,有时也会明言或暗示其他的路线:如赵健秀的真伪之辨(以及前后两部选集中对于亚裔文化的迥异态度);海吉朵恩谈到与赵健秀的早年文学渊源,赵拒绝被收入其选集,以及暗示对于《大唉咿!》只收录华、日两个族裔作品的不满(xxvi-xxvii);本乡对于两个战线的说法显然针对赵健秀而来(在前一本选集中还有保留,未指名道姓,后一本则以具体事例表明对于两个战线的不满,并在赵—汤二人的争战中宣示支持后者的立场);[29]徐忠雄在合编的《唉咿!》及《大唉咿!》中立场鲜明,但在个人主编的选集却把赵、汤二人并列;至于休丝敦批评柏森则涉及道地之争——批评非亚裔的编者在编辑亚裔文选时不经意透露出的错误认知与迟钝感受(9—10,18—19)。以上诸项有些即使看似个人的恩怨,置于更宽广的脉络中便可看出往往是路线之争,尤其是弱势族裔面对主流社会时的处置、回应之道。[30]

　　从当今的时空环境来看,以抗争来宣告亚裔美国文学的存在,这种方式已经完成其阶段性任务。由这些选集大体可以看出,尽管依然有特定的诉求对象,但大都采取更包容、和而不同的方式——不管是对亚裔之内或之外。换言之,亚裔美国文学在地位逐渐确立之后,不再全然以对抗的方式强调自他的歧异。其中的转变和意义或许可从非裔作家/出版家李德身上看出。李德在为哈泼柯林斯文学拼嵌系列撰写的总序开头指明自己以往对美国教科书不满,是因为它完全忽略其他族裔的存在。他个人率先利用(非裔)作家及出版家身份之便,提倡美国弱势族裔文学,对促进美国的多元文化发挥了很大的作用。[31]在90年代眼见美国文学景观已有改变,他接受邀请,主编哈泼柯林斯文学拼嵌系列,编辑教科书,并认为此系列对于"有兴趣重绘我们传统的地图的人来说是个**新开始**"(x,黑体字为笔者所加)。[32]换言之,拓荒者的激进论调、作为及成果不容否认,但宜随着时空的变迁而改弦易张,以便适时适地发挥最大的效果——虽然可能每位编者都自认如此。

　　由以上讨论可以看出,华裔作家及编者在创造亚裔美国文学传统与持续开疆辟土上都扮演着重要角色。然而,当今不但美国的族裔多元化,而且由于亚洲新移民占了美国亚裔人口百分之六十,使得亚裔人口结构巨变,产生多元化现象(Shawn Hsu Wong, *Asian* 3),这点也反映在文学及文化表现上。因此,华裔虽然在历史及当今亚裔中依然占有相当优势,但也要警觉与此优势相关的霸权心态、理念或作为,这些在金惠经或本乡的看法中都可得到印证。换言之,在面对其他在人口及文学/文化表现上更为弱势的亚裔族群时,相对强势的华裔应留意避免重复美国主流社会的过失,并对于各种可能性维持开放的心态。[33]

就创造传统而言,除了霍布斯邦的见解(传统的形成与建构性)外,萨依德的"开始"观和米乐的"新开始"观("New Starts")都有助于我们观察文学选集与创造传统的关系。由上文可见,在时序上亚裔美国文学选集以1970年代前半的三部为最早,可说是开启、肇始;然而三者之间的密切关系不只在于时间的紧邻,更在于处于相同历史情境及氛围中,彼此间有着密切的互动——这点显见于许芥昱和王燊甫的选集都明确提到赵健秀等人的立场,而此立场也协助二人擘画其亚裔美国文学的版图,而《唉咿!》的《前言》感谢许芥昱(和李德等人)之助,《绪论》之末也提到包括许芥昱在内的二十位亚裔美国作家最近已经串连起来(36)。进一步说,这些立场在建构亚裔美国文学传统的影响并不限于当时,这可由后来的文选编者的序言得到印证,甚至到今日类似的立场及路线之争依然存在,影响人们思考亚裔美国文学的方式,至于其中华裔/亚裔与主流文学的权力关系,以及华裔在亚裔文学中过去与现在的优势地位,也都是值得省思的课题。[34]

其实,每部选集都是因应特定时空需求(包括出版者的市场考量及编者的个人理念)所产生,都具有"开始"的意义,这点由许多选集特别标明自己是"开始"或"第一"等可以看出:王燊甫希望他的选集"将是处理在美国写作的第三世界作家的系列的开始"(xi);《唉咿!》要以从七个世代中挑选出的作品来呐喊出五十年来的完整声音;《埃仑诗集》以考掘出的天使岛诗歌重新定义华裔/亚裔美国文学及美国历史;[35]夏威夷的华人作家要"熔铸一个新文学"(*Paké* 11);1989年出版的《禁锢的编织》的编者们既惊且喜地发现这是美国第一部亚裔女作家选集(12,15);柏森的《世界之间》是"第一部亚裔美国作家的剧作选集"

(xiv);《落户安家》(*Home to Stay: Asian American Women's Fiction*)的编者之一希望这本书只是类似的亚裔美国女作家故事选集的第一本(*xiv*);《大唉咿!》企图为亚裔美国文学建立起一个英雄传统;《华裔美国诗选》的编者对于这本分别以中英文在中国和美国出版的诗选表示:"这本书是类似的第一个冒险;我们确信它不是最后一个"(*xvii*);海吉朵恩说自己的选集是"这个国家由商业出版社所出版的第一本亚裔美国小说选集"(*xxviii*);休丝敦说自己和鸟诺所编的是"头两部由女性所写的亚裔美国剧作选集"(20);本乡所编的那些小品文都是反对"社会消音"(social silencing)、"文化顺服"(cultural conformism),希望朝向有异于社会其他机制(如司法、社会福利、社区组织)的"一种不同的革命"(22),并期盼与小说相形之下,这些小品文"若不是在范畴上,至少在意图上能更成为基础的史诗。它们是有关新美国人的塑造"(33);《亚裔美国情色飨宴》则"献给亚裔美国的欲望之声",而梁志英在前言也提到,"一直到目前,为了顺服,我们闭嘴,很少写跨越种族和性别的性差异,或家庭外的性愉悦"(xvi),而且当前的亚裔美国文选没有一本以此为主要焦点(xx),本书则是向此领域的探索。[36]

这些都是以具体事例印证了萨依德对于"开始"的说法:

> "开始"的观念……与领先和/或优先的念头有关……指定出"开始"是为了指出、澄清或定义一个**后来**的时间、地方或行动。简言之,指定出开始通常也包括了指定一个后来的**意图**。……我们看见开始是一个完成或过程(在时间、空间或行动上)的第一点,而这个完成或过程具有延续及意义。**因此,开始是意图产生意义的第一步**(*The beginning, then, is the first step in the intentional production of meaning*)。(4—5)[37]

萨依德所提出的观念,提醒我们在审视各个文学选集以及其在华裔/亚裔美国文学的脉络中可能具有的意义:如在具有延续及意义的完成或过程中所扮演的角色,以及在编者认定该文选为"第一"或"开始"时其所意图产生的意义——不再是单一的源始,而是复数的开始。当然,在不同脉络里文选之间"开始"的意义及效应容或有不同甚至强弱之分,但基本上各有其"开始"的意义及效应。简言之,与其以单一的标准去衡量这些意义及效应,不如将其脉络化及历史化,并以此探测当时的历史、社会、文化及文学情境。

米乐在《新开始》(New Starts)一书也强调文学与批评的践行效应,主张文学与批评并非徒托空言,而是以文字做事的方式,并能产生难以预测的效应。就此而言,文选及其序言恰好结合了文学与批评二者,而每部华裔/亚裔美国文学选集作为开始所产生的效用以及在创造传统中的作用,由上文的分析可见一斑。此外,在创造、建构传统的同时,也宜了解其内在的复杂、多元,疆界的浮动不定,与其他(包括主流)传统的关系,甚至所谓"亚裔美国人"一词的适切性。[38]

就华裔美国文学而言,此创造的传统并非"一举定江山"(established once and for all),而是随着历史—社会环境而流变,其中的成员在认知和行动上有同有异(有些甚至寻求打破族裔文学的限制),没有必要强求一致,纵有不合、冲突、矛盾,也同属并反映、折射出与此传统相关的部分。再者,传统与文选、编者、个别作家的关系也不是单向的、宰制的,而是双向的、互动的。编者及其文选,作家及其作品,各自以特有的方式隶属此传统,也协助创造、转化此传统——不但使读者多样化、分众化,使此传统的内部繁复、歧异,甚至使此传统在不同的脉络与建构下形成复数的、多元的、流动的、变迁的面貌。而研究文学选集与创造(华裔/亚裔美国文学)传统的重要意义就在于此。

本文为"国科会""新兴英文文学:跨越边界"整合型计划之子计划"版图重划:华裔美国文学的定位"(NSC 86-2417-H-001-

003-B5)的部分研究成果。在此特别感谢该整合型计划之主持人周英雄教授,以及赖维菁小姐协助搜集资料。本文之修订承蒙两位匿名审查人提供高见,以及"中研院"欧美研究所补助赴美国哥伦比亚大学、加州大学柏克莱校区、夏威夷大学曼诺亚校区访问并搜集资料,特此申谢。

引用资料

李有成《"创造传统:第三届华裔美国文学研讨会"邀稿说明》,1996年6月。

《赵健秀的文学男性主义:寻找一个属于华裔美国文学的传统》,"创造传统与华裔美国文学研讨会"论文,台北:"中研院"欧美研究所,1997年4月11日。20页。

单德兴《反动与重演:论20世纪的三部美国文学史》,《重建美国文学史》,北京:北京大学出版社,2006年,页3—48。

《"忆我埃仑如蜷伏":天使岛悲歌的铭刻与再现》,《重建美国文学史》,北京:北京大学出版社,2006年,页189—244。

《从多语文的角度重新定义华裔美国文学:以〈扶桑〉与〈旗袍姑娘〉为例》,《重建美国文学史》,北京:北京大学出版社,2006年,页342—358。

文学选集(依出版年代顺序)
1. Hsu, Kai-yu(许芥昱), and Helen Palubinskas, eds. *Asian-American Authors*. Boston: Houghton Mifflin, 1972.
2. Wand, David Hsin-Fu(王燊甫), ed. *Asian-American Heritage: An Anthology of Prose and Poetry*. New York: Washington Square Press, 1974.
3. Chin, Frank(赵健秀), et al., eds. *Aiiieeeee! An Anthology*

of Asian-American Writers. Washington, D.C.: Howard University Press, 1974.

4. Lai, Him Mark, Genny Lim, and Judy Yung(麦礼谦·林小琴·杨碧芳), eds. *Island: Poetry and History of Chinese Immigrants on Angel Island*, 1910-1940 (《埃仑诗集》). San Francisco: HOC DOI Project, 1980. Seattle: University of Washington Press, 1991.

5. Bruchac, Joseph, ed. *Breaking Silence: An Anthology of Contemporary Asian American Poets*. New York: The Greenfield Review Press, 1983.

6. Hom, Marlon K. (谭雅伦). *Songs of Gold Mountain: Cantonese Rhymes from San Francisco Chinatown* (《金山歌集》). Berkeley: University of California Press, 1987.

7. Chock, Eric, and Darrell H. Y. Lum (林洪业), eds. *Paké: Writings by Chinese in Hawaii*. Honolulu: Bamboo Ridge Press, 1989.

8. Lim, Shirley Geok-lin (林玉玲), Mayumi Tsutakawa, and Margarita Donnelly, eds. *The Forbidden Stitch: An Asian American Women's Anthology*. Oregan: Calyx, 1989.

9. Berson, Misha, ed. *Between Worlds: Contemporary Asian-American Plays*. New York: Theatre Communications Group, 1990.

10. Watanabe, Sylvia, and Carol Bruchac, eds. *Home to Stay: Asian American Women's Fiction*. New York: Greenfield Review Press, 1990.

11. Chin, Frank, et al., eds. *The Big Aiiieeeee! An Anthology of Chinese American and Japanese American Literature*. New York: Meridian, 1991.

12. Chin, Marilyn (陈美玲), and David Wong Louie (雷祖威), eds. *Dissident Song: A Contemporary Asian American*

  Anthology. Santa Cruz: University of California Press, 1991.

13. Wang, L. Ling-chi(王灵智), and Henry Yiheng Zhao(赵毅衡), eds. *Chinese American Poetry: An Anthology*. Santa Barbara: Asian American Voices, 1991.
14. Hagedorn, Jessica, ed. *Charlie Chan Is Dead: An Anthology of Contemporary Asian American Fiction*. New York: Penguin, 1993.
15. Hong, Maria, ed. *Growing Up Asian American*. New York: Avon, 1993.
16. Hongo, Garrett, ed. *The Open Boat: Poems from Asian America*. New York: Anchor, 1993.
17. Houston, Velina Hasu, ed. *The Politics of Life: Four Plays by Asian American Women*. Philadelphia: Temple University Press, 1993.
18. Uno, Roberta, ed. *Unbroken Thread: An Anthology of Plays by Asian American Women*. Amherst: University of Massachusetts Press, 1993.
19. Yep, Laurence, ed. *American Dragons: Twenty-Five Asian American Voices*. New York: HarperCollins, 1993.
20. Hongo, Garrett, ed. *Under Western Eyes: Personal Essays from Asian America*. New York: Anchor, 1995.
21. Kudaka, Geraldine, ed. *On a Bed of Rice: An Asian American Erotic Feast*. New York: Anchor, 1995.
22. Wong, Shawn Hsu(徐忠雄), ed. *Asian American Literature: A Brief Introduction and Anthology*. New York: HarperCollins, 1996.

其 他

Chan, Jeffery Paul(陈耀光). E-mail to the author. 12 Oct. 1995.

Cheung, King-Kok (张敬珏). "Re-viewing Asian American Literary Studies". *An Interethnic Companion to Asian American Literature*. Ed. King-Kok Cheung. Cambridge: Cambridge University Press, 1997. 1-36.

——. "Selected Bibliography". *An Interethnic Companion to Asian American Literature*. Ed. King-Kok Cheung. Cambridge: Cambridge University Press, 1997. 367-408.

Chin, Frank. *Bulletproof Buddhists and Other Essays*. Honolulu: University of Hawaii Press, 1998.

Haslam, Gerald W. *Forgotten Pages of American Literature*. Boston: Houghton Mifflin, 1970.

Hobsbawm, Eric. "Introduction: Inventing Traditions". *Past and Present Publications: The Invention of Tradition*. Ed. Eric Hobsbawm and Terence Ranger. Cambridge: Cambridge University Press, 1983. 1-14.

Kim, Elaine H. (金惠经). "Preface". *Charlie Chan Is Dead: An Anthology of Contemporary Asian American Fiction*. Ed. Jessica Hagedorn. New York: Penguin, 1993. vii-xiv.

Lai, Him Mark. "Interview with Him Mark Lai". Conducted by Shan Te-hsing. Jan. 1997.

Lauter, Paul. *Canons and Contexts*. New York and Oxford: Oxford University Press, 1991.

Leong, Russell C. (梁志英). "Foreword: Unfurling Pleasure, Embracing Race". *On a Bed of Rice: An Asian American Erotic Feast*. Ed. Geraldine Kudaka. New York: Anchor, 1995. xi-xxx.

Miller, J. Hillis. *New Starts: Performative Topographies in Literature and Criticism*. Taipei: Institute of European and American Studies, Academia Sinica, 1993.

McDonald, Dorothy Ritsuko. "Introduction". *The Chickencoop*

Chinaman and The Year of the Dragon. By Frank Chin. Seattle: University of Washington Press, 1981. ix-xxix.

Morris, Timothy. *Becoming Canonical in American Poetry*. Urbana: University of Illinois Press, 1995.

Munoz, Faye Untalan. "Pacific Islanders: A Perplexed, Neglected Minority". Appendix in Lemuel F. Ignacio, *Asian Americans and Pacific Islanders (Is There Such an Ethnic Group?)*. San Jose, CA: Pilipino Development Associates, 1976. 283-291.

Pagni, Michelle Marie. *The Anatomy of an Anthology: How Society, Institutions and Politics Empower the Canon*. Diss. University of California, Riverside, 1994. Ann Arbor: UMI, 1996. 9501910.

Reed. Ishmael. *Conversations with Ishmael Reed*. Ed. Bruce Dick and Amritjit Singh. Jackson: University Press of Mississippi, 1995.

Said, Edward W. *Beginnings: Intention and Method*. 1975. New York: Columbia University Press, 1985.

———. *The World, the Text, and the Critic*. Cambridge: Harvard University Press, 1983.

Sollors, Werner. "National Identity and Ethnic Diversity: 'Of Plymouth Rock and Jamestown and Ellis Island'; or, Ethnic Literature and Some Redefinitions of America". *History and Memory in African-American Culture*. Ed. Geneviève Fabre and Robert O'Meally. New York: Oxford University Press, 1994. 92-121.

Tompkins, Jane. *Sensational Designs: The Cultural Work of American Fiction 1790-1860*. New York and London: Oxford University Press, 1985.

Wong, Sau-ling Cynthia (黄秀玲). "Chinese American Literature". *An Interethnic Companion to Asian American Literature*. Ed. King-Kok Cheung. Cambridge: Cambridge University Press,

1997. 39-61.

———. "The Politics and Poetics of Folksong Reading: Literary Portrayals of Life under Exclusion." *Entry Denied: Exclusion and the Chinese Community in America, 1882-1943*. Ed. Sucheng Chan(陈素贞). Philadelphia: Temple University Press, 1991. 246-267.

Wong, Shawn Hsu, and Frank Chin, eds. *Yardbird Reader*. Vol. 3. Berkeley: Yardbird, 1974.

注释

〔1〕 第三届华裔美国文学研讨会的邀稿说明对于"创造传统"的议题提供了如下的说法:"传统有其延续性,有的约定俗成,自然确立;有的却是创造、发明、建构、符码化或建制化的结果。有的传统一目了然,众所周知;有的传统则幽暗难明,必须细心侦测,耐心摸索,才能见其面貌。有的时日久远,自成体系;有的则历史甚短,迅速成形。传统有其集体性,但有的也隐含相当的个人意志……"(李有成)

〔2〕 有关美国文学价值的变迁以及落实到文选的讨论,详见 Tompkins 186-201。

〔3〕 有关1917至1962年间所出版的二十一部美国文学选集,见《典律与脉络》,页42 n6。

〔4〕 匿名审查人之一提到:"华裔文学选集反映美国多元文化,可是单独成集(有别于主流文学)岂非有 ghettoizing〔自成聚落〕之嫌?"这的确是两难之境,是利?是弊?即利即弊?端视从何角度观察。就华裔美国文学传统而言,开始时此一"区隔"之作用正是为了打破沉寂、穿透压抑,凸显美国文化之多元(因而华裔文学理所当然占有一席之地)。在逐渐形成风气之后,此区隔可进一步强化族裔特色及美国的多元文化。从另一个角度来看则不免画地自限,甚至"据地称霸"之嫌。然而即使在主流文学中,也可以看到针对特定主题所编辑的文选,以期建立特色,吸引读者消费,此处的"区隔"可能更在市场的考量。因此,区隔/凸显往往只是一线之隔,甚至一体两面。如今回顾,华裔美国文学若不做此区隔以凸显/创造出自己的特色,可

能依然难以翻身。至于类似画地自限的后果,唯有明白其因由并坦然面对。

〔5〕 张敬珏(King-Kok Cheung)在《亚裔美国文学伴读》(*An Interethnic Companion to Asian American Literature*, 1997)一书书目的文选("Anthologies of Primary Works")项下列出九十笔资料(383—387),本文讨论的范围大体限于书名明确标示"亚裔美国"或"华裔美国"字样者,或内容完全涉及华人移民,详见引用资料中的文学选集项下。至于第一本有关亚裔美国的读本《根:亚裔美国读本》(*Roots: An Asian American Reader*〔The Asian American Studies Center at UCLA, 1971〕),由于收录的内容除了散文、回忆、诗作、文学评论之外,还有学术论文、政治文章、照片、图像艺术,故不予列入。

〔6〕 本书中的《"忆我埃仑如蜷伏":天使岛悲歌的铭刻与再现》,采取的便是个案研究的手法。本文则拟从宏观的角度来省视华裔/亚裔美国文学选集。

〔7〕 第一本华裔美国文学选集于1972年出版,与当时美国国内外的社会、政治气氛有关,如1960年代美国国内的民权运动,1968年国际上的狂飙风潮与学生运动等。1969年,旧金山州立学院(San Francisco State College,即现在的旧金山州立大学〔San Francisco State University〕)的学生罢课,要求设立族裔研究学院(School of Ethnic Studies)。秋天,该学院成立,下设亚裔美国研究系(Department of Asian American Studies),提供相关课程。该文选编者许芥昱(Kai-yu Shu)与旧金山有深厚的文化与地缘关系。值得一提的是,摩理思(Timothy Morris)说:"直到1970年代中期,标准的美国文学选集大都根本未包括黑人、西裔或原住民作家。直到1970年代中期,那些文选也未包括许多女作家。"(xii)从摩理思未提及亚裔一事,便可看出亚裔在这方面的相对弱势。

〔8〕 主流的美国文学史一直到1998年的《哥伦比亚版美国文学史》才有亚裔美国文学专章出现,主流文选则要到1990年的《希斯美国文学选集》才有亚裔美国文学正式登场。值得一提的是,本书出版前两年,哈思伦编辑的《被遗忘的美国文学》(Gerald W. Haslam, *Forgotten Pages of American Literature*)介绍及编选的就是这四个族裔的作品,本书出版近四分之一世纪之后,李德主编的哈泼柯林斯文学拼嵌系

列(Ishmael Reed, The HarperCollins Literary Mosaic Series)依然是有关这四个族裔文学的介绍与文选(只是印第安与墨裔名称分别改为"原住民"及"西裔")。换言之,60年代的社会运动为族裔文学擘画出空间之后,这些年来积极发展并巩固地位的依然是这四个族裔。有关李德在美国弱势族裔(尤其亚裔)文学方面所扮演的角色,可见本文注〔12〕,〔31〕及《李德对话录》(*Conversations with Ishmael Reed*)中有关赵健秀及徐忠雄的部分。而赵健秀于1998年出版的《防弹佛教徒及其他论文》(*Bulletproof Buddhists and Other Essays*)一书,更是献给李德,并题词"写作即战斗"(writing is fighting)。

〔9〕 有关萨依德对于"源始"与"开始"的辨析,详见《开始:意图与方法》(*Beginnings: Intention and Method*),尤其页 xi-xii, xv-xvii, 3-6, 174-175, 316, 357, 380。

〔10〕 对于社会—历史因素的着重显见于此一族裔文学的第一本相关论著《亚裔美国文学作品介绍与社会脉络》(Elaine H. Kim〔金惠经〕, *Asian American Literature: An Introduction to the Writings and Their Social Context*, 1982)。同样的,在许多亚裔美国文选中,编者都会略述亚裔美国历史及社会背景。附带一提的是,在此书出版之前数年(即1960年代末期),亚裔美国历史才正式列入少数几所美国大学的课程,因此对一般读者而言,亚裔文学更是陌生的领域。参阅本文注〔7〕。

〔11〕 文选除了呈现在该领域已有相当地位的作家之外,另一重要作用便是利用集体的方式来引介新人,注入活力,《异议之歌:当代亚裔美国选集》(*Dissident Song: A Contemporary Asian American Anthology*)编者之一的陈美玲(Marilyn Chin)甚至说:"的确,文选的作用就是发现新人才",并鼓励读者提笔上阵,继承传统(4)。

〔12〕 《唉咿!》一书前言结尾致谢的人士中有许芥昱的名字。陈耀光在给笔者的电子邮件中提到,他与赵健秀应全国英文教师协会(National Council of Teachers of English)之邀,撰写了《种族歧视之爱》("Racist Love")一文,协会却因该文太具爆炸性而拒绝,另请许芥昱撰写一篇较温和的文章。《种族歧视之爱》后来由非裔美国作家暨出版家李德出版。华裔与非裔文学及批评的关联,则是另一桩有意义的公案。如李德和杨(Al Young)扮演重要角色的《菜鸟读本》(*Yardbird*

〔13〕 *Reader*)中，从1972年便出版不同族裔的作品。1974年由徐忠雄与赵健秀客串主编的第三集，除收录在当时看来分量可观的亚裔作品之外，也收录原住民及非裔作家的作品。

〔13〕 所谓太平洋岛民（Pacific Islanders）的暧昧地位，可参阅在王燊甫文选出版两年后慕诺兹的文章《太平洋岛民：一个混淆、被忽略的弱势民族》（Faye Untalan Munoz, "Pacific Islanders: A Perplexed, Neglected Minority"）。

〔14〕 巧合的是，后来许多文选的编者或序者不约而同以"地标"（landmark）或类似字眼来形容《唉咿!》，并肯定它在创造亚裔美国文学传统的重大意义：如陈美玲以"开疆辟土"（"pioneering"）一词称之（3）；乌诺（Roberta Uno）说此书是"破土的文集"（"the groundbreaking anthology," 7）；柏森（Misha Berson）说："《唉咿!》是地标文学选集"（xii）；本乡（Garrett Hongo）在1993年诗选的序言中说它是"催化新亚裔美国文学意识的基本文选"（"the catalytic and seminal anthology of the new Asian American literary consciousness"），并说此文选虽未选录诗作，也不是最早的亚裔美国文选，却是"到目前为止最具影响力的"（xxvi）；梁志英也将"地标"一词加诸此文选："地标的《唉咿! 亚裔美国作家选集》于1974年出版，搜集了当代作家，并把他们直截了当地放在文学地图上"（xix）；王灵智（L. Ling-chi Wang）与赵毅衡（Henry Yiheng Zhao）虽然认为此一文选对于亚裔美国人的定义过于狭隘，并主张采取如许芥昱、王燊甫、金惠经、林英敏（Amy Ling）（其实至少应加上张敬珏）等较具有包容性的看法，却也肯定此选集为"开路"（"path-breaking"）之作，而且认为四位编者"有力且有理地（forcefully and convincingly）显示了一个亚裔美国文化传统的存在"（xvi）。海吉朵恩（Jessica Hagedorn）不仅称此选集为"地标"，而且说"对于亚裔美国人是个绝对的突破（an absolute breakthrough）"（xxvi），并对其影响推崇备至："《唉咿!》在70年代所引发的能量和兴趣，对于亚裔美国作家是必要的，因为它赋予我们作为自己特定文学的创作者的可见度和可信度（visibility and credibility）。不能忽视我们；突然之间，我们不再沉寂。就像美国其他有色人种作家一样，我们开始挑战由白人异性恋男性所宰制的、珍视已久的仇外的文学典律观念。显然，在这个一直扩展的竞技场中，有容纳不止一种声音、一种看法的空

间。"(xxvii)

〔15〕《前言》对于亚裔美国人的多样性既有肯定,也有限定:"亚裔美国人不是一个民族,而是数个——华裔美国人、日裔美国人和菲裔美国人。……我们的选集是完全亚裔美国的,那意味着菲裔—、华裔—和日裔美国人,在美国出生、成长……"(ix)

〔16〕徐忠雄在1996年所编的文选中,自述如何自我发掘、研读亚裔美国作家及作品,并与赵健秀等人筹钱印行冈田已绝版的《顽劣小子》(xiv-xvi)。

〔17〕"Aiiieeeee! An Introduction to Asian-American Writing", *Bulletin of Concerned Asian Scholars*, Fall 1972, 34-46. 同文也出现于1973年的《菜鸟读本》第二集,页21—46。

〔18〕昔今的强烈对比可由徐忠雄的自述得到印证:第一部长篇小说《家乡》(*Homebase*〔何文敬译为《天堂树》〕)遭到六家出版社拒绝,直到1979年才由李德出版,是当时"唯一印行中的一本由华裔美国人所写的长篇小说……而单单1991年就出版了五部由华裔美国人所写的小说作品"(xvi-xvii)。

〔19〕其中以赵健秀、徐忠雄、海吉朵恩、本乡、休丝敦(Velina Hasu Houston)等人尤其明显。李德在哈泼柯林斯文学拼嵌系列的总序中描述的对象虽为该系列的四位编者,但相当程度反映了他们的代表性和随之而来的权威:"这些编辑〔指的是徐忠雄及负责非裔、原住民、西裔文学的杨(Al Young), Gerald Vizenor, Nicolas Kanellos〕属于〔比传统美国文学〕更具包容性的传统的建筑师。……他们本身不仅是作家和学者,而且也属于本世纪后半叶的美国文学的先驱!"(viii)李德对于徐忠雄及亚裔美国文学传统则有如下的看法:"徐忠雄、赵健秀、稻田、陈耀光被推崇者和责难者视为'亚裔美国文学的四骑士',这并不令人惊讶。若没有他们的努力,不知道亚裔美国文学会是一副什么模样。学院拒绝承认那个传统的存在,而他们开始艰辛地建构那个传统。在《唉咿! 亚裔美国作家选集》和后续的《大唉咿! 华裔与日裔美国文学选集》中,四位编者赋予一个亚裔美国文学传统恒久的地位。"(ix)徐忠雄与赵健秀算是比较特殊的例子,但其他亚裔美国文学选集的编者也各有可观之处,其自述详见他们的序言。

〔20〕 为方便起见,本文讨论的文学选集依出版年代顺序编号,详见引用资料。

〔21〕 后来张敬珏的《亚裔美国文学书目提要》(*Asian American Literature: An Annotated Bibliography*, 1988)也把加拿大的华裔英文作家纳入,所以书名的正确中译应为《亚裔北美文学书目提要》。

〔22〕 此二选集所涉及的历史、翻译与再现的问题甚为复杂,有关《埃仑诗集》可阅本书"忆我埃仑如蜷伏":天使岛悲歌的铭刻与再现》一文,有关《金山歌集》可参阅黄秀玲的"The Politics and Poetics of Folk-song Reading"。

〔23〕 如乌诺与休丝敦是同事及同好(Houston 14),两人分别同时主编亚裔美国女剧作家选集,同在1993年出版。对于1990年主编亚裔戏剧选集的欧裔美国剧评家柏森,休丝敦在文中有不少批评。

〔24〕 值得一提的是,欧裔的柏森在书名上采用有连字号的美国人(hyphenated American)的表达方式(即"Asian-American"),此选择固然可能与主题"世界之间"有关(即强调双重认同),却暗示这些作家为"既亚亦美"或"半亚半美",甚至"非亚非美";另两位编者所使用的"Asian American"一词,则以"亚裔"来形容"美国人",已肯定这些作家为(祖先来自亚洲的)美国人。

〔25〕 休丝敦讨论女性主义的专节(12—14),是亚裔美国文学选集中对于女性主义最明确的诠释之一。

〔26〕 初版由大学出版社印行的有四本(6, 12, 17, 18),华盛顿大学出版社后来也出版《埃仑诗集》并发行《华裔美国诗选》(麦礼谦接受笔者访问时说,《埃仑诗集》当初要出版时遭到困难,问世后得到普遍的肯定,所以华盛顿大学出版社后来愿意接手〔Lai, "Interview"〕)。

〔27〕 如赵健秀等人在《唉咿!》中强调建立非美非亚的独特亚裔美国感性,而在《大唉咿!》中则要借助中国古典小说来建立亚裔美国文学的英雄传统,以对抗主流文学对于亚裔文学的刻板印象。又如在该二文选中非但未选入一些畅销的华裔美国作家(如黄玉雪、汤亭亭、谭恩美〔Amy Tan〕、黄哲伦等),并以道地(authenticity)为由、以真伪之辨来大张旗鼓且大加挞伐(黄秀玲便提到《大唉咿!》中没有一位在世的亚裔美国女作家),而赵与汤亭亭两人之间的争斗更往往夹杂着道地政治(politics of authenticity)与性别政治(politics of gender)

(李有成在《赵健秀的文学男性主义》一文讨论到这点)。海吉朵恩在所编的文集中提到赵健秀拒绝被收入该文集(xxvi)。然而,徐忠雄编辑的文选却同时收录赵、汤二人,而且两人紧邻,就多年来旗帜鲜明、立场坚定的赵与徐而言,可谓异数。

〔28〕此点可由近来华文世界的学者在这方面的研究得到印证。

〔29〕金惠经在为海吉朵恩的选集所撰写的前言中,也指责亚裔美国的文化民族主义(Asian American cultural nationalism),批评这等于另外成立了一小霸权,其中女不如男、韩不如华(ix, x, xiii),其见解与本乡相似。

〔30〕有些立场虽然看似对立,但也可能有相通之处,如标榜"写作即战斗"的赵健秀固然是"文字斗士",然而主张以文字来报导/报复的汤亭亭,又何尝不是勇敢对抗族裔—性别双重宰制的"文字女战士"?

〔31〕除了本文注〔12〕提到的情形之外,又如本乡在《同舟一命》的绪论中提到1970年李德出版"破土的、多族裔的文选《当今十九魔法师》(19 *Necromancers from Now*)",以及此书对他的影响。

〔32〕劳特的重建美国文学运动及后来主编、出版的《希斯美国文学选集》则是由对抗到包容的另一显著例子。

〔33〕其中包括了语言的可能性。亚裔美国文学一向以英文为共通语言(lingua franca),排除在美国的亚裔以亚洲语言创作的文学,在这方面薛尔和索乐思(Marc Shell and Werner Sollors)的LOWINUS计划(Languages of What Is Now the United States)的多语文观点提供了一个新视角——虽然此计划也有必须以英文为共通语言、地理决定论(geographical determinism)及可能的文化帝国主义(cultural imperialism)等值得商榷之处(参阅本书《从多语文的角度重新定义华裔美国文学:以〈扶桑〉与〈旗袍姑娘〉为例》)。

〔34〕两位匿名审查人都提到华裔文学与主流文学、其他亚裔文学或非主流文学的关系,其中一位更提到"与当时美国国内、国外的社会政治情势"之关联。兹事体大,实非本文之篇幅所能处理(本文注〔7〕稍稍触及)。也如一位审查人所言:"这牵涉到作品与作品之间的文本互涉,及其背后的意识形态,恐非一蹴可就。"其实,笔者对于华裔美国文学的研究,一直置于美国文学史(其改写与重建)的脉络中,换言之,华裔与美国文学典律的关系为笔者一向关切所在,本文探讨

的华裔/亚裔美国文学的编选，便与主流文学有所颉颃/互动。兹举一例，具有代表性的《诺顿美国文学选集》初版于1979年，一直到1994年第四版依然忽视华裔作家（编辑委员中已加入研究原住民文学与文化的批评家克鲁帕特〔Arnold Krupat〕），但在1998年第五版（不得不）收录汤亭亭等人的作品。至于华裔和其他亚裔文学的关系，简言之，华裔文学不管在创作、评论、文选等方面，一直是主导势力，直到晚近其他族裔逐渐冒现，情况才稍改观。然而，从宏观的角度来看，我们不宜遗忘（相对于强势的英国文学的）美国文学从无到有、从弱势到强势的演变及建制化过程（20世纪初许多有教养的人士质疑"美国文学"的存在，直到1950年代才安稳进入各大学的课程）。因此，笔者以往拈出"反动/重演"一词来描述这种文学史现象，尤其其中难以避免的权力关系与文化政治。在此观念架构下，笔者的态度较为乐观，认为基本趋势是开放化、民主化、多元化。

〔35〕 美国主流惯常以普里茅斯岩（Plymouth Rock）作为建国的单一源始与"神话/迷思"。金惠经则说："知道从来就无法'回归'到一个统一的五月花——和——普里茅斯岩的开始，使我对未来抱持希望。"（xii,此处的"统一的……开始"便是萨依德所定义的"源始"）索乐思曾把（黑人的）詹姆思镇（Jamestown）和（欧洲移民的）艾理思岛（Ellis Island）与普里茅斯岩并列，视为美国移民史上的三个重要记忆场域，笔者认为天使岛华裔/亚裔移民史与文学史上的意义重大，足以与另三个记忆场域并列，详见本书《忆我埃仑如蜷伏》一文。

〔36〕 陈美玲在其文选序言中也提到80年代末、90年代初亚裔文选的兴盛现象，历数具有特殊意义的立场、选集与出版社，并提到"80年代初出版的《打破沉寂》是第一本全面性的诗集"（3）。

〔37〕 在研究弱势族裔文学时，萨依德的一些看法值得借鉴，如重视故事、历史—社会条件、世俗批评（secular criticism）等。下列说法虽针对当代批评，但也可挪用于此："一个新典律也意味着一个新的过去或一个新的历史，而且较不愉快的是，一个新的狭隘现象。"（Said, *World* 143）

〔38〕 如在《异议之歌》中，雷祖威（David Wong Louie）批评美国主流社会依然把亚裔人士当成异类（1），并指称其选集表现了"亚裔美国社会可观的异质性"（2）。另一编者陈美玲则说："我们是多元结构中激越

回荡的声音。我们的责任是篡夺典律,使其摆脱单一、单语、单文化、因而单调的命运("It is our duty to usurp the canon from its monolithic, monolingual, monocultural, and henceforth monotonous fate")。要由我们'族裔'作家来拯救美国文学,以免沦为郊区'白人的噪音'。"(3—4)雷祖威甚至说:"由此处再现的文学风格和政治关怀的多样性来看,'亚裔美国人'一词除了政治权宜之便外,几乎落伍了。"(2)

从多语文的角度重新定义华裔美国文学：以《扶桑》与《旗袍姑娘》为例

一

1996年8月及9月，旅美华人作家严歌苓的《扶桑》与黎锦扬的《旗袍姑娘》相继于台湾出版。中文读者大抵将这两部作品视为中文/华文文学作品（即华人以中文撰写由中文出版社为中文读者所出版之作品），或者海外华人以母语撰写有关美国华人移民的作品。然而，从华裔/亚裔美国文学、多语文的美国文学（Languages of What Is Now the United States）以及跨国与跨文化的文学生产（transnational and trans-cultural literary production）的角度来看，此二书意义非比寻常，值得深究。[1]

严歌苓于1981年开始其写作生涯，1989年前往美国之前已经在中国内地出版了三部长篇小说，1990年于芝加哥大学主修小说创作时，开始在台湾发表作品，先后出版多部作品,并屡次获得台湾地区的重要文学奖。[2]《扶桑》这部得奖之作叙述的是一位19世纪旧金山华人妓女扶桑的故事,根据的是作者从旧金山多家图书馆搜集所得的"一百六十册唐人街正、野史"(《扶桑》1)。叙事者为嫁给白人的第五代华裔美国女子,全书运用后设小说的手法,多次向扶桑这位生活在一百二十年前的华埠传奇青楼女子直接发言。[3]

黎锦扬于1916年出生在中国湖南,在英文世界里以《花鼓歌》(*Flower Drum Song*, 1957)的作者Chin Yang Lee著称,至于《旗袍姑娘》则是他在八十高龄所撰写的第一本中文短篇小说集。[4]其中有关洛杉矶,尤其素有小台北之称的蒙特利公园(Monterey Park)的华人故事本身便相当有趣。然而,对于关心文学与文化生产以及跨国、跨文化的现象的学者来说,《旗袍姑娘》这本书背后的写作及生产的故事甚至更有趣。

我们若将此二书并置,且从多语文的角度来观察,就可以看出几个有趣的现象,其中包括了中文的使用,移民文学的意义,移民文学与祖国和在地国的关系,跨国的文学生产中的诸多机制(如中文报纸的副刊及文学奖等等),不同的脉络化(contextualization)的方式(如分别置于中国文学、美国文学、华裔美国文学、海外华人文学的脉络)。

二

"如何连接"("how to connect")——亦即,如何使这些作品与中文世界,尤其是在台湾的文学消费者建立起关系——这个问题几乎成为严歌苓、黎锦扬和为黎写序的痖弦挥之不去的执念。严在《扶桑》一书的代序《主流与边缘》以及得奖感言《挖掘历史的悲愤》中,有力地表达了她对于"移民"文学的长期关注,并且挑战此词所暗示的中心/边缘的二分法。[5]序言和感言以及小说中的若干后设批评的话语,表现出作者过去数年来对于美国华人移民的关切。[6]这些透过后设批评的技巧所表达出的话语虽然简短,却借着叙事者与一个世纪以前同样居住于旧金山的华人女子的对话,而与主题相互辉映。[7]

严歌苓主张小说家所写出的故事不仅要有趣,而且要有意义,能够揭露人性中潜藏的性质。而故事吸引人之处,正是在于能烛照人的多变及难以预测。为了探究人性,小说家必须创造出不同的情境,以引发出角色的内在性质,而身为异乡人的移民处境最是独特而有力——"移民,这个特定环境把这种奇特的敏感诱发出来"(《扶桑》iii)。[8]她进而提到四位著名的移民作家——康拉德(Joseph Conrad)、纳伯科夫(Vladimir Nabokov)、昆德拉(Milan Kundera)、阿言德(Isabel Allende)——并如此断言:"移民生活给他们视角和思考的决定性的拓展与深化。"(iii-ix)

严歌苓对于中心/边缘的二分法以及"移民文学是边缘文学"(iii)的说法深深不以为然;相反的,她主张"文学是人学……任何能让文学家了解人学的环境、事件、生命形态都应被平等地看待,而不分主流、边缘"(iii)。依此种方式推理,文学正统的观念也就意义不大了,因为"有中国人的地方,就应该生发正宗的、主流的中国文学"(iii)。换言之,地理位置不能决定一部作品是中心/主流或边缘/非主流。《扶桑》一书在《联合报》向全世界公开的中文写作竞赛中获得评审奖,此一事实也支持了严歌苓的论点。

《扶桑》一书中,美国白人男主角对于神秘的东方青楼女子的迷恋是很萨依德式的(Saidian)西方对于东方的幻想,而严歌苓对于考掘与历史的观念则是很傅柯式的(Foucaultian)。她在得奖感言中,谈到自己如何在旧金山图书馆"钻故纸堆,掘地三尺",挖出久被遗忘的文件,这些丰富的文献使她惊讶地发现"中国先期移民的史料是座掘不尽的富矿"(v)。其中最具意义的,莫过于她发现到"一个奇特的现象":

同一些历史事件、人物,经不同人以客观的、主观的、带偏见的、带情绪的陈述,显得像完全不同的故事。一个华人心目中的英雄,很可能是洋人眼中的恶棍。由此想到,历史从来就不是真实的、客观的。……移民,这是个最脆弱、敏感的生命形式,它能对残酷的环境做出最逼真的反应。移民,也就注定是充满戏剧性的,是注定的悲剧。(v)[9]

最后,严歌苓感谢评审对于(扶桑)的注意,"因为这关注将引导整个中国人群体对移民文学的关注"(v)。这个说法多少抵触了她先前对于中心、正宗、正统、主流等说法的质疑。尽管如此,严歌苓在短短的五页篇幅中,言简意赅地表达了许多重要的观点,如小说家的责任,角色与环境的互动,移民处境的特殊意义,挖掘及建构移民文学的重要性,中心/边缘二分法及文学正统的质疑,历史与故事的建构性,以及华人漂泊离散(Chinese diaspora)的状况。

三

对于大多数的华人读者来说,黎锦扬是个传奇人物:许多人耳闻其名,却很少人读过他的作品。过去四十年来他所发表的十一部英文著作中,只有三部译成中文。[10]因此,出版黎锦扬的第一本中文短篇小说集所面临的主要问题之一,就是如何向中文读者行销这位耳闻已久却实则陌生的作家,尤其如何推销给20世纪末暴露于众多吸引力之下的台湾读者。出版社采取的策略显示了一些有趣的现象。

首先,媒体上虽有报导,但可能并不普遍,与行销未必直接相关,在读者记忆中也未必能持久,因此出版社采用了直接邮寄书讯给读者的方式。然而,最强而有力的广告还是作品本身。全书的十六个短篇小说前后夹以序言《破冰之旅——黎锦扬写作的双语世界》[11]与两篇自述《我的回忆》(有关家世及他早年的生涯)和《我的归根活动》(有关创作《旗袍姑娘》的来龙去脉)。

不消说,序言在引导读者上扮演了决定性的角色。撰写序言的痖弦被黎锦扬奉为他个人"中文写作的推动者"(《旗袍姑娘》8),自然而然就负上了穿针引线之重责大任:如何为中文写作的"新手"黎锦扬与中文世界的读者搭上线。因此,序言里显而易见的中华中心论(Sinocentrism),与其说是要把黎锦扬置于双语的脉络,不如说是要建立起黎与中文读者的关系。

痖弦与黎锦扬结识的场合及经过饶富意义。1995年4月,黎锦扬在世界华文作家协会邀请下,与其他十一位以英文创作的华裔美国作家(如汤亭亭〔Maxine Hong Kingston〕、刘爱美〔Aimee E. Liu〕等)访问台湾。[12]该团于访问期间与本地的多位作家及文化工作者见面,其中之一就是当时担任《联合报》副刊主编的痖弦。在后来的通信中,痖弦鼓励黎锦扬以中文创作。因此,黎锦扬就借助于双语字典,开始了中文创作生涯。

痖弦的序言与黎锦扬的附录之主要目的在于建立起黎与中国及华文世界的关系,我们从其中可以看出几点。首先便是黎锦扬的家世。序言和附录都强调其出身书香门第:祖父和父亲都在清朝的科举制度下得过功名;长兄曾任北京师范大学文学院院长,并教过毛泽东国文;兄弟八人中有四人从事写作或音乐;他自己则到美国进修——先在哥伦比亚大学,后来又到耶鲁大学。这番自述所造成的印象便是:由于黎来自书香世家,成为作家实乃理所当然。

其次,黎锦扬的著作目录显示,他的十一本英文著作都与海内外的中国人/华人有关,其中至少四本有关华裔美国人。第一篇自述描述他的写作生涯伊始,他的写作态度,诸如此类的事情。文中也提到了成名作,也就是第一部长篇小说《花鼓歌》,但真正把他置于华裔美国文学场景的则是痖弦的序言。

身为台湾地区的文学编辑、黎锦扬的"中文写作的推动者",

并率先在所主编的副刊中刊登其作品的痖弦,有意在序言中竭力为黎锦扬争取中文读者,而采取的策略则是强调海外华人作家心怀故国的心态。因此,这些作家不是以中文写作并在故国出版(如白先勇、聂华苓、郑愁予、杨牧、于梨华),便是以英文撰写有关中国的题材及事物(如林语堂、蒋彝)。他也论及新一代的华裔美国作家,如汤亭亭、刘爱美、谭恩美(Amy Tan)、徐忠雄(Shawn Hsu Wong)等,称许他们"为世界华人文学打开更新的局面,预示了更多不同的可能"(2—3)。依痖弦看来,"在华美文学发展的途程上,有两件大事具有历史转折的意义",其中之一就是1930年代林语堂出版的《吾国与吾民》(*My Country and My People*)和《生活的艺术》(*The Art of Living*),另一便是1950年代黎锦扬《花鼓歌》的出版及改编成百老汇的舞台剧。林与黎也因此被痖弦奉为"华美文学拓荒队伍中的两个急先锋和领唱人"(3)。

痖弦在序言中,尽责地描述《旗袍姑娘》的特色,如作者的中文驾驭能力(4),华裔美国人的社会认同及融入美国主流社会的努力(4—5),短篇小说的形式能让作者以拼贴的方式再现华裔美国社会(5),作者如何以轻松幽默的手法打消以往对于华裔美国人的族裔刻板印象(5),黎如何从长期对于华埠的就近观察中产生栩栩如生的描述(6—7)等等。

四

以上的描述透露出若干讯息。首先,就是严歌苓和黎锦扬的中国关系以及他们对于这个关系的态度。两位作家都来自中国大陆(虽然其中相隔数十年),现定居美国,目前都以母语为中文读者创作——主要是在台湾的读者——并珍惜这个与读者建立关系的机会。这充分说明了他们在从事中文创作时心里的复杂感受:既熟悉又陌生,在珍重与怀乡中往往又掺杂了焦虑。因为,尽管存在着语言、文化的联系,但他们与台湾读者之间又有着地理和心理上的差距。

台湾的文化生产机制在建立起这段文缘上扮演着不可或缺的角色。除了海外华文作家协会(如黎锦扬的情况)之外,台湾的报纸副刊不但刊登他们的创作,也提供了文学奖,形成他们发表作品及得奖的名利双收的园地。在他们的作品以专书形式出版之前、之后,副刊都发表、引介其作品,扮演了推波助澜的角色。因此,华裔美国作家(尤其以中文写作及出版的作家)与台湾文坛的关系,比大多数美国人想象的更为接近。

另一个加强作者与中国关联的因素就是他们的写作题材:华裔美国人。要不是他们写作的对象是华裔美国人,我们很难想象会在此间受到如此的瞩目。换言之,尽管他们的作品表面上看来分歧,却有一共同主题:华人的漂泊离散。严歌苓之强调华人移民处境,痖弦之强调黎锦扬的华埠经验,就是两个明证。

然而问题在于:对于这种关联的强调要到何种程度?尽管对此问题难以提供满意的答案,但有一件事情倒是可以确定:过于强调这些人士在美国的"过客心态"("sojourner mentality")将是弊多于利。[13]即使痖弦在文章开始强调这种心态,后来也指出"《旗袍姑娘》有一个共同主旨,那就是企图展现美国华人在客观环境影响下与主流社会逐渐融合的各种样态"(4)。

这种对于中国关系的强调,不禁使人联想到赵健秀(Frank Chin)为《大唉咿!》(*The Big Aiiieeeee!*〔1991〕)一书所撰写的长序,文中强调亚洲/中国关联对于华裔/亚裔美国文学的重要,并主张根据中国古典文学建立起亚裔美国文学的英雄传统。这与1974年《唉咿!》(*Aiiieeeee!*)一书的序言形成强烈的对比。在前书中,赵健秀与其他编辑坚决主张所谓的"亚裔美国文学感性"("Asian American literary sensitivity"),而这种文学感性"既非亚洲的,亦非美国的"。[14]

赵健秀对于具有中国关联的作家的态度,有几点值得一提。

首先要指出的是,近来他对于亚洲关联的强调其实具有策略性的作用——运用丰硕的亚洲资源来遂行其认同政治(identity politics)的目的。[15]这个动机显示了"认同"是流动的、非固定的、可改变的、一直在形塑中的,而赵健秀则是在不同的环境及历史条件下,不断尝试为自己的理念与理想塑造出最有利的脉络。

然而,我们可以明显看出,赵健秀对于亚洲关联的强调绝非全盘接受任何亚洲或中国的东西。这里涉及道地的政治和疑义(the politics and problematics of authenticity)。赵健秀长期关怀真伪之辨(the real and the fake),已成为挥之不去的执念。他严词批评黄玉雪、汤亭亭、谭恩美、黄哲伦(David Henry Hwang)等"代表性"华裔美国作家,认为他们造假,错误呈现华裔/亚裔美国人及其文化传统,以投白人社会之所好。痖弦所称赞的黎锦扬和林语堂也在赵健秀批评之列。[16]因此,黎锦扬与严歌苓尽管有着中国关联,但既非出生于美国,此时又非以英文写作,当然也就更在赵所划定的范围之外。

我们可以进一步将黎、严二人与痖弦所提到的不同类别的华文/华人/华裔美国作家相比,并检视他们的中国关联。第一类作家以中文写作、出版,其名声建立于中国/华文文学的世界。前已提及,痖弦所提到的那些人都在台湾完成大学教育后前往美国。第二类作家则出生于中国,以英文撰写有关中国的事物,如林语堂和蒋彝。[17]而痖弦的说法似乎模糊了第二类和第三类的作家,也就是一般人所认定的华裔美国作家,如汤亭亭、谭恩美、徐忠雄、刘爱美这些在美国出生,并以英文撰写有关(华裔)美国人的事物。[18]我们从上述分类大致可以看出,其分野主要在于语言和设定的读者(中文或英文〔读者〕)、内容(是否与中国或华人相关)、来源(中国内地、中国台湾或其他地方),以及他们是否为"ABC"("American-born Chinese"〔在美国出生的华人〕)或"FBO"("fresh off the boat"〔刚下船的〕)——更精确地说,他们是否为出生于美国的华人、归化的美国人,或只是过客。

其中有关语言的疑义值得大书特书,而这也正是 LOWINUS 计划的主要关怀。美国的多族裔和多语文的情况是不容置疑的,却有许多不同的观察和处理方式,彼此之间相互竞争。美国的文学与文化典律一向被刻画成以 WASP(White, Anglo-Saxon, Protestant〔白人、盎格鲁—撒克逊、新教徒〕)、男性、异性恋、中产阶级、东岸为主流。虽然 MELUS(*Multi-ethnic Literature of the United States*)集中于美国的多族裔文学,却理所当然地以英文为美国文学的语文。[19]劳特呼吁以比较的方法(comparative approach)研究"美国的各种文学",但在其所主编、被誉为"开拓典律的"("canon-broadening")《重建美国文学》和《希斯美国文学选集》中,却显示了他所谓的"美国的各种文学"仅限于英文作品。[20]张敬珏对于亚裔美国文学采取较宽广的定义,她的《亚裔美国文学书目提要》(*Asian American Literature: An Annotated Bibliography*, 1988)纳入了林语堂者流的作家及加拿大的华裔文学(因此正确的译名应为"亚裔北美文学"),为有志于此的学者/学子提供了重要的指引,但在前言中以抱歉的口吻说明为何未能包含英文以外的资料。[21]

与以往重建或重新定义美国文学的各种尝试对比之下,更彰显出 LOWINUS 计划的独特之处。其主要优点包括了探索多语文的美国文学的可能性,将多族裔、尤其多语文的观念付诸实行,挖掘出长久以来在美国被忽视的非英文的文学作品。此计划甚有意义且雄心勃勃,但也有其难处。

首先就是英文的暧昧地位及作用。此计划一方面质疑英文作为美国的共同语言(lingua franca)、甚至国语(national language)的观念,[22]但实际上,由于美国境内存在着许多语言社群,彼此之间若要沟通必须有某种的语言工具,而截至目前为止,这个语言工具是英文。[23]LOWINUS 计划中的重要一环便是出版《朗费罗美国文学选集》(*The Longfellow Anthology of American Literature*),此文选决定以双语或三语的方式出版(其中固定一语是英文),也显示了以英文作为共同的沟通工具的事实。

其次,由前面有关不同华人/华裔美国作家的讨论,可以看出存在着不同程度的中国关联。首先就是"中国文学",[24]属于这群的大抵为白先勇等第一类作家。其他两类为"华文作家"与"华人作家"。然而,三者之间的界线有时难以截然划分。

再者,从多语文的美国文学的角度来看,这些非英文的语言与其他并未纳入此计划的语言相比,依然是较强势的语言,因为它们必然已有特定的文学与文化传统。再就主题及素材而言,此计划也偏好那个语言社群在美国的移民,否则若是语言与主题都与一般习以为常的"美国"无关(如在美国以中文撰写与美国无关的作品),便易被美国人视为"外国"文学,而非美国文学。

这些作家生活在美国,而且以美国当前所使用的语言来写作。把他们以英文写作的作品视为"美国的",相信很少人会质疑。然而,把以中文创作有关中国事物的作品视为"美国文学",不但与一般美国读者不相干,而且在其他国家和文化传统的人们眼中看来,反而显露出"一网打尽"的霸道手法与霸权心态——如以往被视为"中国"、"华文"或海外华人的作品,如今竟只因为作者身处美国而被划入美国文学的版图。因此,如何避免形成扩张主义(expansionism),也是应该警惕的事——换言之,要时时提防地理决定论(geographical determinism)的陷阱。

最后便是王灵智所谓的"双重宰制的结构"(L. Ling-chi Wang, "the structure of dual domination")的问题。华裔美国文学一方面涉及与中国的关联,另一方面又涉及与美国的关联,因此甚为复杂。赵健秀数十年来游走于此二大势力之间,具现了其中情况之诡谲多变——至于是"左右逢源"或是"左支右绌",则有待细究。前段提到的是来自美国方面可能的宰制。而此"双重宰制"的另一面则多少可由痖弦为黎锦扬所撰写的序言看出,其中一些说法几近中华中心论——虽然这可能只是作序者的策略,以便吸引更多的中文读者。如果说必须避免美国中心论或欧洲中心论,那么也得提防中华中心论。严歌苓对于中心/边缘二分法的质疑,正是针对这点而来。

以上有关多语文的美国文学计划的商榷其实并未抵消其重要性。由前述可以看出,此计划已开拓出新领域并产生了若干具体成就。其实,本文的基本论点便来自这种多语文的观点,并实际讨论在美国以中文撰写的两部作品,来显示这个观点所创造出的新的可能性,以及其中所包含的微妙之处。总之,多语文的美国文学计划,一方面颠覆并重新定义了长久以来有关美国文学的观念(在本案例中甚至也挑战了中国文学的观念),但另一方面也仍须面对许多理论与实际的挑战。

本文为"国科会""新兴英文文学:跨越边界"整合型计划之子计划"版图重划:华裔美国文学的定位"(NSC 86-2417-H-001-003-B5)的部分研究成果。在此特别感谢该整合型计划之主持人周英雄教授。

引用资料

朱浤源《华侨名词界定及其应用》,"近代海外华人与侨教研讨会"论文,台北:"中研院"近代史研究所,1998年6月28日,34页。

李有成致笔者之电子邮件,1996年11月25日。

康正果《移根的况味——论严歌苓的新移民小说》,"中央日报",1996年10月15—16日,18版。

张敬珏《张敬珏访谈录》,单德兴主访,《文化属性与华裔美国文学》,单德兴、何文敬主编,台北:"中研院"欧美研究所,1994年,页177—193。

陈燕妮《严歌苓》,《遭遇美国·陈燕妮采访录:五十个中国人的美国经历》(上卷),北京:中国社会出版社,1997年,页

239—252。

麦礼谦《从华侨到华人:二十世纪美国华人社会发展史》,香港:三联书店,1992年。

单德兴《书写亚裔美国文学史:赵健秀的个案研究》,《重建美国文学史》,北京:北京大学出版社,2006年,页278—304。

痖 弦《破冰之旅——黎锦扬写作的双语世界》,《旗袍姑娘》,黎锦扬著,台北:九歌出版公司,1996年,页1—9。

黎锦扬《旗袍姑娘》,台北:九歌出版公司,1996年。

严歌苓《少女小渔》,台北:尔雅出版社,1993年。

———《扶桑》,台北:联经出版事业有限公司,1996年。

———《海那边》,台北:九歌出版公司,1995年。

Cheung, King-Kok (张敬珏). "Asian and Asian American: To Connect or Disconnect?" Lecture at National Taiwan University, Taipei. 25 Feb. 1993.

——, and Stan Yogi, eds. *Asian American Literature: An Annotated Bibliography*. New York: MLA, 1988.

Chin, Frank (赵健秀), et al., eds. *Aiiieeeee! An Anthology of Asian-American Writers*. Washington, D.C.: Howard University Press, 1974.

——. "Come All Ye Asian American Writers of the Real and the Fake". *The Big Aiiieeeee! An Anthology of Chinese American and Japanese American Literature*. Ed. Jeffery Paul Chan (陈耀光) et al. New York: Meridian, 1991. 1-92.

Elliott, Emory, et al., eds. *Columbia Literary History of the United States*. New York: Columbia University Press, 1988.

Feng, Peter. "In Search of Asian American Cinema". *Cineaste* 21.1-2 (1995): 32-36.

Huntington, Samuel P. "The West: Unique, Not Universal". *Foreign Affairs* 75.6 (1996): 28-46.

Lauter, Paul. *Canons and Contexts*. New York: Oxford University Press, 1991.

——, et al., eds. *The Heath Anthology of American Literature*. 2 vols. Lexington, Mass.: Heath, 1990.

——, ed. *Reconstructing American Literature: Courses, Syllabi, Issues*. Old Westbury, NY: Feminist Press, 1983.

Li, Victor Hao. "From Qiao (侨) to Qiao (桥)". *The Living Tree: The Changing Meaning of Being Chinese Today*. Ed. Tu Wei-ming (杜维明). Stanford: Stanford University Press, 1994. 213-220.

Lowe, Lisa (骆里山). "Immigration, Citizenship, Racialization: Asian American Critique". *Immigrant Acts: On Asian American Cultural Politics*. Durham: Duke University Press, 1996. 1-36.

Wang, L. Ling-chi (王灵智). "Roots and the Changing Identity of the Chinese in the United States". *The Living Tree: The Changing Meaning of Being Chinese Today*. Ed. Tu Wei-ming. Stanford: Stanford University Press, 1994. 185-212.

——. "The Structure of Dual Domination: Toward a Paradigm for the Study of the Chinese Diaspora in the U.S." *Amerasia Journal* 21.1-2 (1995): 149-169.

Zalewski, Daniel. "Tongues Untied: Translating American Literature into English." *Lingua Franca: The Review of Academia Life* 7.1 (1997): 61-65.

注 释

[1] "华人"、"华裔"、"华侨"等名词的界定困难,朱浤源在"华人"的总名下区分为十五种,其中包括"境内华人"和"境外华人"(包括"本籍华人"、"外籍华人"、"无籍华人"),他根据政治上多元、文化上一体等原

则,分类清晰、仔细,颇有参考价值。本文之讨论因涉及个人及文学创作的实例,发现个人的身份往往因不同情况(如入籍)而改变,文学创作时又涉及语言的问题(中文或英文,甚至翻译),情况益发复杂。因此,本文针对两部文学作品进行个案探讨,试图以多语文的角度展现此中的复杂暧昧。"多语文的美国文学"计划简称为 LOWl-NUS Project,为索乐思〔Werner Sollors〕和薛尔〔Marc Shell〕二人所共同主持的长期计划,意图从多语文的观点来重新审视美国文学,挖掘在美国以英文之外的语文所出版的文学作品,该计划将出版多种双语、甚至三语的文选(如中英对照等),将美国文学的研究从多族裔的(multiethnic)层次推展到多语文的(multilingual)层次。有关该计划的大致内容,参阅 Daniel Zalewski 之文。

[2] 严歌苓来自中国内地,在美国撰写的作品大都有关留美华人,于台湾出版作品并获得多项文学奖,在文坛的表现颇为杰出,曾三次获得《"中央日报"》的小说奖(1991 年、1993 年和 1999 年),《联合报》的短篇小说首奖(1994 年),《"中国时报"》的短篇小说评审奖(1995 年)。《扶桑》获得第十七届联合报文学奖长篇小说评审奖(1995 年),《人寰》获得第二届时报文学百万小说奖(1998 年)。《扶桑》全书出版前曾先在《联合报》副刊连载,后来由奚碧尔(Cathy Silber)英译,名为 *The Lost Daughter of Happiness* (New York: Hyperion East, 2001)。《少女小渔》、《无非男女》和《雌性的草地》都已改编成电影。有关严的生平与创作,尤其她的美国经验,可参阅陈燕妮的采访录。

[3] 此书中的后设小说技巧以及事实/虚构,历史/故事之间的分野与互动颇为复杂,值得专文探讨。由于并非本文重点,故仅点到为止。

[4] 《哥伦比亚版美国文学史》(*Columbia Literary History of the United States*, 1988)将其生年误为 1917 年。他的第一本也是最知名的英文著作《花鼓歌》于百老汇上演,并由好莱坞改编为电影,故而吸引了许多读者/观众,数目之多可能还超过黄玉雪的《华人五女》(Jade Snow Wong, *Fifth Chinese Daughter*, 1945),为 1950 年代的华裔/亚裔作家中所仅见。《旗袍姑娘》除了收录十六篇短篇小说外,还包括了痖弦的序言,两篇有关黎创作的附录,以及其著作清单。此清单显示,黎以往的著作皆以英文撰写,因此《旗袍姑娘》在其创作生涯中的意义可想而知。

〔5〕 此处值得留意的是,她诉说的对象是中文读者,而非英文读者——虽然她在美国大抵也居于边缘的地位。

〔6〕 严歌苓特别指明《扶桑》、《海那边》、《少女小渔》、《女房东》四部作品(《扶桑》iv),其实她的许多作品都与此主题相关。康正果把严的《少女小渔》称为"新移民小说"。《海那边》收录于《海那边》页43—69,《少女小渔》和《女房东》收录于《少女小渔》页25—53, 55—78。

〔7〕 其实,华人移民的处境,尤其严歌苓身为来自中国的新移民的处境,是她几本短篇小说集中重复出现的主题。本文由于篇幅所限,无法讨论严歌苓的其他移民小说及其中的含义。然而,她有关移民文学的观念于《扶桑》一书的代序《主流与边缘》及得奖感言《挖掘历史的悲愤》可见一斑。

〔8〕 严歌苓在《少女小渔》的后记中,也提到"远离故土"就像"生命的移植",使她"惊人地敏感"(248)。

〔9〕 《扶桑》中的后设小说评语,明确地质疑历史的真确性(205),也认知了同一历史事件能有许多不同的版本(276)。整个叙事可视为严歌苓以文字来面对相隔一百二十年的女主角扶桑及女叙事者的移民处境。

〔10〕 《花鼓歌》的中文版曾于香港印行,绝版多年,2002年又于台湾印行。《情人角》(*Lover's Point*)和《土司与秘书》(*The Sawbwa and His Secretary*)曾在台湾报纸连载并出书,然而前书中译之出版未取得作者同意,后书中译之出版社文星书店早已关门。

〔11〕 "破冰"一词直译自英文。痖弦固然是借来比喻黎锦扬的双语创作——早先以英文著作"打进了壁垒森严的英美文坛"(《旗袍姑娘》3),如今"怀抱文化使命感的黎锦扬和华美作家们……〔又将〕奔赴另一段新的征程"(9)——在笔者看来该文更是痖弦试图破除黎锦扬和中文读者之间的冰。

〔12〕 由这份名单看来,世界华文作家协会所邀请的并非"'华文'作家",而是"'华人'作家"或"'华裔'作家"。就双语创作及跨文化的角度来看,此行对于黎锦扬之影响远甚于其他人,因为黎锦扬后来以中文创作、出版,他的身份因而由"华人"或"华裔"作家扩展为兼具"华文"作家的身份。从笔者与该访问团的两位团员(汤亭亭和林英敏〔Amy Ling〕)联系得知,其实该团在与本地作家讨论时感觉到隔阂,

直到在"中研院"欧美研究所主办的第二届华裔美国文学研讨会上，才遇到真正读过他们作品、可就此对话的人。

[13] 历史上，美国白人以"过客心态"为由而排除华人移民。美国法制史上最恶名昭彰的事件之一便是1882年的排华法案，此为美国历史上唯一针对特定族裔所制定的排除法案。有关从亚裔美国角度探究美国国家文化中种族化的基础（racialized foundations），可参阅 Lisa Lowe，"Immigration, Citizenship, Racialization: Asian American Critique"。近来不少论者提到由"落叶归根"到"落地生根"（L. Ling-chi Wang），由"华侨"到"华人"（麦礼谦），由"侨"到"桥"（Victor Hao Li）。

[14] 张敬珏（King-Kok Cheung）认为此二篇序言分别代表赵健秀及其同志在不同社会和历史脉络下所形成的不同主张：在谈及与亚洲的关系时，前一篇序言主张"断绝"（"disconnect"），后一篇则主张"联系"（"connect"）。有关赵健秀的文学与文化主张及其在亚裔美国文学中所扮演的重要角色，详见本书《书写亚裔美国文学史：赵健秀的个案研究》一文。

[15] 有关这点，李有成在给笔者的电子邮件中指出："强调亚洲关联其实也提供了赵一个批判空间，来强调他在华裔/亚裔传统中的文学男性主义，并以此来解构主流或白人的文化想象（cultural imaginaries）中有关华裔/亚裔美国人的刻板印象。"（1996年11月25日）

[16] 《哎咿!》的绪论便说："黎锦扬和林语堂在中国土生土长，安全地处于其中国文化，而且不像华裔美国人那样，只不过是适应于美国的方式，并以外国人的身份来写华裔美国。……他们身为中国人，就已排除了他们具有传达华裔美国人的感性的能力。"（23—24）

[17] 附带一提的是，在英文世界中林语堂虽以宣扬中华文化闻名，但也写过一本名为 *Chinatown Family*（中译为《唐人街》）的长篇小说。而这部作品也可视为宣扬中华文化和再现（或错误再现）在美华人的另一方式。

[18] 依此定义而言，尽管赵健秀极力从事其所谓的真伪之辨，却依然与汤亭亭等同属此类。赵一向拒绝和汤亭亭出现于同一本选集，但在1996年徐忠雄主编的《亚裔美国文学简介与选集》（*Asian American Literature: A Brief Introduction and Anthology* 〔New York: Harper-Collins〕）则两人不但同时出现，而且位置紧邻，因此其立场似乎有些

松动。

〔19〕 每期的 *MELUS* 都如此描述:"本刊创立于1973年,努力透过非裔、菲裔、原住民、亚裔和太平洋及特定族裔的欧裔美国文学作品、作家、文化脉络的研究与教学,来扩展美国文学的定义。"

〔20〕 参阅劳特撰写的《典律与脉络》(*Canons and Contexts*——特别留意此处的"典律"与"脉络"采用的是复数型)及主编的《希斯美国文学选集》和《重建美国文学》。

〔21〕 在笔者与张敬珏的访谈中,她对此有进一步的说明:"如果我要在书目中纳入以中文撰写的批评著作,就也得纳入其他日文、韩文、菲律宾文、越南文、印度文所写的批评著作,然而我个人并没有这些语文能力。"(《张》189)

〔22〕 其实美国宪法并未明文规定以何种语文为国语。

〔23〕 英文目前为全球最通行、强势的国际语言更是不争的事实。英文的强势与杭亭顿(Samuel P. Huntington)的观察成为强烈的对比。杭亭顿以对立的心态来看待世界上的几大文明,并欲保持欧美——尤其美国——既有的宰制态势,故有如下的论调:"世界人口中说英文的比例不但小,而且在衰微中。……一个置外于世界人口百分之九十二的语言不是世界语言。"(40)这个观察只是以人口作为估算的标准,未考虑到语言之间存在着强势与弱势之分,也没有考虑到双语的情况(许多使用者的第二语文是英文),而且在国际、甚至网际网路中,英文无疑是最强势的语文及主要的沟通工具。

〔24〕 其实,中国文学本身就已极为复杂,因为中国文学典律一向以汉族、男性、知识分子阶级为主,而漠视了其他族裔、语言、阶级和女作家。与美国文学相比,中国文学的多语文、多族裔的情况亟待探究。

〔附 录〕

重写美国文学史:艾理特访谈录
1992 年 6 月 4 日于美国加州尔湾

前 言

艾理特(Emory Elliott, 1942—)为美国加州大学河滨校区(University of California, Riverside)英文系教授,专长为美国文学史及美国殖民与革命时期文学,重要著作有《清教徒新英格兰之权力与宗教界》(*Power and the Pulpit in Puritan New England*, 1975)以及《美国革命时期作家:新共和中的文学与权威,1725—1810》(*Revolutionary Writers: Literature and Authority in the New Republic, 1725-1810*, 1982)。他的学术影响力尤见于负责主编的多种专书及丛书,如《美国文学里的清教影响》(*Puritan Influences in American Literature*, 1979),《文学传记字典》(*Dictionary of Literary Biography*, 有关美国殖民时期的三册〔1984—1985〕),1985 年起出版的"美

国小说新论"系列(New Essays on the American Novel,由剑桥大学出版社印行,已出版三十余册),1987年起出版的"宾州大学当代美国小说研究"系列(Penn Studies in Contemporary American Fiction,已出版二十余册)。

在他主编的书中,影响最深远的当属1988年出版的《哥伦比亚版美国文学史》。该书得到后现代主义的启发,揭櫫多元的美国文学史观,为自1948年史毕乐主编的《美国文学史》以来最具代表性的美国文学史,因此荣获1989年美国国家书奖(National Book Award)。1991年出版的《哥伦比亚版美国小说史》(*The Columbia History of the American Novel*)及《普连提斯·霍尔美国文学选集》(*American Literature: A Prentice Hall Anthology*),是他对美国小说史及文学史的其他贡献。此外,他也为柏柯维奇主编的新《剑桥美国文学史》(Sacvan Bercovitch, *The Cambridge History of American Literature*)第一册撰写《新英格兰的清教徒文学》("New England Puritan Literature",约占全册四分之一篇幅)。

本访谈于1992年6月4日在美国加州大学人文研究所(University of California Humanities Research Institute)进行,艾理特是该所三年弱势论述计划(Minority Discourse Project)第一年的成员。此计划主持人为简穆罕默德(Abdul R. JanMohamed),其他成员包括张敬珏等。当时该计划正举行第一年的年终学术研讨会,我利用中午休息时间做此访谈。艾理特个性开朗,态度友善,言谈之间充满活力。由于他的学术生涯与美国文学史息息相关,所以访谈重点集中于此。访谈录英文稿承蒙艾理特本人修订。

访谈录

单德兴(以下简称"单"):你于1988年出版的《哥伦比亚版美国文学史》和1917至1921年传特主编的《剑桥美国文学史》

以及1948年史毕乐主编的《美国文学史》有何不同？原因何在？

艾理特（以下简称"艾"）：我认为基本上并没什么不同：这三部文学史都是当时意识形态和方法论的产物。《剑桥美国文学史》有一种普遍的历史观，主张政治、历史和文学生产之间存在着一种因果关系，这是本世纪初所写的文学史的典型做法。1948年的文学史则是第二次世界大战后的美国意识形态的典型产物，很强调视境的统一（unity of vision），对于"什么是美国人"的了解的统一，对于"什么是美国文学史"的认知的统一。这些在该书序言都已清楚表达，而且都为撰稿者所遵循——虽然撰稿者的方法论各有歧异。但大体说来，那是一种以历史为基础的学术，并对文本采取新的批评手法。1988年的哥伦比亚版文学史与当代文学批评有许多共通之处：怀疑我们自己的意识形态的假说，质疑我们自己的政治观的本质，质疑这些政治观如何影响我们的文学批评和文学生产。它和当代批评及哲学一样承认诠释的不定性（uncertainty of interpretation），了解一篇文本可以从不同角度来诠释。因此，我相信其中的许多论文表达了对它们的诠释的试探性，对每一篇文本、每一位作者的试探性。它和当前的时代也有一个共同的体认：更体认到美国这个国家在族裔、种族、性别、政治上的多样性，以及这些不同的多样性对于文学的影响，以致以往某些文学因政治而得利、某些文学因政治而几乎被抹杀。由于这种觉察的结果，编辑们和多位撰稿者都尝试在以往单一的典律和晚近三十年来得势或被忽略的文本之间寻求平衡。

单：你对于史毕乐那种专断的编辑政策有何看法？

艾：还是那句话：那是当时的典型做法。在1940年代末期和1950年代的美国，人们期望主编或负责人是专断的。如果编辑在实际作为上以某种方式削弱自己的权威，并试着把自己应有的权威赋予别人的话，人们是不会理解的。我认为在那种结构下，史毕乐对于其他编辑和撰稿者的看法似乎心胸很开阔。

索普（Willard Thorp）是那部文学史的编辑之一，现住在普林斯顿。当我首次应邀从事哥伦比亚这项计划时曾跟他长谈，在整个过程中也和他分享我的经验。我很高兴他在九十高龄还能读完整部《哥伦比亚版美国文学史》，并且对我们的目标和面对的障碍写了一篇很精辟的评论，附在此书封底。对于史毕乐在1948年主编的文学史中所采用的方法，索普的看法是：史毕乐是个能博采众议的人（a committee-person），他有自己的权威，但也能以开阔的心胸面对别人的意见。然而在当时的美国大学和一般生活中，专断依然是个很强烈的因素，我相信迄今依然如此。

单：柏柯维奇筹划的新《剑桥美国文学史》，你也是撰稿者之一。你主编的文学史和他这部文学史有何不同？

艾：这个嘛，在一些实务上是很不相同的。新《剑桥美国文学史》是多册的，我相信根据最近的一次估算，计划分八册出版；它的撰稿者较少，现在仍然大约有二十五位；每册预计约六百页。因此，它比《哥伦比亚版美国文学史》要长得很多很多。在大部分的情况下，每位撰稿者的文章要长得多，大都要写两百页左右的打字稿，也就是一百五十页左右的书稿。我认为这部书在1980年代初期开始筹划时，视境其实更为统一。我是第一册的撰稿者之一，全稿已经完成，现仍在小幅修订——我根据我们这一行以及文学研究的理论角度中所发生的改变而不断修订。我的主题是美国清教徒书写（American Puritan Writing）。我认为它的贡献和一部专书的贡献是一样的。因此，在某些方面，这部多册的文学史可说是许多意志坚定的批评家所写的许多小书的总合。

柏柯维奇教授是我的朋友，而底下的说法我也曾在公开场合向他表达过——这部文学史开始时，我相信他的人选就某个程度来说根据的是：他觉得这些人彼此之间对于美国人和美国文学拥有某种视境。甚至所有的作者都要来自同一世代的这个观念，也暗示了这种统一性。柏柯维奇在宣告中说道，参与计划的每个人年龄都在四十五岁以下——那是在1982年我们刚开始的时候。〔笑声〕有人担心，如果这部文学史拖得太久的话，我们可能都变得年老体衰，无法完成它了。他所强调的世代统一性（generational unity）在我看来就是：我们都是1960年代的产物，也就是说，都是亲身经历过越战期间和民权运动的政治波涛的人。我们都亲身参与下列的过程：质疑美国身为世界强权的宰制，那种强权的合法性，美国在经济上的争利及其对财富的巩固。从那时开始，我们中的许多人就心怀那些问题来重读美国文学，更加注意对于有色人种的排除，女性的屈从，以及将美国视为上帝的选国、最好的国家，把美国当成衡量所有其他国家的准绳等等这种想法的危险和狂妄。为新《剑桥美国文学史》撰稿的这些人中，有许多的批评之作都以某种方式质疑上述那些事情。因此，我们每一位撰稿者都具有连自己都无法完全认清的意识形态的角度，我们也有一些会引起其他人不同意见的盲点。但是，我认为过去十年来，这群撰稿者已发展出各自不同的方向，有些原先参与的作者甚至退出这个计划，由别人替代。因此，我认为这部文学史将来大功告成时，其中的观点其实和柏柯维奇原先的期望会很不相同，而这部文学史所代表的视境的多样性，也超出了他原先所期盼的。

单：你认为这两部孕育于1980年代的文学史有何特色？你是否赞同柏柯维奇的"异识"（dissensus）的观点？

艾：我认为第一个特色在于两部书的主编心目中所设定的读者群不同。我总是把《哥伦比亚版美国文学史》的目标主要设定于研究生、大学生、准备考试的人、写课堂报告的人，以及1970年代还在使用早已过时的史毕乐的文学史的人。打从1960年代起，那本书的编辑自己都宣称它已过时了，但是人们依然在学习和准备考试时，继续求助于这本书。因此，我认为那本书必须被取而代之，而且尽管在写一部取代之作时我们可能落入政治的、社会的、意识形态的问题和陷阱,但这事仍然值得我们去做,而不是让手边欠缺有用的文学史,或使用早已过时的史毕乐的旧文学史。我一直相信,《哥伦比亚版美国文学史》的原则之一就是多样化,视境的多元性,让每一个撰稿者都有机会就其题材表达个人的见解。柏柯维奇说:"歌颂异识。"("Celebrate dissensus")我想我也同样会说——"歌颂异识"。但我从未把自己的文学史计划当作是尝试创造或代表一种理论上的异识,却真正地把它视为比较偏向于实际的解决方法。

单:你于1988年主编、出版《哥伦比亚版美国文学史》,又于1991年主编、出版《哥伦比亚版美国小说史》。这两部书的具体编辑政策为何?

艾:我1988年的美国文学史有意设计为多样化和多元化:在表达形式上、批评方法上,以及批评家所具有的政治的、历史的态度上。有些撰稿者被认为是很传统的历史家,有些则被认为是很激进的、很能掌握理论的批评家等等。我认为《哥伦比亚版美国小说史》则更进一步。我召集了一群年纪更轻的副编(associate editors),每位都是在自己领域中的佼佼者,而撰稿者整体说来也都是一些作品新鲜而富刺激性的学者。我觉得在后来这部小说史中,我们拥有更大的自由去大胆创新,因为我们有一整部书来集中讨论一个文类——小说。反之,在1988年的文学史中,我们只能就很有限的篇幅来处理每一件事情——每个文类、每个领域、每个时代——因而不得不更为传统。至于在那部小说史中,我们能允许撰稿者更深入探讨,对特殊议题更充分发挥,而且我认为在批评家和书评家的眼中,那本书在政治上更激进、在理论上更激进。

单:能不能请你多谈谈这两本书的生产模式?

艾:就像我在许多白纸黑字的场合所表达的,这两个计划都源自出版商本身。它们原本出自商业的念头,后来变成了学术的作品。我从未计划编辑一部文学史,但哥伦比亚大学出版社的负责人梦想要出版那么一部书。我认识剑桥大学出版社的人,他们也有商业的和学术的兴趣。但这两个例子所设定的市场都不是一般的广大读者。两家出版社都是隶属于大学的学术出版社,而且有意让这两部书成为受尊重的学术之作。

单:为什么哥伦比亚大学出版社选择你作为美国文学史的总编辑?你是怎么选择副编和顾问编辑(advisory editors)的?编辑委员会如何决定《哥伦比亚版美国文学史》的指导原则、大纲、章节以及撰稿者?

艾:有关单位在征询美国各地的许多美国文学学者以及大约三十五位教授之后(这份名单我看过),大家的共识似乎是应该邀请我来进行这项计划。我选择副编所根据的是:他们在美国文学领域中的坚强资格,并认为这些人能融洽共事、选择最佳的学者来撰写这些文章。我们开始时举行了一个三天的会议以确立大纲和撰稿者。《哥伦比亚版美国小说史》的情形也一样,唯一不同的是,我认为该大学出版社之所以要我来负责,是因为他们喜欢第一部文学史的成果。

单:美国文学史学(American literary historiography)始于那普1829年的《美国文学讲话》,你要如何把自己的《哥伦比亚版美国文学史》放入那个文学史学的脉络?

艾:哎呀,那可是个大问题。就像我在开头所说的,一个人只能就当时理论所允许的去做。我们只能察觉到我们所能觉察的,尽管其他人在我们之前也思考过一些事情。就那个意义而言,我认为我们总是被自己所处的时代所限制,而人是不能超越环境的。你能够挑战一些我所谓的当时比较不进步的观念,但就意识形态而言,不管你喜不喜欢,你依然陷于特定时刻所能想见的界限,以及特定的经济的、意识形态的架构内。

单:为什么你在《哥伦比亚版美国文学史》中用上了特洛伊木马(Trojan Horse)、回廊(corridor)和后现代建筑的隐喻,而且你特别强调要读者善加运用索引和参照条目(cross-reference)?

艾：我希望在序言里向一般读者解释，我认为我们的所作所为中具有意义的事情。我试着帮助读者和学生了解那本书的设计。我知道对某些读者来说那本书会令他们感到困扰，因为它不像1948年史毕乐的文学史那么专断、那么有系统。我之所以把那部文学史称做特洛伊木马，因为我认为它夹带了让人意想不到、有可能让人不安的物品。它进入图书馆和人们家中，表面上看起来像是一部乏味的参考书，人们认定其中应该包含一些他们期盼美国学院派人士所要呈现的某些观点，但我认为它拥有很多令人惊奇的地方。同时，我也很清楚对于知识丰富的读者而言，书中呈现了美国学院派在1980年代所思考、所表达的观念，这在某些方面来说也是预料中的事。

透过回廊和后现代建筑的隐喻，我试着把身为文学史家、批评家的我们，和1970、1980年代在艺术及建筑上其他后现代的设计扯上关系。我认为建筑的隐喻很有用，因为它具有视觉的效果。人们能一看到建筑就立即认出这些设计和1950年代的设计是如何的全然不同。而我认为那是个有用的类比。

至于索引和参照条目，我只是尝试强调这些文章性质的繁复，并表示我不会因为一位撰稿者正在写某位特定作家，就告诉另一位撰稿者最好不要再写这位作家，比方说，一位讨论地方主义（regionalism）的撰稿者想要纳入某位作家，而另一位讨论性别的撰稿者也要在不同的脉络中纳入同一位作家，我就会让那位作家在两个不同脉络中同时呈现。因此，索引揭露了这种多重的涵盖方式。

单：我曾专文分析《哥伦比亚版美国文学史》和前两部文学史的理念与所处理的主要作家，发现其中尽管存在着很大的歧异，但也有许多相同之处，这是否代表了你对于前辈文学史家所建立的典律的态度？

艾：当然，我知道在爆破那些标准的、已被接受的观念时，我们只能达到这个程度。哥伦比亚大学出版社的人、书评家、买书的人,如果发现某些长久确立的作家——比方说,霍桑、梅尔维尔、惠特曼、艾默生、梭罗、福克纳、詹姆斯、吐温和狄瑾荪(Nathaniel Hawthorne, Herman Melville, Walt Whitman, Ralph Waldo Emerson, Henry David Thoreau, William Faulkner, Henry James, Mark Twain, Emily Dickinson)——没有获得承认的话,会觉得深受其扰。我认为,这种变化会使得许多人很不舒服,而不会欣赏这种更迭背后的一些理论议题。他们只会把这种变化视为我们未能认清这些长久确立的作家的重要性。所以,我们在1988年的文学史里循中道而行,有些章以作家为名,有些章以主题为名,另有些章则以美学发展和社会运动为名。举例来说,其中争议最大的一章,最后决定同时纳入海明威、费滋杰罗和史坦茵(Ernest Hemingway, F. Scott Fitzgerald, Gertrude Stein)。有些人觉得海明威值得独辟一章。但这个观点遭到两位女编辑的挑战,她们认为海明威不值得独辟一章,而应附属于现代小说的一章,他的名字在目录中根本就不该出现。有些人则觉得费滋杰罗应当完全抛弃,认为他不重要、他的时代已经过去了。而那些为史坦茵争辩的人则说,没有她的话,海明威和费滋杰罗根本就不会存在。〔笑声〕最后的妥协就是:用一章来讨论这两男一女的三位作家。

单:我和你的文学史的两位撰稿者米乐以及罗(John Carlos Rowe)谈过,他们都用"多元的"(pluralistic)一词来刻画这部文学史。你认为这种刻画如何?

艾:这个嘛,我喜欢"多元的"一词的积极面,对我来说这意味着向不同的观点开放,向来自不同阶级背景、不同族裔背景、甚至不同语言背景的美国文学作家开放。如果一位作家来自另一个国家,在美国以自己的语言写了一部小说,我们并不因此就把那位作家排除在外。

同时,"多元的"一词有时也被以批判的、负面的方式来使用,意味着没有能力来做某种决定、某种判断,对任何事都是盲目的、愚蠢的开放,而没有任何对于成就的高低上下的判断,没有认清有些文学作品比其他的更值得深入研究等等。我不同意"多元的"一词的负面含义,这在我看来和"民主的"(democratic)观念中某些负面的联想类似。我在普林斯顿的时候,有位很杰出的老同事在一次辩论时很不屑地对我说:"喔,原来你是个民主派呀?"以我的社会背景,一直到三十岁才知道许多人把"民主的"当成很负面的词语。另一方面,"多元论者"(pluralist)当今有时也带着下列的观念:只要承认来自不同背景的人就行了,因而不必承认他们文化背景的复杂性,以及他们出现在这个社会中所具有的更大意义;我们只要说"好的,我们是多元的",然后一切照旧。如果多元是意味着民主的、包容的(inclusive),我并不在意被指控为多元的,但是,我希望我们不要掉入这个陷阱:使用"多元论"一词来避免真正地具有代表性。但那也要由读者来决定。

单:《哥伦比亚版美国文学史》出版至今已经四年了,能不能谈谈这本书被接纳的情形?它如何对美国文学界发挥作用?

艾:接纳的情况满复杂的。这本书的定价很高〔按:59.95美元〕,但销售的情况依然很好,这种情形在我看来似乎显示:人们透过口耳相传,发现这部书对他们的孩子或学生有用,或者放在家里当参考书。至于它对美国文学界的贡献,我认为它是1980年代所产生的诸多文本中的一个,这些文本提出问题,激发辩论,并导致在一般的文学领域中继续进行理论的质疑。

单:你对于劳特重建美国文学史的计划,以及他的《希斯美国文学选集》有何看法?

艾:我很推崇这部选集。劳特的那些工作都很重要,我很尊敬他。我认为《希斯美国文学选集》是一项值得大书特书的大胆成就。我恭喜希斯出版社能出版并促销这部书,也恭贺劳特和他手下的许多合编者。

单:如果今天请你编一部美国文学选集,你会如何来编?

艾:其实我已经编了一部美国文学选集,于1991年出版,和《希斯美国文学选集》、《诺顿美国文学选集》及其他美国文学选集在市场上竞争,那部书的名字叫做《普连提斯·霍尔美国文学选集》,由普连提斯·霍尔公司出版。至于它如何跟《希斯美国文学选集》不同?这个嘛,该公司要出版的是一本精简得多的文选。人们对于《希斯美国文学选集》的批评之一就是部头太大了,没有班级或老师能涵盖得了那本书的一小部分,因此它会使人压力沉重,甚至沮丧,让人觉得由于这个领域那么辽阔、那么多样,根本就不可能阅读、了解所有的美国文学。有些人批评这部文选对于太多不同的作家选了太少的选文,因而成了一种装装门面的符号主义(tokenism)——比方说,三页来自西裔美国作家,四页来自亚裔美国女作家等等。我认为那并不是他们的用意所在。但我也很了解,当出版商说,我们不能超过一定的页数,否则成本会太高时,编辑就会遭遇到篇幅问题和经济压力。然而,你又要在文选里有代表性,让人觉得对于来自不同文化背景的文学达到了公平正义。因此我认为,在这个大社会中有很多地方能容纳许多不同的方法,而我希望普连提斯·霍尔和希斯两家公司能发掘各自的老师和学生。

单:你是出于什么动机来为电视制作美国文学史的节目?这和编辑《哥伦比亚版美国文学史》有何异同?

艾:其实那原先是个大得多的计划。人家要我制作一个美国文学的电视课程——两个学期的概论课程——以服务他们所谓的"偏远地区的学习者"(distant learners),让这些人能透过电视修课、交考卷,因为这些人散居全国各地,距离大学很远,或没有经济能力轻易进入大学等等。我希望这个节目能达到那样的作用。但是那个计划半途就叫停了,原因是原先大力资助美国教育计划的亿万富翁安纳保(Walter Annenberg)改变了心意。1985年他答应在十年间每年捐一千万美元给位于华盛顿的公共广播计划公司(the Corporation for Public Broadcasting Project),

但却在五年之后,也就是1990年1月1日,停止资助那项计划。没人知道为什么。我希望不是因为美国文学史的计划看来那么具有威胁性。〔笑声〕进行这项计划和编辑文学史相似,因为它主要包括选择一群杰出的人士作为设计团队的成员,然后听他们的说法,并协助把他们个别的意见整合成一个视境,来调和整个计划。我想,比较大的不同之处就是如何结合学院和电视业的人士。和电视从业人员一块儿工作很有趣,但他们有些议题不是学院人士能立刻了解的,而学院人士也有些议题是电视从业人员需要适应的。作为这两个具有活力的团体的中间人是很有趣的一件事。我认为我们进行的计划很棒,而且我知道我们的试映在市场上评价很好——尽管我们的制作预算数额很小——而当那项资助结束时,在华盛顿的人士已经决定给予我们整个课程所需要的资金。

单:你是如何加入加州大学人文研究所的弱势论述计划的?你如何把那个计划连接上你重新定义美国文学史的努力?

艾:我之所以加入那个计划,是因为我现行的工作是企图重新描绘(reconfigure)美国文学研究,以便承认被当权派贴上"弱势作家"标签的人的存在。身为这个计划的一员,我能够从这项工作和理论计划中所进行的一些事情,以及关切这些议题的理论学者身上学习到很多。因此,我从弱势论述计划中受益匪浅。

单:你和这个特殊的研究团体成员交换意见之后,是否发现自己有些改变?

艾:那是当然。我有很多东西要学,很多东西要读。我每次与这个计划的成员讨论结束离开时,都带着一长串的书单回家研读。而且我希望从人文研究所同事的作品中,吸收一些东西运用于未来的教学和工作。当然,我现在的教学已经用上了。

单:如果《哥伦比亚版美国文学史》于今天出版,你会有些什么重大的改变?为什么?

艾:这个嘛,这个问题回答起来很长,所以我只强调其中一个议题,那就是性别的问题:因为近年来在性别研究(gender studies)方面的重要成绩,我认为我们能更充分、以更复杂的方式来探索这个议题。研究男女同性恋作家、读者、议题以及与美国社会里性议题有关的学者已经有了很大的贡献,提出了许多问题,足以影响我们研究文学的各个方面。如果我今天要重编《哥伦比亚版美国文学史》的话,那当然会是一个主要的课题。……

重编美国文学选集：劳特访谈录[1]

2001年5月14日于纽约劳特寓所

前 言

劳特(Paul Lauter, 1932—)为美国康乃迪克州三一学院(Trinity College)文学教授。犹太裔的他早年接受美国精英大学的正统英文系教育(纽约大学学士，印第安那大学硕士，耶鲁大学博士)，亲炙新批评大师，精于文本的细读，却因自己的社会关怀与政治介入，特别着重于弱势者的权益，这些关怀与介入具体呈现于他对传统美国文学建制的挑战。他和一些志同道合之士于1968年挑战历史悠久的美国现代语文学会(Modern Language Association)。1971年，他与坎普合编了《文学的政治性：英文教学的异议论文集》(Louis Kampf and Pau Lauter, *The Politics of Literature: Dissenting Essays on the Teaching of English*)，思索60年代政治参与在教育上可能具有的含义。1983年编写了《重建美国文学：课程·进度·议题》，提供了有别于传统美国文学的课程设计、教材与教法。此书的理念落实于1990年编辑、出版的《希斯美国文学选集》及七百余页的教师手册,提供了教师及学子阅读、教学、参考的方便文集,并促使其他美国文学选集跟进,大幅改变了美国文学选集的面貌。1991年出版的《典律与脉络》阐释其多年的文学理念与实践(有关他重建美国文学史的理念与实践,详见本书中的两篇专文)。1993年劳特获选为美国研究学会(American Studies Association)理事长,促使他以更宽广的视野来思索美国文学与文化。

此次访谈的前一天,正是他的《从〈湖滨散记〉到〈侏罗纪公园〉:行动主义、文化与美国研究》(*From Walden Pond to Jurassic Park: Activism, Culture, and American Studies*)以及他与太太费兹洁萝(Ann Fitzgerald)合编的《文学、阶级与文化》(*Literature, Class, and Culture*)两本新书的发表会,几十人来到位于纽约下曼哈顿的友人住处参与盛会,其中有60年代的老友、一块奋斗的伙伴,也有年轻朋友,再来就是我这个外国友人了。发表会中有感言、朗诵、表演,气氛自然而真诚,也让我见识到他与朋友、同志的情谊。正式访谈则是次日在他东七十七街的公寓大楼里进行,现场除了我们两人,还有他太太和《高等教育纪事报》(*The Chronicle of Higher Education*)的记者麦克李密(Scott McLemee)。这位记者特地从华府飞来参加新书发表会,并要针对劳特撰写专文,但由于对他的作品不熟,只是坐在一旁听我们对谈。至于劳特口中"最严厉的批评家"——他太太——则不时助我一臂之力,帮着追问一些问题,而且毕竟是"自家人",问起问题来单刀直入,只见他面色凝重地"接招",缓缓回应。三个月后我再访纽约,数度与他见面商讨为亚洲师生编选美国文学选集的计划。

此篇访谈整理期间,于2002年1月2日接到他的电子邮件,告知刚从美国现代语文学会回来,在会中获颁"美国文学研究终身成就奖"的霍伯奖章(Hubbell Medal for Lifetime Achievement in American Literary Study),颇感欣慰。回想60年代现代语文学会开会时,他还是在场外"闹场"的人士,如今则因多年坚持理想与实践,而获得终身成就奖,证明了历史站在他这一边。

访谈录

单德兴(以下简称"单"):我们能不能从你刚出版的新书《从〈湖滨散记〉到〈侏罗纪公园〉》谈起?这本书跟你整个学思历程有何关系?

劳特(以下简称"劳"):这本书之前的《典律与脉络》密切关系着《希斯美国文学选集》的发展,典律形成(canon formation)的议题,教学的议题,人们认为什么对自己是重要的……我写那一本书或书里的那些论文,是为了要试着把后来演变成《希斯美国文学选集》的那个"重建美国文学"计划加以理论化。这一本《从〈湖滨散记〉到〈侏罗纪公园〉》其实来自一些近期的活动,跟美国研究这个转变中的学门发展有关,……而这本书的标题反映了那一类的事。因为你知道,四十几年前我阅读《湖滨散记》这个文本,到了90年代我开始从事像是《侏罗纪公园》这类的电影研究。书里的那篇论文《恐龙文化:从〈曼斯菲尔德庄园〉到〈侏罗纪公园〉》("Dinosaur Culture: From *Mansfield Park to Jurassic Park*"),很犀利地点出那个现象。因此,这试图了解个人所发生的事以及这个领域所发生的事。在我看来,最近这本书谈的其实就是那回事。……

单:早在1970年,你和坎普(Louis Kampf)就合编过一本叫《文学的政治性》(*The Politics of Literature*)的书,那是远远早在学院人士开始谈论政治与文学或文化实践之前。所以,你认为自己是不是最早注意到所谓"文学的政治性",或者说,在促进社会转型时,作为文化机制的文学所具有的功能?

劳:是的,这段历史很有趣。坎普、我、还有《文学的政治性》这本书的其他撰稿人,都是60年代一些运动——如民权运动、和平运动——中的活跃分子。他跟我属于"反抗"（Resist）这个组织的发起人。这起初是个反抗征兵的支援组织，这些年来转变成小型、提倡改革的基金会，支援不同类型的运动——虽然说我们两人都不再活跃其中。我曾在1964年夏天和1965年活跃于密西西比州的民权运动，而在运动中活跃的那个经验，把我带领到一个方向：试着去思索你在课堂上所做的事、你所写的东西、什么是重要而应该阅读的、什么是对学生来说重要而应该阅读的、你希望在教室里发生什么事……在这些事情中，个人的政治有何意涵。

比方说，1964年夏天我在杰克森（Jackson）的一所自由学校（Freedom School）任教，我教莱特的《原生之子》（Richard Wright, Native Son）。跟那些小孩子相处的经验真是令人惊讶。他们当中有很多人以前没念过这本书，现在却念得很快。他们每天下午都会跑出去，要黑人去登记投票。那些全都是黑人小孩。密西西比那间教堂地下室的教室里挤满了人，这是我从未有过的经验。因此，我必须真正开始问自己这个问题：是什么造成对于学习与教学这样的热忱？人为什么要学习？教室里有哪些东西是会打动人、转变人并具有意义的，而不只是为了拿文凭或上完课而已？

应该补充说明的是，我已经把有关运动对于文化、课堂、教学或学术研究等等的冲击，写进手边正在进行的一本书。不过，我的经验虽然是在不同的脉络下，但与在那里的其他人的经验很类似。这些人都曾在运动中活跃过，他们开始提出这些问题：他们的政治对于课堂有何意涵？参与反战运动有何意涵？民权运动对你在课堂上的实作有何意涵？参与60年代晚期的女性主义运动或女性运动的活动有何意涵？所以，这主要是一群运动分子，但也有一些例外。不过，《文学的政治性》这本书最主要是来自于那些运动分子的兴趣，他们希望把政治承担（political commitments）转化到课堂或学术活动里。

费兹洁萝(以下简称"费"):回到德兴有关文学的问题上。

劳:这或许是个惊喜。我们是文学老师,不但兴趣在文学,教的也是文学。我拿的是文学的博士学位,坎普主要是十八世纪文学的学者,他原先的领域是比较文学。其他人的情况也近似,例如富兰克林(Bruce Franklin)是研究梅尔维尔(Herman Melville)的学者等等。我们结识于文学的领域。一九六八年,你知道,当时运动正值巅峰,学院里的各路人马开始挑战知识结构,挑战我们工作所在的组织结构——这些组织产生了类似现代语文学会或美国社会学学会(the American Sociological Association)等学术领域。

1963到1964年,我为美国友人服务委员会(the American Friends Service Committee)工作时,有部分工作是在历史、地理和其他一些领域,开始有关的和平研究(peace research)。其实,1964年夏天,我在纽约大学(New York University)举办过一次有关和平研究之发展的会议,所以对这些过程和很多人都很熟悉,经由这些过程,你开始去改变这个领域。没有任何一个学术领域是稳定不变的;它是人造的东西(artifact),它是知识结构,而且一直在改变,而你可以给它一个方向。我的意思是说,你不可能在一夜之间改变它,完全使它转型,但可以帮着重塑。

所以1968年开始发生的事情是,大家开始说,"好,我们要进军美国社会学学会"。傅雷克斯是其中之一。他们在大演讲厅外摆上一张桌子。这是1968年秋天在波士顿的事。1968年9月,我当时北上帮他们一点忙,帮那些社会学者一点忙,从他们所做的事中学习。所以那年秋天,我们四个参与者在《纽约书评》(*New York Review of Books*)发表了一封公开信,信上说:"我们即将在哥伦比亚大学举行会议,时间就在现代语文学会(Modern Language Association)1968年的纽约会议之前。我们要撼动现代语文学会,并且引进与民权相关的议题:文学研究中黑人在哪里?文学研究中女人在哪里?和平运动对文学研究有何意涵?"所以那场哥伦比亚的大聚会就在现代语文学会于纽约旧希尔敦和大美饭店举行的会议之前。基本上我们组织了一个抗议的会议(a protest meeting)。杭斯基(Noam Chomsky)也从波士顿下来声援。杭斯基与坎普都任教于麻州理工学院,而且杭斯基和我合写了一些东西。他针对反战抗议(anti-war protest)发表了一场演讲。

1968年发生了很多事。那把很多以往在各自领域或在学校里经常是很孤立的运动分子串连起来,把整群人聚集到一块。那本《文学的政治性》实际上是因此而产生。这要比一些理论作品,特别是法国的傅柯(Michel Foucault)、德希达(Jacques Derrida)等人的理论作品早上好几年,要比带给美国任何严重冲击的这些思潮早上好几年。对于学院、教学内容、什么是重要的、教学的方式、教材的政治意涵……以上这一切思考的转型,其实在60年代大都来自非常带有运动色彩的架构。后来理论作品才开始影响我们的思考方式——思考政治在课堂上、在文学研究上的意义,有哪些面向。这也是我偶尔会跟国外人士争辩的话题,因为我认为他们并不那么熟悉现代语文学会那一段历史,或者就是这类的社会运动架构。我想补充的一点是,当时有个叫做新大学联合会(New University Conference)的组织,大约只蓬勃发展了四年。抗议美国社会学学会与现代语文学会的同一群人,真的组织了新大学联合会,而且我们也确实自觉地努力加入改变学院的运动,使它更能呼应民权运动、女性运动、反战运动的迫切诉求。

费:我可不可以挑起文学的问题?你刚刚谈到历史。你认为有任何事情是关于文学本身的吗?我又回到新批评的问题。是不是有任何关于文学本身的东西,而不是其他领域的东西,使你向这些议题开放?是不是有任何东西涉及这个领域的本质?……

劳:……美国的文学研究在我看来——这也是《从〈湖滨散

记〉到《侏罗纪公园》》书里一篇文章的主题,其中我以〔新批评家〕布鲁克斯(Cleanth Brooks)和华伦(Robert Penn Warren)的作品所造成的影响,作为代表性的例证——文学研究是以非常狭隘的方式建构出来的,非常集中于男人、白种男人,以及一个特定的阶级。而且那一套建制性的决定(a set of institutional decisions)也是建构出来的,不一定非那样不可。不过这也包含了——这又回到你先前的问题——这也包含了阅读文本的方式,这些文本可以用很不同的方式来阅读,比方说,如果你把梅尔维尔列入考虑的话。

我念研究所时,人们教梅尔维尔的《贝尼托·薛雷诺》(Benito Cereno)这部作品,但从来不谈种族。问题是,这个故事其实涉及奴隶叛变,涉及了解或欠缺了解,白人船长德拉诺(Captain Delano)的自觉,以及他对正在发生的事欠缺了解。为什么一个掌权的美国白人男子无法看清眼前发生的事、无法意识到船上正在发生的事——一场奴隶叛变。为什么梅尔维尔要以那种方式写故事?那样写的意涵何在?这个故事究竟是关于什么?一直到60年代以前,那个故事的批评史与分析史是一段逃避的历史(the history of evasion),逃避了梅尔维尔在故事里提出的核心问题,而这在我看来就是德拉诺船长为什么无法看到正在发生的事。在德拉诺船长所成长的文化、梅尔维尔的读者所成长的文化,以及文学批评家一般所成长的文化,阻碍了他们了解眼前正在发生的事——一场奴隶叛变。……

阅读并不是一件单纯的事。你被某个东西牢牢抓住,以致开始问自己为什么会被那个牢牢抓住?令人触目惊心的是什么?你是如何了解它的?比方说,有时你使用它,有时你并不了解它。其实你没有能力去了解它,因为你深深陷入了某个特定的文化,深深受到限制。所以这是个长期的奋斗,试着去了解为什么有些事情会打动人。……在某些特定的时刻,我的阅读方式来自新批评,这方法是我从布鲁克斯和其他人那里学来的。

这就是艾略特（T. S. Eliot）所谓的"客观投射"（objective correlative）。你发现了捉住那一刻的语言、意象、细节，而这种感觉是无法用其他方式表达、传递的。我认为艾略特的政治是有毒的，布鲁克斯也问题重重，但这并不表示他们对文学研究的一些贡献是无用的。那些非常有用，不过，就像是一套工具，如果你只狭隘地专注在这一点上，其余许多部分就无法了解了。而且那也不是唯一的工具。我最近这本书里的部分重点是去探究像是《侏罗纪公园》这部电影所进行的文化工作（cultural work）。文化工作的观念是我在念研究所时没有管道去接触的，也不了解的。那不是我们处理的观念。我们当时以不同的方式处理文学文本的结构、形式、语言，处理任何视觉文本的结构、形式或主题，不过我们没有谈论文化工作。

单：你接受的是新批评的训练，后来超越了它。而你现在是以文选家（anthologist）的身份，特别是以《希斯美国文学选集》主编的身份闻名。能不能请你谈谈文选的政治（politics of anthologies），特别是相对于你的新批评训练？

劳：这个嘛，我们刚刚所谈论的，在我看来，直接把我们带到那里。首先，你的视野正在扩展，所以你看到的不只是一些人所认为的美国文学的山巅，而是看到整片的山巅、山谷、丘陵——这是最近常用的比喻。你扩展了自己思考事情的视野，这也是《希斯文选》的重点之一。第二点跟如何思考文本的文化工作有关。文本不是抽象地写成的，而是在特定的时刻，以特定的方式写出的。现在我总是这么问我的美国研究课程的学生，尤其是我的研究所学生："为什么是这件事、以这方式、在这时候？"（"Why this thing, in this way, at this time?"）显然，这些是很难回答的问题，也是很揣测性的问题。不过，这类问题在我大部分的训练中从未真正出现过。……

在编选《希斯文选》时，其实还有个次要的目标——把文学研究从自我封闭的、孤立的文本中，转移到思考文本与它所出现的历史时刻、它所协助形塑的历史时刻之间的关系。我们不断尝试那么做。比方说,我在教悉谷妮的《印第安名字》(Lydia H. Sigourney[1791-1865],"Indian Names")这首诗时,是跟布莱恩特(William Cullen Bryant, 1794-1878)、佛瑞诺(Philip Freneau, 1752-1832)以及其他一些人有关美国原住民的诗一块教的。悉谷妮这首诗写于1835年,正当所谓的"泪水之路"(The Trail of Tears)这个迁徙政策即将实施的时刻。这首诗严厉控诉像布莱恩特等人所说的:"他们全消逝了。"("they all have passed away.")布莱恩特藉此把印第安人的消失自然化了(naturalized)〔仿佛是自然而然消逝〕。我认为悉谷妮这首诗很棒。我的学生把这首诗与杰克逊当局的政策、与"泪水之路"、与当时美国及原住民相关的事物一块考量时,更能掌握那首诗。那首诗就变得有力多了。那是一首很有意义的诗。所以你用新批评的细致分析来思考文本的品质,但你也试着将它放入它的历史时刻,而这种方式在我接受研究所训练时所知不多。所以,我认为那两件事是主要的方向。

再说一件关于开展视野的事:我们想要关注的经验,不只是男人,也有女人,不只是白人,也有美国原住民、黑人、亚洲人、拉丁美洲人……所有不同的经验。德克萨斯本来是墨西哥的一部分,一夜之间却突然变成了美国的领土,那对原先定居于德克萨斯的白种男人,是很不一样的一回事。这是一种什么样的经验?我们当时就是这个想法。

起初,我们并没有计划编文选。当时我在女性主义出版社(The Feminist Press)工作,负责财务,而且是重印委员会(reprints committee)的委员。我们的想法是取得奖助金,试着促使已经在市场上流通的文选去改变、去扩展它们的范围,因为我知道编一本新文选至少要花五十万美元。而女性主义出版社是个小的独立出版社,我们根本筹不出五十万美元来做这件事,于是我们从高等教育改进基金会(The Fund for the Improvement of Post-Secondary Education,简称 FIPSE)取得这笔奖助金。基金会的主管韩德里克斯(Richard Hendrix)说:"你们应该认真考虑编一本全新的文选。"我当时心想,这是绝对办不到的!然而,他觉得我们应该考虑如何办到。于是,一件事接着另一件事,结果就找到办法了。当时希斯公司(D.C. Heath)正在找一本新的文选,而我们正在找出版商,这就像是天作之合(a marriage made in heaven)。你知道,希斯是很谨慎的,他们做了许多市场调查。

费:希斯的那些编辑也都是文学人。

劳:是啊,没错。史密斯(Paul Smith)是编辑。

费:他们不是念比较文学,就是念英国文学。

劳:是的。史密斯念过研究所,他是北卡罗来那大学的博士候选人,但没有完成论文。

费:史密斯的老板的专长是南美的比较文学。

劳:是的。所以他们很注意文学的东西,而史密斯也成为编委会的一员,和其他人一样投入。

费:这些人都是学院人士,教过书,是文学人。

劳:是啊,而且他们很想做这件事。所以他们做市场调查时,希望调查的结果会让公司觉得这件事很重要、应该去做。不过你可以看到这个过程。我们开始一个叫做"重建美国文学"的计划,这是个谦虚的标题。当时的想法是,你知道,试图对《诺顿文选》施压,诸如此类的事,其实一直到很后期我们才决定编一本全新的文选。除此之外,这本文选后来还涉及其他一些政治因素。这有些好笑。我们不只编出了一本成功的文选,而且还真的做到了我们原先计划要做的事,也就是去影响其他的文选,因为现在它们全都朝着《希斯文选》的方向走。

单:在十几年之间,这本文选就要出第四版了。一方面,我希望你能从个人的观点来评断这一本文选成功的情况,另一方面,对这本文选的一些批评就是:它涵盖了太多的文本,但教师并不熟悉那么多不同的脉络,因此无法在指定的时间内全部教完,对于外国老师来说尤其如此。

劳:绝对是这样。你知道,不论在什么情况下教这本书,范围都太大了,大家只能教一小部分。

单:即使是在美国?

劳:即使是在美国。我想我指定给大学生的阅读分量跟其他老师差不多,而我指定的只是文选里的一小部分。我想有些人把它当做研究所的教材,指定更多的阅读,即使如此,还是没办法完全教完。不过,我们的用意并不是要任何人把这两册文选读个四千页、六千页的。我们的想法是提供更宽广的选择。在美国没有人能教完全部的东西,国外就更不用说了。而且,就像你所知道的,我们正合力进行的计划就是去制作适合亚洲学生的单册文选。[2]我们考虑的规格是大约一千页以下,大概是《希斯文选》的六分之一。

所以,我不担心篇幅的问题,不过这的确带给所有的老师困扰,包括我自己在内。因此,我们制作了一本教师手册。第一版时不仅有纸本的教师手册,还有个叫做课程大纲编制(syllabus builder)的东西,是在电脑磁片上,最后这变成了网站上的东西,而且现在已经成为内容很丰富的网站。如果你教的是以前从未教过的作家,或者是以前教过的作家但想要更新你的想法,就可以上网站去查作家的资料。比方说,即使有很多年轻老师以悉谷妮做教材,但很有可能在研究所阶段就读过她的作品的人很少,我就肯定没读过。不过,如果你对于我说的这些事情感兴趣,对于美国原住民的议题、19世纪早期有关原住民议题的争议感兴趣,而且你想讲授悉谷妮,就可以上网站,找到一些关于她的资讯,找到其他老师怎么讲授。所以我们发明了一个相当精巧的工具。随着第四版的推出,这个工具会更加精巧。

我们已经弄出从开始到2001年的年表(timeline),底下分为几栏。其中一栏与文学文本有关,不只是那些已经出版成书的,还有那些即将出版。有一栏与历史事件有关,所以你可以查看当时发生了什么事。第三栏与那些特定年份或文本的文化事件及要素有关。我们正在做网络链接,让学生可以……比方说,如果你把布莱恩特的诗《致一位赴欧的画家》("To an American Painter Departing for Europe")连上寇尔(Thomas Cole,1801—1848),学生在年表上点一下,就可以立刻链接到寇尔,看看他的画是什么样子,看看哈德逊河画派(Hudson River School)的画是什么样子。我们试着找寻……比方说,《希斯文选》里有歌曲,如果网络上找得到这些歌曲,我们就会提供链接,像爱国歌曲、革命时期歌曲,或是灵歌、悲歌,如果能在网络取得,我们就会找出它们的网址,建立链接。所以我们在做的,就是利用电子资源来建立档案,让世界各地的老师和学生都能利用。我们还没确切地想出要怎么把所有这些弄到一块,不过这是很先进的,技术就在那里,而且很多材料现在也已经放进去了,所以第四版出版时,我们会尽可能把网站填满。

单:什么时候出版?

劳:7月底出书。目录已经刊在昨天聚会中分发的通讯,现在就拿得到——其实我上一个星期才刚审视过一遍。

单:能不能简短地谈谈这四个版本的演化,特别是第四版和第一版有什么显著的不同?

劳:就内容来说,第四版和第三版没什么太大的不同,原因很多。我们重组了很多材料,特别是第一册。早先有个评论说,照区域(region)来划分会更有用,因为区域扮演了重要的角色,尤其是在美国早期的发展。所以我们重组了很多文本来反映这个事实,也编辑了一些,不过内容本身并没有巨大的更动。我们拿掉一些东西,增加一些东西,然而并没有那么不一样,只是组织的方式不同。比方说,我负责的19世纪初期是以美国原住民的单元开始,其他还有一个西班牙裔美国人的单元,一个新英格兰的单元,另有一个单元,我想是叫做"种族与南方的创生"("Race and the Creation of South")。同样的,在第一册早期的部分单元，17、18世纪更是以区域的方式来组织。我们认为这样对教学比较有用。不过，就实际使用的文本来说，和第三版没什么明显的差异。每一版都有一定程度的更动。

就某个意义而言，你总会碰到的一件事就是：你不想在人们使用的文选中引入太多的改变，因为他们会觉得难以招架。他们喜欢一些能让自己舒服自在的东西。他们教一些自己知道该怎么去教的东西。所以你不能让他们无法招架。我的确认为第五版在内容上会有些不一样。基于相同的理由，第四版并没有那么不同，也就是说，编委会略有调整。有两位编辑委员过世了，一位是林英敏(Amy Ling)，一位是赫吉丝(Elaine Hedges)，由其他人接替。负责两个早期单元的编辑因为有自己的学术事务，决定退出编委会，我们得找人替补。所以编委会有些变动，而我认为这些变动会部分地反映在第四版上，不过将更充分反映在第五版上。

单：我对你所扮演的角色深感兴趣。我的意思是说，你是从反建制出身的，而你不但是《希斯文选》这本强有力的文选的主编，也曾任美国研究学会理事长，现在又是新河畔系列(New Riverside Series)的主编。当你掌权时，你如何行使自己的权力，包括类似编辑文选时如何决定收录或排除哪些作家或作品？

劳：这个嘛，你尝试做的是自己目前的权威允许你去做的事。比方说，侯敦·米佛林(Houghton Mifflin)出版公司先前的河畔系列是很棒的系列，印制精美。不过，同样的，这套系列的内容全是白人，而且除了一个例外，全都是男人。侯敦·米佛林要出版新河畔系列时，我的部分目标就是让这个系列多样化。我们已经做出了一点成绩。最近刚出版的两本，一本是詹姆斯(Henry James)的《仕女图》(*The Portrait of a Lady*)，另一本是蔡士纳(Charles Chesnutt)的故事集。他们一个代表文学的传统，一个则逐渐形成典律，我想这是很有趣的方式。我们会持续下去。我希望能在几年内出一本有关反奴隶制度的文学书——我只是用这个当例子。

　　我们会持续往《希斯文选》相同的方向推动。我的意思是说,我们在编委会中争辩过哪些该收录、哪些不该收录。我试着维持这样的多样性。网络上的资料也一样。你把重要的东西放入年表:你希望年表上有哪些人?你想要有哪些事件?你想建立哪些链接?链接点是哪些?换句话说,什么会进入大众的脑子里?什么东西塑造了他们的文化?特别是现在年轻的一代用电脑来查询一切。所以类似年表上所放的东西就变得很重要。我认为我们所做的东西会和其他不同团体做出来的很不一样。如果你去看一下《诺顿》放在年表上的东西就知道,我觉得它问题多多。所以当你必须继续追求这一类多样性的原则(principles of diversity),正视种族、性别,当然也包括了阶级的议题时,你试着去使用那种权威。

　　费:我想试看看能不能重述德兴的问题:你以往身处边缘,在外面喋喋不休,现在变成了某种形式的"圈内人的领导者"(the leader of the insiders),这种情况如何?〔转向单〕你的问题是这样吗?

　　单:是的,但我没有逼问得那么紧。

　　劳:〔笑声〕你太客气了。对我个人来说,这种情况如何?我一直提出的一个问题就是:如何以负责的方式、以与自己价值观一致的方式来运用权威?所以这是一个问题。对我来说有很多的典范,杭斯基是其中之一。我敬佩他所做的,在我看来他是责任的典范(a model of responsibility),他有能力将问题思考透彻,并且写下来;他运用权威的方式让我佩服得五体投地。我并不觉得自己所做的事近似他所做的,不过当我有能力使用权威时,不管是在专业之内,或是在其他可能偶尔会促成改变的地方,我会尽一己之力,提出可能促成改变的计划。比方说,我正在编一本文选——又是一本文选——名叫"什么是美国人?"("What Is an American?")我编这本书原先是为了美国新闻处(USIA),他们想把和那个题材相关的各式文学文本收集起来，在海外出个文集，后来因为种种原因而作罢。最近，我终于签了合约，要出那本书，因为我认为有可能以不同的方式来回答那个问题。而且，我想要开拓更多的方式来询问并回答那个问题。这本书在一些课堂上会有用——不管是在美国这里还是在国外——同时它会对"什么是美国人"提出一些问题，询问在美国建国和建国之前，这句话到底是什么意思？出版商希望由我负责，一部分是因为我有些名气。他们要卖书，而我要让它成为一本有用的书。……

单：以《希斯文选》来说，你认为这是"一个"典律的扩大，或是产生了多重的典律（multiple canons）？因为你刚才提到，为了要维持文学传统，你不愿引进太多的新文本，以免读者招架不住。所以，你认为你是在产生一个典律、一个扩大的典律（a broadening canon），还是产生多重的典律？而这些典律与典律之间甚至可能相互冲突。

劳：典律一直都是排除的过程（a process of exclusion），对吧？有些东西因为不同的宗教、政治等原因，而不能成为典律。总是会有典律的，总是会出现改变的过程，然后有些典律被冰冻起来——想想新约或旧约的例子，这些是典律的作品，其他的则被冰冻起来。我在老早老早之前就曾针对新、旧约之间的文本（inter-testamental texts）发表过一场演讲，新、旧约之间有些文本被冰冻起来，而大多数人根本不知道新、旧约之间的文本是什么。所以总是有一个形塑典律的过程，所以你不能说："我们不要有任何典律。"你可以做的是，《希斯文选》所做的是，把已经存在那里的东西展示出来，让人很难形成任何一种狭隘的典律。随着不断地改变，随着不同的文本为人所注意，随着不同的作者为人所注意、其他的作者隐退，这个历程实际上多少能削弱那种僵化人心的趋向——这里是我们永恒的"十二位美国作家"，以往有一部主要的教科书就是这个书名，对吧？

所以你一直在奋战,好让事情保持流动。你想要事情保持流动的原因是,在不同的情况下,面对不同的学生,在全国不同的地区,在不同的课程中,你希望有能力以不同的方式来教不同的文本,而不是别人告诉你说,每个人都得知道这个、这个……全在这儿了。这就是国家标准与其他正在进行的趋势所面对的难题之一,而美国似乎朝着那个方向前进。每个人都读过《红字》(*The Scarlet Letter*)等等。我对这种看法有意见。我要试着让它更为流动,因为那样才是反映美国的现实——美国在文化上一直是非常流动的,比大家所认知的还要灵活得多。所以在我看来,《希斯文选》的内在特色之一,便是把那么多的东西放到台面上,实际上总共有六千两百页,在这种情况下,就很难去僵化。这让大家可以理直气壮地说:"在这部文选里,我们有蔡士纳,我们有这个作家、有那个作家,等等。"而根本没办法去说:"好的,我要这个,还有这个。"这是文选编辑底下的政治(the underlying politics of anthologizing)——这又回到你先前的问题上。

单:所以在这方面,你也扮演着所谓"激进教师"(radical teacher)的角色?

劳:我希望如此。这的确是部分目标。从我刚刚描述的60年代运动中发展出来的一件事便是《激进教师》杂志。《激进教师》刚出版第六十一期,我想,一年出版二到三期。其实这本杂志在70年代早期就开始了。大体而言,这是一群非常重视课堂教育的人,他们关怀课堂上的情况、什么在课堂上有用。我们意识到课堂互动的政治(the politics of classroom interaction)。我认为,这一直是一本很有用的杂志。现在它进入第三代了。编委会中有较年长的坎普、斯拉皮可夫(Saul Slapikoff)、欧曼(Richard Ohmann)、我,我们全都六十来岁了。还有一群人,像是你昨天见过的欧茉丽(Susan O'Malley),五十来岁左右。第三代是三十来岁的一批人,刚从研究所毕业。他们也在思考同样的议题,真是太棒了。

单:我很好奇一件事。能不能请你谈谈,当你回顾时,自己觉得最自豪的是哪些事?

劳:这个问题真有趣。显然《希斯文选》会是很重要的一件。我感觉最棒的是从60年代社会运动中延伸出来的,像是《激进教师》,像是女性主义出版社,这些都是我引以为豪的。我和安合作的这本书确实代表朝不同的方向迈进一步。我已经为这件事努力了二十五年之久。1970年代早期我就编了一份工人阶级女性文学书目。

单:什么使你这么坚持原则?

劳:这也是很难回答的问题,而且问得很好。我想这大概和……大概打我成年开始。我在二次大战结束后不久上中学。身为犹太人,我必须思考很多在纳粹统治下发生的事以及其中的意义。在我看来,这件事对我个人的意义就是:你无法漠视自己生活所在的世界。我记得碰巧读到希乐教士(Rabbi Hillel)的警语,这个警语现在已经是老生常谈了,有三部分:"如果我不为自己,那么谁会为我?如果我只为自己,那么我算什么?如果不是现在,更待何时?"这个说法很有震撼力。1946年我上中学时,冷战刚开始。我虽然不了解这是怎么一回事,不过发生在课堂上的一些事让我很不快乐。当时存在着许多不由自主的设想——俄国人是我们的敌人,害我们失去了中国。这些疯狂的问题。我了解的其实并不多,然后成长、结婚、进研究所……我仿佛多少变成了冷战思维、冷战心态的受害者。我一直都有点像困兽般又踢又叫的,而且郁郁寡欢。不过,我真的没有什么政治理解,可以让自己与这些保持距离,去了解在我个人身上发生了什么事,这世界发生了什么事。

这种情况在研究所后期改变了,特别是在布里克(Alan Brick)的影响下。昨天他也在新书发表会的现场。他是韩战时的良心犯(conscientious objector),曾在费城一家女子感化院当老师。我们一块上研究所,然后去达特茅斯(Dartmouth)教书。布里克针对征兵采取行动:他在公告栏上贴海报,上面写道:"你可以是良心犯。"有些人会撕下海报。他把慕斯特(A. J. Muste)请到达特茅斯演讲。慕斯特是个很棒的社会主义者、和平主义者,而且很勇敢、诚实、有领袖魅力。我记得我们听说橄榄球员要来闹场,就仔细规划慕斯特的出场。我们动员了很多人坐在前几排,以确定不会发生暴力事件。后来,我就到麻州大学(University of Massachusetts)去了。我记得当时"明智的核子政策委员会"(the Committee for a Sane Nuclear Policy,简称SANE)相当活跃。我们在放映《海滩上》(On the Beach)的电影场外散发传单,接着就被卷入麻州大学的教师工会,而且因为那类活动被解雇。这发生在1950年代。

所以,逐渐地你必须要处理并了解正在发生的事,在我的教育过程中发生了什么事,在我身上发生了什么事,特别是我在1963年加入"民主社会学生组织"时。因为学生非暴力协调委员会(the Student Nonviolent Coordinating Committee,简称SNCC)的缘故,我们在1964年南下密西西比。部分原因只是不满与愤怒的情绪,因为觉得被困住、被囿限,觉得只是从印第安那大学和耶鲁大学得到的学位并没有让我受到很好的教育,那种教育的范围很狭隘。在某些方面我受到的是很良好的教育,但在其他方面却是非常糟糕的教育。我想举的例子是,当时我只知道三位黑人作家:艾力森(Ralph Ellison, 1914-1994)、包德温(James Baldwin, 1924-1987)和莱特,其他一概不知。这真是荒谬,所以我才会那么不满。而且我试着弄清楚为什么事情会是这个样子,我可以从它们之中学到什么。这个运动确实提供了这样的机会,确实为我打开了一些视野,打开我对男女之间权力关系的了解,打开我对自己生活其中的地方的了解,打开我对美国境内种族运作方式的了解。

我记得"民主社会学生组织"的负责人欧勒思比(Carl Oglesby)发表一场演讲,内容是美国如何粉碎了他的美国心。我的意思是说,我大概不会这么说,那几乎是滥情了,不过这和……"背叛"的感觉有关——虽然"背叛"这个字眼不足以描述,不过大概是这方面的意思。所以你就学到了东西,或许你学到更了解一点你身边的世界,你要你的小孩知道这一点,你要你教的孩子知道这一点。你要把自己知道的分享给他人。希乐那句话所蕴涵的价值感一直跟随着我。

当时有一代属于特定年龄层的犹太知识分子世代,傅雷克斯是其中之一,坎普也是,杭斯基也是。身为犹太人这个事实,就某个意义而言,以不同的方式深深影响了他们的看法。这一连串事件涉及纳粹时期和冷战,涉及文化对于一些人的影响,这些人与犹太复国主义(Zionism),与比较年轻一代所做的事,有着很不同的关系,而且这些人大体上都很入世(secular)。

我们在文化上很受那个经验的影响,我的意思是说,当我在波兰华沙时,我去看大屠杀纪念馆(the Holocaust Memorial),发现那很不能感动人。然后再跑去看华沙的犹太墓园,却感到极度的震惊,那才是纪念的地方,一个很可怕的地方。于是我想到自己:我和家人都没有在那里,真是件幸运的意外。而且我看到有我家族姓氏的人——我祖父本来的姓是"Litaver"——我看到有些人的墓碑上刻着这个姓,我知道整个家族中没有来美国的全遇害了。所以在我看来,这是件幸运的意外。而且你觉得有责任把生命发挥在符合尊严感、某些价值感的方面。那就是我做这些事的原因。你已经累积了一定的权威,想要尽可能用在建设性的方面。

单:那么你会如何形容自己的知识分子的角色?

劳:我不清楚你刚刚的问题,请再说清楚一点。

单:我之所以问这个问题,一方面是因为你提到了一整个世代的犹太知识分子,另一方面是我想到葛兰西(Antonio Gramsci)有关"有机的知识分子"("organic intellectual")的观念——而你在新书中也提到葛兰西的一些观念。因为你一直在教书、参与

《激进教师》、参与《希斯文选》,而《希斯文选》被用在课堂上作为促进社会改变的方式,所以我想知道你是否赞同他的"有机的知识分子"这个观念。

劳:我真的不那么看待自己,因为我在受教育的过程中就和任何社群无关,这也就是我刚才所描述的。我认为这是某些族群在二次大战后的教育倾向,也就是提倡涵化(acculturation),切断你与社群的关系。葛兰西的观念其实是根植于你所属的社群,你表达意见以帮助大众找到表达他们自己的想法、感觉与文化的不同方式。我从来不曾真正处在那样的位置,因为上大学和研究所的过程在很多方面都是与外界分离的。所以我想有一部分已经进行的事,就是一些像我这样的人正在重新建构社群,像是《激进教师》里的小社群。"民主社会学生组织"的部分工作,其实就与建构某种社群有关。那就是为什么这个星期三我要去参加工人阶级研究会议。如此一来,我可以看到自己被建构为工人阶级学院人士(working class academics)的一员。所以从那个意义来说,将我形容为知识分子……

费:这是有关自由的不同观念的一部分……不被绑住,不被束缚,不被掌控。

劳:是的,但是你知道,被绑住有正面和负面的意义。我并不真正算是一位自由游荡的知识分子(a free-floating intellectual),我是有一群人。而且我们刚刚说到《从〈湖滨散记〉到〈侏罗纪公园〉》这本书的诞生——这本书在很多方面表达了许多不同人的意见。这个嘛,这是一个很好的社群,遍布世界各地,置身于很不同的脉络,就像昨天的新书发表会上,有些是我们认识了或许有五十年之久的人,特别是在我生命中出现过的人。我认为自己是独立的、社会主义的、女性主义知识分子社群的一员(a part of a community of independent, socialist, feminist intellectuals),不特别属于某个特定的地方或特地的社群,不过我们试着做社群的工作,并且相互支援。

单：你也提到美国研究或美国文学的跨国的、国际的、全球化的视角。我很好奇，如果从跨国或全球的视角来看你的重建美国文学计划，会是什么模样？

劳：〔笑声〕我们试着来弄清楚吧。那也就是为什么"亚洲的美国文学计划"会很有趣。我们进行这个计划，是为了编一本适合亚洲学生的美国文学选集。我们有一些补助金，2000年1月在香港开了一个编委会会议，而德兴是这个计划中真正的关键人物。

单：你才是真正的……

劳：这个嘛，我是开头，不过实际上是在你和其他亚洲学者手中，因为我已经提出问题来，主要是由你们回答，而不是我。我认为这会是很有趣的事，看到大家真的要在一个英文是第二、第三或第四语言的环境下教书，因为在这个环境中，你真的想在课堂上做事所受的限制要多得多，对于历史与文化的知识也有限得多。而那个过程，对我来说，是把我放回自己在这里所做的事，因为我们面对的——我所任教的三一学院（Trinity College）的情况还不如其他大学——是个更异质化的学生人口。比方说，我前阵子评鉴布鲁克林学院（Brooklyn College）的美国研究课程。在布鲁克林学院，可能有百分之四十的学生出生在国外，我猜想英文是他们的第二或第三语言，当他们选修美国研究的课时，这意味着什么？美国文化的国际化、文化之间的互动又是什么？那对他们来说又是什么意义？这些是我在这本书里的几篇文章试图厘清的。当你出国时，美国知识分子这样的角色是什么？你是在扮演某种19世纪传教士的角色吗？还是在扮演某个具有某些知识、某种有用的文化，可以和其他地方的人分享的角色？

因此，对我来说，"亚洲的美国文学计划"只是尝试厘清那个问题的答案的某种典范。我没有简单的答案。我想到的是必须很谦虚。这个计划的奖助金是给在三一学院的我，这种情况让我很不自在,不过真正的决定还是得来自你和亚洲不同地区的编辑委员。而我认为那会产生某种没有说出的张力,所以我们真的必须加以思考、解决,可是我们目前还没有。等时候到了,我们就会要解决,因为书出来的时候,收进书里的任何东西都必须真的是你们要的,不是预设的,而是由你们挑选出来的。所以对我来说,难题在于试着处理这种情况,因为其中存在着许多不同的选择……

注 释

〔1〕 本访谈由吕洁桦小姐协助誊清,劳特教授校订英文原稿,林雅琼小姐初译,本人详加校订,陈雪美小姐修润,纪元文先生过目,谨此致谢。

〔2〕 此计划名称为"亚洲的美国文学计划"(Project on American Literature in Asia, PALA),成员计有来自美国及亚洲十来个国家、地区的二十多位学者。首要之务便是编辑一部适合亚洲学生使用的美国文学选集。第一次编辑委员会于2001年1月在香港大学召开;第二次会议于2002年4月在台北"中研院"欧美研究所召开,并配合举行"亚洲的美国文学研究:亚洲论坛"(American Literary Studies in Asia: An Asian Forum),这是在台湾首次举行的这类性质会议。

作者小传

单德兴,1955年生,台湾大学外文研究所博士,现任"中研院"欧美研究所研究员,曾任美国加州大学尔湾校区、哈佛大学、纽约大学、英国伯明翰大学访问学人。著有《铭刻与再现》、《对话与交流》、《反动与重演》,译有《知识分子论》、《格理弗游记》、《权力、政治与文化》等。研究领域包括美国文学史、华裔美国文学、比较文学、文化研究、翻译研究。

学术史丛书书目

中国禅思想史	葛兆光 著
——从6世纪到9世纪	
士大夫政治演生史稿	阎步克 著
中国文学研究现代化进程	王 瑶 主编
中国现代学术之建立	陈平原 著
——以章太炎、胡适之为中心	
陈寅恪先生史学述略稿	王永兴 著
明清之际士大夫研究	赵 园 著
儒学南传史	何成轩 著
西潮激荡下的晚清地理学	郭双林 著
中国文学研究现代化进程二编	陈平原 主编
文学史的权力	戴 燕 著
《齐物论》及其影响	陈少明 著
文学史书写形态与文化政治	陈国球 著
晚清女性与近代中国	夏晓虹 著
北京:都市想像与文化记忆	陈平原 王德威 编
中国民间文学研究的现代轨辙	陈泳超 著
触摸历史与进入五四	陈平原 著
*制度·言论·心态	赵 园 著
——《明清之际士大夫研究》续编	

文学史研究丛书书目

中国现代主义诗潮史论	孙玉石 著
小说史:理论与实践	陈平原 著
上海摩登	〔美〕李欧梵 著 毛尖 译
——一种新都市文化在中国 1930—1945	
北京:城与人	赵 园 著

中国小说叙事模式的转变		陈平原 著
晚清至五四:中国文学现代性的发生		杨联芬 著
词与文类研究	〔美〕孙康宜 著	李奭学 译
二十世纪中国文学三人谈·漫说文化	钱理群 黄子平	陈平原 著
唐代乐舞新论		沈 冬 著
文学复古与文学革命	〔日〕木山英雄 著	赵京华 译
被压抑的现代性	〔美〕王德威 著	宋伟杰 译
——晚清小说新论		
汉魏六朝文学新论		梅家玲 著
——拟代与赠答篇		
中国现代小说的起点		陈平原 著
——清末民初小说研究		
重建美国文学史		单德兴 著
*才女彻夜未眠		胡晓真 著
——近代中国女性叙事文学的兴起		
*丰富的痛苦		钱理群 著
*大小舞台之间		钱理群 著
——曹禺戏剧新论		
*新文学现实主义的流变		温儒敏 著
*地之子		赵 园 著
*《野草》研究		孙玉石 著

其中画 * 者为即出。